苦辣婚姻

孟广顺　著

中国文联出版社

图书在版编目（ＣＩＰ）数据

苦辣婚姻 / 孟广顺著． -- 北京：中国文联出版社，
2024.3
　　ISBN 978-7-5190-5389-5

　　Ⅰ．①苦… Ⅱ．①孟… Ⅲ．①长篇小说－中国－当代
Ⅳ．① I247.5

中国国家版本馆 CIP 数据核字（2024）第 034951 号

著　　　者　孟广顺
责任编辑　蒋爱民
责任校对　秀点校对
装帧设计　谭　锴

出版发行　中国文联出版社有限公司
社　　址　北京市朝阳区农展馆南里 10 号　　邮编　100125
电　　话　010-85923066（编辑部）　010-85923025（发行部）
经　　销　全国新华书店等
印　　刷　廊坊佰利得印刷有限公司

开　　本　710 毫米 ×1000 毫米　　1/16
印　　张　17.25
字　　数　360 千字
版　　次　2024 年 3 月第 1 版第 1 次印刷
定　　价　68.00 元

第一章

生活在偌大的都市里是一件很头疼的事儿。炽热的阳光下，宽阔的街道上行驶着川流不息的各种车辆，这一秒还在正常跑，下一秒却像一位得了脑血栓的病人，血液流着流着就堵了。但凡那些大胆的司机敢逆行或违规转弯，驾驶的都是在车头车尾挂一副超牛逼的车牌，价值达上百万的豪华轿车，连交警也不敢轻易上前问津。稍有违犯交通规则就被拦截下来的，往往是那些胆小且守规矩的。人行横道上的绿灯一亮，上班族脚步匆匆而来，又匆匆而去，穿梭得令人眼花缭乱。印着花的遮阳伞，是专门供女人使用的。伞盖下大多有一张青春俏丽的脸蛋，超短裙更显身材曼妙，高跟鞋支撑着两条雪白的大长腿，一前一后有节奏地移动着，跨过斑马线，走进对面的商厦或大楼，转身消失在了人海里。

夜晚华灯初上之后，多多少少隐去了白日的喧嚣，躲在胡同里的酒吧、藏在大厦里的高档会所、生怕扰民只好开在地下的歌舞厅，便聚满了那些有钱男女。他们在花枝招展的小姐或吃软饭的靓仔陪伴下推杯换盏，尽情地狂欢，既成就着一桩桩生意，更做着一些见不得阳光的事情。殊不知，都市里原本就物欲横流。天下熙熙，皆为利来；天下攘攘，皆为利往。芸芸众生为了生存和利益，都在以各种不同方式，马不停蹄地忙碌和奔波。

这个夏日的某一天，迎梦为庆祝自己 35 岁生日，在仙界花园独处的 25 层住宅内，特意打扮了整整一个下午。先去国贸附近的 SKP 挑选了一套墨绿色的连衣裙，又在一层买了两套法国化妆品和香水，回到家试来试去。也不知连衣裙是瘦了还是肥了，总觉得穿在身上不合适，想去换又懒得跑，就扔在了卧室双人床上，从大衣柜里重新找出几套以前买来后从未穿过的套装贴在身上再试，仍感到不满意，气得俊俏的脸颊都发紫了。她很感谢父母给了自己一副高颜值的面孔，五官紧致端正，比例适中，两片嘟嘟的柔唇尤其性感，而且秋波眉，桃花眼，鼻梁高耸，微笑时总是露出两排洁白的皓齿，简直挑不出半点毛病。可身材有点儿先天缺陷，个子虽高挑，胯骨却偏宽而下坠，所以穿什么样的衣服，都显得与上身的比例不是很协调。她一个人在家，只穿着三点式的蕾丝内衣，跟脱光了差不多，站在镜子前面照来照去，还冲着镜面佯装了一下笑脸，表情有些不自然。之后，她转身走进卧室，从床上抓起粉红色外壳的手机，走到宽敞的落地窗前，望着楼下的风景，打给她的男人李飞舟，撒娇地问："亲爱的，你在哪儿呢？"

此时，李飞舟正在国际大饭店谈一个工程项目。他是南方人，文化程度不高，梳着背头，头发是加工染过的。虽然快 50 岁了，却保养得特别好，经常去美容店做护理，黝黑的皮肤泛着光泽，看上去比实际年龄至少年轻七八岁。他左手腕上戴一块硕大的江诗丹顿名表，无名指上戴着明晃晃的金戒指，一身白色的名牌运动衣，配一双阿迪达斯旅游鞋，让人一时摸不清深浅。其实，不过是个油头粉面的土豪罢了，但对一些女人和尚未经世的女孩子，倒是很有几分吸引力。他是从做项目起家的，出道就在工程领域里混，几十年摸爬滚打积累了万贯家财，在工程圈有一定的名气。李飞舟比迎梦大十几岁。

南方男人娶妻生子早。李飞舟原来是有家室的，老婆王荣婷是个农村妇女，没有多少文化，长相也一般，是典型的贤妻良母，容易知足。女儿李燕已结婚成家，王荣婷就在家带外孙，操持家务，足不出户。也许习惯了李飞舟不着家的生活，她相信李飞舟是爱她、爱孩子和爱这个家的，因为李飞舟赚了钱，一直交给她保管，想怎么花就怎么花。王荣婷是个过日子的女人，平常不怎么讲究穿戴，更不爱在外人面前显摆。她知道男人挣钱不容易，除了理财和给儿孙攒钱，买一些生活必需品，基本不乱花。但公司到底赚了多少钱，钱花到哪儿了，她不清楚，李飞舟也不会让她知道。

本分的女人都是这样，深信自己的丈夫，可有些男人偏偏会钻这样的空子。

多年前，李飞舟遇到了迎梦，开始嫌王荣婷土里土气，便移情别恋，非要跟老婆离婚不可，女儿跟他吵过、闹过，也打过，可不起作用。后来他们还是签了离婚协议书，办理了离婚手续。

办完离婚后，李飞舟想娶迎梦，而迎梦没有答应，她仍需想想。目前正是需要他表现的时候。

甲方至少来了三个人，带队的是投资公司总经理范以轩，年龄跟李飞舟相仿，一米七八的个头儿，身材微胖，脸膛方圆，双眼皮大眼睛，微笑中带有威严。他是从外地调来的，富有才华。夫人则在家乡本地工作。这么多年，俩人各忙各的事业。他一人独居大都市，夫人在老家边工作边照顾老人和孩子，一直两地分居，每月或者他坐高铁回去，或者夫人坐高铁来团聚一两次，儿子大学毕业去了英国留学，是那种美满家庭，没有任何负担。

李飞舟和助理映寒进到茶室后，下属介绍范以轩博古通今，文采很好，在一家文化公司当过老总，最后又跨界到了投资领域，可他骨子里仍是个文化人。

洽谈间，范以轩时不时看一眼映寒。映寒二十五六岁，皮肤白嫩，大学所学专业正对口，毕业后就来了李飞舟的公司，很快被提拔成助理。

李飞舟的手机铃声设置了一首好听的卡萨布兰卡集市音乐。没有开启静音模式，音乐猛然响起来，惊到了范以轩，转脸看向李飞舟。李飞舟见是迎梦打来的，先按断两次，可经不住迎梦老打，只好朝范以轩和另外两位甲方人员点点头，连说对不起，抓起手机走到室外问："我正跟甲方谈项目呢，咋了？"

手机里传来迎梦的声音："哎呀，我晚上生日穿什么衣服呀？没有一套合适的。"

李飞舟说："你衣服不是多着呢嘛，穿哪件都行，随便穿也比得上你那几个闺密。"

迎梦说："瞧你说的，我闺密有记者、制片人、管理学院的老师、传媒公司的负责人，在文化圈里都小有名气，个个年轻漂亮，我今晚唱主角，穿戴总不能比她们逊色吧？"

李飞舟说："你的衣服都是从 SKP 买的，每一件都不下几千块，没有比这儿的衣服高档的了，不会的，不会的。"

迎梦说:"我不。就让你说我穿哪一套,有红的、绿的、紫的、白的和黑的。人靠衣服马靠鞍。今晚我穿得不好会遭她们笑话的。"

李飞舟苦笑说:"行行行,你穿绿色的吧,我正在谈生意呢,这单马上成了,没事我挂了。"

迎梦说:"你别挂。晚上订的房间够大吗?念薇、如霜、雪柳、曼香都答应来,我让她们带上孩子,可能还会来一两位男士,但也说不准,可不能跌了我的份儿。"

迎梦提到的这几个女人都是 80 后,稍比迎梦大几岁,但并不影响她们成为最好的闺密,传媒行业是女人的世界,有才气且漂亮的女人比比皆是,一来二去不断交流,使她们几个成了要好的朋友,五个女人有两个已经离婚了,另外两个也已经到达了离婚的边缘。李飞舟只从迎梦嘴里听说过,从没见过面。闺密们每次聚会,迎梦有时想带上他,可他不愿意去,因为年龄悬殊大。在有文化素养、见多识广的女人面前,他不过是个干工程的包工头儿,其模样毕竟不是高富帅。想到这些,李飞舟就没了半点儿自信,常以有生意要谈为理由推掉。而念薇、如霜也好,雪柳、曼香也罢,聚会时除偶尔带上孩子外,也不愿让其他男人或丈夫去,不是怕谁抢了谁的男友,总觉得女人堆里不便出现男人,不是特别熟,说多了不是,不说话也不是,几个闺密一起自由自在,想喝就喝,想唱就唱,抱着哭、搂着睡都没关系,谁也不会耻笑谁。

因此,李飞舟和她们都是只闻其名,不见其人。每次聚会结束回到仙界花园,迎梦总是把念薇与丈夫高畅经常吵架互撕;如霜和雪柳离婚后,一个人如何既要照看孩子,又要外出拍片、采访写稿;曼香在管理学院被一群男性企业家围着、供着,婚内想找却不敢乱找红颜知己的事情,以及女人们私下谈论的男欢女爱等,翻来覆去地说个没完。到最后,迎梦说:"看看念薇、如霜、雪柳和曼香她们,一个个被婚姻折磨得如此痛苦、煎熬、无奈、孤独,我可不找男人结婚了,就跟着你了。"

李飞舟更自鸣得意,就笑着亲迎梦,说还是找他这样的男人靠得住,有钱、有房、有车,有安稳的生活,一个人不用再去拼去奔,女人这一辈子还图什么呢。

女人的感性总是浮在表面和情绪化的。经历过生活的艰难之后,迎梦想要的，就是这种快感和安逸，再也不想活得那么累了。他们是上一世的夫妻，有男人爱是前世修来的福分，何况李飞舟对自己体贴入微呢？

李飞舟说："一切按你要求来的，房间够大，生日蛋糕专门定制的，红酒、白酒、啤酒和香槟饮料都准备了，给会所经理专门交代过，安排几个漂亮服务员，放心吧。"

李飞舟先按断了迎梦的手机，回到洽谈室朝范以轩三人点头笑了笑，又连说几声"对不起"。范以轩斜眼瞧他，眼神里带着怀疑，直把他瞧得不好意思，场面着实有些尴尬。

范以轩笑着讥讽说："老李，你可真是个大忙人呀。"

李飞舟红着脸直摇头，说："女人就是麻烦。"

映寒见甲方似乎不满李飞舟出去打电话，就低声问："她有什么事啊，这时候打电话。"

李飞舟轻轻拍打了一下映寒的手背，示意她不要多嘴。映寒心领神会低下了头。待生意谈完，范以轩敲定项目给他做，他才长长松了口气。

送走甲方，李飞舟对映寒说："今晚给迎梦办生日 party，你可不能对外张扬。"

映寒边朝大饭店门外走边撇嘴说："我才不管呢，我回公司了。"

李飞舟喊住她，说："别走啊。我活这么大岁数从没给女人办过 party。她浪漫得不行，晚上你去帮我张罗张罗，你们女孩子懂这个。"

映寒手里抱着笔记本电脑，扭过头说："我才不去当陪衬呢，想让她吃我的醋啊？我可不敢惹臊。"

李飞舟说："吃什么醋，惹什么臊？你是我的助理，去吧去吧。"

映寒说："助理我都不想当，就想做业务。"

李飞舟说："助理你不想当，别的女孩子都争着当呢。"

映寒转身边走边说："让她们当去吧。搞不好有人背后会说我呢，最好把这个头衔给我去了。"

李飞舟紧走两步追上去，说："晚上你要去，我把范总也叫上去热闹热闹。"映寒说："我不去，姓范的看着不顺眼。"李飞舟说："哎呀，没有范总，说不定这个项目轮不到咱们公司呢。"

映寒生气了，停住脚瞪李飞舟，说："你拿我当什么了？以后再说这话，我就辞职。"

李飞舟也觉得话说得不妥，赶紧服软说："哟，你还真生气了，我只是这么一说嘛。好了好了，晚上跟我去吧，我单独给你发奖金。"

李飞舟拿映寒没辙，就喊她一起坐车走。映寒倒没推辞，跟在他身后走到停车场大奔旁边，拉开车门钻进去。

迎梦挂断李飞舟的手机，站在窗边望了半天。楼下几个物业人员在给花圃浇水，身穿黄衣的快递小哥，把三轮摩的停在小区门外的路边，将体积大小不等的快件挪到拖车上，拉着拖车穿过侧门，急匆匆地往小区里走。高档小区是不允许快递、外卖将三轮摩的开进院子里的，他们只能再倒车。迎梦从快递员走路的姿势看出，那些小哥都是年轻人，其中不乏一些大学生。她知道当下有的大学生毕业就失业，找工作难、挣钱难，快递和外卖小哥当然不需要学历，而大学生的加入，自然提高了这类人群的层次。小区之所以取名叫仙界，肯定比一般的小区要高几个档次，从规划、绿化、空间设计到建筑装修、外立面，再到物业管理和车位，非一般百姓买得起。李飞舟买了一套150平方米的大平层给迎梦，并且户主和产权本上写的是她的名字，迎梦感觉这是真爱。她家在东北，一个人在大都市里闯，属于北漂的那类，曾经有过一份传媒公司的职业，但有人的地方就有江湖是非。迎梦因为漂亮，被处处挤兑，难以立足，不得不辞职。

迎梦本想找个对象结婚成家，却历经波折，谈了吹，吹了谈，甚至同居几天又分手。看上她的男人满足不了她的需求；她看上的，又怕婚后拴不住。久而久之，她对婚姻失去了信心，不再相信爱情，甚至得了婚姻恐惧症。想找个既知道疼人，又舍得付出的男人实在太少。在某个商洽会上，一个偶然的机缘遇到了李飞舟。慢慢成了现在的样子。

迎梦决定按李飞舟说的，穿新买的那套绿色连衣裙。试过以后看了看表，已是下午5点，就赶紧去化妆。先打开法国化妆品施以底色，又往脸上涂脂抹粉。描完眉，最后一道工序是涂唇膏。她先找出一支国产紫色的唇膏涂了一遍，觉得不性感，就用抽纸擦掉，找出另一支红色的进口百蕾适小蓝罐重新涂抹，直至把整张脸装扮得极其精致，这才打算出门。

为自己办生日party，迎梦自然要先到。她穿了那身绿色的连衣裙，把唇膏、粉盒、眉笔等化妆用品，先装进一个小布袋，之后走进衣帽间去挑背哪个包，在香奈尔、LV、古驰、爱马仕之间，最终选定挎那只乳白色的LV。接下来，关上房门跑去电梯间按下按钮。

一位50多岁贵妇人，手牵一只雪白的萨摩耶，已经出现在电梯间。那夫人一头银发，明眸皓齿、雍容华贵、打扮时尚，一看便是那种十分有福的人。迎梦以前在楼梯间和小区里经常遇见她，遛的一直是这只宠物狗，就是叫不出那小狗的名字，问妇人是什么犬。妇人拉了拉套在狗脖子上的系绳，用羡慕的眼神打量着迎梦，说："这是西伯利亚萨摩耶犬，地球上最受欢迎的一种宠物狗，世界十大名犬之一哪。姑娘，你打扮这么漂亮，这是干吗去呀？"

迎梦冲妇人笑笑，说："今天我生日。"妇人叹道："怪不得。与你比，我们是老了。"迎梦说："阿姨年轻时也是大美人呀。"妇人摇头，说："此一时，彼一时。年轻时再漂亮，也经不住岁月这把刀啊，老了老了，转眼的事儿。"

妇人的伤感，越发让迎梦感到自己有着年轻的优势，安慰说："是人就会老，到你这个年纪，我还不如你漂亮呢。"

妇人被夸得扬扬得意，更有点儿难为情，牵着萨摩耶在一层下了电梯，回头朝站在电梯里的迎梦招了招手。电梯门"哗"地关上，直接到了地下一层车库。在一排高档轿车中间，红色的保时捷轿车格外显眼。迎梦紧跑几步找到车位，按一下钥匙打开车门钻进去，把LV搁在副驾驶座上，系好安全带发动了车辆。开出地库就掏出手机一个个打电话。最先打给了念薇，问她走到哪儿了，念薇说还在公司呢。

迎梦听出念薇的声音不太对劲儿，声音低沉，有气无力，问道："亲，你怎么了？是不是又跟你那位吵架了？"

办公室的门关着。念薇一个人独坐在办公桌前轻轻抹泪，手机开着免提放在案头上。听到迎梦问是不是吵架时，她再也控制不住自己的情绪，心里委屈得直掉泪。

念薇年龄比迎梦大，女儿已经上初中，她与高畅结婚纯属无奈。两个姐妹，念薇长相最漂亮，时常被男生和男人，用什么明眸皓齿呀、冰肌玉骨呀、天生丽质呀、国色天香呀和秀色可餐之类的华丽辞藻来比喻和形容。实际上，她长得有点儿像民国才女林徽因，甚至比林徽因还要好看，从来不乏追求者。

从小学到高中，总有一帮男生围着念薇转，甚至为她打架。可惜家在农村，爷爷那辈是地主，"文化大革命"期间受到冲击。最疼爱她的父亲多才多艺，因家庭成分不好郁郁不得志，娶了个外地的文盲媳妇。为了维持一家的生计，父亲跑到大都市去做瓜子和土特产生意，供养她们姐俩上学。可就在考上大学的第二年，父亲得了肝癌不幸离世，这让念薇肝肠欲断。从此，念薇一家进入了至暗时刻。她不得不挑起家里的生活重担，包括管教下面的妹妹，这恰巧造就了念薇坚韧的性格。所以，念薇自年轻起就要强，养成了独立、自由的习惯。

念薇大学读的是文科，后来又去名牌大学进修环保专业研究生。大二时，在学校组织的交易会上，她结识了高畅。高畅是从农村考上理工大学的高材生，属于那种纯粹的理工男，智商高，情商低。乡下孩子的唯一出路在于考学。看他学习成绩好，全家人惯着他，衣来伸手，饭来张口。除了学习，其他的人情世故基本不懂。他见到念薇的第一眼，就被她深深地吸引了，要了她的电话号码后，展开了疯狂的追求。每周六日学校休息时，乘车跑去念薇所在的学校，等到三更半夜也要见到她。而平常，他每天都打宿舍座机电话找念薇，同宿舍的女生们烦他，也烦念薇，因为那几个女生没有男生追。

俩人拉扯了好几年。大学毕业后，高畅去念薇家提亲，看他是理工大学的高材生，个头也不矮，长相也不次，母亲劝念薇嫁给他。父亲不在了，家里没有做主的人，念薇便稀里糊涂地答应了。于是，俩人在大都市找了一份不错的工作，租房后去领了结婚证，从此住在一起算结了婚。可念薇发现，婚后的高畅像变了个人，婚前的殷勤全然不见了，家里啥也不管，并且工资奖金自个拿着，从不给念薇花，好在念薇在一家房地产公司搞销售，收入也不低。念薇和高畅的户口都没落到大都市，念薇想趁房价便宜，不限户口，买一套属于他们夫妻俩的房子。看好后与高畅商量，高畅极不情愿，就怕花他的钱。念薇坚持贷款也要买，不得已俩人各出一半，剩下的去贷款，这才买下了如今还在居住的两居室。如果当初念薇不坚持，可能到现在还在租房住。而高畅对这样的生活感到很满足。女儿婷婷出生后，他除了按部就班去公司，回到家沙发上一躺，看手机、玩游戏，自娱自乐，也不懂得做家务，照料老婆孩子。他认为，家里的一切事情都是念薇应该做的，所以俩人经常发生矛盾。有一次深夜，高畅还对念薇家暴动了手，闹得警察都上门了。

外表的光鲜总是藏不住背后的狼狈。念薇对高畅感到很失望，好多年都在默默地忍受。有应酬从不敢带高畅去，因为他实在上不了台面。有时去了，高畅在酒桌上说话，要么让人摸不着头脑，要么摆出架势训斥教育别人，总是把场面搞得很尴尬。但两人外出时，高畅给人的印象总是老实、憨厚、本分，夫妻俩郎才女貌是难得的一对。朋友每夸赞两人时，念薇会"哎呀"一声，说："你们不清楚。"至于不清楚什么，念薇当着外人又不能说高畅的缺点，应了"鞋穿在脚上舒不舒服，只有穿鞋的人自己知道"这句话。

念薇从房地产公司出来后，进了一家大企业。那时，她还年轻，虽然结婚了，但经不住男人的赞美和夸奖，只要听到那些夸她多么漂亮，多么有少妇的魅力，有着一般女人无法比拟的美等之类的美言，她心就醉了，也浮了。年轻时，念薇是个爱给男人机会的女人。十几年来，念薇一直守口如瓶，这其中也有高畅的原因，因为念薇在高畅身上、在家里感受不到爱。

如今的念薇对自己的过去不堪回首。自己和高畅独闯大都市，举目无亲，又想在事业上有所发展，积攒足以改变生活、命运的钱财资本，却感觉自己像一只弱小的蚂蚁，随时都有可能被人踩死。出于这样的考虑，念薇不满足早九晚五坐班、每月领几千元薪水的现状，更因为与地产销售相比，收入大幅下降，高畅又不给她一分钱花，便横下心辞职卜海，注册了一家公司，名叫化羽飞天文化传媒公司。结果发现，只要有事求到男人，都想占她的便宜。她一气之下清理了过去的微信圈，靠自己努力去拼搏和奋斗。打那以后，她不愿再提过去。

此时，念薇的心情低落到极点，因为公司设在一家媒体附近，她被一个叫王山木的男人纠缠着。此人是那家公司的头儿，长得像日本人，龅牙秃顶，酒后乱性，当着女人的面儿满嘴污言秽语，所有求他办事的姑娘和女人，都逃不过他的骚扰。他常把认识某某、有多少资源挂在嘴边，哄骗念薇和其他女人与他进行业务合作。不久，念薇发现他的那群资源，不过是整天不干正事、吃喝玩乐、拿女人开心的狐朋狗友，合作只是幌子。

念薇虽然涉事未深，却能看出王山木的伎俩，提出解除与他的业务关系，一下子将他惹恼了，天天不厌其烦地给念薇发短信、打电话骚扰，甚至像狗一样蹲在公司里等着见她。念薇像躲瘟神一样东躲西藏，咋都不见他。王山木不想放过念薇，始终不断地纠缠。迫不得已，念薇只好偷偷搬家换个办公的地儿。

公司换地方需要添置一些新的办公家具，可公司创办时间短，养着十几号员工，资金十分紧张，需要高畅在钱上支持。不料，话都说到借的份儿上了，高畅一句话拒绝了念薇的要求，直说没钱，让她自己想办法。念薇很伤心，摔了电话。

念薇自幼偏文科，适合从事文化行业，可她没有思考好。民营企业想做文化赚钱，简直是天方夜谭，因为有钱的好项目都被企事业单位拿去做了，小小的民营哪怕有点儿人脉，也拿不到什么项目。在艰难中求生存的念薇，连同床共枕的丈夫在钱上都不支持，做这种夫妻还有什么意义呢？

可是，这种苦楚是不能对外说的，尽管夫妻俩心里有隔阂、有裂痕，在外人面前还得装作家庭很和睦、夫妻感情很融洽，实在是憋屈。为了不影响女儿，没有别的办法，一个字："忍！"

手机里再次传来迎梦的呼叫："亲，你在听我说话吗？"

念薇擦着泪，说："听着呢。……我有事，晚上不去行不行？"迎梦急了，说："那可不行，我是按位订的餐。生日 party 少了你，我会伤心的，一定要来。"

念薇沉思了一会儿，说："那等会儿孩子放学，我接上她就过去。"迎梦说："太好了亲，我等着你。你有什么不开心的跟我说，看我能不能帮上你。"

念薇刚挂断手机，助理小李就拿着租房合同推门进来，站在门口望着念薇不自然的表情愣了半天，小心翼翼地问租房合同签不签。念薇说签吧。小李说签了就得付一个季度的房租。

念薇接过合同看了看，在上面签上了自己的名字，说："租金我想办法。"稍停又说，"过会儿我去接孩子放学，不同公司了，晚上有应酬，你盯着其他人把手里的活儿做完，把门关上。"

小李一走，念薇重新化了化妆，往哭得有些红肿的眼睛和脸上施了些粉，尽量掩盖刚才伤心留下的痕迹。

正好是周五，念薇开车到达学校门口，婷婷已站在校门外的路边等候。上了车，见念薇朝市区开，问："妈，咱这是去哪儿？"

念薇说："带你去参加迎梦阿姨的生日 party。"婷婷说："那我爸爸下班回家，谁给他做饭？"念薇说："他自己会做，饿不死。"

婷婷没有观察到念薇的细微变化，抓过妈妈的手机玩。前方突然堵车，念薇踩了下刹车缓缓停下，说："孩子，妈妈问你个问题。"

婷婷玩着手机说："什么问题？"念薇说："你长大挣了钱，会给妈妈花吗？"婷婷认真地说："你生了我，把我养大，挣了钱都给你。"

念薇被女儿的话感动了，也因婷婷的话触到了她的伤心处，眼角不自觉地流下泪来。前面一声喇叭响，婷婷一惊，抬眼不高兴地看了看车前，又侧脸瞧念薇，发现她在默默地哭，愕然地问："妈，你怎么哭了？你们俩是不是又吵架了？"

说着，婷婷从纸盒里抽出一张纸巾递给了念薇。念薇接过纸巾轻轻擦了擦眼角，说："你爸爸一分钱都舍不得给我花，给他打借条都不行。"婷婷说："妈，你开公司没有钱吗？"念薇说："妈开公司刚起步，除了供你上学的费用，真的没有钱。"

婷婷听完放下了手机，呆坐在副驾驶座上静静地思考着。

念薇又说："孩子，假如妈妈跟爸爸离婚，你想跟谁？"婷婷立即反应过敏，显得有些激动，更多的是惊诧与愤怒，说："干吗要离婚啊？我不许你们离婚。"念薇怕伤婷婷，就说："我说假如……"

婷婷拍打着双腿，摇头说："假如也不行。反正我不准你们离婚，你们要敢离婚，我就离家出走。"

念薇知道女儿的性格，跟自己差不多，认准的事情会勇敢地去做，赶紧安慰她，说："好好好，不离不离，说着玩的。"

念薇不敢再提这个话茬儿，为了平复婷婷的心情，只好把话岔开了。这时，正巧车流开始朝前移动，念薇说："堵车真烦人。咱得快点，不然迎梦阿姨等急了。"

迎梦挂了念薇的电话，驾车拐过几道弯，去了 CBD 旁边的八号公馆，那里有大都市最出名的顶级会所，内部豪华无比，富丽堂皇，到这儿吃饭的都是有头有脸的人物，一餐下来至少要大几千块，前些年疯狂的时候，包间需要提前三天预订，进去消费少则一两万，多则三五万，现在仍然是撑面子的最好场所。

迎梦把保时捷泊在院内地上车位里锁好，拎着 LV 女包匆匆进了会所大门。一个身着黑色短袖的男服务生朝她点头哈腰，问订的哪个包间。迎梦说一层十五人间的 888，小服务生双手推开装饰考究的拱形大门，扯着嗓子朝里喊了一句"贵宾到"，马上出来两个青年男女，把她迎了进去。

包厢确实很豪华，能坐下十几人，里边布置得极其讲究。房顶四周装有灯带和射灯，就餐区正中悬挂着直径达半米的水晶吊灯，正对准宽大的桌面中心点，转盘上摆放着一大束盛开的玫瑰花，一圈摆放了 15 把红木椅子和就餐座位。旁边空旷的地方，用两组紫红色的沙发围成 U 字形；大理石做成的茶几上，早已放好硕大的水果拼盘。

迎梦走进包厢时，已经有两名长相清秀的小女生在里边等着服务。她左手攥着手机，顾不得坐下，把 LV 放在沙发上，不等小女生端茶倒水，刚在闺密微信群里问如霜、雪柳和曼香出发没有，接着又一个个地打手机问她们走到哪儿了。

如霜是个性情爽快的女人，长有一副鹅蛋明星脸，朱唇粉面、秀外慧中，在视频网站做栏目制片人，是那种外聘的临时工。娱乐圈今天出了哪些八卦绯闻，明天出了哪些狗血的事儿，都会在第一时间被她传出去。视频网站可以不坐班，收到迎梦发在闺密群里的微信留言，就早早地赶到学校门口，接上初中的儿子鸿泽坐地铁过来了。几个闺密都知道她与丈夫华皓离婚有五六年了，现在是单身母亲，一人带着孩子生活，发誓一辈子不想再婚了，因为前夫曾经是武警战士，好不容易熬到退伍回家团聚，忽然变得疯癫了。华皓原本被安置在交通队工作，可经常酒后驾车，不是撞车被逮，就是把行人碰伤赔钱，张口闭口拿在部队里开过枪来吓唬人，最后被开除了公职。失去了工作，华皓整天跑到爸妈家去混吃混喝啃老，逢酒必喝，一喝就醉，喝醉就耍酒疯，把上幼儿园的小鸿泽吓得"哇哇"直哭。到了晚上，如霜不敢给他开门，他经常在楼道里"咚咚咚"用力砸门，边砸边大声叫骂，吓得对门邻居见他就躲，搬家换了个地方住。这时，如霜只好哆嗦着身子，打电话把他哥和爸妈喊来。

华皓不喝酒跟正常人没啥两样，只要一喝便会变得像魔鬼。在一日深夜，华皓仍是先前那样，喝完酒像野狼一样嚎叫着回来，如霜开门放他进屋，跟他大吵一顿，结果华皓面目狰狞地瞪着她，说要杀了她和儿子。如霜心里着实害怕。小鸿泽听到吵闹，从床上爬起来，躲在屋门后偷偷看，吓得大哭不休。打那以后，如霜真怕了，在公婆和大伯哥见证下，跟他办了离婚手续，宁可一个人把儿子养大，也不想再跟这样的男人一起生活。华皓把如霜伤得实在太深了。被男人伤害，还不如一个人生活安全，自己想怎样就怎样。假如二婚再遇到一个缺乏理智的人，或碰上一个陈世美，那这一辈子可就毁了，何况还带个孩子。谁家的孩子谁不顾着，再婚的风险和矛盾，大多是因为双方的财产和孩子引起来的，何苦呢？

越是这样的认知，如霜越坚定了自己永不再婚的念头。女人不再婚，不等于不需要或没有男人。离婚后成了单身女人，如霜格外受男人关注。一位40多岁的同事肖坤看上了她，如霜也非常欣赏肖坤的风流倜傥和才华横溢，觉得很投缘，顺其自然，混在了一块。

迎梦刚撂下电话，如霜和小鸿泽便被一女服务员带了进来。迎梦很惊讶，说："你是第一个到的，快跟儿子到里边坐。"

如霜从肩包里掏出一个用装饰盒包装的礼物递给迎梦，笑道："第一个到的是你，我是第二个。给，别嫌不好。"

迎梦客气地谦让着，接过首饰盒打开看，是一对银制镶工艺翡翠的耳坠，叫金枝玉叶，有着非常好的寓意，女人都喜欢，客气地说："呀，真漂亮，叫你们不要带礼物，你怎么还是带了？那我收下姐的这份情谊。怎么，你没开车吗？"

小鸿泽手里提着一只竹编的拳头大小笼子，大都市爷们儿常用来装蝈蝈和斗蛐蛐，迎梦以为是玩具，没太注意。

小鸿泽说："我妈嫌堵车，坐地铁比开车快，车厢里还有空调。"

迎梦捧住小鸿泽的脸庞逗了他一下，从茶几上提起一串葡萄递给他吃，小鸿泽接过来往沙发上一坐，大口大口地吃起来。如霜看了看手表，已过6点了，问念薇、雪柳和曼香为啥还没到。迎梦说都在路上，没准儿被堵着呢。

如霜坐在沙发上，小女生立马端来茶摆在她面前。她两手端起来抿了一口，又问："念薇和雪柳带孩子来吗？不然就我带孩子来，咱们吃饭为你庆祝，鸿泽一个人也待不住啊。"迎梦说："除了曼香丁克没孩子，念薇和雪柳肯定带孩子来。我也让李飞舟来，你们帮我参谋参谋。"如霜惊道："是吗？今天这场合应该叫他来，也让我们几个姐妹见识见识。"

正聊着，记者出身的雪柳带着11岁的女儿诗云，跟曼香一起走了进来。诗云手里攥着两个小白球，迎梦和如霜光顾着迎接了，都没在意诗云手里拿的是啥东西。雪柳跟如霜的境况差不多，她大学学的专业是新闻，原是外省一名记者，在新闻界有些名气。丈夫是一家保险公司的业务主管，接触的男男女女人员繁杂，并且出差不断。诗云出生满月后的一天，雪柳不经意间发现自己的男人有了外遇，出轨对象是一名银行女职员，便毅然提出离婚，不久决定离开那座令她伤心的城市。刚好大都市报社搞招聘，她参加了考试，以优异的成绩被录用了，随即举家迁到了大都市。

人交往需要缘分，她与迎梦的相识，是在一场新闻发布会上。迎梦是主办方的宣发主管，她则是新闻媒体派出的记者，采访后两人成了要好的朋友，时间一长更成了闺密。

曼香与如霜和雪柳都不同，她老家也是东北，与迎梦是老乡，算是有个完整的家。大学毕业后，她留在了大都市某管理学院从事企业家培训工作，后因为口才极好，又有院校培训管理能力，便当上了学院的主管副院长。她丈夫叫吴思亮，是西北人，大曼香2岁，做着一家投资公司和私募基金，通过朋友们介绍走到了一起，按说是非常不错的结合，可美中不足的是两人结婚多年，一直怀不上孩子。

女人对男人就三个要求，有钱、有性能力、忠诚。女人痛苦的原因是什么都想要，既要、也要、还要、更要，但这个世界不可能给你更多。

起初，亲戚朋友都猜测曼香和吴思亮，两人不知道谁生理上有毛病，催他们去医院做个检查，曼香总是苦笑一番。夫妻生活这种事儿不好对外说，甚至对爹妈都张不开口。曼香说不要孩子，想丁克。时间一长，别人真把他们当成丁克一族了。学院的一场宣传活动，让她结识了迎梦，这才探出了他们夫妻之间的秘密。

实际上，曼香嫁给了无性婚姻，吴思亮患有性功能障碍。曼香曾带他跑遍大都市各大男科医院去治疗，也用过许多民间偏方，结果还是不行，曼香从此不再抱任何希望。哀叹命运对她不公。见她那样，吴思亮时常感到极其内疚。

雪柳和曼香的到来，让迎梦很宽心。几个人见面先是互相亲热地拥抱，随后雪柳和曼香也从各自的肩包里，掏出不同的礼物递给了迎梦，把迎梦激动得呀呀乱叫，直说今晚必须吃好喝好，另外李飞舟给三个孩子也准备了礼物，等念薇和婷婷到后一起发。

不到十公里的路程，念薇开车近一个小时。驶进八号公馆刚停好车，一辆大奔S350接着停进了她车旁边的车位。念薇和婷婷看见从车里下来三个人，前座下来一位年轻姑娘，后座上下来两个中年男人，其中一个男的着一身白衣，臂弯里夹着个真皮公文包，一瞧便知是李飞舟到了。另外两个是范以轩和映寒。

映寒下车怀抱着一束鲜花。他们与念薇及婷婷对看了一眼，然后朝会所里边走去。

第二章

念薇和婷婷走在前面，李飞舟、范以轩和映寒跟在后头，在女服务员的引导下，穿过大厅拐进长长的走廊。李飞舟的司机提着一箱酒从他们侧面绕过去，很勤快地跑到包厢传菜间交给了一名小女服务员。后面的念薇和李飞舟都纳闷，两拨人进的咋会是888同一个房间呢？李飞舟猜想，念薇一定是迎梦几个闺密中的其中一位，就转到念薇前面问："请问，你也是来888参加迎梦生日party的？"

念薇警觉地一愣，放缓脚步说："是呀。你们也是……"

李飞舟点头说"巧了巧了"，报上自己姓甚名谁，并把身后的范以轩和映寒叫到跟前，相互介绍一番。念薇落落大方地朝范以轩和映寒点头。范以轩伸手递来一张墨绿色的名片，念薇只好接过来，跟他寒暄两句，也报了自己的姓名。

李飞舟说："念薇，名字真好听，迎梦不止一次说起过你。范总是业主方大老板，能来参加迎梦生日party，今晚定能蓬荜生辉。"

范以轩驻足看了看念薇，瞅见旁边的婷婷，他意识到眼前这个女人在年龄上已经到了中年，但比映寒还漂亮，于是说："哎，老李，你身边都是大美女呀。"

映寒越过念薇、李飞舟和范以轩朝包厢走去，婷婷拉了拉念薇的衣角。念薇打量着眼前这两个男人，没有直接回应范以轩的夸赞，边朝包厢走，边对李飞舟说："哦，迎梦也跟我们说起过你，她今晚若不办生日party，我们几个闺密还不清楚你的真容呢。"

范以轩接话说："老李，这可是你不对了，你不见美女，是怕自己拿不出手吗？"李飞舟说："是呀是呀。她们是媒体圈里的知名女性，我一个干工程的，在她们面前是大老粗。"

包房桌面上早起了八道凉菜，有脆皮鸽、乳猪、山胡椒牛肉、虾油姜汁蟹、香辣爽分蹄、陈皮圣女果、醋泡樱桃萝卜和白菜心拌河虾等，是李飞舟提前打电话让会所主管特意安排的。李飞舟、念薇不到场无法开席，迎梦、如霜、雪柳和曼香只好坐在沙发上聊天等。

迎梦说："今晚让你们见见我那位，不但他来，他还叫了助理和业主方大老板，一起来为我庆祝。"雪柳说："你那位来可以，叫别的男人来多不好，谁能放得开嘛。"迎梦说："李总邀请了，我又不好说，正有项目求人家，我想来就来吧，说不定你们几个谁能跟他对上眼呢。"如霜说："怎么，你还想把我们嫁了不是？我们可不找结婚的那种。他若是有家，谁敢跟他对眼？"曼香说："瞧你说的，这还要看有没有缘分。"

女人听后都捂嘴"咯咯咯"地笑。聊这类话题，她们比男人都来劲儿，也没有了女性应有的羞怯。

迎梦说："那人可是业主公司的老总，有钱的大老板哎。"曼香嘻笑着说："你们别笑我，见面我先对对焦距，如果光圈一致，我先把他抢了。"雪柳说："我天天采访老板，对老板不感兴趣，来了你赶快往上扑。"曼香说："我哪能随便往上扑啊，我得看看他有没有那方面的能力，别再像我家那个窝囊废。"

没说完，曼香自个儿先笑出声来。迎梦说她，"不试哪会知道对方有没有那种能力"。如霜也说曼香。曼香反唇相讥，说："拉倒吧。吴思亮再不行，也是个人。"

雪柳笑得肚子疼，嘴里的葡萄皮"扑哧"吐在了茶几上，赶紧捏起来扔在渣筐里。

曼香假装生气，说："我只是嘴上过过瘾。吴思亮本来就自卑，我不能再伤害他，你们说是不是？"

如霜和雪柳、迎梦是相互知根知底的朋友，纷纷点头认可她说的话。曼香提醒她们，闺密之间在这儿胡扯说着玩可以，等会李飞舟和范以轩来了，谁都不准提刚才她们说到的话题。

小鸿泽和诗云听不懂女人们说的是什么，并排趴在茶几上玩手里的东西。迎梦几个人吃着水果、嗑着瓜子正开心地说笑，竹编蝈蝈笼里突然发出一阵"吱——吱——"刺耳的尖叫。雪柳和迎梦、曼香被那声音惊到了，问："这是什么叫啊，咋像蝉鸣？"

小鸿泽说就是蝉，就是笼子里的蝉叫。曼香问如霜这时候哪来的蝉？如霜说："这是什么季节？"雪柳说："夏天入伏了呀。"如霜说："对呀，伏天不就有蝉了吗？我爸去郊区树上给他抓来两只玩的，当蝈蝈养。"

小鸿泽问："阿姨，你们谁知道这蝉是从哪儿爬到树上去的吗？"

迎梦和雪柳不知道，曼香知道。她从小在农村生活过，清楚蝉是由蛹变的，从地底下钻出来爬到树上去唱歌，趴在树梢上一唱就是一整天。

曼香说得没错。蝉在民间叫知了。头年夏天，会趴在高高的柳树、榆树、杨树和枣树枝上叫个不停，边叫边产卵。蝉的尾部带尖，产卵时尖尾刺进树枝里，卵就产在里边，白色的不如米粒大。凡被产了卵的树枝都会干枯死掉，等刮风打雷，枯枝被摇断震裂，白白的卵虫便随风而落在地上，借着湿润沉入泥土。在地下生长一年，到了来年入伏以后的雨季，已经长成深黄色的蛹。晴天借着月色，从地底下钻出来爬到树干或树杈上，从头部裂开一道缝，蜕去蛹的外皮化成知了。雨天则不分昼夜，随时借着地表松软的机会破土而出。

乡下人把蝉蛹作为一道美食去捉，晚上或雨天打着手电在地上或树下捡，地皮被拱破，抠开地表蝉蛹就显露出来了，有时一捡就是一大盆，拿回家用盐一腌，然后放在油锅里煎或炒，就成了一道下酒的美味。蛹全身都是蛋白质，很有利于补充人体能量。但蛹可以吃，从壳里爬出来成了蝉，就不能吃了，因为老天把它生养出来，是叫它啼鸣听声、提醒人们进入了什么季节的。

蝉在树上"吱吱"地叫完整个夏天，立秋后迅速自然死亡，"啪啪啪"地从树上掉下来，化成泥土，延续了来年的生命。蝉鸣是有规律的，"吱吱吱"的尖叫是晴天，低沉叫时风雨雷电不一会儿准降临。从蛹到蝉，也有个化茧成蝶的过程，脱去深黄色的外衣，把壳留给世间入药。

小鸿泽两眼死死盯着蝈蝈笼，透过镂空的间隙朝里看，那蝉突然停止不叫了。雪柳要他把蝉放出来，鸿泽说放出来会飞走。诗云抢过竹编笼打开了盖，把两只蝉掏出来，手没抓牢，蝉在屋里乱飞，直飞到了屋顶上，想够也够不着。

如霜拉住小鸿泽，说："够不着咱不要了，它们原本生活在树上，打开窗子让它们飞走吧。"

小鸿泽生气，伸手去抢诗云手里的两个小白团。抢到手，外皮绵绵的，圆圆的壳又硬硬的，他不知道是啥，问："你这是啥玩意儿？"诗云想去抢，小鸿泽不给，又说："你告诉我就给你。"

诗云说："这是姥爷给我买的两个蚕茧，蚕还在里边呢。"

提起桑蚕，迎梦她们是知道的。这是一种完全变态的昆虫，吐的丝具有很高的经济价值。一生经过卵、幼虫、蛹、成虫等四个形态和生理机能上完全不同的发育阶段。蚕以桑叶为食，茧可缫丝，丝是珍贵的纺织原料，有着广泛的用途，蚕的蛹、蛾和蚕粪还可以综合利用。

两个孩子一个拿了会鸣叫的蝉，另一个带了会吐丝的蚕。迎梦和如霜、雪柳、曼香听着看着，一时竟搞不清说的是哪个蝉和蚕了。曼香开始想入非非，说："这个蝉那个蚕，弄得我都真的有点儿馋了。"

迎梦笑她，说："你是馋男人了吧。"

如霜想到儿子的蝉和诗云的蚕，心中对自己和这几个闺密顿生怜悯，开始借题发挥，说："夏蝉不愿在壳里待着，所以才脱掉外衣爬上树，成了夏天的一道风景。桑蚕吐丝结茧后，把自己死死地包裹在茧窝里，最后羽化为蛾破茧而出，这还真应了我和雪柳的景呢。我们俩已经羽化从茧里出来了。曼香、念薇你们呢？还想和春蚕那样一直困在茧里吗？"

这话无意间刺激了曼香。念薇没到，无法听见如霜的感慨，也没看到蝉和蚕茧，不知道她有什么样的感触。可曼香想，婚姻法把两个不相爱、爱不起来或者不能享受到爱的成年男女，硬是捆绑在一起组成家庭一块生活，实在不符合人性，想破茧飞出去，又会受到良心和道德的谴责，留给自己的，只有煎熬和痛苦，不敢想象这种日子何日能到头。于是，曼香说："那怎么办呢？过一天算一天，等吴思亮提出来离婚，我就可以破茧而出了。"

迎梦问："如果吴思亮不提离婚呢？那你就在茧里等死？"

如霜和雪柳都看着曼香，想听她如何回答。曼香尚未开口说话，映寒抱着鲜花推开了包厢的门，羞涩地喊了一句"梦姐"，突然愣在门口不敢进来。她不曾想到如霜、雪柳、曼香和两个孩子已经到场，都是打扮时尚、十分靓丽的知性女人，顿觉自己与她们相比，除了年龄上的优势外，其他方面占据不了多少上风。

迎梦与映寒是认识的。迎梦对自己出众的长相很自信，对映寒虽有防备存有戒心，但并不那么反感。

而映寒心里一直恨着李飞舟，为了维持这份体面的工作和多挣些工资奖金，又不敢真违背李飞舟的指令，不然，李飞舟一句话说开谁，谁就得卷铺盖走人。因此，她当面不敢把怨气撒出来，在迎梦面前还得装着很亲近的样子，尽量维系着与迎梦的良好关系。

迎梦走近映寒，接过她手中的鲜花，将她拉到如霜、雪柳和曼香面前，介绍说是李飞舟的助理。如霜她们朝映寒微微点头，映寒也朝她们点点头。迎梦问："你来了，那李总呢？"

映寒说："在后面跟一个女的说话呢。""女的？"迎梦警觉地说，"他跟谁拉扯呢？"

迎梦当即拉下脸来，气呼呼地冲到包间外，却见念薇、婷婷和李飞舟、范以轩已经来到门口，瞬间喜笑颜开，拥抱完念薇，又轻轻拥抱了一下婷婷，然后嗔怪李飞舟，说："我的闺密都来了，你咋不早点儿来呢？"李飞舟指着范以轩说："啧，我去接范总了。"

范以轩愣愣地望着迎梦，李飞舟向范以轩介绍迎梦。

范以轩和李飞舟进屋见到如霜、雪柳和曼香的一刹那，确实被惊艳到了。因为迎梦在场，李飞舟不得不稍加收敛。而范以轩也不能表现得过度热情，于是，递完名片故意端起架子，坐在沙发上点燃了一支烟。

进包厢之前，范以轩已经在走廊里认识了念薇，迎梦介绍时就闪过她，只介绍雪柳、曼香和如霜。听如霜是制片人，范以轩昂头冲她笑笑，说："哦，你们那里好几位跟我是好朋友，以前做媒体时天天一块儿喝酒。"如霜问："你认识哪位？"范以轩说："肖坤啊，小老弟，很有才。"如霜说："他是我的直接主管，我们的视频他都要把关，并且分管我这一块。"

映寒张罗着催小女服务生上菜。如霜、雪柳和曼香很有礼貌地站起来跟李飞舟和范以轩寒暄让座，同时分别上下打量这两个男人。她们阅人无数，看李飞舟那一身白色的着装、锃亮的皮鞋和梳着的背头、戴的表、夹的包，就知道迎梦为什么会跟他了。

对范以轩这种男人，雪柳作为媒体记者见得多了，经常与形形色色的男人打交道，甚至面对优秀的男人心里产生过萌动，也遭遇过像范以轩这类男人的示爱。有一次去南方采访一个老总，那老总得知雪柳是单身母亲，结束后竟敢在吃饭的包间里搂抱和亲她，恶心得她连饭都没吃就返程了。望着眼前的范以轩，雪柳想还是离他远点儿好。不过，她这次有点儿看走眼了。

曼香作为从事多年培训工作的老师，身边全是民企的优秀企业家。由于范以轩进来后并没有夸夸其谈，反而带有一丝深沉与含蓄。因此，她觉得范以轩有点儿深不可测。越是这样的男人，她越感兴趣，不妨可以试着交往一番。

等小女服务员悄悄地走近映寒，告知她菜上齐了，映寒点点头走到休息区，说："李总，请各位入座吧。"

李飞舟示意迎梦，让念薇、如霜、雪柳和曼香入座，然后毕恭毕敬地邀范以轩，说："范总你上座。"如霜说："今晚迎梦是主角，先让她坐。她坐好咱们就好办了。"范以轩慢悠悠地从沙发起来，说："这么多美女，饭前先加个微信吧，现在不加，等会儿吃起来再多喝两杯就忘了。"念薇和如霜、雪柳都犹豫着。曼香第一个打开微信凑到范以轩跟前，说："范总，点开您的二维码，我们几个扫你，免得你一个个地加我们。"

范以轩很喜欢曼香的这一提议，主动打开微信二维码朝曼香、念薇、如霜和雪柳面前递。念薇和雪柳本不想加，可范以轩的二维码摆在面前，不加驳了老总的面子又不好，等如霜和曼香加完才用手机微信去扫。一番操弄足足用了几分钟，终于落座围在了圆桌前，最后还是让范以轩坐在了中间的主位上，右边依次坐着李飞舟、迎梦、如霜、小鸿泽、曼香，左边挨着范以轩坐的是念薇、婷婷、雪柳和诗云，这样大人可以照顾孩子。映寒则坐在了李飞舟对面副陪的位置上。

念薇挨着范以轩坐，心里一直犯嘀咕，同时也起了警觉。她已不是那个刚参加工作步入社会的小姑娘，也没了年轻时见到男人容易冲动的幼稚。以前吃过几次男人的亏，如今她学会了机警和内敛，变得高冷起来，不轻易跟陌生男人说话，更不主动加对方微信。当着李飞舟的面儿不好多跟迎梦聊天，就与对面如霜、雪柳、曼香贫嘴，并时不时地转头跟婷婷对话，夸赞诗云和小鸿泽。

念薇说："诗云，你今天可真漂亮，妈妈多会打扮你呀。"

诗云趴在桌沿儿上，手里摆弄着那两个蚕茧，说："阿姨，你才真漂亮呢。"

念薇忽然看到了她手中的白团，伸手说："哟，诗云，你手里拿的是啥呀，让阿姨瞧瞧。"

诗云绕过半圈桌子，将蚕茧递到了念薇手里。

小鸿泽说："她拿的是蚕茧。我也有两只蝉呢，可惜飞了。"

念薇接过蚕茧来回翻着看，说："这蚕茧可以剥丝做丝绸衣服。鸿泽，你的蝉怎么会飞了呢？"如霜说："它好不容易蜕皮飞到树上叫，把它抓下来再放进蝈蝈笼子里，那还不得死，所以放了。"

映寒让小女服务员给范以轩和李飞舟倒了两壶白酒，给迎梦、如霜、雪柳和曼香、念薇倒了红酒。曼香和念薇伸手去拦，说要开车不能喝酒。迎梦说"那喝饮料，想喝啥要啥"，两人就点了一扎石榴汁。

李飞舟尽情地照顾着迎梦和范以轩。范以轩稳坐在椅子上，手里夹着燃烧的香烟，两只胳膊肘抵在桌面上，双手托腮，用不易被人察觉的眼光审视着邻座的念薇和对面的如霜、雪柳和曼香。对念薇的印象自不必说，端庄大气、笑靥如花、娇柔似水，从容貌到身材更符合男人的审美，一米六五的个头儿打扮得十分得体，气质非凡。雪柳太过于娇小玲珑，曼香过于瘦弱，还是如霜曲眉丰颊，脸型最耐看。于是，他不自觉地扭头瞧了瞧邻座的念薇，又微笑着凝视如霜。

范以轩隔着迎梦对如霜说："嗯，视频网的美女，回头我请你们单坐。"如霜说："好啊好啊，老总请客，我们哪能不去。"范以轩指着小鸿泽又问："他爸是在文化行业做事吗？"如霜说："我跟他爸早分开好几年了。"

迎梦接过话荐儿，抬手顺着圆桌画了个圈，说："我这几个姐妹两个离的，两个有家的。薇姐、曼姐有老公，霜姐、柳姐单身妈妈。"

念薇、如霜、雪柳和曼香嫌迎梦透露了家庭隐私，先后冲她挤眉弄眼。迎梦说："这是事实嘛，有啥不好说的。"

人生没有完美的，老天要你生，要你活，就要给你留些遗憾。世间许多美好的东西，你可以拥有，可以观赏，但不给、不许或者不让你有能力去享用。比如，别人送了你好多烟酒和人参、虫草、石斛、鹿茸、虎鞭等，可你生来不胜酒力，对烟、补品全过敏，也只能搁在那里守着，如果硬是喝了、抽了或吃了，你的生命周期可能很快就会走到头。再比如，吴思亮拥有了曼香这样的娇妻也是如此。也许这就是天道。

念薇只顾着跟诗云和婷婷看蚕茧说话，没注意到旁边的范以轩在瞧自己这一细节。范以轩想从桌子上放下胳膊时时，一拐碰到了餐位前摆好的镀铜铁勺餐具，"哗啦"一声，不偏不斜地正好掉落在念薇两腿之间的裙子上。念薇一惊，将蚕茧还给诗云，低头去看，只见范以轩的右手已经伸到了自己的小腹前，却不敢贸然去两腿间拿，就说："哎呀呀，这多不好意思。"

念薇红着脸，从裙子上抓起小勺递给范以轩，喊女服务员再换一把。范以轩接过小勺摆回原位，挥手说："不用换不用换，没掉在地上，不脏。"

终于到了开席的时刻。迎梦是女主角，李飞舟自然是今晚的主持人。他把迎梦和映寒介绍给范以轩之后，把范以轩吹嘘一番，说他是跨界商人，有着深厚的文化底蕴，然后让迎梦介绍她的几个闺密。

迎梦在媒体圈里混过多年，遇到这种场合一点儿也不发慌，端起盛着红酒的高脚玻璃杯晃了晃，接着流利地说了一堆欢迎和感激之类的开场白，把念薇、如霜、雪柳、曼香及三个孩子正式介绍给了范以轩，包括她们的职业特点，开的什么公司，是单身还是拥有家庭，等等。

雪柳听后说："亲，你别说这么多了，我和如霜单身不丢人。"

迎梦就此打住，说："好好好，亲们，那咱们请范总说两句。"

范以轩早有思想准备，迎梦一提议，他当即起来，双手合掌在胸前，说："今晚很荣幸参加迎梦小姐的这场生日聚会，结识了这么多漂亮女士。我过去在文化界混迹多年，出过三部书，现在逼上梁山搞投资，成了地地道道的商人，实在不如所愿。宋徽宗赵佶喜欢蹴鞠，就是现在的足球运动；明代天启皇帝朱由校，对木工很精通，喜欢盖房子，跟斧子、锯子、刨子打交道，从不厌倦，可偏偏当上了皇帝，这不是难为他们吗？我也是如此。如果继续让我跟你们一样做文化，倒能发挥我的长项。唉！身不由己呀。话不多说，咱还是先祝贺迎梦美女的生日吧。"

范以轩并没有把话说透，说一半留一半才有余味，才能吸引女人的注意力。他很清楚把话说尽了，女人就会一眼看穿你，不如犹抱琵琶半遮面。他的话一完，整个桌上开始热闹起来。念薇听完范以轩的自我介绍，顿时对他侧目相看，想不到他还是个喜欢文化的人，兴许有合作的机会。于是，借着邻座的便利喊了句"范总"，微笑着端饮料与他碰杯。而如霜、雪柳和曼香则站在座位前没动，朝范以轩礼貌地点了点头示意碰杯，之后转到迎梦面前，几个人边碰杯边拥抱，以女人特有的方式祝贺她生日快乐。

晚宴很丰盛，桌面上有大龙虾、澳洲蟹、深海老虎斑，外加冷吃三文鱼等，位菜则是佛跳墙，价钱都是最昂贵的。酒过三巡后开始单独活动，李飞舟带着迎梦主动走到范以轩面前敬他酒，念薇就去跟如霜、雪柳、曼香碰酒。

曼香轻声说："范总这个人身上倒没有那种咄咄逼人的气势，应该好接触。念薇，你可以跟他多联系，没准儿能帮上你呢。"如霜说："你想害薇姐啊，女人求男人办事都会付出代价。薇姐可是有丈夫和家庭的人。"曼香说："薇姐，那你别联系了，我承担不起这样的责任。"念薇感到难为情，说："说什么呢？联系也不一定有啥事儿，你们不联系也不见得在外面没事儿。"雪柳说："行了行了，这只是个机会而已，薇姐能不能与姓范的合作，也要看缘分，喝酒喝酒。"

几个人碰完回到各自的座位上。李飞舟和迎梦敬完范以轩，便围着桌子挨个敬，却绕过映寒只敬了如霜、雪柳和曼香。

如霜说："李总，迎梦跟你几年了，我们都没见过你。今儿个你得多补几杯酒。"

如霜这么一说，雪柳和曼香跟着起哄，逼着李飞舟连喝三杯。迎梦阻止他，说："行了，今晚你不能喝醉，等会儿还要唱歌呢。"

瞅准敬酒的机会，念薇刚要端饮料起身，范以轩却端着白酒转身站到了她面前，盯着念薇说："来吧美女，喝一杯。你真不简单哪，能自个儿开文化公司，将来只要我能帮忙的，你可以跟我说，我会尽其所能。我们投资公司正要做一个新的宣传片和投资策划案，你公司能做吗？"

念薇惊愕机会竟来得那么突然，赶忙接话，说："哎呀范总，认识你真是我的荣幸，你说的这些我们公司都能做。"范以轩说："那好啊。回头咱们单独聊，可以去我公司参观参观，顺便做个对接。"

念薇喜笑颜开，正愁接不到业务呢，反而得来全不费工夫，高兴举杯与范以轩碰了三碰，说："我回头去拜访您。"范以轩悄悄对念薇说："你们这几个闺密，都不如你有气质，你的事业一定能大展宏图。"

念薇心里有些抵触，但未来合作的空间很大，机会难得。正聊着，曼香端杯走近了范以轩，说："范总，你今晚可是一枝独秀。我身边的企业家，都是纯商人，你与他们大不相同，能文能武，什么时候邀请你去我们学院，给学员讲讲企业管理和文化？"

范以轩重新倒了一杯酒，端起来说："哦哦，过奖了，你可是院校老师，我要向你们多学习。"曼香与范以轩碰完喝下杯中酒，对念薇说："亲，以后咱们多与范总联系，我跟着你们学学怎么做公司。"

念薇对曼香的举动心里有点儿嫉妒，起身说："好啊好啊，下次你陪我去拜访范总。"曼香说："就这么定。范总，欢迎我们去不？"范以轩说："哪里话，我还巴不得天天见你们呢，养眼不说，还会让我更年轻。"

说完，三个人同时"哈哈"笑起来，把如霜、迎梦、雪柳、映寒看得直发愣。诗云、小鸿泽和婷婷吃到一半跑到休息区去玩了，桌上都是大人。映寒被冷落在一旁，一人孤独地坐在座位上很不自在，没人敬她酒，好像拿她当了空气，明显受到了李飞舟、迎梦和如霜她们的轻视，后面的菜也不再去催。等到上蛋糕的环节，迎梦说："早该上了，咋还不来？"李飞舟叫映寒："快去催催呀。"映寒仍坐着不动，说："服务员正在准备呢，着什么急呀。"迎梦不高兴地说："叫他们快点，你看三个小朋友没蛋糕吃，都跑去那边玩了。"

映寒眼瞅着李飞舟，说："李总，要不你亲自去催吧。"迎梦一下子来了气，说映寒："哎，你是李总的助理，叫你来就是帮着张罗的，李总去催还要你干什么？"映寒顿时恼了，甩掉餐巾布站起身，说："我是助理，不是你家的保姆，刚才敬酒的时候，你们咋不想着我。"

范以轩和念薇、如霜、雪柳、曼香听映寒的话不无道理，一个大活人坐在那里，只顾自个儿热闹，竟然熟视无睹，谁都没想起来要敬她一杯，确实犯了大忌，就赶忙共同举杯要敬她。李飞舟率先端杯走近映寒，说："来，我和迎梦敬你。"又说，"你是公司员工，自己人嘛，早喝晚喝总要喝，别见怪。"

当着闺密和范以轩的面儿，迎梦被映寒顶撞得说不上话来，心里窝气，李飞舟喊她，她坐在座位上也不动。映寒见她那样，赌气说："别敬我了，我喝不起。"转身走出了包间。

映寒搅了生日晚宴的局，迎梦就把气撒在李飞舟身上，埋怨不该带映寒来参加。李飞舟说映寒是助理，带她来张罗也是工作。俩人的声音开始还小，后来越争辩声音越大，把桌上的人都惊呆了。生日晚宴由喜生悲，念薇劝他俩，说："你们俩别吵了，回头给小助理找回个面子。"如霜、雪柳和曼香也这般劝他们。

范以轩拉李飞舟坐下，说："老李，你是来跟迎梦吵架的还是来给她办生日晚宴的？哄女人开心才是男人的职责嘛。今晚也给大家一个启示，在这个世界上，不要冷落任何一个人。好了，我去把你小助理喊进来。"

见范以轩要亲自去找映寒，念薇机灵地迅速起身往门外走，推开门见映寒站在外面抹眼泪。念薇去拉，她扭动着身子不从，说："我也是人，也要脸面，可他们俩谁拿我当人了。"

念薇说："小妹妹，今晚过了你再找李飞舟算账。这么多人都在里边，还有范总，别让大家都下不了台啊，进去吧。"

这时，一群女服务员用小车推着蛋糕从走廊那头簇拥着过来，其中一个女生手里还拿着皇冠。映寒抹掉眼泪，吼道："叫你们快点儿快点儿，拖到现在才推过来。"

服务员们不敢吭声，急步朝包间门口走来。念薇双手推开门，朝里边喊道："映寒把蛋糕催来了，催来了。"

念薇侧身躲开过道，让那群服务员和蛋糕车进去，拉着映寒进来了，并关掉了包厢里的灯光。整个房间突然暗下来，从房顶灯带里射出数道五颜六色的光，气氛马上变得很温馨。见灯灭了，在休息区玩耍的三个孩子"嗷"的一声惊叫，转头发现推来了蛋糕，"哗"地围过来，念薇、如霜、雪柳和曼香也离开座位站在蛋糕车周围，喊迎梦："快来许愿呀！快许愿！"范以轩从主宾位置上站起来推李飞舟，说："还愣着干什么，你和迎梦快去许愿。"

这样浪漫的环境和氛围，着实让迎梦很感动。女服务员打开蛋糕盒，蛋糕上用红色的果酱做出一个大大的心，面点师还特意在心的中间用果酱雕出"生日快乐"四个大字，30多根红色的蜡烛生发着莹莹的烛光。

雪柳说："迎梦，你先许愿再吹。"

念薇和如霜、雪柳、曼香、范以轩以及三个孩子，以及女服务员们齐声唱起了生日歌，一个女服务员将生日皇冠戴在迎梦头上。迎梦拉一把李飞舟，说："来，咱俩一起许。"李飞舟腼腆地说："我不用许了，你一个人许就行。"念薇等人起哄，说："对，跟迎梦一起许。"

于是，李飞舟和迎梦并排站立，面对烛光双手合十闭着双目，心里默念着各自的愿望。许完了，俩人弯腰对着蜡烛"噗"地吹出一口长气，大部分蜡烛瞬间灭了，还剩下两根蜡烛的光来回摆动，迎梦又补吹了一口才全灭。切完蛋糕，女服务员们先分给了三个孩子，又给每人端来一盘搁在餐位前。几个闺密和范以轩纷纷举杯为迎梦庆贺生日，迎梦一口干了大半杯，然后又倒了半杯，走到映寒面前，说："映寒，刚才我和李总没拿你当外人，所以才没敬你酒，现在我单独敬你。"

映寒冷冷地看迎梦一眼，勉强地说："我真的没有挑理，不碍事的。今晚你是主人，我先敬你。"

尴尬的场面算是得到了缓解。念薇、如霜、雪柳和曼香打破了原先的拘束，开始串着聊天、喝酒、作诗和献歌，范以轩也一直陪到深夜。临散时，趁着酒劲儿，他忽然诗兴大发，说："我给迎梦和四位漂亮的女士献诗一首，听好了：烛光摇曳惹人醉，难掩风霜岁月摧；青春喜驻伊人面，花容月貌曾几回。怎么样？"

蓦然间，念薇和雪柳、如霜、曼香、迎梦被范以轩出口成诗打动了，没料到他还有这般才情，便不由自主地为他鼓起掌来，屋里顿时充斥着一片叫好声。

曼香说："范总藏而不露呀，佩服！实在佩服。"

范以轩昂昂脸摇了摇头，说："岂敢岂敢！今晚的聚会结了个善缘，但愿与各位后会有期。"如霜说："好呀范总，咱们都加微信了，有事随时联系。"范以轩眼睛瞄着念薇，说："好，希望下周咱们能再见面。"

散场时，映寒留在屋里收拾所剩的物品。范以轩被李飞舟搀着来到车场，迎梦和念薇、如霜、雪柳、曼香先把范以轩送走，之后她们才分头离开，最后走的是念薇和婷婷。

念薇问迎梦："哎，这个范总人咋样？"迎梦说："李飞舟清楚，我只听他说过。他家在外地，夫妻一直两地分居。"念薇说："噢？！他咋不把爱人接过来一起生活呢？"迎梦说："咱哪知道，要不我帮你打听打听。"念薇摆手，说："别别别，我随便问问。"迎梦说："我看你对他挺好奇的。"念薇说："我才不好奇呢。"迎梦说："我想也是。像我，只关心你薇姐，下午我在电话里听到你哭了，到底为啥呀？"

念薇想了想，不说。迎梦不停地摇她，说："说嘛，你还跟我见外呀，说出来看我能不能一起帮你想办法。"

拗不过迎梦，念薇只好把公司搬家添置家具，而高畅不愿支持一分钱的事儿说给她听，迎梦当场气得直骂，问道："姐，你跟这样的男人过的啥劲儿啊，离了得啦。"念薇说："我可以不跟他过，婷婷咋办？"迎梦叹了口气，说："你们个个都是为了孩子活，我是为了自己活。那这样，别指望他了，你添家具需要多少钱，我先借你用，等公司挣了钱再还我，或者将来算我入股，可别怕我占你便宜。"

念薇被迎梦的仗义感动哭了，握住她的手，说："行迎梦，就按你说的办，算我借的，将来我要还你，你若不要就给你算股份。"

迎梦说："别考虑这些，你先把公司做起来，咱姐妹之间啥都好说，明天我把现金给你送去。"

念薇怎么也没想到，迎梦会在她最困难的时候，向她伸出援助之手，心里不免感到宽慰。迎梦虽然爱钱，但看不得闺密犯难，最恨那些在钱财上小气吝啬的男人。念薇眼前遇到了难处，李飞舟给她的钱存在银行也挣不了几个利息，必须出手相助，这是她作为好闺密应尽的义务。

这样，念薇愁了一下午的搬家经费，瞬间迎刃而解。迎梦幸好是女人，如果是个男的，念薇此时也许会给他一个拥抱，甚至会含着泪小鸟依人地蜷缩在他怀里，这是处在艰难时刻女人的一种本能反应。女人在低谷和情绪最低落时，最经不起别人尤其是男人的安抚。念薇把这份情谊记在心里，不能拥抱迎梦，就用眼泪来证明自己对迎梦这个闺密的感激。

第三章

　　曼香没喝酒，开车顺路把如霜、雪柳和鸿泽、诗云送回了家，然后才回自己家中。念薇拉着婷婷走后，迎梦喝酒开不了车，就把保时捷搁在停车场，第二天再来取，坐李飞舟的奔驰一起回仙界花园。深夜马路上车少，大多跑的是黄色出租车，车速很快。

　　映寒坐在副驾驶座上，说："李总，我到前面下，就不跟你们去仙界了。"李飞舟醉意朦胧，扬手说："一个女孩子走夜路不安全，等会儿把你送回来。"李飞舟嘴里喷着酒气，说，"你瞧瞧，我喝太多了，回公寓去住。……你一个人睡得安稳。"迎梦说："那好吧，明早你给我拿 10 万块钱，我有用。"李飞舟说："前些天不是刚给你 20 万，咋又要 10 万？买啥呀？"迎梦说："不买啥，反正有用，保证不乱花。"

　　司机直接将车开进了仙界花园地下车库，李飞舟和迎梦从后座下来，映寒把他们送到电梯间，就回到车旁跟司机一起等。司机说："老板没准儿上去就睡着了。"

　　映寒说："他等会儿不下来，咱俩就走，你把我送回去。"

　　李飞舟将迎梦送上楼，进屋打开灯，满屋的香水味。李飞舟往沙发上一坐，眼皮发沉，仰头犯起了迷糊。迎梦走进卧室换好丝绸连衣裙内衣出来，发现李飞舟睡着了，还打呼，抓起茶几上的玻璃瓶给他倒了杯凉白开，一条腿跪在沙发上摇晃他，说："醒醒，你醒醒。"

　　李飞舟被摇醒，说："不行了，不行了，我得回公寓了。"

　　迎梦说："你就在我这儿睡呗。"李飞舟的嘴边挂着几滴涎水，吃力地站起来，用手抹了抹嘴巴，说："算了算了，你好好睡个觉吧。"

迎梦说："那你去吧，记得明早把钱给我送过来。"

映寒和司机正等得不耐烦，见李飞舟东倒西歪地从电梯出来了，赶紧扶他上车，开出地库去送映寒回宿舍。

李飞舟问映寒，"你今晚在包厢里耍性子不好。"

映寒不吭声，不提还好，越提越来气，就说："我说不去，你非得让我去。我去了你和她又不把我当人看。你以为我是你贴身丫鬟啊。"司机插嘴说："李总，是你不对。映寒是公司里顶尖的业务骨干，你不能得罪她。"

李飞舟借着酒兴扒住副驾驶的靠椅，两只大手伸到前面。映寒往前躲，埋怨他这是干吗呀。李飞舟说："不……不干吗，今晚亏待了你，日后一定给你补偿。"

奔驰车开到宿舍楼前停下。映寒先从前座下来，李飞舟也跟着下来了，非要送映寒上楼。映寒说不用送，催他回去。

李飞舟回到公寓已是深夜，进厕所呕吐了两次。睡了一夜起来头还发蒙，可没忘记迎梦提到的 10 万块钱，就打电话让会计去银行提现金。吃过早饭，李飞舟催司机将包好的牛皮袋送到仙界花园去，里边装有一捆尚未拆封的 10 万块钱。

迎梦还在床上懒着，听到有人敲门，穿着吊带睡衣急忙去开，拉开条门缝往外瞧，司机站在门外多余的话没说，顺手将牛皮袋塞了进来。迎梦提进屋打开瞧，果然 10 万不少一分，就拨念薇的微信，拨通里边光唱歌，唱了半天仍然没人接，想她一定还没起床。于是，留语音说上班后直接送到公司去。

实际上，念薇一夜没怎么睡，却比迎梦起得早。5 点多钟，她起来先给婷婷做早餐，吃完又开车把婷婷送到学校，回来才补了个囫囵觉。这时，高畅已经坐地铁上班走了。他一个理工大学的高材生，既没有走上仕途，也没能成为企业家，仅就职于一家民营企业，成了一个打工仔，不能不说非常失败。除了正常上下班，每月挣有数的死工资，回到家要么打篮球锻炼，要么去练太极拳，平常很少接送婷婷上下学，期末考试前，才偶尔管一下婷婷的数理化，其他家务全都扔给了念薇。

头天下午，两人因钱的事儿生了一肚子气，念薇带婷婷去参加迎梦的生日聚会，原本就没打算告诉高畅。他下班回到家见冷锅冷灶，先打电话给念薇，念薇刚哭过没心情接，把他气得要死，一人在屋里上蹿下跳，嘟嘟嚷嚷，高一声低一声地喊，叮叮当当摔勺子砸碗，惊得左邻右舍找上门来，责问道："咋啦咋啦？别这么大动静好不好？谁家都有老人和孩子，吓着你负责呀？"

高畅脸色大变，不停地给人家赔理道歉，好话说尽才平息了邻居们的情绪。人一撤，他干脆关门大吉，一人跑到小区南边的一家老家肉饼店，点了两个肉饼、一碗小米粥和两个小菜，吃完去公园锻炼好一阵子，浑身湿漉漉地回家冲了个澡，便斜躺在沙发上，边看电视边等念薇和婷婷。

此时的高畅，满脑子都是钱到底该不该借给念薇，借给她能不能拿回来。关键是他怀疑念薇的公司有没有偿还能力。在他心目中，当今的青年男女，虽然结婚组成了家庭，但夫妻相当于两个人合伙开公司，丈夫和妻子属于两种不同的职业，只是工作分工不同罢了，生活中谁不乐意了，可以开掉重新换一个，你不行还有别人，总之是既分工又合作的关系。所以，夫妻归夫妻，钱归钱，谁挣谁保管，各花各的，无可厚非，将来的养老都靠自己积攒，夫妻间相互斥借资金形同于银行借贷，这很正常。

高畅这样胡乱想着，电视剧也不知道播放了多少集，进入了怎样的高潮和悬念，更没看手表指针指向了几点，只发现其他楼座的一些住户已经熄灯，在沙发上渐渐地迷糊睡着了。

念薇在停车场得到了迎梦的口头帮助，不知是高兴还是悲哀，拉着婷婷离开八号公馆，一路眼泪没止住过，只是灯影昏暗，婷婷看不清她在默默地流泪。搁在刹车手柄旁边的手机，老是"叮铃、叮铃"一条条的短信惹烦了婷婷，抓起来看后，说："妈妈，一个叫王山木的人老给你发短信，咋这么讨厌？"

念薇暗暗地抹掉眼泪，迅速夺过手机塞进了手提包里，说："不用理他。"婷婷说："王山木是干啥的？"念薇没法跟婷婷解释，只好说："孩子别问了，咱们快点儿回家。"

念薇极其厌恶王山木，他以合作的名义骗她。俩人也曾合作过几单小的生意，可公司挣的钱没有他拿走的多，还天天缠着念薇，老想占她便宜。王山木人品太差，宁可不挣这份钱，也不能再跟这种人合作下去，不如搬得远远的，眼不见心不烦。

听说念薇公司要搬家，王山木追着攥着不愿松手。他自己不会开车，外出所有的应酬和场合，必须叫人开车来接送。于是，一天给念薇发几十条短信或打几十个电话，央求念薇不要搬家，离他单位太远，不方便开展业务。听起来理由很充足。念薇太了解此人了，再继续合作下去，钱没赚到，名声反而先被王山木搞臭了。

11点多了，念薇和婷婷回到小区，把车开到停车场停好，才抓过手机翻看王山木的短信内容。留不住念薇的公司，王山木就在短信里警告和要挟，意思是公司搬走后，没有他的支持，念薇公司的许多业务无法拓展，一定撑不下去，离了他肯定不行，提出跟念薇必须见面好好谈一谈。可惜，念薇性格倔强，更不是被吓大的，从不屈服于这样的恫吓，对短信内容嗤之以鼻，看完回了五个字："那你等着吧。"

念薇和婷婷开门进屋时，开着灯熟睡的高畅没听见任何动静。念薇根本不想理他，进卧室换完衣服直接钻进了婷婷的房间。这时，她听见婷婷在问高畅："爸爸，你为什么不舍得给妈妈花一分钱？"

念薇悄悄躲在门后听，或许是高畅没想好怎么回答，客厅里沉闷了一会儿，才听到高畅说："我怎么不舍得花钱？家里的油盐柴米酱醋等所有的生活开支，不都是我出的钱？"

婷婷又说："你挣钱不给妈妈，应该出呀。妈妈开公司也是为了我和这个家，你对妈妈咋那么抠？"高畅听后大发雷霆，说："我抠？我抠你去找大方的当爹呀。……睡觉去睡觉去。"

婷婷"哼"了一声走进房间。念薇打开空调叫她抓紧睡觉，明天还得起早去上学呢。两人脱了衣服上床，"叭"地关灯躺下了。高畅一人愣在狭小的客厅里生婷婷的气，踱着碎步转了几圈，想如何跟念薇把借钱的事儿说开，见念薇不出来，就走到婷婷房间门口，喊："哎，你出来，咱俩把钱的事儿说说。"念薇装没听见，高畅又催，"快起来呀，我明早也要上班呢。"念薇说："出去干吗呀？反正你也不借给我钱。"高畅说："那就不能起来说？"念薇终于穿着短裤和短袖，拿着手机从房间出来了，坐在沙发上说："有什么好说的。"

高畅站在念薇面前，说："你也知道，我每月工资是多少，这些年我也没存多少钱。你开公司到现在，也没见你往回拿过钱，借你钱万一赔了，咱们家的日子都不保。"念薇说："刚开公司就想着挣大钱，哪有那么容易？你的钱我不借了，你自个儿留着花吧。"

高畅犹豫一会儿，说："那这样，我借给你一个月的工资，多了没有，就三万，不够你自己想办法。"念薇冷笑说："我有了，你不用借我了。"高畅很惊讶，说："下午还在找我借，晚上出去一趟就有了？哪来的？见的什么人？"

念薇一听来了气，说："男人，大款，傍上了，咋地吧？"高畅恼羞成怒，说："我说怎么既不接我电话，也不回我微信，出去都不跟我说一声，你心里有人了？"

念薇觉得高畅很好笑，说："有你个鬼。跟男人约会我会带着孩子去？猪脑子。不信你问婷婷，我们参加迎梦的生日宴会去了。"

高畅心里的石头落了地，说："钱是哪来的？"念薇说："迎梦借给我，明天送来，以后挣了钱还她或算她入股。"高畅说："你可别把钱给人家花光搞赔了。"念薇说："不就借 10 万嘛，如果连 10 万块钱都挣不出来，那还开什么公司？"

"你有把握就行。"高畅说，"你公司的事我不参与，但别找我借钱，我没见过大钱，就是个守财奴。"念薇说："那你守着钱过吧，你愿住这样的小房子，我和婷婷可不愿意。婷婷同学家长开的都是好车，谁不想过更好的生活？"

高畅说："房子再大有什么用？睡的不过是一张床。车再豪华还不是用来代步的？都是身外之物，我不求。你嫌房子小，将来挣钱买了大房子你们去住，我有这套房子就心满意足了，窝居也不错。"

念薇斥责道："你有没有一点儿上进心？哪个男的像你这样，你不能给我和孩子更好的生活，我出去奔你一分钱也不支持，嫁你这种男人算我倒了八辈子霉。"

话赶话，高畅就急了，说："你还倒霉？我更倒霉哩。作为女人有个班上就行了，可你偏偏开公司，有那个资本吗？嫌我不好，你看谁好去找谁呀。"

念薇气疯似的，抓起沙发靠垫砸了过去，说："你混蛋。"

这时，念薇的手机又"叮铃"一声响。"这么晚了谁还在给你发短信？"高畅抢过手机一看是王山木发来的，说："他还在纠缠你吗？"念薇骂道："狗皮膏药。"高畅让念薇少理他。念薇说："这个人太恶心，我才不愿理他呢。高畅，从今天起咱俩立个规矩，外面的事我管，钱我去挣，家里和孩子的事你管，这样总可以吧？"高畅说："本来不就是这样嘛，还用重新立规矩？家里的事儿，我哪样没管？"念薇说："你把家管得乱成一锅粥，像个猪窝，我和婷婷回来住得不舒服。"

爱情虽然没有谁对谁错，但当两个三观完全不同的人生活在一起时，相处起来是很困难的。念薇和高畅心里都明白，他们的分歧主要是来自对生活的认知和态度，思维和处世方式也完全不在一个频道和层面上。这样一来，整天地磕磕碰碰在所难免，感情和情绪在一定程度上，自然会受到影响，甚至会失去夫妻同房的兴趣。

那一夜，念薇去了婷婷房间，母女俩挤在一张小床上睡去，高畅则一个人在宽大的双人床上滚来滚去，辗转反侧久久不能入眠。

争吵到凌晨三四点钟才睡觉的不光念薇，还有曼香。没有更多的牵绊，雪柳和如霜回到家，便打发女儿和儿子休息了，自己又没啥念想，除了给迎梦、曼香和新认识的范以轩发了条问候"晚安"的微信，洗洗就睡下了。而曼香拐了个弯送雪柳和如霜回家后，开车进到自家小区里，整个小区道路两边和停车场早已停满了车。现在，从城市到农村没有别的，就有各式各样的家用小汽车，有钱的没钱的，去银行贷款也要买，总之不能让人瞧不起。城里街上走着的行人中，有三分之一是房奴，三分之一是车奴，还有三分之一是房奴加车奴。过去满大街是自行车，如今遍地都是黄色的、蓝色的共享单车和小汽车，空地儿停成了片，街道上连成了线，开车技术不行，还真挤不过去。曼香技术还可以，小心翼翼地在院子里绕了几道弯才拐进自家车位，但车位里停进了一辆黑色宝马车。她没熄火，把车停在主道上从车里下来，打开手机里的手电筒，朝宝马车前的挡风玻璃照，照遍前后始终也没找到车主留下的电话号码，就骂真是缺德的玩意儿，占了别人的车位想过夜，这是不想挪了，边骂边转身回到自己车前，拉开车门不停地按喇叭。接连几声汽笛响，惊扰了整个小区的居民，不觉间从楼上"哐"的一声不知扔下来了啥东西，正巧砸在宝马车上。曼香惊出一身冷汗，不免自语："砸得好，该！"再用手机电筒去照，发现扔下来的是一只破皮鞋。

这时，小区保安走了过来，曼香责怪道："你们帮找找这是谁的车啊，咋占了我的车位还不留手机。"保安是个老头儿，说："哦哦，我知道是谁的车，是三单元的，我打电话叫他下来挪走。"

不一会儿，从楼根底下蹿过来一个穿着背心大裤衩的胖子，随着"嘟嘟"两声响，宝马车闪了两下黄灯自动开了。胖子人还没到跟前就先道歉："对不起！真对不起！耽误你时间了，我马上挪。"

曼香说："没有你这样的，占车位也得留个手机号码，不然这么晚了去哪儿找你？哎，对了，你车后备箱上有只破皮鞋，是楼上扔下来的，跟我无关。"胖子说："不怨你，是我老爹扔的，没砸着你吧？"

曼香笑道："大水冲了龙王庙，别把你自家车砸坏就好。"

吴思亮在楼上听到了汽笛声，想肯定是曼香回来了，就站在阳台上往下瞧，后来没了动静，回到书房边看有关证券和情感类的书边等她，比如《情感物语》什么的。曼香泊好车，挎着女包顺着楼根拐到单元门口，通过人脸识打开了单元门。夜间乘坐电梯的人少，电梯都停在一层，一按上行键电梯门"哗"地就开了，折身进去，不到一分钟便到了自家楼层。她掏出钥匙打开防盗门，"嘭"地随手关上，换了拖鞋往屋里走。其实，她不愿意回这个家，守活寡的日子真不好过，恋爱时的那种浪漫温馨早已消失殆尽，没孩子家里就没生气和希望，两个大人往沙发上一坐，找不到共同的话题，实在乏善可陈，没有滋味，整天大眼瞪小眼，家庭氛围压抑沉闷。而吴思亮向来忌讳曼香独自外出和早出晚归，如果夜不归宿，他会急得抓耳挠腮。

自卑的人往往如此，自己越是不行，越嫉妒行的人，处处防着看着，不能让行的人好过自己。吴思亮清楚自己生理上有缺陷，虽然嘴上说信任曼香，心里却时时刻刻防着她，关注着她的一举一动，尤其是她每天的行踪，包括跟何人去了哪里，啥时去的，何时回来的，是去喝茶还是去吃饭，跟哪些男人进行电话、微信和短信联系交往，等等，把曼香看管得密不透风，生怕她背地里红杏出墙，把自己给绿了。这正是最令曼香反感和生气的。而吴思亮并不认为这样有什么不好，反而觉得这才是对曼香的真爱。真爱自己的女人，才会那么在意地去管着她、呵护她。

吴思亮阴沉着脸从书房里出来，问道："咋回来这么晚？"

曼香将女包和手机扔在茶几上，进卧室里脱掉衣服，身披浴巾来到客厅，手里提着要洗的乳罩和内裤。看着她曼妙的身材和诱人的胴体，他是有想法，没办法。

曼香说："我也不想回来这么晚，可又怎么办呢？闺密办生日宴会，一桌十几个人，我总不能先走吧？"

吴思亮被噎得搭不上话来，催她："快去洗澡吧，洗完睡。"

曼香刚走进淋浴间，茶几上的手机微信"叮铃"一声响，惊到了吴思亮。曼香从不计较吴思亮看她的手机，更不隐瞒手机信息，早把设置的密码告诉了他，想查随时查。即使对他这么坦诚，吴思亮仍要过几天就查看一遍她的手机信息和联系人。微信提示音恰恰提醒了他，趁曼香在淋浴间里洗澡，他迅速抓过手机翻来翻去，从通话记录到短信，再到微信及所加的好友，一个不落地翻了个遍。微信是范以轩发来的晚安问候，外加一个拥抱表情动作，再查新的朋友是刚加的范以轩，当即就怒气冲天，偷偷把范以轩加入了黑名单，以后曼香便再也收不到他的微信了。

曼香很快从淋浴间里出来，穿上了另一条内裤，光着上半身，双手抱着浴巾来回揉搓着湿软的长发。她发现仅洗了个澡的工夫，吴思亮突然像变了个人，两眼怒目横眉地瞪着她。曼香感到莫名其妙，问："你这样看我干吗？"

吴思亮端起茶几上的水杯猛喝了一口，然后将茶杯"哐"地墩在旁边的桌子上，质问道："范以轩是谁？""今晚生日宴会上新认识的一位老总，咋了？""你看看他给你发的什么微信吧。"

曼香从茶几上抓起手机打开微信看，范以轩发的"晚安"问候表情已被阅读过，当下急了眼，说："你偷看我微信？无聊。"吴思亮又问："你们是什么关系？"曼香说："新加的好友，我能与他有什么关系？"吴思亮仍未消气，说："那他给你发晚安问候还拥抱，新认识的就敢拥抱你，莫不是你们有啥默契？"

"他给我发，怪得了我吗？我又没给他回。"曼香气得用掉浴巾，将手机扔给吴思亮，气呼呼地说，"你不是愿意查吗？随便查吧，看看我在外面找了哪个野男人。"吴思亮说："那你加他干啥？我看这人就不像正经男人。"

曼香越听越气，说："人家是堂堂的老总，是迎梦家李飞舟的业主。不光我一个人加了，如霜、念薇、雪柳都加了，有错吗？"吴思亮认死理，说："我跟你说过，女人可以加，不熟悉的男人别去加，你咋不听呢？"曼香说："加个微信又能怎么样？难道我还能跟他有一腿？"吴思亮说："加了可就不好说了。现在是没有，谁知道以后聊着聊着会发展成啥样儿？"

由于身体不争气，吴思亮觉得对不住曼香，所以在日常生活中非常体贴她，处处让着哄着，简直到了无微不至的地步，但俩人每次争吵都不是因为别的，而是因为别人，因为感情。曼香知道他对任何男人都有很强的防备心，而曼香又不是那种随便的人，嘴上过嘴瘾归过嘴瘾，行动上却不敢越雷池一步。看到吴思亮这个样子，她心里特别来气，说："大家都加，我就另类，加了又能说明什么问题？你限制我交往，把我锁死在家里，你就高兴了是不是？我要想找男人，早就在企业家群里找了，天天盯着也没用，怪你自己没本事。"

吴思亮最不爱听的就是这句话，他受不了这种刺激。但曼香在抹泪，他便不再吭声，走进书房抓过那本《情感物语》甩给曼香，说："我刚看了这本书，里边那些话就是我想对你说的，你好好看看。"

曼香愣了愣，抓过那本书，胡乱翻到一页，只见上面写道："背叛都是从聊骚开始的，没事别瞎聊，聊久了就有情，有情就想见面，见面了就想拥抱，拥抱了就想拥有，拥有过后就想在一起。感情这东西始于颜值，陷于才华，忠于肉体，迷于声音，最后折于物质，败给现实。"

曼香看完这段话，也觉得说得有道理，可认为是吴思亮故意拿这本书里的内容数落她，将书"啪"地扔在茶几上，说："你是真看书还是想敲打我？"吴思亮说："不是敲打，是提醒。"曼香抹着眼泪，说："我文学水平不比你差，用不着你来教我，我何时想过要背叛你？""我先声明啊，你目前是没背叛我，但我也不是教训你。"吴思亮说完又抓起那本书，翻到另一页递给曼香，说："你再看看这段。"

曼香没接书，只用眼睛瞅书上是怎么写的，其内容大概是男人最介意的三件事儿，女人千万别去做：第一，男人可以装糊涂，但女人不要以为他真傻，男人说过的和介意的事儿，女人一而再、再而三地去做；男人说过的介意的人，女人一而再、再而三地去接触，一旦挑战到了男人的底线，那么男人就会让女人和那些恶心的人与事一起滚蛋。第二，女人可以骗男人，但千万别让男人知道，毕竟信任只有一次，一旦毁掉就再也找不回来了，等哪天男人心如死灰，女人无论再怎么求男人，男人都不会回头。第三，女人可以不在乎男人，但男人会用同样的方式对待女人，感情向来都是你真我就真，你假我会立即转身。男人历来既专情，又绝情。女人对男人好，男人视女人如珍宝；如果女人不懂珍惜男人，那男人肯定会果断离开。

曼香抬手扫落了吴思亮手中的书本，刚好砸在他的脚面上，一股疼痛感顿然而生，吴思亮弯腰捡起来又翻另一篇。

曼香吼道："你别让我看这些。结婚这些年来，你都没能力让我生个孩子，我说过什么？哪一点对不起你？我啥时拿你当傻子了？挑战你的底线了吗？你介意的人和事，我哪样没做到？我啥时不在乎你？又啥时不珍惜你？不说这些话，我还看不清楚你。今晚我看清楚了，你就是个没良心的人。"

这一顿连珠炮似的反问，让吴思亮无言以对，转念想范以轩只不过发了个问候表情和拥抱动作，不是真拥抱，是不该逼问曼香，惹出一肚子气来。

为了缓和气氛，吴思亮开始服软，伸展手臂按住曼香的肩头，说："曼香，我很爱你，所有的提醒都是好意。我不想外面的任何男人接近你。书上说的都是经验总结，男人接近女人都是有目的的，和你聊天不是为了哄你开心，而是找机会睡你。如果不是为了那点事儿，男人会觉得毫无意义，千万别以为别的男人真爱你，那都是欲望。外面哪有真爱？像我这样爱你的，相信不会再有了。家里让你住得舒舒服服，钱上从不让你手头紧，不缺你花的，生活上不让你有任何压力。听懂了吗？"

作为生活在一起的女人，曼香很清楚吴思亮对她的爱，只是爱的方式有点儿扭曲和变态。听他这样真诚的表达，曼香满肚子怨气渐渐消散了。经不住吴思亮一再请求她的原谅，曼香白了他一眼，顺手关了客厅的灯，牵手一起走进了卧室。

第二天早上，念薇、如霜、雪柳忙着一早起来给孩子做早点，送婷婷、鸿泽和诗云去上学，谁也顾不上看微信。

曼香早早上班去了办公室，一个人趴在电脑前拟订下一周的培训授课计划表，需要考虑邀请哪些专家教授来给学员讲课。如霜和雪柳送完孩子分别去了视频网和报社，念薇则开车将婷婷送到学校后直接上班了。迎梦拿到司机送来的10万块钱，先给李飞舟打电话，告诉他钱收到了，一番梳妆打扮后，冲了一大杯进口骆驼奶，切了块昨晚带回来的蛋糕，等吃完收拾利索，换了个爱马仕女包挎在肩上，提着牛皮纸袋出门坐电梯下到了车库。

念薇第一个上班来到公司，天气闷热，进到办公室先开空调，又给摆在角落里和桌边的几盆精致的文竹、君子兰、郁金香浇了浇水，然后才坐回办公桌前看房屋租赁合同和文件，在员工工资表和业务结算单上签字。她喜欢一人独坐在办公室里，那样可以静下心来思考公司如何生存与发展，突然一声"叮铃"响，微信惊到了她，拿起手机看，发现是范以轩发来的问候表情，怦然心动了一下，立即回了一个问候表情，并附带一句话，问范以轩啥时有空，方便自己去拜访他，汇报一下公司的业务情况。

范以轩好一阵子没有回复，念薇心里不停地打鼓，琢磨他是在路上还是在开会？或许是没看见，总之狐疑是不是范以轩手里的业务又要泡汤了。公司正处在发展的艰难时刻，太需要对接像范以轩这样的客户了，更需要业务上的支持与帮助。好在没过几分钟，手机微信铃声又响了，范以轩回复叫她明天上午去公司，念薇心里的石头这才陡然落地，决定第二天去拜访范以轩。

范以轩的事情约定好以后，念薇就想迎梦上午会不会把钱送到公司来。10万块钱不算多，但对于处于窘境的小公司来说，至关重要，算是活命钱。民营小微企业，公司员工都是从社会上招聘来的一帮小青年，高端人才早被央企抢光了，来应聘的多数是没有真才实学，还有一身臭毛病，又不安心、眼高手低、三天两头跳槽和没人愿意要的散兵败将，管起来特别费劲儿。岂不知个体老板的钱，全是靠日夜操劳、拼了命攒下的血汗钱。

念薇公司遇到过几个这样的人，全都赔钱了，有再充足的证据也没用，加上业务量又少，久而久之，走到了入不敷出的地步，但必须活下去，撑过来。在念薇眼中，迎梦的10万块钱可谓救命稻草。

迎梦开车被堵在了路上，离念薇的公司不远，就是走不动，气得她坐在驾驶座里直砸方向盘。念薇发微信问她走哪儿了，她说马上到马上到，可怎么也到不了。

上班后，员工都来了公司，助理小李走到念薇办公室门口，问："呀，薇总，你咋来这么早？"念薇说："等会儿来人，你注意接一下。"

小李退出来不到10分钟，又敲门探进头来，说："薇总，客人来了，是个男的。"

念薇以为是迎梦到了，激动得捋了捋秀发，转到办公桌前准备迎接，不料小李身后跟进来的是王山木。念薇蓦然愣住了，立马板起脸回到办公桌后，问："你咋还来公司找我？我忙着呢。"

王山木阴阳怪气，一屁股坐在沙发上，说："看来你不欢迎我了。"念薇说："是的，不欢迎。我真不想再跟你合作下去了，公司马上搬走，以后你别再找我了。"

王山木露出了本来面目，表情十分狰狞，抓起茶几上的书本连续拍打桌面，恶狠狠地说："行，你行。靠我起步现在想甩我，那就别怪老子不客气了。把账算算，该给老子的都给我。"念薇说："跟你一共就做了两单业务，该给你的钱都给了，账目一清二楚，还要什么钱？"王山木央求说："那你不搬走行不行？公司搬走，我可天天见不到你了。"念薇想了想，说："搬不搬不是你说了算，搬哪儿现在没定呢。"王山木说："搬走或者以后不再合作也行，但我有个条件，只要你答应，你愿搬哪儿搬哪儿，愿跟谁玩跟谁去玩。"念薇问："什么条件？"王山木淫笑着说："只要你以后每月陪我两次，那什么都好说。"念薇清楚王山木的为人极其卑劣，听到他说这话，念薇怒气冲顶，愤恨地抓起桌上的茶杯，猛然砸向王山木。王山木反应迅速，歪头躲过，茶杯"呼"地砸在了后面的墙上，碎了一地的瓷碴，骂道："流氓！叫你妈陪你呀。"

说着，念薇从办公桌后转出来，拽住王山木的胳膊往外推他："给我滚。小李，叫人轰他出去。"

小李听到念薇屋里的嚷叫声大惊失色，慌忙从隔壁跑出来，公司里几个年轻小伙围了过来。念薇喊："他要流氓，快赶他出去。"

王山木被强拉硬拽地拖出念薇的办公室，嘴里不停地骂着："臭婊子，想用搬家甩我，没那么容易。你卸磨杀驴啊。"

迎梦提着牛皮纸袋刚踏进公司门，听到有男的在骂人，声音很刺耳，见王山木被一群年轻人推着搡着拽出门外，扭头瞧了瞧，对小李说："把门锁上呀，别让他再进来。"

念薇一大早赶上王山木来公司闹，原本较好的心情受到沉重的一击，关上办公室的门站在屋里直生气。迎梦来到门口轻轻敲了两下门，只听念薇在屋里吼叫："死不要脸的东西，你不要再纠缠我。"

迎梦知道骂的是王山木，并不介意，推门进去，说："亲，是我。你咋也不看看是谁就开骂呀？气糊涂了吧？"

念薇见迎梦手里提着牛皮袋进来，顿时破涕为笑，连忙说："哎呀亲，我盼星星盼月亮等你来，可谁想突然闯进来个烂人，你若早来一会儿，他就不敢在我这儿闹了。来来来，快坐。"

迎梦将牛皮纸袋搁在茶几上，说："那人真低俗，看那长相就让人觉得恶心，你怎么招惹到他了？"念薇摇头说："我哪招惹他了，他骗我跟他合作开公司，还想占我的便宜。就那德性，哪个女人能瞧上他？"迎梦说："钱拿来了。搬吧，别告诉他搬哪儿，搬走躲开这种烂人也好，不然谁敢跟你打交道？""要不说嘛，他要我每月陪他两次。"念薇气得边说边骂，"咱不说他了，这钱我让财务给你写借条，下午就去订家具。你看是入股还是还钱？"迎梦说："我不是说过了嘛，咋都行，你先应急花着，以后再说。"念薇又问："这些钱李总知道吗？"迎梦："知道不知道又怎么样？我说我用，没说借你。"念薇说："那好吧。姐妹对我负责，我也对你负责，挣了钱不会忘了亲。"

念薇喊来会计给迎梦写了借条，接着两人开始聊公司的业务。念薇说已经跟范以轩约好去拜访他，争取把他单位的业务拉过来。迎梦提醒她，范以轩是个有文化的老总，光看晚宴上作的那首诗，就明白不是一般人，业务归业务，可别拉到床上去。说着，迎梦"咯咯咯"地笑了，笑得念薇脸发红。

念薇说："什么事儿能瞒过咱们几个闺密？我要拉业务把客户拉到床上去，那成啥了。"迎梦戏弄说："这可说不定哟。跑业务的、房地产公司搞销售的，为了拿订单跟客户上床的不少。不过我相信亲。"念薇说："放心吧。我明儿个不拉你就拉曼香去。去办公室见面，哪个男人敢跟女人动手动脚？我是不单独见男人的。"迎梦说："是呢是呢。男人和女人是不能单独见面，见面就出事儿。"念薇感叹说："我家男人要是有李飞舟那本事，我也不出来开公司。女人开公司常被男人吃豆腐，挺可怕的。"迎梦说："好吧，为了保护薇姐，我明天牺牲点儿时间，再叫上曼香一起去会会那个范总。"

念薇和迎梦唠起男女私生活，自己都觉得说不出口了，随即把话题岔开。念薇催迎梦抓紧联系曼香，让她定第二天的时间，三个人一起去见范以轩。

第四章

最后一轮期末考试结束后，全市中小学都放了暑假。小鸿泽、婷婷和诗云像放飞的小鸟，每天轻轻松松、快快乐乐地过活着。七八月的太阳毒辣得很，炎炎烈日晒得人不敢出门。孩子们要么去游泳馆游泳，要么躲在家里看电视、玩游戏，偶尔也会拿出课本来做上几道数理化。可天再热，大人也得出门上班，不能丢了饭碗。比如，曼香一早趁天凉快，赶到院校给学员做授课计划，已经想好了请哪些有名的教授和老师，忽然觉得应该拓展一下教学师资力量，请几个经验丰富、有阅历的企业家，来给学员们讲授讲授企业文化、管理和新兴产业投资等，这是学员培训需要补的一门学问。想着，顺手从桌上拿起头天的报纸翻看，其中在二版显要位置，发表了一篇关于投资公司的报道，文章没表扬哪位，只大幅宣传成功进军光伏产业等领域的做法和经验，还受到大力表扬与支持，被评为了优秀企业。

这篇文章让曼香喜出望外，立马想到上报纸的这家公司，正是昨晚那个范以轩管理的企业。既然它是优秀企业，那么老总也一定是优秀企业家，于是，她抓起笔即刻画掉了讲课计划表中的其中一位老师，连授课内容也直接改成了新兴产业和战略管理。随后给范以轩发微信，问他最近忙不忙。范以轩回复说忙是忙了点儿，但美女如有吩咐，还是能抽出时间安排的。

微信语音一条条来回倒去地发比较麻烦，还不能直白地把事情说清楚，曼香就拨通了范以轩的电话，说："哎呀范总，没想到您是个高人哪。我在报纸上看到报道，才知道您把公司做得这么好，都受到表扬了。"范以轩在电话里谦虚地呵呵笑着，说："职责所在嘛！"

曼香说话本来就细声细语，此时更娇滴滴地说："真好！真好！范总，一帮年轻民营企业家学员来院校培训，我正做计划找老师授课呢，我看您挺合适的，既有企业家的战略眼光，更有学者风范，能不能安排时间来院校给学员们讲一堂企业战略课？"

范以轩甚为惊喜，谦恭地说："过奖啦。你看我这几十年都搞串行了，一会儿文化，一会儿产业投资，忽东忽西像天上飘荡的云彩，我这样的杂家能去给学员授课吗？"曼香说："怎么不能？您从事的行业多，正说明您是复合型的领导嘛，太难得了。范总啊，您别推辞了，就来给我们学员讲一课吧。先跟您声明，讲课费不多，几千块，您看行不行？"范以轩问："哦，不用考虑讲课费，不需要不需要。"曼香说："您能来讲课就求之不得了，再不给课时费，哪儿说得过去啊，得给，必须的。"范以轩哈哈大笑，说："费用暂且不提，请问讲课的主要内容就是你刚才说的企业战略吗？"曼香说："讲企业战略与企业文化。您要同意就这么定了，我马上安排课程，您可别食言噢？！"

范以轩意想不到会收到曼香的邀请，很爽快地答应了，心想去讲讲未尝不可，把几十年的经验传授给年青一代，也让他们知道知道马王爷三只眼，不枉当这个老总。于是，当即把公司的笔杆子和秘书等叫来，布置他们提前酝酿准备讲课题纲。

曼香得到范以轩的应允很高兴，也没料到范以轩会答应得这么痛快，看着桌上的报纸，心满意足地笑了。她拿着授课计划满楼转，去跟其他副院长和培训部主任商量，专门介绍范以轩，说："这可是个学者型的企业家，在全市都有名，人家不愿意来，我把好话说尽，就差下跪磕头了，他才答应。让他讲一课，也让学员们开开眼，看看人家是怎么把公司搞得那么红火的。"

听曼香如此介绍，其他副院长和主任对她伸出大拇指，说还是曼香有办法，社会各界的大佬，没有她请不来的人，更没有她拜不动的神，听得曼香心里酥麻麻的。

范以轩来讲课的消息，没出上午就在学员们当中传开了，纷纷找那张报纸，了解他本人和公司的情况，看完果真令人惊喜。曼香觉得范以轩不仅深不可测，还这么具有亲和力，是那种女人心目中男神级的人物，来讲课正好提供了进一步交往的机会，何况他正是曼香喜欢的那类大叔。走在楼道里，曼香给范以轩发微信，这两天把讲课安排送过去，顺便到府上拜见他。

曼香第二天以邀请讲课的名义搞定范以轩的消息，同样传到了闺密群。看到她在闺密群里发了该条公告，并且十分得意，迎梦和念薇心里多少有点儿醋意。不过，迎梦、念薇和曼香是好闺密，心里再不舒服，也不会像社会上的一些人表现得那么明显。

那一刻，迎梦跟念薇正在南四环逛办公家具城，上下两层上万平方米，各式各样的办公家具一排排地摆满了，有长条的会议桌，打着玻璃隔断、安着假电脑的公共区域办公桌，方形和椭圆形的老板台，乳白色、黄色、橘红色、黑色的弹簧靠背椅等，应有尽有，可逛了半天，念薇拉着迎梦光转悠，始终定不下来买谁家的。里边卖方人员比买家具的人多，顾客越少，念薇越不敢轻易地拍板，毕竟要花从迎梦手里借来的钱。她想买的是花钱少、质量好，还得厚重美观上档层的那种家具，可惜转遍整个家具城，念薇都不满意，溜达几圈又要去别的家具城看。

念薇没开车，坐了迎梦的保时捷。刚钻进驾驶室，两人的手机微信同时响了。念薇打开微信，一眼看到了曼香发来的消息，脸色马上沉了下来，说："这曼香，咋走到咱们前头联系上了范总，这不是抢我的风头吗？"迎梦问："呀呀呀，她是联系范总干啥呀？""邀请范总去讲课，姓范的答应了，真会钻孔子。"

迎梦驾驶小车出了停车场，顺着辅路拐上了南四环主路，刚上去就堵住了。迎梦脚踩刹车，说："曼香就喜欢男人，想搞谁，谁就会成为她的俘虏。那咋办？明天咱还约不约她一起去见姓范的？"

念薇脸色极难看，说："她自己主动约了，咱还约她干啥呀？咱俩去吧。"迎梦说："那你发微信问问如霜和雪柳，看她俩有没时间一起去。"念薇说："不问了，你陪我去吧。"

前方的道路疏通开了，迎梦左手把着方向盘，右手抓着手机发微信。念薇扭脸看到了，一把抢过手机，说："集中精力开车，别把咱俩搭在路上。"迎梦说："那你在群里代我发一条，讽刺讽刺曼香，她怎么也不事先说一声就约人家，头晚才见面，真好意思。"念薇说："别发了。学员培训需要呗，开你的车吧。"迎梦说："不行亲，假如咱不事先声明去拜访姓范的，万一跟她撞在一块，到时人家见谁不见谁？"念薇说："别管了，撞了车谁先见谁后见，看姓范的呗。"

正聊着，只听"嘭"的一声闷响，迎梦感觉车身猛然一抖，肯定是被追尾了。她停住车，嘴里骂道："他妈的，屁股被人亲了。"

念薇拉着脸，说："快打双闪，别再连环撞。"

后面的车一追尾，宽阔的主路上又制造了一个堵点，后面的车顿时堵得水泄不通，三车道立时像爬着爬着停下来的长虫，其他车辆纷纷避让变道绕着走，路过的司机都隔着窗玻璃往外瞧。迎梦和念薇从车门下来，朝后一瞧是辆小面包，满车身贴着花花绿绿的广告，几乎快要散架了，小包车的车头正巧顶在保时捷后保险杠上，气得迎梦破口大骂："前面这么大个车，你眼睛瞎啊往上撞？开这么快赶着去投胎吗？"边骂边弯腰用手去摸车尾被撞掉的漆，又心疼地骂，"你看看，把漆都撞掉了，保险杠也瘪进去了，今天不赔钱谁也别想走。"

面包车司机是个中年胖子，满头是汗，一看就是没钱出来跑生意拉货的乡下人，双手叉腰，站在车旁直愣愣地瞧着前车，知道撞上保时捷惹了大祸，修车没几万下不来，这回惨透了。任凭迎梦骂得多么难听，他始终不敢还口，毕竟面包车负全责。

念薇围着车看了看，也责怪那胖子，说："是啊，你脸上白长两只灯泡了，没充电吧？车不行技术不咋地，还不知道拉开点距离，我们还有别的事儿，你说咋办吧？"

胖子浑身哆嗦着直抹汗，从上衣口袋掏出 300 块钱递给迎梦，操着外地口音，说："对不起，我身上就这些钱，全赔你。"

迎梦瞥了一眼，说："打发叫花子呢？我这可是保时捷，300 块钱你去给我修。"胖子急得有点儿结巴，说："那、那、那……那你们说怎么办？"念薇说："快报警，叫交警来处理。"胖子无奈，说："那你们打吧，反正你有保险，我没有。"迎梦拨手机说："我现在就打 110。"念薇说："110 管治安，不管交通，打 122。"

大热天本来爱出汗，撞了车一急，三个人脸上像淋了雨水。打完 122 等交警，迎梦气呼呼地站在原地转圈，往闺密群里发消息："亲们啊，我今天太倒霉了，屁股被人从后面顶了，谁快来帮帮我。"

如霜、曼香和雪柳工作期间不太关注微信群，但看到迎梦说屁股被人从后面顶了，以为真的有人对她耍流氓，立即关爱地给予回复。

　　如霜在群里说："啊？！哪个男的这么大胆，敢从后面顶你？"

　　雪柳先发惊愕表情，回复说："哦，真龌龊！大白天也太有恃无恐了，快报警抓他呀。"曼香在开会，看到迎梦在群里发出求救，马上回道："亲呀，要不要我过去帮忙？"

　　微信"嘟嘟嘟"老响，念薇打开手机看后憋不住笑，回道："哎呀，亲们别误会，是她的保时捷被一辆面包给追尾了。"

　　"嘭嘭嘭"几个表情发过来，一个发怒，一个捂嘴偷笑，一个流泪。久等交警不来，念薇说："我看算了吧，后面堵得厉害，赔又赔不起，交警来处理也是胖子负全责，还不是去鉴定走保险？太浪费工夫了。干脆车走保险咱们自己修吧，其余花费从那十万块钱里出。"

　　"不是钱的事儿。看着就来气，都怪他脚下无根，像得了偏瘫似的，咋就不知道踩刹车呢？"迎梦愁眉苦脸地直嚷嚷，再次俯身去看车尾，两车顶在一起几乎无缝隙，对那胖子说，"今天遇到我们姐俩算你幸运，不跟你计较了，300块钱不够塞牙缝的，自己留着买教训吧。"说完喊念薇走，仍不忘告诫胖子，"以后小心，撞了别人可不像我们这么好说话，可别开着破车上奈何桥。"

　　那胖子看迎梦和念薇不再等交警，也不要他的钱，如释重负地长松了口气，连连作揖说："谢谢二位美女开恩，真是菩萨保佑我，你俩一定走好运。豪车就是豪车。你们的车没事，可我的车前脸发动机撞坏没法开了，得找拖车来拖。"

　　迎梦和念薇钻进驾驶室，打火启动开走了，四环主路上只留胖子和那辆面包等交警。

　　一场虚惊过后，闺密们终于平静下来。如霜和雪柳这才发现曼香发在群里的那条微信，感到她既聪明，又很有心计，任何事总能走到别人前头，见一面就能搞定范以轩，实在不简单。作为资深记者和媒体人，对事物的观察有着极端的敏锐性。俩人也注意到了那篇报道，认为范以轩倒是个很好的素材，不用再到处去摸排和寻找采访对象。掌握着良好的平台和资源，何不光明正大地宣传朋友的企业呢？只要素材拿到手，稿子出来就能发网站、登报纸，更可以交一个企业家朋友，可谓一举两得的好事情，但上面不下采编任务，是不能私自去采稿的。这个念头，在俩人脑子里只是一闪而过，没往深里想，更没拿范以轩当回事儿，随即便把这件事搁下了。

雪柳向来口风严，作为记者，职业特殊，公司对他们有严格的要求，凡正式下达的任务，尤其是采访对象、题目、内容和素材，不允许对外乱说，这使她养成了对任何事情都少说话的习惯，更别说她个人的私生活了。

其实，雪柳离婚后一直没闲着，尽管十分惧怕婚姻，边带孩子边工作，白天忙起来啥事都抛到了脑后，可到了晚上特别寂寞难忍。社里净是些大龄男女。他们感到生活压力巨大，要么不找，要么同居不结婚，还要么遇不到投缘的，林林总总，不一而足，而一次外出采访的机会，雪柳死寂的心又萌动复活了。

事情发生在前不久。雪柳去外地采访，要走一个星期，还派了个名叫李冠霖的随从摄影记者。李冠霖31岁，一米八的个头儿，一表人才，思维敏捷，情商极高，口才也好，交往过不少女朋友，却不结婚，一直单身混着。父亲是单位老领导，影响力还在。雪柳想早点儿把自己和女儿的户口迁到大都市，排队不知要排到猴年马月，假如李冠霖让父亲出面说句话，那怎么也得腾出个名额来。所以，在平时的工作交往中，雪柳曾关注过他，可惜他小雪柳6岁，命理上犯六冲。

从出发到整个采访过程，不论在高铁上，还是在采访对象的办公室里，再到下榻的宾馆，李冠霖一直对雪柳无微不至地关照，帮她提包，买吃的，甚至为她提鞋洗衣服。雪柳开始只是感激，认为自己是姐，李冠霖是弟，并没在意和过多地去想。但几天下来，两人都有了感觉，李冠霖看雪柳的眼神都发生了变化，含情脉脉。

第一天采访结束，应酬完回到宾馆，李冠霖赖在雪柳房间里不走。雪柳坐在床边，李冠霖坐在椅子上。他喜欢雪柳这种类型的女人，身材娇小，皮肤白皙，长得酷似洋娃娃，离过婚也不在乎。于是，坐在椅子直勾勾地盯着她看。雪柳起初并没朝感情那方面想，见李冠霖的眼神不同寻常，问道："你为啥这么看我？"

李冠霖脸也不红，真诚地笑着，笑得很灿烂，直言不讳地答道："柳姐，我在社里注意你很长时间了。我喜欢你。"

两人一路同行，雪柳欣赏李冠霖作为一个男人表现出的勤快、机敏和热情，但听到他此番示爱与表白，雪柳简直惊掉了下巴，瞪大眼睛，不敢相信这话是从李冠霖嘴里说出来的，久久没能回过神来。

　　现在的年轻人，比大叔更知道怎样获得女人的芳心，表白大多不掖不藏。李冠霖喜欢雪柳是真心的，虽然面对的是一个中年女人，但雪柳说话历来都透着一种令人陶醉的娇羞，这对男人来说是一种巨大的诱惑。

　　"从今晚起，你给我当老婆吧。"李冠霖说着，上前一把将雪柳搂在了怀里，并喊了她一句："老婆！"雪柳的心脏"怦怦"跳得快令人窒息，脸烧得通红，甚至耳根都发烫，很长时间才缓过来，犹豫地说："我是离过婚的，还带个孩子，况且比你大6岁，可你是头婚。"

　　李冠霖不经雪柳同意，先捧住她的脸颊猛亲，还亲了她的脖颈和额头，最后竟把舌头直接伸进了她两片肉嘟嘟的樱桃嘴里。雪柳果然没有反抗，紧紧抱住了李冠霖。俩人顺势倒在了床上。

　　雪柳挡住他，问："今晚咱俩的事，回到社里你不能跟任何人说，你能做到吗？"李冠霖说："柳姐，你放心，我能做到，不会对咱俩的工作造成任何影响。"雪柳又问："你豁出去娶我吗？"李冠霖说："早想好了呀，就娶你。"雪柳说："你敢保证你父母不反对？"李冠霖说："他们听我的，只要我中意就行，你是我心里最中意的女人，我爱你柳姐。"

　　女人经不住男人拿甜言蜜语哄，感情受过伤的女人更是如此，男人耳边的情话是一服良药，顷刻间会把女人给融化掉。

　　自那一夜起，在短短一周山差采访的几天内，俩人几乎每晚都急风骤雨，雪柳就这样把自己许给了社里的同事小男人。这个秘密只能藏在心底，她是永远不会跟念薇、迎梦、如霜和曼香说的。

　　此时，雪柳正坐在电脑前看稿子，对面还有一个座位，是新搬进来的女同事，但这会儿人不在，去上厕所了。雪柳老父亲要回老家处理点儿事情，她正为父亲走的这段时间谁来管诗云发愁，李冠霖拿着一沓图片推门进来，见屋里只有雪柳一人，就笑着喊了句"老婆"，凑到雪柳跟前亲了她一口。雪柳瞧着门外，轻轻捶了他一下，说："吓死我了，可别让人看见。"李冠霖说："就你一人谁能看见？再说了，看见就看见呗，我反正是要娶你的，你要同意咱随时领证结婚。"雪柳说："我还没想好呢，即使结婚也不想让人知道，我一个二婚女人有什么可张扬的。"李冠霖说："我可是头婚哎，怎么也得把亲朋好友请来办几桌婚宴吧，不然我父母不干。"雪柳应付道："到时再定，你别见谁跟谁说。哎，来找我就说这事啊，是不是一天不见就忍不住？"李冠霖说："是啊，想你还要有钟点啊，想来就来。"雪柳说："咱说正事儿。我老爸要回老家几天，诗云放假了，我上班谁帮我带啊？真愁人哩。"李冠霖想了想，说："要不让她到我家去，叫我老爷子和老妈看着她。"雪柳赶忙挥手，说："不行不行，还没见过你爸妈的，谁知道他们同不同意咱俩在一起，还是算了吧。不行放在我闺密那里，让几个孩子一块玩。"

李冠霖没再多说，抓起雪柳的茶杯喝了一口水，恰巧被走进来的采编室主任看到，埋怨他："哎，李冠霖，你咋这么随便啊，雪柳是女同志，你怎么喝她的水，不怕她嫌你口臭？"

主任是位女同志，手里拿着一张任务单。她这么一说，雪柳的脸刷地红了，故意给李冠霖使眼色，说："看看，挨主任说了吧？以后注意啊，别乱动女人的东西。"

李冠霖往后撤了撤身子，连说几句"是是是，以后注意"的话，问主任又有何新的任务。女主任将任务单搁在雪柳面前，告诉她国家提倡大力发展新兴产业，什么光伏呀、风电呀，都是鼓励发展的行业和领域，投资公司做得非常好，社里决定派她去做个采访，把经验和今后发展趋势与计划采回来，作为重要稿件上头条。最后对雪柳说："你先与这家企业联系，约时间，约好了带谁去你自己定。"

刚看过报纸，雪柳立马想到了范以轩，打开微信回答说："我认识他们老总，叫范以轩。你看，我有他的微信，刚刚见过面。"

主任笑逐颜开，说："真巧，派你去算找对人了，你抓紧跟他约吧，争取一个月见报。"

李冠霖站在旁边听傻了，雪柳啥时认识的范以轩，他不知道，雪柳也从来没跟他说过，见来了机会，插嘴说："主任，我跟柳姐去采访吧，多拍几张照片回来供编辑选，也给我个学习的机会。"主任说："好啊好啊，有你保驾护航，雪柳肯定能采写出重头文章，那就这么定了。"

雪柳并没想去跟范以轩接触，却偏偏给了她采访的机遇，这叫天意。

拿到采访任务单，雪柳当时就给范以轩发了条微信，说接到上面下达的采访任务通知，要去采访他，问他何时能安排出时间。范以轩受宠若惊，真是好事连连，这个邀请去讲课，那个要来采访，真有点儿应接不暇，但这是任务，绝不能拒绝，关键是前来采访的记者还是刚认识的雪柳，于是回复道："呵呵，雪柳呀，我们很有缘分，看来我要被你们几个闺密包围了。不过，下周我要外出看个项目，回来后安排采访如何？"雪柳回微信说："好嘞范总，等你的好消息。"

雪柳基本约定了范以轩，也在闺密群里发了条微信，说范以轩答应她近期接受采访，完成采编任务不愁了，反倒愁诗云没人带，就问念薇、迎梦、如霜和曼香谁能帮她带几天诗云。开始没有反应，过了十几分钟，几个人开始一轮的疯抢。如霜家里住得下，叫诗云到她家去跟小鸿泽一起玩；念薇叫诗云去她家，让婷婷来带她；迎梦说整天没事干，让诗云去仙界花园，晚上好有个做伴的；而曼香又叫诗云去她家，说自己没有孩子，可以体验体验带孩子的乐趣，不然会遗憾终生，这一辈子活得没啥劲儿，再不行把诗云当女儿养，不给雪柳了。

雪柳谢过闺密的一片好意，最后说："看来我家女儿还真是个让人稀罕的宝贝疙瘩。那轮着来吧，先去薇姐家让婷婷带几天，再去如霜家跟鸿泽玩，开学前送到曼香和迎梦你们两家去，亲们看行吗？"

迎梦和如霜都同意，曼香嫌最后才让诗云去她家，假装生气发了两句牢骚，事情就这么定下来了。

诗云果真被送到了念薇家，婷婷是大姐姐，整天带着她逛公园、听音乐、打游戏、学游泳和吃小吃，暑假过得好不快活。高畅不烦孩子，反而欢迎诗云的到来，不仅看她是个美丽的小姑娘，更因为晚上诗云跟婷婷挤一张小床，还常常聊天到深夜。诗云来了，婷婷房间就没有了念薇睡觉的位置和空间，念薇只能回到主卧的大床上去睡，这样俩人可以重新同床共枕，他不用再憋着自己了。高畅需要女人，可念薇厌恶不肯，死死抓住内衣，扭转身子背对他，这让高畅极为不爽。

高畅问："你不想吗？"念薇说："不想，累一天了，只想睡觉。"

念薇回应说："两屋都开着门呢，俩孩子听见多不好。"高畅不高兴，说："咱俩是夫妻，你得尽妻子的义务。"念薇说："你需要女人时想到我了，可我需要你帮助时，你咋一分钱都不给我？钱比我重要，你跟钱过去吧。"高畅说："我答应借给你三万，你不要啊。"

念薇说："我借到钱了，不需要啦。"

高畅被撑得无话可说，情绪一受影响，也转身背对念薇不再作声。

念薇喜欢孩子，诗云来她家小住几日，她并不反感，反感的却是曼香和雪柳。雪柳约定采访范以轩，再一次出乎念薇和迎梦意料。一想曼香私下轻松约到了范以轩，又来个记者闺密同时约了拥有众多资源的老总，感到特别不是滋味，甚至产生了一种危机感。她想必须赶在这两人前面与范以轩见面，把他牢牢地抓在手里，将他提到的那些业务拉过来。

迎梦的保时捷在南四环上被追尾，没得到赔偿，拉着念薇直接开车去了李飞舟的公司。公司设在东北五环外。那里过去是全市的垃圾堆放场，如今却被开发成了一个非常庞大的高档社区。

李飞舟买了三千平方米的两层楼用来办公，里边布置得极其奢华，办公区顶层是李飞舟一百多平方米的办公室，办公桌侧面有个小门，进去便是他的休息室，双人床、淋浴间、大衣柜、自动喷水马桶一应俱全，如同回到了家。但凡接待应酬太晚，或遇到公司组织投标、找下属谈话、处理业务繁忙阶段，他随便找个理由通知迎梦，就住在公司里，至于他在休息室里到底干什么，迎梦也没堵到过。

办公室的隔壁还有个两开间的大房间，用来当茶室、棋牌室和书画室，靠墙立着一排博古架，上面摆满了不知从哪里淘换来的古玩瓷器、玉器、青铜器和象牙，墙上还挂着几幅山水画，是找画家专门画的，整个房间布置得非常雅气。来公司的业主方领导和人员，大多都以喝茶、打牌为主，少数有雅兴的领导才走到长条案前，拿起毛笔来龙飞凤舞地耍一通，不过写字好的少之又少，却浪费了不少昂贵的宣纸。每每这时，李飞舟的秘书和映寒，便是站在旁边红袖添香的人。

迎梦带念薇上楼踏进李飞舟办公室的时候，屋里只有他跟映寒两个人，一个坐在桌后的老板椅上，一个隔桌坐在对面。李飞舟手里举着烟，脸上绽放着笑容，像是非常开心。映寒背对门口，从门外进来看不清她脸上的表情，但能猜出也是很愉悦的，两人聊的什么内容不得而知。

迎梦和念薇的出现，引得公司里的男男女女，老老少少，纷纷朝她俩投来羡慕嫉妒恨和惊艳的目光。

李飞舟笑得正开心，突然见迎梦和念薇闯进来，不免有些惊慌失措，脸上的肌肉抖动了一下，朝映寒使了个眼色，慌忙起身，说："哎呀呀，你俩来咋不提前打个电话？"

迎梦站在门里，警惕地看着李飞舟和映寒。映寒感到身后吹来一股凉飕飕的风，意识到来人了，迅速起身，红着脸对迎梦和念薇笑了笑，从桌上抓起一摞资料，说："哦，薇姐来了，你们有事儿跟李总聊吧，我先出去了。"

生日宴上映寒闹场，扰了迎梦的心情，打那以后老觉得眼前有个影子在晃动，不是别人，正是映寒。她们来，她转身走，让迎梦感到有些蹊跷而奇怪，问李飞舟："刚才你和她单独聊的什么？"

李飞舟有点儿慌神，说："没，没聊什么呀。商务标书，现在正组织投范总那里的标呢。是不是又疑心了？"迎梦说："谈工作可以呀，但不能没事把女的叫来单独闲扯。李飞舟，你说我咋对你这么不放心呢？"李飞舟忙着给念薇倒茶，笑道："你看看，又多心了不是？投标还弄不过来呢，我哪有工夫敢跟身边的女人闲扯啊。再说，公司里哪个女的能比得上你们俩漂亮？"迎梦说："这个映寒长得也不差，白白净净的，挺喜兴的，我都看着她顺眼。"念薇劝迎梦，说："得了得了，有你陪，你还用担心李总再去找别的女人啊，赶紧说正事吧，车什么时候送去修？"李飞舟问："车咋了？"

迎梦坐在映寒刚坐过的椅子上，把包往桌子上一甩，吊着一副哭腔嗲声嗲气地说："哎呀，今儿个出门不吉利，我的车被撞了，看着就硌硬，你说咋办呢？"

李飞舟问撞得咋样，念薇说车尾保险杠被撞瘪进去了，需要走保险送到店里去修。迎梦说："进店修要好几天，我开什么呀？"李飞舟说："我让司机送去修，你开那辆奔驰 S350，我坐公司里的丰田霸道。"

正说着，李飞舟手机响了，一看是范以轩打来的，赶紧接听。范以轩不知道迎梦和念薇此刻跟李飞舟在一起，手机开着免提，迎梦和念薇就听见范以轩告诉李飞舟，曼香约好了要请他去讲课，并且明天要送课程安排表过来，雪柳也约好要采访他，念薇还想去对接业务，快被几个女人搞昏头了，向他打听谁重谁轻，先见谁再见谁。李飞舟说迎梦几个闺密平等对待，见谁不见谁让范以轩自己定。

迎梦听后着急，伸手去拉李飞舟。他生怕范以轩听到这边的说话声，只好捂住手机话筒问啥意思。迎梦指指自己，又指指念薇，贴近李飞舟耳根，说："先见我们，快告诉他呀。"

李飞舟明白了迎梦的用心，"啊啊啊"地应付着说："范总，我看这样，闺密也有亲疏远近，平常我家那位跟念薇最好，对对对，就是婷婷妈妈，你还是先安排时间见她们吧。"

范以轩还真听进去了李飞舟的建议，一是那晚生日宴会，李飞舟牵线，让他见识了大家；再者，李飞舟想拿光伏安装项目，找的关系，能决定他的去留。李飞舟这个包工头，能量还是蛮大的。所以，还是要给李飞舟一个面子。

保时捷当时被李飞舟的司机开去 4S 店整形喷漆了。迎梦跟念薇约好明早 7 点半出发，赶在范以轩一上班就能见到他，开着那辆奔驰 S350 将念薇送回公司后，又折返回去接李飞舟。

第二天，念薇早早起来，给婷婷和诗云做完早餐，先挑选了一身乳白色的连衣裙，十分合体，又配了一件墨绿色的上衣，还找出一只新的香奈尔女包，然后开始精心梳妆打扮。她不敢保证范以轩说的那些业务，是否一定能落到公司头上，毕竟过去跟范以轩没打过交道。

第三天，正胡乱想着，手机微信"叮铃"响了，迎梦告诉她已到楼下，催她快点儿下去。

念薇早餐没顾上吃，穿好衣服，从桌上抓起车钥匙和头天准备好的公司资料提袋，里边有公司简介、业绩图册，还备了一瓶法国迪奥男士香水作为见面礼，挎上包匆忙下楼。迎梦的奔驰车停在小区门口等她。念薇急步跑过来，拉开车门，说："开我的车去吧，别再耗你的油了。"迎梦朝窗外招手，说："嫌奔驰 350 丢你的人啊？快上来吧，别磨叽了。"念薇不加犹豫地钻了进去，坐在副驾驶座上，说："今天开稳当点儿，可别再被人撞和撞别人了，不然就坏事了。"

迎梦驾驶着奔驰车，三拐两拐上了主路，说："我驾驶技术没得说，昨天是那面包撞我。"

赶上早高峰，主路上车流量很大。奔驰车一路狂奔，车速快得有点儿吓人，还来回变道，念薇在心里默默地祈祷，千万别出事儿。可进到三环以里，红绿灯多，几股道都堵死不动了，让人心里发急。

迎梦气得双手握拳，猛敲方向盘，爆粗口骂道："他妈的，天天堵，烦死了。你快给姓范的发个微信，报个车号，就说咱们8点半能到，让他等着。"

念薇按迎梦说的，打开微信给范以轩发消息，把到达时间告诉了他，还将奔驰车的后三位尾数报了过去。范以轩身着一件白衬衣，也在上班的路上，晚上要乘飞机去外地考察项目，所有的会见和接待只有白天的时间，可也被堵住了。

微信一响，范以轩坐在后座上打开看是念薇发来的，报的车号后三位数竟是"520"，顿时咧嘴笑了，回复道："呵，荣幸荣幸！车号真好，一会儿见。"

范以轩座驾就堵在奔驰车右侧车道偏后一点儿，他思绪万千地想着，转脸地朝左前方看了一眼，忽然发现"520"是辆奔驰，忍不住有一丝激动，指着前方对司机小张说："看到左前方那辆奔驰了吗？尾号520，追上去并排走。"

等绿灯亮了车辆行进时，小张加大油门追上了奔驰，但不再往前冲，迎梦的奔驰开多快，他就开多快。下一个红灯时，两辆车完全并排停在了两股道上。

范以轩落下车窗，弓着身子朝迎梦的车挥手。念薇透过窗玻璃看到了他，对迎梦说："哎，巧了巧了，范总的车跟咱们并排呢，他在跟咱打招呼。"

迎梦侧脸朝右侧看，果真看见坐在旁边车里的是范以轩，对念薇说："嗨亲，你说是不是老天眷顾咱俩？这回不慌了，咱们跟姓范的同时到达，曼香想第一个见他没戏了。"

说着，迎梦朝对面的车招了一下手，念薇兴奋地迅速将车窗落下来，挥手喊："哎，范总范总，我们还怕路上堵车，不能准时赶到您办公室呢，没想到咱们走到一起了，真是缘分。"

司机小张看对面打招呼的是两个女人，一脸蒙的样子，眨着眼睛弄不清咋回事儿。

范以轩冲念薇喊："嘿，李总没跟你们一块来吗？"念薇说："没有，就我和迎梦。见你，我们俩就够了。"范以轩笑着又喊："好啊好啊，不堵车咱们还走不到一块儿呢，待会儿办公室见吧。"念薇喊："待会儿见，范总。"

绿灯再开行的时候，范以轩的座驾超了迎梦的奔驰，转眼消失在了滚滚车流里。迎梦和念薇边开边搜寻前面的车，始终没记住那辆车的长相，留给俩人的只是范以轩谦和的笑脸。而范以轩命令司机赶在前头，是想先进办公室做个接待准备。他进大楼不到10分钟，迎梦和念薇的奔驰也开进院里，停进了楼前的车位。

就在相约的这个早晨，由于上班要打卡，曼香不得不先到院校办公室报到，等她做完课前布置，拿起讲课计划安排表走出教学楼，准备打车去拜见范以轩时，迎梦和念薇作为第一拨来拜访的客人，早已坐在了范以轩的办公室里。

第五章

办公区设在二环边上一幢商务楼里，三十层高，里边有好几家单位。周围大厦林立，每天上下班总是拥挤不堪。楼前有个不太大的停车场，只供内部车辆停放，车位需要提前预留。范以轩提前赶到十六层办公室，交代司机小张找保安专门留出两个车位。

正是上班时间，迎梦和念薇将车开进范以轩单位楼前停车场的那一刻，尾号"520"的车牌引来了员工们的好奇，都用异样的眼光扭头看这辆车，猜测必定是某个风情的女人开的。

保安用脚踢开挡在车位里的圆锥尖筒，嘴里喊着："倒！倒！再倒！停。"

迎梦和念薇停好车，从车里下来往台阶上走，身后保安手里拿着票据追来，喊："哎哎哎，两位，先把停车费交了吧。"迎梦说："来见范总还要交停车费？穷疯了吧？"保安说："见谁也得交费啊，这是规定，谁让你们是外部车辆呢，要不就停到外面去。"

念薇问是按小时收费，还是按次数收，保安说10块钱管一天。

迎梦说："待一小会儿就10块？太贵了点儿吧？"保安说："我们的工资和吃住都靠收费。你开'520'大奔，还差这10块钱？"

念薇从包里掏出20块钱，说："别找了，我们得抓紧上去。"

俩人提着名包和资料袋进了大楼，脚下的高跟鞋有节奏地敲击着大理石地面，吸引了在大厅楼梯间里等电梯的所有人。他们将目光全部集中在了眼前这两个女人身上。

1号电梯人多挤不进去，只好等2号、3号和4号。过了两分钟，终于等来了3号电梯。门一开，里边站着两个人，一个是范以轩，另一个是秘书小王。这时，只听范以轩喊："哟，看来我时间掐得挺准，你们快进来。"

秘书小王伸手挡住电梯门，把迎梦和念薇迎进电梯，后面排队上楼的人，大多认识范以轩，看两位女士是他的客人，就去等其他几部电梯。念薇有所感动，微笑着说："哎呀范总，我们上去找您就行了，咋敢劳驾您亲自下来接。"迎梦说："就是，我俩还真有点儿承受不起呢。"范以轩摇了摇头，说："看你俩说的，不接哪行？不想想你们跟老李是什么关系？我跟他又是什么关系？自家人，别客气。"

出了电梯，秘书小王在前面引路，念薇、迎梦走在范以轩左右。踏进办公室的门，才发现房间不大，里边布设得却很素雅。避开气口安有一张办公桌，桌面上堆满了各种资料、文件和报告，背后墙上挂着一幅国画，画的是泰山旭日东升。一组黑色的长沙发和长条茶几横摆在办公桌前，门口靠墙摆着两组三层的书柜，每一层都放着几件昂贵的高古瓷，看上去汝、官、哥、钧、定以及德化窑、吉州窑、龙泉窑、白浒孤窑和磁州窑的都有，只是真假不好说。念薇对这类物件感兴趣，将资料袋搁在茶几上，转身透过玻璃门朝里边看，惊讶地说："哟，范总，你对瓷器还有研究？里边可都是宝贝，价值连城呀。"

听念薇这么一说，迎梦似乎来了兴趣，凑到书柜前也朝里瞧，说："范总真了不起，我去故宫参观，在瓷器馆里见过，那里展出的一些东西，可能还没你这里的好呢。"

范以轩站在念薇旁边，说："咱是民间收藏，哪能跟故宫里的东西比。别说瓷器了，故宫一砖一瓦拿出来就能换一套大三居。"

"您能收藏这些瓷器真不简单。"念薇指着玻璃柜，竟连续说出几件古瓷的器型与名称，这个好像是古代的水盂，那个是青花龙凤笔洗，另一个是粉青釉香薰，问范以轩："我说得对吗？范总。"

"全对。"范以轩说，"念薇呀，你应该去当瓷器鉴定专家，看来我遇到懂行的了。"迎梦说："薇姐可不是一般人，头脑聪明，爱好又广泛。范总，以后你可得多教教她和我呀。""岂敢岂敢！"

不论是谁，只要聊高古瓷，范以轩就上瘾。他虽然嘴上说得很谦逊，话没完便不由自主地拉开了玻璃门，将一件件瓷器捧在手上，给念薇和迎梦滔滔不绝地卖弄起来，把俩人听得如坠雾里云中。看完瓷器，范以轩转身回到办公桌前。刚好秘书小王端来两杯茶水，搁在茶几上又退了出去。

范以轩看小王走了，就说："哦，你们那个车牌真牛，买车时谁去上的？"念薇看迎梦，迎梦愣了愣，说："那辆奔驰不是我的车，我开的是保时捷，昨天被追尾送去修了，这是李总坐的，他让司机去上的呀。我生日那天晚上，李总用这辆车去接你，你没注意啊？"

范以轩拍了拍脑袋，说："是吗？真没注意车牌尾号是这三个数。"

念薇说："你们只管坐车，哪管这些。"范以轩朝念薇伸大拇指，说："你没说错！只有老李才有这样的情商，也才敢办这种的车牌。"

听他这么讲，念薇和迎梦两人的脸一个红，一个白。念薇说："迎梦，以后你还是少开吧。"迎梦："这有啥？何况是个车牌。正经男人和女人不会往那方面想。"范以轩说："倒也是。不过给人感觉还是蛮好的，看到'520'就想跟你们交往。"

念薇说："范总，是不是不坐这辆奔驰，尾号不是'520'，你就不跟我们交往了？"范以轩摆手，说："你想哪去了。'520'并不能代表什么，都是你们年轻人臆想瞎编出来的。这个年头啊，交啥人、办啥事，都要看缘分和人品。你们说是不是？"

聊完车牌，范以轩让念薇和迎梦坐在沙发上，他拉过一把椅子坐在对面。念薇先将公司简介、业绩图册递到他手里，接着从提袋里拿出那瓶迪奥香水放在茶几上，说："范总，您用香水，我特意给您买的，您留着用。"

范以轩一愣，笑着拿起迪奥翻看了一眼又搁下，说："法国进口的，好闻。来见面谈业务何必破费呢？"稍停又说，"哎，念薇，你咋知道我用香水？"念薇说："迎梦生日宴上，咱俩坐得近，我不但闻到了，还能辨别出你喷的是古龙。"

迎梦附和着说："敬酒时，我也闻到了。"范以轩说："一人一个习惯嘛！参加女人的场合，男人还是要注意自己的形象和仪表。整天抽烟喝酒，浑身一股烟酒味，熏也把女人熏跑了，让人讨厌。喷点儿香水去去味，你们起码不反感。"

念薇说："范总，你很尊重女人呀，我喜欢你这样的绅士。"

范以轩笑着看看画册封面，又翻翻内容，说："化羽飞天传媒有限公司，这名字取得好啊，多么有理想有抱负，将来准能破茧而出，做成名企。"

迎梦和念薇听了他的夸赞，心里沾沾自喜。迎梦在一旁帮腔，赶紧介绍念薇公司的业务范围，什么宣传片、视频，户外和室内的平面广告，从设计到安装，再到推广，图书排版印刷、封面定型与销售，还有各种会议、比赛、演出、会展之类的组织都能承接，让范以轩照顾一下业务。最后，念薇做补充说，这都是公司的常规业务，还可以做地产行业的宣传策划、企业机关机构设置论证与规划呢。

范以轩放下画册，双手抱在后脑，轻轻晃着身子，似乎听得很认真。待她俩介绍完，问念薇公司有多少人，念薇说几十号人呢，都是做传媒专业出身的。范以轩频频点头，说："看了画册，我就知道你们公司有这个能力，可惜认识晚了点儿。"迎梦："晚啥呀，一回生二回熟嘛！做一次业务你不就清楚公司咋样了。薇姐公司有我的股份，你得帮这个忙，范总。"范以轩哈哈大笑，说："李总在电话里给我嘱咐了，肯定会照顾的呀。给哪家做也是做，反正通过招标都是一样的价格，不得罪老客户。"

念薇一听，激动得鼓起掌来，说："太好了范总，您和迎梦真是我命中的贵人，应该怎么感谢您呢？"范以轩摆手说："不用不用。"

正说着，秘书小王走进来俯在范以轩耳边，说："老板，人都到齐了。""好吧，马上过去。"小王折身出去了。范以轩站起来，说，"你们来前，我已做了安排，让秘书通知了人，他们都在会议室等着呢，把宣传片、项目视频制作和今年的会议组织、管理文件汇编等，先交给你们做着，后面有了再定。不过，我就一个要求，保质保量保工期，不能耽误事儿。待会儿，先签个合作协议。这样，你们公司就可以成为固定客户了。"

念薇和迎梦高兴得几乎快要跳起来，尤其是念薇两眼竟含着盈盈泪光。嘴里喊着"感谢范总"，主动上前握住了他的手。

会见不到一个小时，在范以轩的推动下，对接得非常顺畅，互相加了微信，双方建立了联系，当场起草了一份合作协议，更确定了能够拿下这份丰厚的大单，蓦然间解了公司生存的困局。等对接落实完毕，三个人返回范以轩办公室时，却一眼发现曼香不知啥时到的，已经坐在沙发上喝茶，往闺密群里发微信。

范以轩挺直腰杆走进来，与曼香握手，说："欢迎欢迎！你们三个闺密前后脚，我这一上午不安排别的事情了，就陪你们。"

曼香娇媚地笑着从沙发上起来，伸手轻轻与范以轩握了握，说："感谢范总哟，我是起了个大早，赶了个晚集。都怪学校那破规定，非得打卡。"念薇说："这怪谁？规定是你们这些院长定的，把自己给拴住了吧？"

女人各有各的小心思。约见范以轩的起初，念薇心里怨过曼香，这会儿曼香心里不太舒服，开始怨她了。于是，她往上翻了翻白眼，一脸无奈地"唉"了一声，说："不是被拴住了，是范总喜欢你们俩，如果把你们推到我后头来，我不就第一个见上了？"迎梦说："曼姐哪，先见后见，都是同一个范老总，还吃我俩的醋啊？"曼香晃动手机，说："我在咱们几个的群里发了好几条语音，本想约到一起见，还问你俩几点到呢，可你们不理我。雪柳和如霜倒是回了。"

念薇说："我俩7点半就从家里开车出来了，路上走了近一个小时，不能让范总等我们呀。"曼香说："那昨晚咋不在群里或者单独给我发个微信？我不去学校打卡，不就碰在一起见了吗？你们谈完要走了，我才赶到，好像我跟范总单约时间似的。"

迎梦故意逗曼香，说："你不是经常单独约企业家吗？俺俩先来一步，不是给你腾时间嘛。"曼香手里拿着几页纸，冲迎梦咬牙，说："我来跟范总碰碰讲课时间，顺便探讨一下授课内容。你俩怎么着，是回还是等我一起走。"

"叮铃"一声短信响，是范以轩手机上的，点开看了看，说："哦，中午有位老友请我聚餐，有事求我办，提前三天约的，我差点把这事给忘了。你们来拜访我，怎么也得请三位吃个饭，尽尽地主之谊呀。那上午就在我办公室聊聊工作，拉拉家常，中午咱们一起去。"

拉到了范以轩的业务，念薇急着回公司，一来给员工们报喜，鼓励大家，二来开会布置做准备，说："呀范总，人家请您，我们三个跟着去合适吗？要不回头我们单独请您吧。"

曼香和迎梦也说："就是，多去一个人还行，一去去三个，人家现安排座位都来不及，算了吧。"

范以轩胸有成竹地说："别人想请我还请不动呢，我多带几位有何不可？去，都去。我帮过他好几次大忙。"

念薇和迎梦、曼香听了范以轩的建议，答应留下来。念薇心想与范以轩跟着去聚餐，足以把范以轩的基本情况了解清楚，还可以增进双方的交流，为长期合作打牢基础。

曼香和迎梦坐在沙发上，念薇也拉来一把椅子坐在她们对面，听曼香跟范以轩谈有关讲课的事情，时不时会插嘴说上一两句。曼香声音轻柔地说："范总，学员们都等着听您的课呢。"

范以轩兴致大发，说："论资历和阅历嘛，给年轻人讲个课资本是够的。对企业发展战略，我有自己的思考与见解。"

就这样，四个人在屋里边喝茶，边漫无边际地聊起各种各样的内容。范以轩跟她们聊起家庭和孩子时，念薇和迎梦、曼香变得吞吞吐吐，三缄其口。范以轩明白，此类话题可能触及了三个女人的痛处，立马改嘴说："哦，不该多问，见谅见谅。"

通过这次深聊，念薇摸清了范以轩的脾气性格，更掌握了他的处事风格，那就是痛快，说到做到，敢做敢当，宁可直取，不可屈求。尤其范以轩侃侃而谈、游刃有余的翩翩风度，像宇宙间旋转的巨大黑洞，把念薇吸了进去。

范以轩抬手示意念薇，说："哦，你喝茶。"曼香捂嘴窃笑，瞧着念薇说："看，今天咱们三个遇到真人了。"

念薇安抚住自己的内心情绪，说："哦，我听入迷了，范总可不就是真人。"范以轩说："我既不是真人，也不是高人，普通人一个。"一看时间，已经 11 点半，起身说道，"差不多了，咱们走吧。"

临出门，范以轩从办公桌辅台上，找出三套自己写的三部书，两部有关文化创新的，一部是战略经营管理的，趴在桌子上亲笔写了赠语，说："我字写得不咋样，过得去，各位多雅正。"一人一套赠送给了念薇、迎梦和曼香。

之后，范以轩走到门口玻璃柜前，拉开门，先从第二层拿出那只粉青釉香薰，又从柜顶上拿下两提别人送的礼物，对曼香和迎梦说："这两份礼品送给你俩，你们可能对瓷器不太感兴趣，香薰就送念薇吧，她懂，回去放卧室，买点儿檀香搁里边点着，好睡眠。"

秘书小王一直在门口等，见范以轩和念薇她们出来，问需不需要跟着去服务，范以轩说不用，叮嘱他注意把门关好。小王随手把办公室门带上，又用力拉了拉。

曼香与范以轩并排走，说："我车今天限号，打车来的。"

迎梦说："坐我们的吧，咱仨一个车。"范以轩说："坐我的吧，反正车上就我自己，当然还有司机。"

曼香决定坐范以轩的车去饭店。大奔换了念薇开，迎梦坐在副驾驶座上，说："大功告成，范总够意思。"

念薇开车跟在范以轩的车后头，说："能拉到这么大的业务，我想都不敢想，更做不到，太让人高兴了。"迎梦说："你刚才怎么那样看他，被他吸引了？"念薇说："是吸引我了。"迎梦说："你是不是想傍他？"念薇思忖一会儿，说："让高畅知道了那还了得？再说，怎么面对孩子呀？我可不像你单身。"

迎梦侧身抓过女包，掏出唇膏往嘴唇上涂，说："姓范的把香薰送给你了，我和曼姐都没有。"念薇说："他送你俩其他礼物了呀。"迎梦说："没看呢，不知道是啥。"念薇说："刚才你说我想傍他是啥意思？我可没这个意思。"迎梦说："说你傻，你真傻。不找他亏死了。起码公司会做得风生水起。"

念薇笑说："去去去。都说有什么样的圈子，就会成为什么样的人，说得还挺准。"迎梦仰面"咯咯咯"地笑，说："你说我讲得有道理没有吧？"念薇紧盯着前面范以轩的车，观察着路况，没再回答她，停了几秒，才说："咱们先来，曼香好像不高兴。"迎梦说："你看出来了？"念薇说："见了咱俩表情很不自然，都写在她脸上呢。"

念薇看透了曼香的心思，闺密时间一长，甚至连她心里想什么都能猜得出来。见面前，曼香确实既生范以轩的气，也生念薇和迎梦的气，有点儿嫉妒她俩先到，但随着范以轩的口才展示，她渐渐也就淡忘了，与念薇和迎梦仍亲如从前。

过了几个红绿灯，司机小张开始慢下来，意味着马上快到午餐的饭店了。范以轩和曼香坐在后排，俩人饶有兴趣地聊了一路。这段路程聊的内容，念薇和迎梦没听到，是难以补救的，曼香庆幸与范以轩的独处，更庆幸坐了他的车。

曼香娇羞地说："范总，您不该给我们三个礼品，还送了那么一件古董给念薇，我可是也懂一点儿瓷器的哟。"

范以轩扭脸看她，一脸惊愕，说："噢？！是吗？你咋不早说？要知道你有这个爱好，我也送你一件就是了。过些天，我去讲课时给你带一件过去。"曼香客套地说："千万不要。其实是想告诉您，我跟您有着同样的兴趣爱好而已。"范以轩哈哈一乐，说："没啥没啥。"

小车缓缓开到饭店停车台上停住，司机小张说："老板，你们先下，我去停车。"

范以轩和曼香从车上下来，站在饭店门口等念薇和迎梦。她们的车没开上台阶，而是直接停进了停车场，念薇和迎梦提着包紧跑几步赶过来。服务生问订没订包间，范以轩反问208来客人了吗？服务生答已到了两位。

虽然包间在二楼，但有电梯，电梯门一直开着，他们站进去。

念薇问："范总，中午一共几位来宾？你老友是干什么的？"

范以轩说："他请我，几位客人我不清楚，也是一位老总，见了你们就知道了。不过，我得提醒你们，这人张嘴净是段子，你们得有点儿承受力。"迎梦说："也不认识，他就敢当着我们的面儿胡说呀？"

范以轩说："敢。没有他不敢的。"曼香说："那你还应约，不如咱们四个边吃边聊好。"范以轩摇头，说："唉！以前他老追着要请我吃饭，我找理由推他好几次了，这次不是推不掉了嘛！"

包间门一开，迎们的餐桌上已摆满了菜肴，先到的三个男人坐在旁边沙发抽烟喝茶，见范以轩走进来，立马起身握手打招呼，互相拍拍肩膀表示热情。接着，念薇、迎梦和曼香跟着走了进去。范以轩指着她仨本想做一番介绍，不料念薇和迎梦脸色马上变了。

范以轩说："今天是这位山木兄请客，你们三个过来认识一下。"

王山木见跟进来的有念薇和迎梦，脸色瞬间也变得阴沉起来，阴阳怪气地拍着巴掌，说："呵呵，今世相见，必有亏欠。念薇，没想到是你，既然范总带来的，那就坐吧。"

王山木的话很刺耳，范以轩疑惑地看看王山木，又看看念薇，说："念薇，看来你们早跟山木兄认识，以前打过交道呀。"迎梦拉了拉念薇的衣襟，提示说："是这人请客，咱俩不能参加，走吧。"

念薇没理王山木，对范以轩说："范总，我和迎梦还有事，让曼姐陪您，我们俩先走了。"王山木上前拽住念薇的衣角，说："别走呀，趁范总和我几位老友在，你我之间的事情做个了结，请上坐。"

念薇当即怒了，甩开王山木的手，说："松开，别拉我。范总，对不起，我和迎梦回去了。"

曼香见念薇和迎梦转身出了包间，左右为难，说："范总，你们谈事，我在不合适，那我跟她们一起走吧，咱们下次再单聚。"

念薇、迎梦和曼香离开，让范以轩很失体面，饭虽然吃了，但吃得极不舒心，饭桌上没太搭理王山木，酒也没喝，吃完就散场了。王山木装作没事的样子，请求范以轩关照一个女孩调工作的事儿。范以轩没搭茬。

念薇三个人出门不到十分钟，范以轩便收到一条微信，是念薇发给他的，说："对不起范总，搅了您的饭局，我实在不想见到这个人，一直被骚扰，请理解。"

范以轩早就听说王山木为人不厚道，认定念薇不是那种惹事生非的人，既是两人之间有啥纠葛，起因一定出在王山木身上。所以，对这次出现的尴尬场面并没在意。

念薇和迎梦、曼香从饭店出来，就近找了家临街小饭馆，三个人随便点了碗面条吃，然后开车把曼香送回了学校。迎梦了解念薇跟王山木之间的纠纷，可曼香不清楚，路上问念薇："那人咋那么叫人看着不舒服？你跟他有什么关系？"念薇说："我跟他没关系，骚扰我。"曼香说："那咱们出来就对了，少跟这种人打交道。"迎梦鄙视地说："薇姐才不愿跟他打交道呢，是他天天缠着薇姐要合作。"

曼香说："啊呸！他有人家范总那本事、那文采、那风度吗？"埋怨念薇，"当初你眼花了跟这种人合作？瞧他那样儿，看着就想送他一粒花生米。"迎梦说："你见他吃花生了？"

曼香伸手做出开枪的姿势，说："送他一颗子弹，枪子儿，你说是不是花生粒儿？"迎梦和念薇都笑了。念薇说："这人是该死。"

跟着范以轩与王山木不期而遇，念薇心里堵得慌，担心见面这一闹腾，范以轩误会了自己，会丢掉马上到手的大量业务，幸运的是范以轩了解王山木的底细，用"怙恶不悛"这个词来形容他也不为过，并且念薇和迎梦、曼香留给他的印象非常好，对双方展开的业务合作，根本不会产生任何影响。

曼香回到学校后，老师们刚刚午休起来上班。她跑进培训部主任办公室，说跟范以轩商量完了，到时按计划表上的时间和课程，邀他来讲课就好。刚从主任屋里出来，楼道里迎面走来一位高个帅气的男人，手里拿着一份资料，自我介绍说："您是曼香院长吧？"

曼香一愣，说："我是。你是……"男人说："我叫刘立峰，跟你是老乡。"曼香问："有啥事儿？你说。"刘立峰说："能不能去你办公室聊。"曼香说："那走吧，到办公室去。"

刘立峰跟着曼香穿过走廊来到办公室，顺手将资料递给过来。曼香指着对面的椅子，说："你坐吧。"

曼香在办公桌前坐下，抓过资料仔细地看。刘立峰不敢坐，仍站着说明来意，是一位朋友介绍他来找曼香的，想一起合作办培训班。一提老乡，曼香感到亲切。他年龄虽然比曼香大不少，但长得很帅气，这引起了曼香的好奇和关注，随即问他是做什么的，有怎样的教育背景、合作的目的与方式等等。

刘立峰毫不隐瞒地向她介绍了自己。刘立峰是个拥有千万资产的民营企业家，干过出版印刷、搞过房地产，现在转行要做培训。曼香遇到过许多民营企业家，跟刘立峰的经历差不多，原本很行的产业和行业，干着干着就撑不下去了，只有转行开辟新的领域。现在搞校外教育培训，说不上好，也说不上不好，一年开支需要上百万，培训一个班的学员不能少于50人，这样才能保住培训成本。

曼香在院校培训行业名气很大，刘立峰来找她合作办班，没有人牵线不好使，曼香必须给面子。

曼香问："你今年多大了？"刘立峰说："45，属猪的。"曼香说："呀，你可不像，比我们三十来岁的女同志都显年轻。"刘立峰笑笑，说："哪能跟老师比，你们是真年轻。"曼香说："你家都搬来大都市了吗？"刘立峰说："就我一人，刚离婚。单身。早先买了套180平方米的房子，在北四环，我一个人够住。"

曼香"哦"了一声，加了他微信，拿起资料又看，说："你的这份申请报告和办班方案，我看了倒是可行，我和培训部主任研究一下再回复你行吗？不过，办培训班一年下来费用不少呢，学费要收到上百万才能维持正常运行。"刘立峰说："行啊，开始赚不赚钱无所谓，即使是赔，咱也赔得起，只要先把这个行业位置占住就是赢。我能拉到学员，都是地方有点儿名气的企业家，他们需要提升自己。"

曼香说："那就好，可以推动一下。"

刘立峰说："院长，我不知道该喊你姐还是喊你妹，晚上能请你吃个便饭吗？您给指指路。"曼香瞪他，说："你看我比你大不少对吗？那你今晚请我，我还真不能去了。"

刘立峰立时反应过来，说："哦，是老妹，晚上我请您吃饭。"

中午没吃好，肚里有点儿寡。曼香看刘立峰挺真诚，笑着答应了他的邀请。第一次见面，刘立峰找了一家高档饭店，订了个小包。到了点，俩人共进晚餐，聊得十分投缘，不但理出了办班思路，还对刘立峰舍得投资大加赞赏。

刘立峰开外地牌照的凌志车，送曼香回到家，已是深夜11点半。

女人看人必须要过三关。人心隔肚皮，识人最容易走眼，什么样的人值得托付，什么样的人是真朋友，什么样的人是最值得信赖的合作伙伴，核心在于看人的能力，所以看人交人需要过三关。

吴思亮一直等着她，唠叨她回来晚。曼香把刘立峰的办班申请报告递给他，并主动打开微信给他看。微信是刚加的，里边没有任何聊天内容，当然聊了也会删除，让他无法看到，说回来晚是因为学校开会研究讨论了联合办班的事。吴思亮心里有气，却没再说啥，俩人洗洗便睡了。睡前什么也没发生。

凌晨4点来钟，天上打雷，轰隆隆响个不停，接着又急又密的雨点儿砸下来，惊醒了曼香。她下床去上厕所，但不忘拿手机，在闺密群里发了两条消息，一条是关于她和念薇、迎梦遇见王山木的情形，一条是她与刘立峰的奇遇。不曾想，这时候竟然有人不睡觉，在群里秒回，不是念薇、迎梦和雪柳，是如霜。赶上了重大节点，如霜在机房里彻夜加班制作专题片。陪她一起审片的，是肖坤。审片看得正困乏，几条微信发来，顿时提了精神，将手机举到肖坤眼前让他瞧，说："看看，我闺密不怕扰了别人的好梦，在群里八卦，把个人隐私也发在上面了。"肖坤看直了眼，眨了眨，说："你们就是爱八卦，你也一样。"肖坤问："你是有名的才女，气质优雅，别的女人难比，将来不找老公了吗？"

如霜说："找老公结婚有什么意思？我只想保命，没有将来，不找了。娱乐行业不都这个德性？今天这个跟那个好，明天那个跟这个好。"肖坤说："那是。隐蔽点儿好。"如霜问："哎，我得提醒件事儿。"肖坤问啥事儿，如霜就把认识范以轩的经过说给他听了，问肖坤是不是跟范以轩熟悉，肖坤说："是呀，那是我大哥。"如霜说："那我以后得注意了。"

说完，如霜边笑边在闺密群里回复："王山木这个人，以前听朋友提起过，不咋地。"又调侃曼香，"小样行啊，遇到有缘人了是不是？那就吃个熊胆，破茧吧。"

接着，如霜在群里发了一连串视频网内部的八卦和绯闻。等微信发完，片子也审改编辑结束了，如霜伸了伸懒腰，问肖坤："我回家还是……"肖坤说："天快亮了，睡不了两个点儿就要起来开会，不够来回折腾了吧。"

第六章

那天下午，念薇和迎梦开车送完曼香回到公司，心情仍不能完全恢复平静，既担心王山木闹这一出，影响到手的业务，又相信范以轩不会那么糊涂，前后矛盾得不得了。助理小李见念薇和迎梦回来，机灵地打开办公室门，沏了两杯茶端给她俩，然后边往门外退边说："薇姐，有事您喊我。"念微说："哎，你通知所有人，半个小时后到会议室开会。""我让他们都等着呢。"

小李说完出去了。念薇对迎梦说："王山木那王八蛋就是我的克星，你说范总会对我起疑心吗？"迎梦说："人家范总什么样的人没见过，什么样的事没经历过？他才不会拿姓王的当回事儿呢，他算哪根葱。"念薇说："可我心里不踏实，得抽空跟他解释清楚，别耽误了业务，公司可就指着这单生意了。"迎梦说："要想跟他解释，你自己联系，下次我不陪你去了。放心吧。"

念薇点头认可迎梦的说法，浑身感到了一丝轻松。这时，李飞舟给迎梦打来电话，问她去见范以轩大半天了，咋还没回来。迎梦说早回来了，在念薇公司说事呢。接着，李飞舟又问发生什么事了吗？迎梦说遇到一个烂人。再问谁，迎梦称回去说吧。李飞舟催迎梦抓紧回去，陪他跑一趟招标代理公司。

送迎梦下楼时，念薇笑问："范总给业务做，担心那 10 万块钱还不上你吗？"迎梦："我用得着担心吗？既然愿意借你，我就没打算要，入你公司的股行不行？"念薇欣喜地笑了，说："太欢迎了，多给你点儿股权，盈利后按股分红，先把你的本金抽回去。"

迎梦说："得得得！什么本金不本金，你家老公一分钱不肯给你花，快难死你了，还是挣了钱存起来，别苦着自己吧。"

念薇期望自己的命运出现新的转折，这就必须保住范以轩答应的业务。迎梦走后，她回到办公室，试探性地给范以轩发了条微信，问何时有空想单独见他做个解释。范以轩回复说只能等他从外地出差回来再约。从回微信的内容和速度上，念薇十分自信地确定，范以轩没有受王山木事件的影响，态度如初。

过了半个小时，员工们都拿着笔记本走进了会议室，等待念薇下达任务。念薇整理了一下长发，抹掉双唇上过于鲜艳的唇膏，抓起记录每天工作的笔记本，满脸愉悦地去了会议室。员工们以前看见她总是心事重重，愁眉不展，像丢了魂似的，而今天精神焕发，满面春风，多数人已经猜到有了好事。

果然，念薇向大家通报了情况，将双方草拟的合作协议书展示给员工们看，大家无不兴奋地鼓掌叫好。有的问眼下公司该做哪些前期工作？念薇告诫每个人，快干完手里的活，把所有力量和精力，转移到对接和投标上。

九名员工分成了两个小组，其中一名叫张小芬的姑娘，负责宣传片和视频拍摄与制作业务对接投标，配了三个人。另一名叫赵一凯的男孩，负责会议组织和管理文件汇编编辑印刷业务对接，也配了三个人。还剩下三个人，除了助理小李，有一位负责人力资源和社保的女同志，一名财务部的男会计。

快下班的时候，高畅带着婷婷和诗云来了公司，婷婷闹着要找地方去吃烧鸽子，高畅说公司东边一家，裹着黄泥烤的，吃到嘴里很香，已经订好了包间，他出钱请俩孩子和念薇吃一顿。

念薇摸了摸诗云的脸颊，说："今晚阿姨请，不让他掏钱，像割他的肉。"婷婷替念薇着急，说："妈，我爸出钱就让他请呗，跟他抢啥呀。"高畅纳闷，问道："你不是还要找我借钱买家具吗？今晚哪来的闲钱请客？"念薇瞪着他，说："我不但有钱了，还有业务了，业务又给公司带来钱，以后再不会跟你张口借钱了。"

高畅的脸红一阵，白一阵，说："我给钱你不要，还回过头来怪我，变态了啊？婷婷，走，咱带诗云去吃饭，不理你妈了。"诗云说："我妈和一位叔叔正在往这边赶呢。"念薇说："你妈来，好啊？等她一块吃。她带的是哪位叔叔？你妈咋从来没跟我们说过？"

诗云摇头不知道。到了包厢，高畅真心请客，抢着点菜。烧鸽子酒楼环境很好，天天顾客迎门，拥挤不堪，来到这里，实际上吃的就是这道菜，其他以家常菜为主，当然也有高档位菜，比如海参、花胶和深海鱼等等。鸽子烤得焦黄，42块钱一只，端上桌从中间一劈两半，每人一半边。

高畅问："咱们一共几个人？"念薇说："你数数啊，咱们四个，加上雪柳和带来的人，共六个。"

高畅心里计算着，六个人得点三只烧鸽子，两人吃一只，光这一道菜就要花上126块钱，另外起码还得再点七道热菜，两到四个凉菜。来时本想四个人吃，不喝酒，但雪柳一带人来，还得准备白酒和饮料，出门没带白酒，只能从饭店里拿。菜不点最贵的，一餐下来至少也得花上三四百，如果从前台拿五六百块钱一瓶的白酒，这顿饭下来总计要花上千块。

高畅合计完，心里"咯噔"一下，转头将菜谱塞给念薇，说："我就点了三只烧鸽子，剩下的你请客你来点吧。"

念薇和婷婷一愣。婷婷问："爸爸，你不是说你请客吗？怎么又让妈妈请客了？"高畅说："刚才你妈不是说她要请吗？她闺密来了，还带了其他人，应该她请。"诗云瞪大眼睛静静地听着。女服务员催："还点其他菜吗？"念薇接过菜谱，说："好，我请客我来点。"

婷婷生气了，从念薇手里抢过菜谱甩给高畅，说："真去人。"

高畅见惹婷婷不高兴，接住菜谱，板着脸说："好好，我请我请。"

雪柳带的那个人正是李冠霖。李冠霖开车拉雪柳到达烧鸽子，高畅、念薇和婷婷、诗云已经在包间里等，摆好了台位，上了凉菜。诗云要下楼去接妈妈，念薇和婷婷领着她一起下去了，屋里只剩下高畅一个人。想到要花上千块钱请客，他心里很不痛快，坐在椅子上沉着脸玩起了手机。

念薇和婷婷、诗云在门前等到了雪柳和李冠霖。雪柳红着脸主动介绍李冠霖，是搞新闻摄影的李记者，把念薇介绍成薇姐，都没提双方的大名。念薇望了一眼李冠霖，他也望了一眼念薇，互相寒暄了一句，没有握手。然后，雪柳牵着诗云的手，蹦蹦跳跳一起上了楼。

高畅打游戏玩兴正浓，念薇陪雪柳、李冠霖和婷婷、诗云突然进来，把他吓了一跳，忙收起手机，邀雪柳和李冠霖入座，转身站在门口大呼小叫，喊服务员上菜。念薇把高畅介绍给雪柳和李冠霖，称他为"先生"。不一会儿，一名服务员端着两道热菜上来，摆在了圆桌上。高畅坐在主位，扬手说："先上鸽子，快！把鸽子上来。"又对雪柳和李冠军霖说，"二位喝酒吗？"雪柳说："不喝不喝。"高畅说："你不喝，他可以喝呀。"李冠霖摆手，说："我开车，也不能喝。"高畅热情地说："我朝店里要了一瓶茅台，不喝可惜了，那下次一定要喝。"

雪柳和李冠霖信以为真，一再感谢高畅，可念薇明白他是在进行虚伪的表演，却既不能揭穿他的谎言和面纱，还得给足他面子，就附和说："是啊，刚才我家先生还催服务员拿瓶茅台酒来呢，那你们都不喝，咱就以吃菜为主。"念薇的话十分婉转得体，高畅省了酒钱，高兴得不得了，心想还是自个老婆维护自己的尊严和脸面，点菜时生的气顿时烟消云散了。

晚餐正式开始，念薇和高畅以茶代酒跟雪柳和李冠霖碰杯，边吃边聊，互夸诗云和婷婷。高畅突然问雪柳："我们只要了婷婷一个女儿，真后悔当初没要老二。哎，你俩为啥没多生一个？"

念薇从不跟高畅唠闺密间的个人隐私，他也不知道念薇结识的几个女人，哪个在婚内，哪个离了婚，以为她们都有正常的家庭。高畅冷不丁地冒出这么一句，令雪柳俩人很尴尬，脸色当即绯红一片。雪柳指着李冠霖解释道："哦哦，我们俩是同事。"念薇拿眼瞪高畅，给雪柳夹着菜，责怪道："你也不问清楚，瞎说什么呀。"

高畅说："哟哟，我把你们当夫妻了，看上去雪柳比这位兄弟还年轻，见谅见谅。"李冠霖端茶敬高畅，半开玩笑半认真地说："大哥，我是不是特别显老？你看我年龄真有那么大吗？"

高畅一本正经地盯着李冠霖，眼睛在他脸上扫来扫去，点了点头说："嗯嗯，差不多。男人嘛，老相点儿显得成熟。"念薇赶紧打断他，说："你别再说了，快去催催烧鸽子，咋还不上来啊。"

高畅起身出去了，念薇怨高畅不懂人情世故，就是个纯粹的理工男，劝雪柳和李冠霖别往心里去。

雪柳说："李记者很优秀，整天给我跑腿，亏了他啦。"

李冠霖夹了一筷子菜搁在雪柳餐盘里，这一细微的动作，被念薇看在眼里，就朝雪柳挤了挤眼睛。雪柳噘嘴瞅念薇，说："你看我干啥呀？我俩真是同事。李记者，你说对不对？"

李冠霖打马虎眼，说："对呀。"念薇笑道："我知道，知道。诗云来几天，可给我解大围了，跟婷婷玩得好着呢。"诗云附在雪柳耳边，说："妈妈，这个阿姨回到家里不怎么跟那个叔叔说话。"

雪柳边听边点头，抬眼瞅念薇。念薇能隐约猜到她们母女俩在说啥，不去理会。这时，服务生端上来三只鸽子，已经从中间切开了。

念薇抓起公筷往每个餐盘里夹了半只，并把自己那半只放到诗云盘里了，说："我不吃鸡啊、鸽子啊之类的飞禽走兽，诗云多吃个。快尝尝，是头牌名菜。"

诗云嫌大吃不了，就夹给雪柳，雪柳又夹给婷婷，最后搁在了婷婷餐盘里。高畅回到座位时，所有菜全部上齐，他接受教训，不再多嘴。雪柳、李冠霖和诗云左手戴着塑料手套，啃着烧鸽直喊好吃。

雪柳问："你们在咱群里说要去见那个范总，见了吗？"念薇说："上午我跟迎梦、曼香都见他了，不但给了我很大一块业务做，还给我送了个香薰呢。"雪柳说："你们真幸运，我跟他约采访时间，他还推到出差回来再定，他不是在糊弄我吧？"

念薇说："他咋会糊弄你？今晚真坐飞机走了，我想给他汇报招标的事儿，也给我推到出差回来以后了。"高畅问："哪个范总？以前只见过王山木，没听说过这个人呀。"念薇说："你提王山木干啥？中午还跟那人渣碰上了呢。我们几个姐妹也刚跟姓范的认识，我不跟你说，你去哪儿听说啊，别问了。"高畅说："王山木人不咋样，合作赚钱还是可以的嘛！"

见念薇没吭声，李冠霖拿起茶杯敬高畅，说："大哥，咱老爷们儿不管她们的事儿。我是学摄影出身，吃完给你们拍个合影。"

高畅碰过杯喝了一口茶，未置可否地点头笑。念薇看着桌面直发愣，除了烧鸽子，也没点鱼，桌上没有一道像样的荤菜，全是炒花菜、烧豆腐之类的素菜，吃到一半每个盘里就光了，气得她偷偷跑出去加了三道肉菜。不一会儿端上来，高畅皱着眉头问服务生："这几道菜我没点呀，你们店里白送的？"服务生指着念薇，说："饭店哪有白送的菜？赔不起啊，是这位女士刚加的。"

念薇生气瞥高畅，说："最近我太累，想多吃肉补充体力。"

高畅被撑得哑口无言。雪柳知道念薇的处境，听说高畅抠门，今天算是领教了，就帮念薇打圆场，说："其实不加菜也够吃，加了反而吃不完，你看我和诗云都吃饱了。冠霖，你吃饱了吗？"

李冠霖撇嘴，说："说实在的，我真没吃饱。"

吃完饭，雪柳和诗云坐李冠霖的车走了。后加的三道菜果然没吃完，只好打包带回家，高畅结账多了一百多块钱，气得一路不理念薇。进了家门，高畅说："你加的菜你付钱，把钱转给我。"

念薇气呼呼地说："看你点的那几个破菜，还让我在闺密面前活不？太丢人了，以后你别跟我出去，我也不会带你见我朋友。"

高畅说："菜够吃就行了，何必奢侈讲排场？铺张浪费。"

念薇说："好，我奢侈，我铺张浪费。就你这点格局，还像个男人吗？我真瞎眼了，咋嫁你这么个守财奴？"

婷婷在一旁替念薇帮腔，问："爸，你能不能大方点儿？对谁都这么抠，将来我上大学，你是不是也不舍得给我掏学费呀？"高畅说："给你花钱我舍得，因为你是我女儿。给别人花钱我心疼，我的钱也不是捡来的，是我没白天、没黑夜，挤地铁、坐公交流汗挣出来的，快把钱转给我。"念薇说："好，我转你。多少钱？""一百三。"

念薇打开微信把钱转了过去，说："一分钱都跟老婆计较，咱俩就不是夫妻。"高畅说；"不是夫妻是什么？红本本在抽屉里搁着呢，上面写的是咱俩的名字，不是别人。"念薇说："你知道什么是真正的夫妻吗？夫妻两个男为天，天行键，自强不息；女为地，地为坤，厚德载物。男人在家有涵养，这叫天青；女人在家不发脾气，这叫地明。天不青，对一个家庭是伤害；地不明，对一个家庭是灾难。男人领妻行道，女人助夫成德。万物阴阳结合，才能地久天长。我可以不跟你吵，不跟你闹，也可以助你成就一番事业，可你呢？早把我变成一个男人了。"高畅愣了愣，说："你不是结婚后变成男人的，你爹死后你就变成男人了。我就是这么个人，从小养成的性格，改不了。"

念薇说："那好，以后你用钱时，也别来找我，求我也不借给你。"

高畅说："你先别说这话，公司能不能挣到钱还是一回事呢。我真怕你赔个精光，让我替你背上一身债。"念薇说："你既然看不起我，那你自己去试试呀？"高畅说："我才不去冒那个险呢。"

念薇说："好，让你瞧瞧，看我能不能挣到钱。"

房子面积本来不太大，两人你一句、我一句地吵着，声音不大不小，像绿豆蝇嗡嗡叫发出的噪音。婷婷在屋里看书，听他们吵，烦得捂起耳朵，从里屋跑出来，吼道："你们俩有完没完？天天为一点鸡毛蒜皮的小事就吵，咱还像个家吗？"

两人同时闭嘴，一个转身回了主卧，一个进了婷婷房间。念薇对高畅失望至极，心灰意冷，又打起了冷战，在小床上和婷婷挤在一起度过漫长黑夜，再也没有回到大床上去。

雪柳父亲回了老家，诗云在念薇家虽然只待一天，却解决了雪柳外出采访的难题。第二天，她要和李冠霖去外地采访，离开饭店想把诗云送到如霜家去，如霜正要出门去公司加班。见她忙，雪柳要把诗云送到曼香那里去，如霜不让她送，说曼香也要上班，没孩子陪诗云玩，好歹她跟前有个小鸿泽，她马上准备房间，叫雪柳现在把诗云送到她家来。雪柳问诗云愿不愿意去小鸿泽哥哥家，告诉她，如霜阿姨和小鸿泽都等着呢。诗云不愿意去，李冠霖就让雪柳把她寄托到他家里去，反正老爷子和老太太整天没事干，可以带诗云。

雪柳又问诗云愿不愿意去李冠霖家，让爷爷奶奶带，诗云仍然不从。李冠霖说："那就送到你那姐妹家去吧。"

如霜跟念薇差不多，见雪柳和诗云被李冠霖开车送来，开始也有点儿发蒙，搞不清楚雪柳跟他是怎样的关系。李冠霖陪雪柳把诗云送上楼，没停就转身跑到楼下车里等。如霜跟他见了个面，把雪柳叫到房间，问："咋，搞了个帅哥？"雪柳说："哪儿跟哪儿啊。他是我同事，明天我们一块外出采访。"如霜又问："我知道是同事，外出采访才有机会呢。老大不小了，哪个男的晚上不回家陪女朋友和老婆，有工夫来陪你呀？"雪柳说："他是摄影记者，下午我们采访完，他就直接拉我过去接女儿了。"如霜听后笑，又问："骗鬼呢。今晚你带他去见念薇了？"雪柳说："见了呀，还有他老公、婷婷，我们一起吃的饭。"如霜哈哈笑，说："不愧是记者，写文稿总是先做铺垫，怕将来哪天突然结婚吓着我们几个吧。"雪柳说："快拉倒。"

如霜慌着去上夜班，把诗云和小鸿泽安顿好，告诉诗云在哪个房间睡觉，厕所在哪儿，用哪条毛巾、牙刷放在什么地方等，交代清楚，便和雪柳一起下楼去加班了。

回来的路上，雪柳止不住地用纸巾擦汗，说："看来结婚前，你还真不能见我这几个闺密，差点儿露馅。"李冠霖开着车，说："早见晚见，早晚都得见，给你当老公，用不着东躲西藏吧？"雪柳说："不是，女人都八卦着呢。"李冠霖说那好办，等这次外出采访回来，催雪柳去他家见老爷子和老太太，他已经跟父母说了俩人的事儿。雪柳问他是怎么说的，李冠霖说："我说我爱你，非你不娶。"雪柳问："那他们是什么态度？"李冠霖说："没明确支持，也没明确反对，让我自己做主。"

雪柳侧立起身子，捧住李冠霖的脸重重亲了一口，让他开车把她送回家收拾东西。李冠霖直接开车到雪柳租住的楼下，边收拾东西边说："老婆，我还没吃饱，盘子里的菜就没了。"雪柳说："我那个傻亲找了这么个男的，别说请人吃饭了，连给老婆花钱都舍不得，你说这样的婚姻叫人难受不难受？"李冠霖说："是啊，也不问问咱俩啥关系，张口就叫咱们生老二，你说逗不逗？"雪柳说："要不说呢，薇姐嫁给这样的委屈死了。"李冠霖说："那哥们儿也不是不尊重咱们，就是把钱看得比命重要。我最看不起这种男人，这样的男人不能要。"

雪柳说："叫她离她就离啊？你们男的无所谓，可我们女人谁不为孩子着想。先说好，咱俩结了婚也不要孩子，万一哪天你和我离婚与别的女人去过，我可不想让孩子跟着受罪。"

李冠霖抱住亲她，说："你说的啥话呀？要不要孩子，我都不会变心，娶了你，我一辈子知足了。"雪柳转身敲他，说："别看你没结婚，你老实说，过去到底交过几个女朋友？"

李冠霖笑着说："我都给你交代了，老婆你别闹。"

这一切都发生在迎梦离开念薇公司去找李飞舟以后。她没赶上念薇招待雪柳和李冠霖的场合，她要在，很可能会把高畅讽刺挖苦一顿，甚至会主动掏钱买单，还会将雪柳和李冠霖的关系挑开，可惜她早走了一步。

李飞舟与迎梦约在招标代理公司楼下会合，喊映寒跟他去。映寒称手头事情多不想去，李飞舟却叫她把其他事情先放下。职员永远拗不过老板。上了车，李飞舟说做商务的不去，难道叫他一个人去对接具体业务吗？随手从包里掏出一个信封扔到了后座上。

映寒明白，那是私企老板惯用的手法，在特珠情况下，单独给某个人的奖励。顺手捡起旁边那个厚厚的信封，塞在了包里。司机聆听着李飞舟和映寒的对话，先是只顾闷头开车，不怎么搭腔，待俩人消停了，才说："映寒，老板赏识你，你不该这么拿捏老板。我要是你，巴不得老板天天带我出去呢。"

映寒讥讽他，没人能跟他比，天天带着老板转，他到哪儿，老板到哪儿，命还攥在他手上。司机跟她嘻嘻哈哈地戏闹，嚷着要跟她换换，叫映寒给李飞舟开车，他去坐办公室。李飞舟对司机说，别以为映寒当不了司机，她车开得好着呢。

映寒说："我技术好，但车破呀。"李飞舟随口说："行，项目签约之日，就是你换车之时，公司也给你买宝马。"

本是一句开玩笑的话，却成了映寒手中的把柄。

映寒说："师傅，你听到了，是老板自己说的，可不是我主动提出来要的。这回我还真等着换车了。"

迎梦到得早，把车停在招标代理公司楼下，开着空调，坐在车里发微信，其中一条发给了范以轩，向他解释中午离场的原因，说在念薇公司里碰到过此人，骂骂咧咧，是被年轻小伙子们拖出去的，不怪念薇，范以轩给她回了"知道"二字。另外几条是发给曼香、如霜和雪柳的，了解到雪柳晚上会把诗云接走。

一阵敲击车窗玻璃的声音，把迎梦从车上叫了下来，站在车旁的是李飞舟，车前还站着映寒。迎梦立马拉下脸来，问为何要单独带她来。李飞舟解释说，映寒的主要业务范围是商务，招标代理都是商务上的事，烦琐得很，她不来别人对接不上。

迎梦接受了李飞舟的这一说法，听后没再多说。映寒见到迎梦时，只面无表情地轻轻点了一下头，没有更多的问候语，三个人心里各想着各的心事，步履匆匆地朝楼里走去。

商务对接是一件既麻烦、又细致的事儿。代理公司将招标程序、条件设置、工程量清单和预算单价等，大致口头透露了一下，没有给出明确的文字资料，还特意交代了投标报名和商务条款、清单报价和资质业绩方面需要注意的事项。

整个过程，除了听映寒和李飞舟在跟对方说话，迎梦尴尬地坐在凳子上根本插不上嘴，唯有端起茶杯一杯杯地喝。喝多了，就要去厕所。等李飞舟和映寒对接完从会议室出来，竟不知迎梦去了哪儿，一次次地打电话寻她，手机只响不接，把李飞舟急得满头大汗，就催映寒去厕所找她。映寒抱着资料走进女厕所，便听见一处马桶在"哗哗"地冲水，接着门被推开，迎梦拎着包从里边出来了。

映寒拉开一间厕所小门，说："李总打几次电话你不接，他在外面等你呢。"迎梦爱搭不理地瞅了她一眼，说："我这不在上厕所嘛，催啥催？手机调成震动搁包里了。"映寒关上厕所门，不服气地说："你去找他吧，他让我来找你的。"

迎梦在电梯间里碰见了李飞舟，怨他瞎着急，说这么大个人除了上厕所能跑哪儿去，催李飞舟下楼。李飞舟左顾右盼，说："看你们俩，我叫映寒去找你，你回来了，她又不见了，等她出来一起走。"

电梯下行，刚好停在代理公司的楼层。迎梦两脚迈进去，左手扒住门，右手摁按钮，问："你进不进来？不进来我先下了。"

李飞舟扭头看楼道，依然没有映寒的身影，瞅见两扇电梯门正在关闭，赶紧往电梯里钻，"嘭"的一声被挤了跟跄。他一向看迎梦的脸色行事。此时，迎梦的脸色确实不好看，说："你今天带她来，实在没必要叫我给她当陪衬，还不如回仙界歇会儿呢。"李飞舟说："我叫你来，不是怕你误会我和她嘛。再说，你在场，会给公司加分。"迎梦说："我不来也丢不了分啊。你看她好，走哪儿带哪儿。"李飞舟说："她业务是不错，可无法跟你比，你是我的心肝宝贝。"

来到停车场，她让李飞舟坐奔驰走。映寒没下来，李飞舟犹豫着，说："要投标了，我得回公司。"迎梦说："你的意思是我不能拉你去公司呗？那你等她吧，我没工夫陪你们，先走了。"

李飞舟清楚，如果迎梦一个人先走，那他的日子准不会好过，便用手死死拉住车门不让她关，说："我陪你陪你，让映寒和司机坐那辆车回去。"

映寒上完厕所出来，在电梯间没看见李飞舟和迎梦，猜他们提前下去了，闷闷不乐地挤进电梯下到了一层。司机正坐在车里等她，见她上来，说："老板提前走了，我拉你回去。"

映寒坐在副驾驶座上不说话。路旁一个外卖小哥的摩托，将一位骑自行车的姑娘撞倒在地，辅路上马上围了许多看热闹的人。

司机说："外卖抢了姑娘的道，还把人撞了，这下要赔钱了。"

映寒扭头瞄了一眼，仍没说话。

李飞舟本来要回公司，可坐上迎梦的车，就直接跟她去了仙界花园。上楼时，恰巧碰到了那位遛狗的贵妇人。迎梦站在电梯口跟妇人打招呼，妇人指着李飞舟问迎梦："这位是你爱人？"

迎梦"嗯嗯"两声作答。不料一进电梯，白色的萨摩耶狗，突然后半身往下一蹲，拉了一泡屎。迎梦捂住鼻子嫌臭。妇人训那萨摩耶："闺女，不听话了是不是？叫你回家拉回家拉，偏拉在电梯里，老妈还得亲手给你抓。"

萨摩耶通人性，冲妇人摇头摆尾，还昂头"呜呜"地叫。妇人即刻从手包里掏出一沓纸，俯下身去抓萨摩耶的屎屎，抓起来捏在手里不敢扔。李飞舟说："养狗就是麻烦，到处乱拉，回去还得给它擦屁股洗澡，不然太脏了。"妇人打趣，叫李飞舟不许说她"闺女"。

电梯升了几层又停了，上来一位老汉和一个小男孩。没到妇人家的楼层。她手里始终攥着那堆狗屎没处抛。又说："人比狗脏，起码狗对主人忠心。现在有的人还不如狗忠诚呢，真是世风日下呀。"

电梯升了两层，又停。老汉领着孙子出去了，那妇人还在里边。也没到迎梦的楼层，迎梦却拉着李飞舟，跟在老汉后面出去了。

妇人喊："哎，姑娘，你家没到，别下呀。"

李飞舟站在电梯口左右看，迎梦说："以后若再碰到那老妇人，永远不理她了。"

迎梦浑身是汗，问保时捷何时能修好，520奔驰不适合她开，容易造成误会，得抓紧把车提回来。李飞舟打电话找司机询问，司机说给4S店去个电话问问，能提早点儿提，接着问李飞舟在哪儿。李飞舟说还能去哪儿，在仙界花园呗，等会儿回公司。

　　迎梦提醒他，绝不能做王山木那样的人。李飞舟问王山木是谁？迎梦说是一个找念薇合作的老男人，天天缠着念薇，渣得厉害。将中午在饭店里与王山木偶遇的情景，一五一十地跟学给他听。李飞舟说他可以安排几个手下，把王山木收拾了。迎梦叫他不要鲁莽。

　　李飞舟快到下班时间才回到公司，而映寒已经离开公司开车回家了。李飞舟想打电话，映寒整个晚上也不接他的手机，标前准备的一堆商务资料，极其零乱地搁在了他的老板台上。

　　跑了一天，迎梦觉得浑身累乏，睡过去。醒来时，太阳已经开始落山，从西边照射过来的光弱了许多，已不再燥热。瞧望对面楼宇住户，似乎有个穿红衣的女人，在阳台上收衣服，转眼进屋不见了。再瞧楼下，有几个走动的人影，看不清是男是女。迎梦觉得寂寥，仍有些犯懒，就抓起手机刷抖音、看微信，在闺密群里约念薇去逛街，喊曼香、如霜和雪柳去吃宵夜、泡酒吧。没想到，除了她没多少事儿，其他人都要照顾孩子，还有工作要做。如霜要加班，另外三个人都已经分别约到一起开始吃饭了。曼香赴约去会刘立峰，迎梦去不方便。念薇和雪柳则认为她会跟李飞舟共进晚餐，结果都晚上 7 点了，还一个人待在仙界，邀她赶过去吃烧鸽子。

　　迎梦倒没生她们的气，就是不愿动，答道："算啦算啦，你们吃吧，我不饿，也不下楼了，随便点点儿外卖凑合凑合，晚上吃多消化不了，身上还长肉呢，我可不想成为胖女人。"

　　迎梦回绝了念薇和雪柳，用手机在美团上点了一份素包子、一碗小米粥，外加一盒炒芹菜和一份咸菜，不一会儿外卖便被送上了楼。迎梦找出一条薄纱裙套在身上，坐在窗前，边吃边透过宽大的窗玻璃欣赏楼下小区的晚景，忽然想到李飞舟，抓起手机给他拨了过去。而此时的李飞舟，正一个人开车赶往映寒的住处，在电话里骗迎梦说，他在外面请甲方的人喝茶，迎梦没多想就信了。

　　李飞舟在宿舍楼下见到了映寒，还给她带了条珍珠项链。映寒心情不好，有些郁闷，不想见他，更不去接他的礼物，反问他不陪迎梦赶来陪她做啥。李飞舟说："你生气了，项目投标就要黄，我不敢得罪你啊。"映寒矫情地说："我这么重要的人物，你干吗舍下我跟她坐车走？你跟我一起走，是不是丢你的人？"李飞舟说："我本来是等你的，可迎梦等不及。她刚才还打电话问我在哪儿呢。"

映寒"哼"了一句，说："我不恨你，恨她，你回去找她吧。"李飞舟说："如果你愿意，我请你去吃日本料理，然后咱们再说商务的事儿。"

楼下净是吃完晚饭沿街散步的中老年人，还有一对对的情侣，掺杂着来往的车辆和摩的发出的噪音，让人心烦意乱。映寒情绪得到了舒缓，拉开车门爬进了李飞舟的越野车。而迎梦一人坐在仙界家中的沙发上，边嗑瓜子边看电视剧，看到约11点钟，恍恍惚惚地倒在沙发上睡着了。

第七章

夏天的早晨，四五点天就亮了。熟睡的人们还没睁眼，喜鹊就站在高高的树梢上"嘎嘎嘎"地叫，麻雀也在小区草丛里"叽叽叽"地觅食，还时而飞落到窗台上叫个没完。

那一夜，如霜加班几乎没睡。念薇和迎梦睡得不踏实，只有曼香和雪柳在幻想和幸福浸泡中睡得安稳。曼香深更半夜在群里发的两条微信，"痛苦并快乐着"和"要羽化破茧了"，第一个看到并回复的是如霜，第二个就是雪柳了。

第二天一早，安顿了诗云，雪柳和李冠霖赶早班飞机去外地。李冠霖那夜没回家，把行李箱和摄影器材提来了。雪柳起床点开微信群瞧，往上一拉页面，瞧见了曼香的那两句话，笑着给李冠霖看。用两只纤细的手指轮番打拼音，用很隐晦的文字回复道："在痛苦中才能寻到真正的快乐，但快乐不等于没有痛苦。破茧既痛苦又快乐，祝福你呀曼姐。"

第三个看到曼香留言并回复的是念薇，迎梦最后一个看到。她有睡懒觉的习惯，没事的时候，一般要睡到上午11点才起床。念薇满脑子都是如何把范以轩的业务拿到手。躺在床上，一会儿想想范以轩和王山木，一会儿想想高畅、婷婷和这个家的未来，还想了迎梦和李飞舟，雪柳、李冠霖和诗云，曼香和吴思亮以及如霜和小鸿泽，把所有人都像演电影似的过了一遍，犹如在陈旧的破箱子里翻找衣物，把里边最底层的东西全部翻了出来。加上头晚请客牛高畅的气，前半夜辗转反侧睡不着，后半夜又困了，一合眼睡到了早上8点多。

雪柳的回复惊到了念薇。她迷迷糊糊地侧过身来，从枕边抓紧起手机看，思索半天才做了回复："痛苦无边，快乐无缘。我早被快乐抛弃了，留下的只有痛苦与煎熬。"

迎梦睡到半晌起来，看到闺密们的回复，发现她们对曼香所发微信内容态度各异，或过于认真，或过于调侃，觉得女人聊到感情话题特别好玩，手写太慢，便用语音留言回复："亲们，你们个个都变成哲学家了。什么痛苦不痛苦，快乐不快乐，活得舒心便是快乐。曼姐，薇姐，我和霜姐、柳姐落定了，你俩也别太委屈自己。"

语音刚一发出，群里就炸了锅，像狂风卷起的沙砾，噼里啪啦刮在脸上，撞出了一个个小坑。曼香笑她脖子上安着一副枷锁，不敢轻易解了去，毕竟曾经爱过。如霜戏谑命不如她好，因为缺乏她的眼光，当初找华皓结婚，确实有点儿盲目和冲动，现在后悔没用了。

雪柳和李冠霖登机后，系好安全带正准备起飞，赶在关机前回复了一段话，内容是迎梦要不了孩子，晚年老了怎么办？真是患得患失。

念薇在群里回复完没再表态。迎梦是念薇最亲近的闺密，念薇不想去刺激她，只回复了一句意味深长的话——假如羽化成蛾，得看能不能飞上天空。

一个人的生活态度，往往决定一辈子的走向，有时还会决定一生的命运。态度不一样，结局也不同，好比在沙地里种花生、棉花和红薯收成最好，可你偏偏去种玉米和高粱，到头来一样的土地，最终却被饿死了，这就是宿命。那些想逆天改命的人，付出的代价会比常人多数倍，还要看你是不是那种福德厚重之人。

念薇的那段话，闺密们都能嗅她的心理，捋出她思想情绪波动的脉络，但只有迎梦敢当着念薇的面儿，不加掩饰地去戳她的痛处，只是念薇内心怎么想，迎梦不清楚。念薇的打算是，范以轩外出考察可能好几天才能回来，趁这个空当儿，想搬家给公司换个新址。于是，上午到公司转了一圈，安排完相关工作，念薇打电话给迎梦，叫她陪着再去逛逛北四环的家具城，把搬新家用的办公桌椅板凳定下来。

逛商场是个累人的活儿。迎梦爱逛像 SKP 之类的高档商场，那里边净是女人喜爱的衣服、化妆品和鞋帽，连空气中都散发着薰死人的香气。家具城里一排排全是做工讲究的木架子，每一件都刷着白漆、黄漆、黑漆和各种不同的颜色，搁在那里既不会喘气，也不会说话，用得着是家具，用不着是一堆打磨加工成型的木头，不买家具的人逛起来实在百无聊赖。但迎梦拿出 10 万块钱支援了念薇，干脆好人做到底，再没兴趣也要陪着跑一趟。

迎梦不好推辞，在电话里告诉念薇，李飞舟的司机已经去 4 S 店取车了，等把"520"和保时捷换过来，她就去公司接她，中午各吃各的饭。念薇跑到公司楼下食品店里，随便买了一块三明治和一个玉米打发了肚子，吃完等着迎梦来接。

迎梦也是随便吃了几块点心和蛋糕，没有点外卖，更没吃一顿像样的正餐。刚抹完嘴，司机已将保时捷送到了地下车库。迎梦边穿衣服边接电话，说："好好好，我马上下来。"

中午坐电梯的人少，下地库没有碰见那位常遛狗的贵妇人。迎梦心想，碰见也不会跟她说话。来到地库，迎梦与司机交换了车钥匙。迎梦走到车尾，问："修好了？"司机说："修好了，跟没撞一样。"

迎梦围着保时捷转了一圈，先看车尾，再看车身和前脸，又抬脚蹬了蹬车轮，完好如初，对司机说："哎，那个映寒是天天往李总屋里钻吗？"司机说："问我？我不清楚啊。以前看到过几回，都是谈工作。咋，老板娘，你这么计较她啊？"

迎梦一按钥匙打开车门，右脚已踏进了驾驶室，身子高过车顶还留在外面，扭着头说："我跟她计较啥呀，就问问，我走了。"

中午时分，许多人都在午休时间，路上的车辆明显减少。迎梦开车很快到念薇公司楼下接上了她，开玩笑地说："亲，我净给你当司机了，你得给我开工资才行。"念薇说："行啊，钱都是你借给我的，工资开再多还不都是你的钱？你说想要多少吧，咱开。"迎梦笑道："你还当真呀薇姐！我啊，上辈子就是你家仆人，欠你的，给你开车跑腿，我心甘情愿。"念薇心花怒放，说："你真是我的亲妹妹，这一世轮到该我欠你了。那一样，下一世还。"迎梦说："别说谁欠谁了。你要是男人，我一定非你不嫁，化条蛇缠死你，看你往哪儿跑。"

念薇笑道："我不是男人，早成了女汉子啦，你嫁吧。"迎梦逗念薇，说："我嫁你？你用什么侍候我？"

念薇握拳捶她，俩人边捶边笑。笑过，迎梦问现在是不是去北四环家具城。念薇摇头，说让她给参谋一下，先去看公司要搬的新地方风水好不好，然后再去逛家具城。迎梦说可以帮着挑个搬家的好日子。念薇惊诧地问她跟谁学的，迎梦翘着嘴说无师自通，在网上下载个老皇历，挑啥样的日子时辰都能挑到。

公司要搬迁的地方，是五环外的一个文化产业园区，距现在办公地约十二三公里。念薇带助理小李和综合部部长跑了三个月，因房价适中，还有优惠和返税政策，最终选定往这搬。

园区的南面是条护城河，河面挺宽，水泛着绿色的光，没有船和舟，也没有游人，只是一道怡人的风景。园区里边是一幢幢的企业独栋，大都租给了做文化这一行的公司，还有几家公司是做科技的。念薇来找房时，恰巧赶上6幢3层有一家文化公司退租，面积四百多平方米，布局合理，每一间玻璃隔断上都贴满了标签，散发着浓郁的文化气息，楼前停车方便，还不用花钱装修，干干净净，拎包入住，念薇当即拍板接盘。

迎梦跟在念薇后头，爬到三层一间一间地看。念薇把整个办公区房间安排讲给迎梦听，最后来到她自己的办公室。迎梦站在办公室窗前朝前看，便看见了护城河水的晶莹剔透和碧水蓝天，非常满意地说："薇姐，这里的风水好，看来你真要转运了。"念薇说："在这地儿办公看着就让人舒服，心情都会好起来。今天选了家具，你抓紧帮挑个日子，这两天就搬，我是不想再拖了，得赶快远离那个人渣。"

环境好，可以影响人的磁场，磁场好坏足以改变人的运势，给你带来财运和平安。去家具城的路上，迎梦一直催着念薇赶快搬家，等再来公司的时候，她想看到一种跟以前不同的气象。念薇比她急。到了家具城停好车，念薇嘱咐迎梦今天必须把所有办公家具全部定下来。迎梦说定不定不在于她，而在于念薇。

念薇和迎梦怀着急切的心情走进了家具城。夏日所有的商城，空调温度调得都很低，冷气十足，是纳凉的好去处。俩人走进商城的那一刻，浑身顿觉凉爽。而她们的出现，立即引来一群异样的目光。迎梦瞅着周围说："哎亲，你看这里人咋那样看咱俩啊？好像咱们不是人类似的。"

念薇转头巡视四周，看遍前后左右，那些卖货和买货的男女老幼确实都在瞧她们。她不去理会，继续往里走，说："让他们瞧吧，看我带了一个天上下凡的仙女。"

迎梦这种场面虽然遇见过很多次，但此时却特别害臊了，说："我仙女，你不是啊？说不定他们看的是谁呢。"

一个青年迎面走来，手里拽着绳子，是用平板拉家具的。光顾着看念薇和迎梦了，为躲她俩，平板撞在了过道旁边的桌子上，身子一歪摔了趔趄，摸着膝盖"哟哟哟"不停地叫唤，冲念薇俩人傻笑。迎梦捂嘴"咯咯咯"地直笑，说："看路，别看我俩，摔个好歹我们负不起责。"念薇也笑着说："我们俩有啥好看的，磕着疼死了吧？"

那青年也咧嘴笑，说："少见。不疼不疼。"

旁边商家销售员是个小姑娘，见念薇和迎梦刚好来到摊位前，迎过来问："两位美女姐姐想买啥家具？快进来看看，一应俱全，工艺精湛，保质保量，物美价廉。"

念薇转身拐进了家具展示间。迎梦跟着进去，说："看着行，就在这儿买，哪家都一样，定了得啦。"念薇说："来就要逛，不逛咋货比三家？先看看。"

迎梦跟在念薇身后溜达着满城转，拍拍桌子，敲敲椅子，拉开抽屉瞅瞅，察看每一个细节。念薇去跟商家一件件地讨价还价，快把迎梦弄烦了，劝念薇下决定买。念薇心细，转了半天仍然举棋不定，又领着她跑了好几家。念薇的理由是，既然花钱买，就要买与文化品质相符的和质量好的，不但要美观，还要使得住。结果，全商城的家具大同小异，价钱也相差无几。逛到了天黑，念薇又折身返回到了第一家，说："我俩考察好了，决定买你们这家的。在刚才谈好的价格基础上，你们再给多优惠点儿就成交。"

销售员是个小姑娘，为难地说："再优惠，我真做不了主，得需要请示经理。二位姐姐等着，我打个电话问问。"

说完，那姑娘拿着手机，躲进了摊位后面的过道里。迎梦逛得实在太累了，就近拉了把椅子坐下，在手机上翻看老皇历挑日子。正是八月三伏天，又是周四。她往后一天天地翻网页，翻了两天赶上个星期六，问念薇："亲，我记得你是农历属猪的十月生人，对吧？"

念薇答："对呀，这还能改得了。"

迎梦点进网页去看，查清周六这天的年月日天干地支，宜啥忌啥，哪个时辰吉，哪个时辰凶，一声惊叫，说："亲，后天搬后天搬，周六是个好日子。壬寅年，庚申月，己未日，甲辰时，今年是你的六合年，八月与你相生，日子跟你是三合，就这么定了。"

念薇嫌时间有点儿紧，叫她再查查看能否推后两天。迎梦说后面没有好日子，只有这一天。念薇估计了一下范以轩回来的时间，又算了算公司收拾东西用多久，最后说："行，那就周六搬吧，我现在通知公司人员开始打包，让搬家公司来辆厢车，多跑两趟。"

念薇打电话给助理小李，刚安排完搬家事宜，小姑娘就从过道回来了，说："二位姐姐，考虑你们买了六万多块钱的家具，经理同意再给你们优惠，取个六万整数，这已经是成本价了。行就行，不行你们去别的家买吧，"迎梦从椅子上起来，说："成交。后天周六，你们派人派车早晨 7 点半送货上门，公司有人接，负责给组装安好。"

姑娘说："那你们留下地址和电话，我们负责送货。"迎梦说："薇姐，去付钱。"迎梦替念薇做了主。念薇二话没说，加上小姑娘的微信，发了新址位置信息，然后去收银台交钱。

办公家具总算尘埃落定。周五忙了一天，公司员工把所有物品打包的打包，分类的分类，只等周六早晨搬家公司的厢车来拉。念薇收拾完东西，正要坐在沙发上歇会儿，看看文件和资料，突然手机短信铃声响了一下，拿起一瞧是王山木发来的，内容污言秽语："臭婊子，你欠我的必须还我。奉劝你不要跟姓范的走太近。如果他给了你业务，说明你跟他上床了。"

看完短信，念薇顿时气得火冒三丈，竟然与王山木在短信上对骂起来，咒他去死了算啦，而王山木骂得比念薇更难听。女人受不了男人的无底线污辱。念薇"啪"地将手机扔了出去，刚好砸在站在门口的小李脚下。小李捡起来，进屋想递给念薇，可念薇背对她，望着窗外抹泪。她想总有一天，王山木会编造谎言，对范以轩发起攻击。

小李的手在哆嗦，轻声问："薇总，谁惹你生气了？"念薇说："上次来公司的那个人渣。"小李一时没想起是谁。哪个人渣，她不敢确定。念薇说就是被从公司架出去的那个老男人。小李愕然，说："他怎么还在骚扰你？"念薇说："他不是人，我真后悔认识他。"

小李说："公司后天就搬走了，看他到哪儿去找。"念薇说："公司搬走，可手机可以发短信啊。他一发就是几十条上百条，句句都是骂我的脏话。"小李说："屏蔽拉黑他，拦截了就看不见了。"

念薇用的是华为手机，功能设置跟苹果不相上下。她听了小李的建议，当场屏蔽了王山木的手机号，把他打入了黑名单。王山木发再多的短信，虽然收不到，也看不到，但打开骚扰拦截，念薇仍能看见他的短信内容，还可以恢复成信息保存下来。

周六的早晨，王山木起床先打念薇手机，想约她出来见面，电话打不通又发短信，仍未得到回复。一气之下，吃完早餐，他从屋门后抓起一根防身用的短棍，用纸包上，坐了地铁倒公交，溜溜达达来到念薇公司楼下。楼前停着一辆厢式大货车，搬家公司的几名壮劳力个个五大三粗，肩上扛着大件，手里提着小包从楼里出来，正往车厢里装东西。王山木猜想可能是念薇公司在偷偷摸摸地挪地方，凑上前问站在车厢里的小伙："哎兄弟，是哪家公司搬家？"

那小伙扭头瞪他，说："化羽飞天公司，有事吗？"王山木伸手阻拦，说："哎呀，我是公司股东，没经我同意，你们不能搬，把东西给我搬回去。"两名壮劳力将物品扔进车厢，看王山木挡在车后阻止，挥动胳膊将他推到一边，气势汹汹地说："滚滚滚，没工夫听你闲扯。我们只负责搬，要找去找你的大东家。"

搬运工力大无比。王山木在他们面前，显得弱不禁风，搬运工还没用力，他的两条腿就在地上来回晃荡。受了搬运工的训斥，他心里觉得窝囊得不行，嘴里发着狠，骂骂咧咧，急匆匆上了楼去。

整个办公区大件物品早已搬下去，屋里空空荡荡，满地废纸、箱子、绳子和电脑，凌乱不堪。王山木给搬运工让开道，蹑手蹑脚走了进去，只听念薇办公室里传来一阵女人的笑声。除了雪柳外出采访没来，迎梦、如霜、曼香都赶过来帮忙。实际上，搬家这类重活，女人是插不上手的，来了只是为了显示亲近。助理小李和员工们在大厅里指挥搬运工搬运。念薇门口没有人。听到笑声，王山木不敢冒然闯进去，就躲在门外偷听，声音再次从屋里传出来。

念薇说："王山木那个人渣天天发短信骂我，骂得非常难听，被我屏蔽了，真想拿把刀去砍他。"接着是迎梦的声音。只听她说："换了新地儿再敢来，我就叫李飞舟安排人收拾他，不打死他，也得让他住上几个月的院。"如霜说："这年代不能打人。"迎梦说："打人还不好办，不从正面打呀。可以让人从高处把他撞下去。他自己摔的，叫他打掉牙往肚子里咽。"

曼香夸迎梦，说："就是你鬼点子多，我赞成。那个人真的太恶心了。上次吃饭，当着范总的面儿跟薇姐过不去，太不会做人了。再见面，咱们几个吐口唾沫淹死他。"话音未落，屋里发出一阵爆笑。如霜说："这个人在圈里是出了名的坏，我虽然没见过他，但能够想象出是个怎样糟糕的人。还骚扰薇姐，就一欠揍的货。"

几个女人你一句、我一句的讽刺、辱骂，王山木听着，心里像针扎似的难受。他实在忍无可忍，一横心举起棍棒冲进去，站在门口指着念薇骂道："你们几个臭女人，为了她躲在阴暗的角落里骂老子，老子全听见了。今天，我跟她这个臭婊子没完，看你们哪个敢上。"

念薇、迎梦、如霜和曼香吃了一惊。她们纳闷王山木啥时来的公司，也不清楚他躲在门外偷听了多久。

迎梦冷静地说："你又厚着脸皮来了，还偷听我们说话，骂你是人渣还真是人渣。今天搬家，你快滚出去。"

王山木怒视着念薇，回击迎梦，又骂："滚你妈的蛋啊。念薇跟老子早上过床了，她骗了我的钱，现在想用搬家来甩我，门儿都没有。"

"砰"的一声，一个白影飞过来，在半空里洒出一道弧线，带着尾巴，还散发着蒸气。那是念薇砸过来的白色水杯，里边盛满滚烫的开水，泡着浓郁的安吉白茶，不偏不斜正砸在王山木的前胸。

念薇一脸怒气冲过来，吼道："王山木，你个王八蛋，说我跟你上床？上你妈的床啊，也不看看你那操性。"

王山木见念薇破口大骂，一棍子抢了过来。念薇一躲，棍子打在了她的侧腰。她忍受着疼痛，顺手抓住王山木手里的棍棒，边骂边与他厮打起来。王山木的恶劣行为，激怒了在场的迎梦、如霜和曼香。见念薇吃了亏，她们呼号着一拥而上。如霜拽住王山木的右胳膊，用力夺下他手中的棍棒，狠狠地朝他身上抢去。念薇握拳打他的头，迎梦用锋利的长指甲挠他的脸，曼香则踢他的裆，把王山木打得"嗷嗷"直叫，抱头鼠窜。如霜拽住了他的后领用力一扯，王山木身上的蓝 T 恤，从胸前"噌"地撕开了一道口子。念薇她们仍在后面穷追不舍。

王山木被几个女人一顿群殴，当时犯了迷糊，嘴里嘟嘟囔囔骂着脏话，竟摸不到来时的路，找不见从哪儿进的门，惊慌失措中跑错方向，拐进了办公区。小李和员工们听到动静，正要去念薇办公室看出了啥事儿，不料王山木突然跌跌撞撞跑进来，念薇、迎梦、曼香和如霜在身后追着他打，马上明白是王山木趁公司搬家来捣乱闹事了。

念薇和迎梦怒气冲冲，同时喊："抓住他，抓住他，别让他跑了。"

两个小伙子毫不犹豫，抬脚将王山木踹倒在地。小李和其他人手里拿着书、笔筒、插座等杂物，纷纷朝他砸去。

王山木历来欺软怕硬，嘴臭胆尿，遇到真刀真枪就没了脾气。他已经遭到暴揍，但念薇和闺密们不解气，仍继续打。王山木吓得脸色蜡黄，趴在地上狼狈不堪，苦苦哀求。如霜催员工们打电话报警。小李抓过搁在旁边桌子上的手机，拨通了110。

念薇捂住腰，发怒道："把这个王八蛋绑起来，等警察到了交到派出所去。"两个青年员工死死摁住王山木，压制住他。综合部部长找来一捆打包用的白色塑料扁绳，把王山木五花大绑，并捆了他的两只脚踝，叫他插翅难飞，休想跑掉。屋里回荡着他的阵阵哀号声。

十几分钟后，来了三名全副武装的年轻警察，其中一名是这儿的片警。念薇和迎梦、如霜、曼香作为人证，向警察如实陈述了整个冲突过程，还捡起那根棍棒作为物证。

王山木被带回派出所，以扰乱社会治安的罪名，受到治安处罚和5000块钱罚款。而他并没有悔改之心，更不觉得丢人现眼，把一切责归咎于念薇，发狠有朝一日会报这个仇。

伴随着这场风波，念薇的公司完成了去文化产业园办公的新址搬迁，远离了先前那个是非之地。但是，围绕着她的一些是是非非，并没有到此结束。

雪柳带着李冠霖在外地采访，总是十分紧张，常常一天一个地方地飞来飞去，非常辛苦。第三天，俩人飞到了地处西北的天陇市。市政府所在地四周被大山包裹着。由于海拔偏高，比大都市平均气温低5摄氏度左右。

大都市最热的这段时间，这边恰是旅游、度夏、避暑的好季节，赶上阴天下雨，还要添加夹克和厚一点儿的衣物。

雪柳和李冠霖的到来，受到热情接待。考虑到雪柳和李冠霖是一男一女，工作人员给他俩安排了两个相邻的标间，看上去两人是分着住的，实际上李冠霖并不住他自己的房间，而是一直躲在隔壁雪柳房间里。他们采访的对象有国企和民营企业家。

上午采访结束后，两人回到房间休息。李冠霖自然跟在身后进了雪柳的房间。每个标间都有两张单人床。王山木大闹念薇公司，是雪柳回到房间后看微信才得知的。念薇搬完家后，中午在文化产业园里一家餐厅订了个包间，请迎梦、如霜和曼香吃了个便餐。随后，在各自回家的路上，她们在闺密群里谈论上午发生的事情，又把王山木大骂一顿。

雪柳卧在床上看微信，忽然发现出了这么大的事儿，喊李冠霖："有个叫王山木的男人去念薇公司里闹，被我那几个闺密合起来捶了。"李冠霖看完雪柳手机上的微信，问："你那薇姐是不是跟这人有啥不清不楚的关系啊？"雪柳说："你说什么呢？薇姐跟他能有什么关系。"

世上本来就有许多披着人皮的狼。看起来像人，实际上是狼，永远喂不饱，给它肉吃还不行，最后还要把你吃掉。王山木便是这号人。雪柳的反驳，让李冠霖哑然。他不想因这类外人的纷争影响两人的感情，也不想影响雪柳与闺密之间的友谊，说："咱管不了就不管。"

雪柳告诉李冠霖，晚上有人请他俩吃饭，有外地老总作陪。这种场合，雪柳和李冠霖遇到很多。接待忙不过来，常把几个饭局和客人约在一起。反正完成采访任务马上返程了，管他是谁呢。

到了晚上，接待处安排了一个能坐五六个人的小包间，说明客人不多。因为就在楼下，雪柳和李冠霖不急着下去。6点半，房间座机电话突然"叮铃铃"地响了，工作人员说他们已到包间，催他们下去，雪柳这才简单收拾一下装束，习惯性地带上录音笔和小本子，李冠霖提着摄影器材走出房间。

坐在主宾位上的那位老总，不是别人，正是出来考察项目的范以轩。他和雪柳谁也没有想到，出来好几天，职业各异，任务不同，两人却不期相遇在同一个小城市。

雪柳和李冠霖进去的时候，主客正聊电站投资事宜，希望项目当年能够落地，尽快建设与投产。范以轩承诺，只要手续办齐，投资随时能到位开建。范以轩看了看手表，问："哎，还有别的客人吗？"主人说："刚好来了两位记者采访，一男一女，实在抽不开身，就安排了一起，委屈范总了。"

正说着，雪柳和李冠霖走了进来，谦虚地说："对不起，对不起，我们来晚了。"

雪柳极其敏感，问范以轩："您就是范以轩老总？真是无巧不成书。出来采访前就跟您约，没想到在这儿碰上了。荣幸荣幸！"

范以轩听雪柳这么一讲，立刻想起出来考察前打电话约时间采访的那位女记者，原来长得如此有气质，脸上霎时有了笑容，起身并朝雪柳伸过手来，说："呵呵，巧了巧了，在这儿见面，不用回去再约了。我记得你叫雪柳吧？"雪柳说："范总记性真好，我是叫雪柳。这位是跟我一块来采访的李记者，负责摄影和图片报道。"

李冠霖微笑着点头介绍了自己，范以轩也礼貌地跟他握了握手。菜已上齐，众人边吃边聊。

饭圈文化就是这般神奇，许多生意和大事的促成，几乎都离不开饭桌。一对是一个航班号，范以轩哈哈大笑，说："有缘人不论在哪儿都能碰到一起，那明天咱们在飞机上聊，两个小时够不够？"

雪柳说："我每次坐飞机，没起飞已经睡着了。再说，我们俩只能坐经济舱。隔着那么远，旅客又吵，采访的环境有点儿差，根本无法聊。"范以轩端起杯跟雪柳和李冠霖轻轻碰了碰，思忖片刻说："那这样好不好，吃完晚饭，咱找个安静的地方，或在宾馆，或去喝茶，咋的也要让你们把作业交了呀。"

采访时间就这么定下来了。晚饭吃得很快。散场后，范以轩让雪柳和李冠霖坐他的车，直接去了一处最繁华的地段。那里既有小吃店，也有茶艺馆，能吃宵夜，还能喝茶谈生意。雪柳纳闷，范以轩来考察投资项目，考察得这么仔细。小车东转西转，就把她和李冠霖带到这儿来了。

小车停在临街的一处路灯下。范以轩说到了，喊雪柳和李冠霖下车。雪柳两人拉开车门抬头一看，是一处茶艺馆。门脸不大，装饰却是古建风格，安着雕花门头。楼上的窗户透着微黄色的灯光，说明正在营业。

此时，已有好几拨客人上了楼去。范以轩走在前面，雪柳和李冠霖跟在后头，踏着铺有红色地毯的楼梯爬上二楼，进门只见里边装修得古朴典雅，走廊里挂着小灯笼，大厅里摆着长案，背景墙是多层的柜子，柜子里摆着各种不同档次的新茶和老茶。那一定是用来卖给顾客的。而服务员全部是青一色的小姑娘，穿着统一淡雅泛绿的旗袍。旗袍两边的开口，使每个人雪白的大长腿若隐若现，凸显出诱人的身材和风姿。

每到晚上，范以轩喜欢这样幽静的环境。在这种地方谈事，思路会很清晰，会令他产生美好的遐想。因为经常熬夜写稿，雪柳喜欢安静，也喜欢饮茶。家就是家，不是写东西的地方。有时在家里写稿做方案，往往憋半天写不出一个字，很令人苦恼。所以，她时不时会抱着电脑跑到楼下茶艺馆要个小包间。范以轩领雪柳到这里来，正合了她的心意。

范以轩让秘书提前预订了中包。雪柳和李冠霖进去后，先找好了架设摄像机的最佳位置，又让前台服务员送来了两盏落地台灯，与坐在大沙发上的范以轩试了试镜头，对了对焦距。雪柳则掏出录音笔搁在了范以轩面前的茶台上。

一切准备完毕，等小女生端来了上等好茶，刚要开始采访，范以轩突然收到一条手机短信，打开一看，是王山木发来的。那天中午请范以轩吃饭，王山木托他办一个孩子调动的事情。念薇的突然出现，打乱了王山木的计划。几天过去，范以轩没给他回话，便发短信询问结果，问范以轩究竟有没有希望办成。其实，王山木是在试探范以轩到底与念薇有多深的关系。人的问题最复杂。范以轩感到很上头，迅速回复说"编办要求控制进人，不好办"。王山木接着又发来一条短信，说"能不能办，还不是范以轩一句话"。范以轩冷笑了一下，没再回复，将手机扔在了旁边的沙发上。

为了调解和活跃采访的气氛，雪柳没有直截了当地进入正题，而是先聊些日常。雪柳问："范总，您就是忙。大晚上的，谁这么不识趣老给您发短信？"范以轩掏出一支烟点着，说："唉，一个老友。王山木这个人拿求人当儿戏，平常不联系，有事就来找。除了不见我，见我不是这事儿就是那事儿，又不好驳他面子，真是太讨厌了。"

"王山木？"雪柳惊讶道。"这名字听起来咋这么熟啊？让我想想。噢，想起来了，也是个做传媒的老总。他今天去念薇的公司大闹了一通，被我几个闺密一顿乱捶，把自己弄得灰头土脸。"

范以轩有点儿愕然，说："这人为老不尊，跟谁都斤斤计较，与一个女人过不去，有意思吗？哎，你知道他为什么去闹吗？"雪柳说："我只听说王山木拉着念薇搞合作，经常耍流氓，念薇不想跟他再继续合作做事了。他大概是怕离开念薇的公司自己捞不到钱了吧？"

范以轩说："此人做得出来。我出差的前一天中午吃饭，我带念薇、迎梦和曼香去了，闹得就不愉快，让我很没面子。你那姐妹到底咋样？"雪柳问："你说念薇？"范以轩说："是呀，她人长得蛮有气质，跟你们几个一样。"

在灯光照射下，雪柳脸上呈现出稍纵即逝的羞涩，故意避开范以轩的目光，给李冠霖递了个眼神。李冠霖说："范总，薇姐是很实在的一个人。我和柳姐跟她都认识，不然她们几个怎么成了好闺密？"

范以轩点头认可，将手上的烟灰磕在烟缸里，说："那倒是，这一点我赞同。参加迎梦生日晚宴那天，我就看出来了。你们是有层次、有品位的。王山木根本不入流。他去念薇公司闹，只能说明他心理有问题。"

正式采访用了两个半小时，雪柳、李冠霖和范以轩回到各自的宾馆休息时，已到子时。雪柳收好录音笔，李冠霖把现场录像拷在一个 U 盘里保存好，俩人才开始洗漱。躺在床上，雪柳睡不着，就在闺密群里发消息，把在外地与范以轩相遇的详细经过，范以轩如何接受了采访，了解了念薇公司的哪些情况，还关注了王山木去公司闹事的哪些具体细节等一系列内容都发了过去，群里引起一串涟漪。

念薇第一个看到雪柳的消息，在群里急问范以轩何时回来，她给范以轩有没有留下不好的印象。雪柳在微信里扮鬼脸，让念薇放心，说她和李冠霖替她在范以轩面前打了圆场，介绍了她的为人和公司状况，范以轩很认可，唯一不认可的人，反倒是王山木。

念薇看着雪柳的回复，激动得在群里连发三个拥抱。如霜看到雪柳的消息，醋意大发，说念薇、迎梦、雪柳和曼香该见范以轩的都见了，就差她没有与范以轩再见面的机会，吃醋了。曼香的消息跟着就出现了，说如霜想约范以轩快找个理由呀，去给他拍一个专题片不就顺理成章了吗？

念薇马上找出范以轩的微信，问哪天能去办公室见他做个汇报，最好给个机会请他单独出来坐一坐。范以轩回到宾馆，相间不到五分钟，先后接到了念薇的微信留言和王山木的短信。他想了想后，先回复了念薇，告诉她一回去，当晚就要请客，除非念薇参加，吃完晚饭后详谈。

王山木发短信还在追问那孩子调动的事儿。范以轩毫不犹豫地编发了一条短信回绝王山木："孩子调动目前真办不了。"

现在很多人为了手机而活着。有了手机的陪伴，他们才似乎活得有希望，可以没饭吃、没钱挣，可不能没手机。没手机会要他们的命。

那一夜，不要看女人们在群里闹腾得欢，但她们各自都面临着自己的幸与不幸。念薇得到范以轩的回复后，心里"怦怦"直跳，挤在婷婷床上难以入眠。她一直琢磨范以轩约她饭后去住处详谈是啥意思。她怕与男人单约谈事，怀疑范以轩约她的动机不纯。能不能叫上迎梦呢？念薇有些忐忑不安，到时只能视情况而定。不过，她仍暗自感谢范以轩能给自己这个面子，至少让她能向范以轩解释清楚与王山木之间的关系。

曼香看手机与不看手机心情完全不一样。看到闺密们在群里你一言、我一语地互动，是一种愉悦的心情；不看手机时，心情便陷入一种难以言表的沉闷。她当时在群里也凑热闹发过一条，但那会儿正坐在客厅沙发上，以沉默的方式跟吴思亮对峙着。她深夜12点才回到家，回来得是有点儿晚了。这使吴思亮非常焦虑。说真的，他很爱曼香，可对她又不放心，想时时刻刻陪着她，但又难以做到。

到了晚上，曼香多数时候在外应酬，吴思亮一个人坐在家里看着电视干等，让人等得身心疲惫，焦躁不安。所以，他总是自卑地胡思乱想。这种心理和精神上的自虐，让他和曼香都背上了沉重的负担。

第八章

曼香习惯了与吴思亮过两个人乏味的日子，也习惯了因回来晚俩人产生的对峙。吴思亮想，他生不了孩子，无法给曼香快乐，但在婚内，曼香也不能在外面乱找，更不能把他绿了。

曼香委屈地说："我回来晚，是因为我正在干一件有意义的事情。"吴思亮说："什么事儿非要在晚上谈？白天谈不了吗？"曼香说："白天我要组织学员上课、开会，到处请专家老师，哪有时间？"

吴思亮听完不吭声了。过了一会儿，对曼香说除了工作，业余时间还想干啥有意义的事情，没有孩子需要赚多少钱吗？曼香便把刘立峰想联合办班的事儿说给他听了。

吴思亮直立着耳朵，说："刘立峰？又是男的吧。"曼香说："是男的，我的社交圈有男有女。你就想着让我把自己封闭起来，那我怎么办学？你给我一条出路呀。"吴思亮气得推倒了茶几上的水杯，"哼"的一声走进了卧室。曼香痛苦地流着泪，扶起水杯，用纸巾擦掉泼洒在茶几上的水，然后穿好衣服，拎起挎包出门走了。

吴思亮在卧室听到"哐"的关门声，穿着裤衩追出去。拉开门瞧见曼香"噔噔噔"下楼了，冲楼道里喊了两句，折身返回屋里穿好衣服往楼下追。等追到小区外，曼香已经钻进一辆出租车，车后亮着红色的尾灯飞驰而去。

吴思亮也拦了辆出租，一直追到曼香所在的学校。曼香不知道他跟在后面来了，进屋开灯后，趴在办公桌上"呜呜"地哭了一通。吴思亮蹑手蹑脚地来到曼香办公室门外，透过门缝朝里瞧，看曼香哭得很伤心。他推门进去，要拉曼香回家睡觉，曼香不肯，抽泣着用力将他推出屋，"哐"地关上门并上了锁。

吴思亮隔着门问："今晚你不回家就睡沙发了吗？"曼香说："不用你管。走走走，我不想看见你。"

吴思亮打出租回了家。曼香哭过一阵，发泄完心中的郁闷和不满，舒缓了许多。她随即找出刘立峰的微信，告诉他因为回家太晚老公跟她生气，她跑来学校住了。

刘立峰跟曼香分开不到两个小时，回到住处正要洗澡，接到她发来的微信，看完头皮一阵发炸，当即给曼香回复道歉，说影响到她的家庭，还引起夫妻矛盾，真对不起老师。曼香感到温暖，跟刘立峰说不怪他，怪吴思亮小心眼。办公室里有沙发，能凑合一夜。

几天的密切接触，曼香和刘立峰都互有感觉。12点之前，两人还约在学校附近的一家咖啡厅见面。学校研究通过了刘立峰的办班申请，接下来要具体商谈办班的许多细节，比如学员招生计划、课时安排、收费标准、结算方式、授课内容和师资力量搭配等等。

刘立峰为曼香先后点了三杯不同的名贵咖啡，一杯是美国的星巴克，一杯是日本的悠诗诗，还有一杯是意大利的拉瓦萨。他自己不敢喝咖啡，喝完就失眠，所以点的是柠檬水。曼香越喝越兴奋，心跳也加速，说话滔滔不绝，但不敢大声，怕干扰旁边的人。刘立峰端着柠檬水陪她喝，陪她聊。谈完办班的事项，两人随便聊其他的话题，自然聊到了个人的私生活。越聊越投机。

曼香笑着问他，一个人创业，难道不想再找个女朋友？刘立峰权当她开玩笑，摇头回答不想，因为找女人需要花钱。

曼香说："你不是很有钱吗？"刘立峰说："有钱是用来干事的，不是用来找女人的。"曼香没有讥笑他，反而对他更加肃然起敬，说："你真是个好男人。"刘立峰拉住了曼香的两只手，问："你老公对你不好吗？"曼香想抽却抽不回来，说："他对我说不上好与坏。但跟你们正常男人比，差那么一点点。"

刘立峰不明白曼香说的那么一点点是何等意思，曼香羞答答地说："你好笨，那一点点你都搞不清楚。"刘立峰扬头笑了，端过面前的柠檬水递给曼香，说："噢，我明白了。来，喝这个吧。"

曼香说不喝。刘立峰说："男女感情往往伴着事业进步而存在，如果我找你，你愿意吗？"曼香脸颊阵阵发烧，将两只手抽了回来，看了看手表，站起来说："天不早了，你先送我回去。"

在商界混这么多年，刘立峰认为曼香对他不能说已经有一定的感情，起码不怎么反感。于是，刘立峰响应曼香的提议，结完账，出门时故意牵住曼香的手。果然，曼香没再把手抽回来。

听曼香要睡沙发，刘立峰决定去学校接她。爬上楼站在门口"咚咚咚"敲门，说："老妹，你开门。"

曼香已经在沙发上铺好了午休用的被单，听到刘立峰的喊声，不敢去开，劝他："你快回去，我不会去你家住。走廊顶头有监控，还有值夜班的老师呢。"刘立峰说："你不能在这儿睡，要不我送你回家。"曼香在屋里冲着门外说："我不回家。你回去吧，值夜班老师要是看到你，会传我一大堆闲话。"刘立峰摇了摇头，说："你太倔了。办班就靠你了，不能委屈了你。"曼香说："你快走吧。"

刘立峰又连敲了几次门等了片刻，曼香仍不开。刘立峰最后说："你不开，我也不能砸了你的门，那我先回去。"

曼香不再回应，确认刘立峰真离开了，便回到沙发上准备睡觉。"咚咚咚"又有人敲了几下门，曼香猛一愣，冲门外喊："我睡觉了，你咋又回来了？""曼老师，是我。"

曼香听到门外有个女人在说话，忙起来去开门，原来是那位值夜班的女老师。女老师问："曼老师，您今晚咋不回家？"

曼香吞吞吐吐，说："哦哦，我加班不回去了。你值夜班？"

值班老师说："是呀，轮到我值夜班。刚才我看到一个黑影从楼里跑出去了，像个男的，是来找你的吗？"曼香心里扑扑跳，说："我赶写一份报告，是来给我送材料的，送完就走了。"

值班老师伸头朝屋里瞧了瞧，笑着说："我一人晚上值班夜害怕，别闹鬼。既然你不回家，我有了做伴的。那没事了，你早点休息。"

曼香在办公室沙发上囤囤着身子将就了一晚。

那晚睡得最幸福的，是雪柳和迎梦。如霜同时照顾着诗云和小鸿泽，从吃喝拉撒到陪俩孩子玩耍，既烦琐，又累乏。迎梦反倒被闺密们闹得兴奋不已。李飞舟早已上床等她，可迎梦上了床没有像往常那样扑进他怀里，而是靠在床头上捣鼓微信。

李飞舟催她，说："快睡吧，就雪柳、念薇和范以轩那点事儿，你们女人有啥好聊的？快睡。"迎梦说："你睡呀。别管我了，我发完就睡。"

李飞舟果然转眼睡着了，几分钟工夫轻轻地打起呼来。迎梦看着如霜、雪柳、曼香在群里瞎逗，止不住"咯咯咯"地笑。那笑声明显是得意，伸手摇醒李飞舟，说："哎你看，咱们带念薇、雪柳、曼香和如霜认识了姓范的，她们都想往他跟前凑。"

李飞舟睡得迷迷糊糊，说话却不乱章法，说："她们谁要往前凑就凑呗，反正跟我要投标的项目不沾边。"迎梦说："那不行，要凑只能允许薇姐一个人往前凑。我得把着点儿。"李飞舟翻了个身，背对着迎梦，说："别管她们的闲事儿。你一掺和事情就复杂了。"迎梦说："上次那十万块钱，我借给薇姐了。她公司搬家急用，有了业务赚了钱，我也不要了，直接变成她公司的股东。你说不管能行吗？从现在起，公司有我的份儿啊。"

李飞舟腾地坐起来，说："你把钱借给她了？"迎梦说："是啊，借给薇姐了，咋啦？"李飞舟"唉"地叹了口气又躺下了，拉着长音说："行，随便你吧，挣了算你的，赔了算我的。"

迎梦听到这话，心里十分舒坦，俯身亲了李飞舟一口，说："薇姐处境其实挺难的。高畅说爱她，可从来不给她钱花，要是我早跟这种男人离婚了，薇姐可好，什么都得靠她自己去奔。我是女人，很同情她。哎，你跟范总说说，多给她做些业务，挣了钱，不仅我有分红，也算真正帮了薇姐。"

李飞舟又打起了呼，还处在半睡半醒状态下，呼出的气息并不太均匀。迎梦说了什么，他听得朦朦胧胧。迎梦再摇，李飞舟从嘴里发出"呜噜呜噜"的声响，断断续续地说："行，行。我要睡觉。"

窗帘上落下来一只飞蛾。迎梦瞅见了，光着身子跳下床找来苍蝇拍，"啪"把飞蛾打落在地。回到床上又看手机，屏幕上显示着时间。看都凌晨1点多了，她就用指甲抠住手机侧面的按钮关成静音，扔在床头柜上。关灯后侧身躺下，伸展双臂从背后抱住李飞舟，将一条弯曲的玉腿压在他身上。

周日的早晨，天刚微微发亮，几只麻雀飞落窗台，一边鸣叫，一边用尖尖的嘴巴"咚咚咚"地啄食。尽管上面没有什么食物可寻，仍要啄上几下，听到同类在树上呼唤，扑闪着翅膀"哗"地一起飞走了。

念薇醒来，下床拉开布帘朝窗外望了望，天亮了。怕影响婷婷睡觉，又将窗帘缓缓拉上。然后，穿上衣服跑进厨房，给高畅和婷婷做早餐。

高畅这段时间也起得早了。他在学着练气功，打太极拳。一般情况下，高畅起来后先在大床盘腿打坐，闭着两眼锻炼吸气和呼气，练够了时间，才去楼下打太极拳。念薇在厨房里忙着煮粥、炒鸡蛋，不小心把炒菜的铁铲掉在了地上，"哐啷"一声惊到了高畅。高畅收起气息冲出卧室，站在客厅里大声嚷嚷："你搞什么呀？打断我练气了。"

念薇不瞅他，用勺子搅着锅里的小米粥，说："练气也得吃早餐呀，我给你俩熬了粥，熥了馒头，再炒个鸡蛋，有小咸菜，吃完我要去公司。"

高畅一通嚷叫，惊醒了婷婷。婷婷身上的睡衣松松垮垮，抹着两眼从屋里出来，埋怨高畅能不能小声说话。高畅说："你妈做事太不小心了，我正练气呢，她'哐啷'一声吓到了我。"

看婷婷和高畅都起来了，念薇炒完鸡蛋关了火，从厨房出来，对高畅说公司刚搬完家，需要安网线和服务器，员工们都不会接，让他去公司帮着弄弄。高畅问："给我多少钱？"念薇说："叫你帮安个网线还要钱？"高畅说："你找外面人来安不是也要付钱吗？这钱花给谁都是花，我也不能白劳动呀。"婷婷说："爸，我妈要花钱找外面人安，还跟你说干什么呀？"高畅说："你妈开公司，她是老板，我是打工的。"念薇问："你想要多少钱？"高畅说："500块，要我去安，现在就转给我。"

念薇从桌上打开手机微信，给高畅转了500块钱，说："转过去了，你点收吧，吃完早餐咱就去。"

高畅迅速跑进主卧抓起手机，点收了念薇的转账。这时，念薇手机接二连三地接到几条莫名其妙的短信。她点开看，顿时气得脸色铁青，浑身哆嗦。婷婷见她面色不对，问咋了，念薇说没事，让婷婷洗洗吃饭。高畅从屋里出来，却没发现念薇的情绪波动，跑进厨房只盛了一碗小米粥，端出来搁在餐桌上，又跑进去拿来馒头筷子，端了炒鸡蛋和小咸菜，然后一个人旁若无人地吃起来。念薇看见他那样，已经不生气了，这么多年早就习惯，但心里的气很难消。

念薇盛了两碗粥，把馒头捡到盘里端出来。婷婷边吃边问："妈，谁发的短信把你气成那样？"念薇不回答，催婷婷吃饭。可她心里清楚，王山木发短信把她骂得既醍醐，又难听，发誓周六上午那顿打，总有一天他是要报仇的。不仅如此，王山木还在短信里把念薇和范以轩扯在了一块，劝她不要死皮赖脸，投怀送抱上赶着去接近姓范的。诬陷姓范的以前有好多女人。如果念薇不听劝，非要跟姓范的暗地里来往，他会采取果断措施，非把范以轩搞臭不可。最后一条警告念薇翅膀硬了想单飞，飞一个试试看，公司撑不几天就完蛋，想生存、发展、赚钱，离不开他姓王的。

看了王山木短信，念薇心里直打鼓。她担心的是，王山木若只发给自己不碍大局，权当狗在咬人。如果同时发给了范以轩，那对接的所有业务和生意，将会随风飘逝，戛然而止。想到这些，念薇心里像压了块石头，堵得喘不过气来，不敢把王山木的短信内容透露给任何人，哪怕是迎梦也不能说，更不敢问范以轩。因此，念薇没有心情再吃饭，仅喝了一碗粥，便匆匆收拾衣物要去公司。

趁念薇不注意，婷婷偷看了她的手机短信，问念薇："妈，这人咋这么下流啊？你啥时得罪他了？"念薇说："妈妈没得罪他。难道你不相信妈妈吗？"

高畅和婷婷都跟在念薇身后一起来了公司。三个人爬上三楼，进到公司里看。高畅领着婷婷转遍每个角落，夸赞办公环境和房子都不错，只是需要花钱养。回到办公室，问念薇一年能不能把房租挣出来。

念薇说："挣不出来，你也不给我出钱补贴。王山木那人渣瞧不起我，你也瞧不起我，那我就做给你们看。"高畅来了气，说："哎，你怎么能拿我跟那个王八蛋比？他不是人，我也不是人吗？"

婷婷说："他不是人，发短信骂妈妈，我要去骂他。"

"啥时发的短信？"高畅说着跟念薇要手机，"让我看看。"念薇不给，把手机藏在背后，说："哎呀，有什么可看的，理他干吗，你快去干活吧。"高畅说："王山木只要能帮公司挣钱，能跟他合作就继续合作呗，你们几个女的何必打他呢？没必要闹僵嘛。"

念薇心烦，说："行啦行啦，你又不清楚这里边的事儿。"

机房是间漆黑的小屋，里边立着一台一人多高的服务器。高畅开灯进去，先看了看服务器说明书，又将一大堆网线捋出来，之后对应着办公桌的电脑，一个个安装，然后再进行调试。婷婷坐在念薇办公室里看书。念薇心神不宁，编写了几次回骂王山木的短信内容，可写完又删除，最终还是忍住了，不想再引起更大的风波和矛盾，以免影响到范以轩和公司的业务。

新一周第一个工作日的中午，雪柳和李冠霖、范以轩都回来了。她们乘坐的还真是同一个航班。进港口用长长的栅栏圈着，一大群接机的年轻人站在栅栏外，朝出来的人招手。有几个小姑娘，每人怀里抱着大束鲜花，望眼欲穿地朝里边瞧，一看就是追星族中的铁粉，不知又要迎接哪位歌星或影视明星。这些女孩一般患有脑残，明星跟你什么关系？你追得要死要活，可所谓的名星们，却是老母鸡抱窝把蛋变成鸡孵出来的，知名和不知名的，连你是谁都不清楚。

范以轩脚下生风，跟雪柳和李冠霖打了个招呼，匆匆朝进港口走去。一出机场，就被司机小张接走了。雪柳和李冠霖在"嘀嘀"打车软件上叫了网约车。到家放下东西后，雪柳先给如霜发微信，要把诗云接回来。如霜回复说还在加班呢，先让诗云在她家跟小鸿泽玩着，让雪柳晚上再来接。雪柳说现在就去接，也把小鸿泽接过来，如霜说那问问鸿泽去不去。雪柳催李冠霖去开车，李冠霖说："那你跟我一起去我家，见见老爷子和老太太，到了该见老人的时候了。"

雪柳犹豫着，说："我不敢去，你父母见了我不同意咋办？"

李冠霖说："不会的不会的，我跟他们不止说了一遍了。"

雪柳拗不过李冠霖，便听了他的建议，刻意跑进浴室洗了澡，化了化妆，不浓不淡，恰到好处，浑身散发着女人味。随后，精心挑了一身素雅端庄的连衣裙。等一切收拾好，雪柳说："走吧，到了你家可别让我下不来台。"

李冠霖带着雪柳第一次来到家里见公婆。老爷子和老太太吃过饭正要午休，雪柳突然出现在面前，说不上高兴还是不高兴，盯着雪柳看半天，沉稳地说："坐吧。"

李冠霖着重介绍了雪柳，把她夸成了一朵花。老爷子70岁刚出头，是出名的媒体人，这一辈子过的桥比李冠霖走的路都多。他倚在沙发上，问雪柳多大年纪，是哪儿人，什么学历，啥时调来的，女儿咋样，有没有户口和房子，将来结了婚还想不想要孩子，等等。雪柳思维很敏捷，每个问题都回答得到位，而且很贴切。

老爷子安详地听完，还不时地点头，看来对她的回答和自身条件是满意的，说："你想问题条理很清楚嘛，是做记者的料。你和李冠霖个人的事，我们老人不掺和，年龄不是问题，带个女孩也不是问题，现在不能像我们那个年代。行与不行，啥时结婚，你们俩自己定。我们老了，所有的事要靠你们自己。"

老太太坐在旁边光听老爷子讲，眼睛盯着雪柳看。雪柳的长相和穿着打扮，让老太太感觉她有大家闺秀的气质，令人赏心悦目。

女人看女人，一旦看顺眼，说明这个女人具有独特的魅力。雪柳本来显年轻，李冠霖长得又老相，两人看上去相差不多。老太太是历经风雨走过来的女人，知道女人到了中年便是高龄产妇，怀孩子比较危险。49 岁会绝经，不再具有生育能力。可老太太急着想要抱孙子，什么房子、车子、户口，根本不强调这些物质类的东西，也不嫌雪柳离没离过婚，只嫌雪柳实际年龄比李冠霖大。

等老爷子说完，老太太才说："嗯，我家老头说的意见，我都同意。你人长得很好，文化素养也高，符合我和他爸的审美。只可惜冠霖比你小 6 岁，这个你要考虑好。我们跟冠霖提的要求是，如果你俩结了婚，不能等，结完必须生个孙子或孙女，这个你没意见吧？"

雪柳原本跟李冠霖提出结了婚不要孩子，可老人偏偏提出要给他们生个孩子玩，心里"咯噔"一下，含糊其词地说："我，我……没意见。应该可……可以的。"

说完，雪柳拿眼去瞄李冠霖。李冠霖明白雪柳眼里在说什么，拍了拍她的手臂，站起来冲老太太说："生，生什么生？我们当丁克。也不看看我多大了，生个孩子有什么好？雪柳这一个女孩还没人照顾呢，二婚再生一个，你们老了带不动，我和她又没工夫带，雇个保姆还得花钱，不要不要。"

老爷子嫌李冠霖说话太冲，抓起茶几上的一本杂志砸过来，动怒说：

"跟你妈嚷嚷啥？想当丁克，那你还找老婆干什么？一个人过呗。雪柳都同意，你不想生，我们还想要呢，总不能到了你这一代，咱老李家绝户吧？"

雪柳看老爷子发了火，劝李冠霖不要再搭话，羞怯地说："我们还没到结婚那一步呢，结完婚再说。若真想要，再想办法。"

从李冠霖家里出来，雪柳心里踏实许多，两人的婚事没有遭到李冠霖父母的反对，问题的焦点无非婚后要不要孩子。李冠霖送雪柳回家，说："老婆，你不该表态说要，表了态到时就得要，可你心里又不乐意。不表态，结婚后怀上要了，反而会给他们带来个惊喜。"

雪柳说："先这么说呗，不同意咋过今天这一关。"李冠霖说："行，结了婚只要你想要，咱们就要。老婆，你说咱们啥时结婚好？"雪柳说："现在啥也没准备，我也没房子，虽然是二婚，也得置办些东西，小范围请请我那些同事和闺密吧。"李冠霖说："我家房子是现成的，要结肯定结到我们家呀。房子不用你发愁。那今年还是明年？"

雪柳说："等我爸从老家回来，你去见见他，咱好把日子定下来。"

两人的终身大事基本尘埃落定，雪柳心情极好，立即在闺密群里发了条微信，告诉每个人平安归来了，回来后好事连连。

如霜、迎梦、曼香都看到了，纷纷发表情欢迎她凯旋，再问何等好事，雪柳却不说了。她越不说，别人越想知道。雪柳支支吾吾说好事就是好事，该说的时候一定会说，现在不到时候，让迎梦、曼香和如霜她们猜。迎梦她们在群里调侃雪柳，说她不知爱上哪个男的了。雪柳坐在沙发上憋不住笑。

念薇在公司里待到下午，高畅安好网线，带着婷婷走了。她既关注雪柳有怎样的好事，更关注范以轩有没有回来。曼香、迎梦和如霜在群里闹腾，她却单独与雪柳一对一发微信，让雪柳确认范以轩是不是真的回来了。雪柳说："真回来了，骗谁也不能骗你薇姐呀。"

念薇给她发了一个拥抱表情，说："咱谁都不能骗啊。"

说完，念薇谢了雪柳，继而找出范以轩的薇信，先发了个问候的表情，接着用文字形式说他辛苦了，祝贺他平安归来。这是明确告诉范以轩，念薇已得知了他的具体行踪，试探他如何回答。范以轩的住处是靠北四环的一套三居室，小区不算高档，但也不破旧。在飞机上吃了午餐，从机场回到家换洗完衣服，刚坐下想休息，就接到了念薇的微信，看着笑了，回复说："你消息真灵啊。晚上如有空，你可过来一起参加饭局，我请视频网的朋友，饭后咱们详细聊聊。"

念薇看到回复激动难奈，说明王山木没有给范以轩发那些乱七八糟骂人和挑拨离间的短信，他的心情未受外界干扰和影响。于是，马上回复说参加，让范以轩把地址发给她。范以轩不假思索地将地址发给了念薇。

确定了晚上出去应酬，念薇给高畅留言，让他晚饭带婷婷出去吃。高畅说去吧去吧，他和婷婷会自行安排。念薇回头打电话给迎梦，说范以轩晚上让她去参加饭局，问迎梦能不能陪她一起去，因为饭后要谈事，她不想一个人去范以轩的住地。

此时，李飞舟正陪着迎梦逛商场。迎梦想买一双新的高跟鞋，顺便再买身好看的衣服。接到念薇的电话后，她没有立即回答，用手捂住话筒问李飞舟："哎，那个范总晚上请别人，约薇姐去参加，薇姐想叫上我。你说我去不去？"

逛商场是李飞舟最不愿意做的事情，累得两腿已经发软，又无可奈何，说："范总请别人都没通知我，只邀请了念薇，她又约你，你自己觉得跟着去好不好？"迎梦说："薇姐说吃完晚饭，姓范的还要跟她谈事呢。"李飞舟说："你不是老想让你那个薇姐跟范总接触吗？你去当灯泡碍事，回她不去了，给她创造个机会。"

迎梦听了李飞舟的建言，回念薇说："亲啊，我今晚有事，去不了，你去参加吧，也好会会姓范的。"

挂了迎梦的电话，念薇开始琢磨见范以轩，该给他准备点儿怎样的礼品，总不能空着手去。这是场面上必不可少的礼节，何况还要求他办事。第一次去范以轩办公室接洽时，范以轩很大方地送了她一只看上去像是宋代的粉青釉香薰，不说那古董香薰值多少钱，光这份情谊已经很重了，那用什么具备文化气质的礼物回赠给他呢？

念薇边思考边翻箱倒柜地找，看有啥适合的物品。拉开书柜下面的小门，眼睛豁然一亮，里边放着一幅搁了很久的卷轴，公司一次次搬家，仍保存得完好。

念薇伸手将卷轴拿出来展开端详数遍，越瞧越觉得含义深远。画卷是一幅竖轴，作者是一位著名老画家，已经过世好几年了。留下的这幅墨迹，是她当年销售地产举办宣传推广活动时，去老先生家登门拜访，求用他的画作当宣传背景墙。念薇浑身充满活力，老先生被她吸引和惊艳了，主动说："呵，薇姑娘，我要以你为模特，作一幅古典工笔仕女图送给你收藏，愿意吗？"

念薇惊喜万分，说："我太愿意了，那谢谢大师。"

三天后，念薇上门取画，老先生果然将画作交到了她的手上。十几年前的念薇，那时很年轻，走到哪里都喜欢被众星捧月。很长一个时期，她始终沉浸在被男人包围的幻想中，实在缺乏女人应有的矜持和内敛，好比天上的浮云，脚下无根，活得轻飘飘、虚渺渺。岂不知那些赞美她的男人，随时有可能把她吃掉。所以，那时她看这张画，不觉得有多大的特殊价值，拿回来搁在办公室里，一直保存到现在。

当年，老先生之所以要以念薇为原型，画这幅工笔送给她，除了念薇惊人的容貌外，还看她是个爱好广泛的女孩子。现在，念薇开文化公司当老总，她非常清楚不能不看书，不能不吸收各方面的专业知识。所以，她看书的范围很广，也很杂，知识面比其他几个闺密要宽得多。尤其对绘画，她似乎先天就有悟性，虽然不会作画，却通学了一遍绘画史，知道世界上有十五大流派，如现实主义、超现实主义、形而上主义、表现主义，还有立体、未来、达达、至上等这个主义、那个主义；更有像行动画派、抽象派、印象派、野兽派和新艺术等这个艺术、那个艺术。念薇熟知六朝时期的顾恺之、张僧繇等著名画家的风格，画山水不以笔墨勾勒，没骨山水，自成一家。南宋陆探微的作画风格，用笔连绵不断，一笔画之，一气呵成，令人赞不绝口。还了解所谓的文人画，用书卷气作为一个评画的标准，大都取材于山水、古木、竹石、花鸟等，以水墨或写意居多。唐代的王维呀、元代的倪云林呀、明代的董其昌呀，清代八大山人、吴昌硕和石涛呀，等等，其作品画中有诗，诗中有画，喜欢在画中题诗或以诗作画，用来表达画意和诗意，这才有了"诗情画意"这个名词。至于其他，比如院体画、主题画、界画、扇面画和仕女画等，不一而足。

四尺的画芯多半留白。画中人物是一位贤淑的古代仕女。模样像念薇的模样。头顶发髻高耸，银簪穿丝，手持团扇，缎带裹身，装饰浓烈，坐在树下凝神读书。尤其技法，突出了仕女的面庞和手部特写，使得那仕女华容婀娜，嘴角含笑，转眄流精，手如柔荑，肤如凝脂。画工形象精确，色调淡雅，融入了文人画所崇尚的主题和笔墨情趣，极其传神。右上角还专门竖写题了两行小字，是白居易《长恨歌》里的"回眸一笑百媚生，六宫粉黛无颜色"。

现在看这幅画，念薇跟当初拿到画时的感觉完全不同，觉得大有唐寅《百美图》的神韵，想那老先生怎么能将仕女画得比本人还美呢？

那两行题诗的前一句是"天生丽质难自弃，一朝选在君王侧"。杨贵妃回眸一笑千姿百态娇媚横生，宫中的其他妃嫔，在她面前都显得黯然失色，但悲剧毕竟是悲剧。为什么偏偏要题上这两句呢？总之，其收藏价值不言而喻。

念薇决定将这卷画轴送给范以轩。范以轩要请的客人是肖坤。范以轩虽然从文化行业调到了商界，但早年做传媒结下的友情是不能冷落的，将来进行品牌宣传，没准儿还会用到肖坤。所以，肖坤一给范以轩打电话提出抽空聚聚，范以轩马上答应，并说从外地赶回来请他。

请肖坤自然联想到了如霜。范以轩没有用微信直接向如霜发出邀请，而是告诉肖坤，如果他跟如霜熟悉或认为方便，可以叫上她一起来。因为范以轩没有约其他人，包厢是八人间，人少了显得空旷，另外参加饭局的还有如霜的一个闺密。

肖坤听后直乐。如霜是下属，根本不存在熟悉不熟悉的问题，是太熟悉了，但他没明说，只含糊不清地答应想法带如霜去。

如霜上次加夜班赶制的片子播出了，现在公司指定她做专题片，仍是个急活，周日也不得休息，只好把小鸿泽和诗云扔在家里，自己跑到公司来加班。

肖坤下到机房来问如霜："嗨，范总晚上请我吃饭，叫我喊上你。他以为咱俩不熟呢，你说这大哥逗不逗？"如霜"咯咯咯"地笑，说："那人我认识，不是叫范以轩吗？"肖坤愕然，说："你认识他？啥时认识的？你咋没提过。"如霜仰望着他，说："在我闺密生日party上认识的呀，我以为你跟他不熟悉呢。"肖坤说："就是他，我大哥。"如霜说："你那大哥挺好玩的。他说咱们不熟悉好啊。"肖坤又问："你晚上有空去吗？"如霜坐在机器前的转椅上，转过身来打了个哈欠，仰头说："我儿子和一当记者的闺密女儿在我家呢，不知道啥时来接，我还是不去了吧。"肖坤说："范总说有你一个闺密参加，会是这位记者吗？"如霜说："我好几个闺密呢，谁知道他约了哪一个。"

肖坤说："那这样，你还是去，我问范总能不能坐得下。如能坐得开，你把你记者闺密和俩孩子也带上。"如霜说："这样行吗？人家请你，我带一大帮，他嘴上不说，心里也会说我们不懂事儿。"

肖坤摆手，说："我大哥不会。多少年的感情了，多去几个人不就多几双筷子嘛，他不会那么小气。我现在就给他打电话。"

范以轩接到肖坤的电话，听说如霜想叫上当记者的闺密，立马想到一定是雪柳，高兴地说："噢，你跟如霜很熟悉就好。她当记者的闺密是不是叫雪柳。"

肖坤问如霜，范以轩猜得对不对。如霜说："对呀对呀，就是她。"

等肖坤再打回去，范以轩说："好事呀。我今天跟雪柳和那个搞摄影的李记者，回来坐的是同一个航班。她们头天还采访了我，正要感谢她呢，一起来一起来。"

傍晚的时候，如霜跟雪柳商量好了，雪柳开车接上小鸿泽和诗云去饭店，她搭肖坤的车直接过去。范以轩做东先到，刚点完菜，雪柳带着李冠霖，跟念薇、如霜、肖坤像约好点儿同时出发似的，忽拉拉全部相遇在了餐馆门前的停车场上。

几个人中，念薇、雪柳和李冠霖以及俩孩子不认识肖坤，肖坤也不认识他们，因为如霜在他们面前从来没提起过他。除了如霜，肖坤也从没见过念薇、雪柳、李冠霖和诗云。不过，见面几分钟，他们便相互熟悉了。

这家餐厅专门做海鲜，彻头彻尾的粤菜风格，装修谈不上多么豪华，可很上档次。南方人装修比较讲究环境的舒适。范以轩点完菜坐在房间里等，秘书小王站在大堂里迎候嘉宾的到来。

进了门，肖坤和李冠霖与如霜、雪柳、念薇并排走在前面，招来在散座就餐顾客羡慕的眼光。

小鸿泽和诗云蹦蹦跶跶跑近海鲜池，扒着盛了半缸水的超大鱼缸看银龙鱼、螃蟹、大虾、泥鳅等活物。它们在水中游来游去，自己不知道啥时会被捞出来端上餐桌。雪柳转身叫诗云，俩孩子才跑过来跟在身后朝包厢里走。

饭局是范以轩买单，由秘书在外面具体操办。服务员端上来的都是一些价位很高的硬菜，连龙虾都点了。如霜和念薇、雪柳在心里估摸着，这顿饭肯定花钱不少，但范以轩乐意。

范以轩知道肖坤能把如霜叫出来，两人的关系绝对不一般。因在天陇市采访时见过李冠霖，他陪雪柳来不足为奇。唯有念薇没有伴儿，也没喊上迎梦，一个人来赴约，范以轩觉得她跟自己见面的心情很急切。在众目睽睽之下，不宜把话题往念薇身上引，故意将她撇开，边吃边跟肖坤和如霜、雪柳他们聊。

肖坤说："没想到大哥认识这么多人，小弟自叹弗如啊。"

范以轩哈哈笑，说："我才认识几个呀，还是你老弟有福，整天扎在美女堆里。"

如霜看他俩聊女人，在桌子底下用脚去碰肖坤。先碰了一下，肖坤没反应，接着又碰了一下，说："你们两位老总，在饭桌上别聊我们好不好？！多聊聊你们男人。"李冠霖说："呵，我们男人有啥好聊的。女人在饭桌上是调料，开胃。"

雪柳狠狠地瞪他，如霜和念薇一起围攻李冠霖和范以轩，对他们嚷叫，不能拿女人开涮。范以轩明察秋毫，说："哟，没想到我一句话惹了一桌人。两位老弟看看，还真有人管咱们呢。"

范以轩端着酒杯绕过肖坤走到如霜面前，说："肖老弟，我要单敬你手下美女一杯，你不反对吧？"肖坤挥手说："敬敬，你们单喝。"

范以轩笑嘻嘻地瞅着如霜，说："能做制片人，实在了不起，很让人羡慕啊。啥时有空请你去我那里喝杯茶，我收藏着不少好茶呢。"

如霜说："好啊好啊，有空一定登门拜访。我先敬你。"

"不，这杯我敬你。"范以轩说，"咱草根就是草根，那就专干草根的事儿，不是有句话叫爬得高、摔得重吗？真精辟，这可都是经验呀。"雪柳说："采访您的稿子，题目我都想好了。看报纸啥时能留出头条版面，争取一个月内见报，帮你往池塘里扔块石头，好助你一臂之力。"

念薇感到自己受了冷落，坐在那里干瞪眼，不说话。范以轩想到结束后还有事，赶忙照顾她的情绪，说："我只求平安。像你们这位薇姐，年纪轻轻自己做公司当老总，不是也很好嘛。你说对不对薇总？"念薇笑笑，说："我做公司需要大家帮忙。肖总，你们如果有合适的业务，我们公司都能做，比如片子拍摄、活动组织等，我和霜姐可以一起做嘛。"肖坤说："那倒是。如霜，你盯着点儿，看有哪些专业分包的项目，让你这姐妹公司做。"如霜说："薇姐你真能拉业务。下一个专题片交给你做咋样？"肖坤说："好好，你替我想着点，也是为了减轻你的负担嘛。"

念薇无意间又得到一块业务信息，情绪马上变了过来。

晚饭很快散伙。雪柳接走了诗云，如霜带着小鸿泽和肖坤一起走了。范以轩提前把秘书小王支开回家了，最后只剩下他和念薇。范以轩邀请念薇去他住处看看，给指导指导。念薇没有推辞，喊范以轩上车，拉着他去了居住的小区。

第九章

范以轩的住处在小区最后一栋楼六层，有电梯。念薇从车上取下那幅卷轴夹在臂弯里，跟在范以轩身后迈进家门。客厅虽然不大，走进去瞧，却满屋子古香古色。靠墙除了书柜就是博古架，上面摆满了书和瓷器、古董。范以轩忙着烧水沏茶。念薇将卷轴搁在沙发上，走到博古架前，一件件拿在手里看个没完。

念薇看上去是欣赏瓷器和古董，实则是平静自己的内心。

范以轩端来一杯水，放在了茶几上，站在念薇身后问："看看怎么样，手感还行吧？"念薇蓦然红了脸，转过身说："这些古玩太好了，我喜欢。你搞收藏多少年了？"

范以轩抓起一只釉里红梅瓶，观赏着说："十几年了，不是刻意收藏，更不去拍卖场买，因为没钱。我是见到好的和喜欢的，合适就淘到手，不合适就放弃。或者跟搞收藏的朋友以物易物进行交换。像这只梅瓶，就是交换来的，明代的。"

念薇从范以轩手里接过来看了看，点头称是。看完还给他，梅瓶重新被摆回架子上。范以轩让念薇坐在单人沙发上，弯腰从大沙发上拿起卷轴，问："你拿的是啥画？"

念薇上前帮忙展开，说："范总，你自己看。"

范以轩瞪大两眼仔细欣赏着，贴近画轴先看人物，从面部五官看到头发、手指、神态、嘴角笑意，再到服饰、书卷、垂柳、色彩和染墨，还几乎把脸贴在卷心上，看老先生的那两行题诗和落款，没放过任何一处细节，画作每一处恰到好处，把仕女画得活灵活现。

范以轩看着看着，竟一会儿把脸转向念薇，一会儿又把脸转向画芯，先后转换了好几遍，看得念薇都有些害臊了。范以轩忽然"呀"的一声叫，指着画中人物，说："这是画的你吗？"

念薇望他一眼，说："你看走眼了范总，这画的哪是我？我可没有画中仕女漂亮。"

范以轩卷起画轴搁好，拍着巴掌说："我不会看错。这位是老画家的作品。"念薇佩服范以轩的眼力，说："是吗？谁知道他画的是不是我。"范以轩肯定地说："一定是你。哎呀，老先生专门给你画的，肯定是让你终生收藏。我哪敢收呀。"念薇："你若嫌不好，那我再带回去。"范以轩赶紧解释，说："好好好，我收下，我收下。"

念薇笑了笑，沉默了一会儿，问王山木有没有给他发短信。范以轩说发过几条，要他帮着办一个孩子调动的事儿，他已经彻底回绝了，除了这件事没发过别的短信。说完，反问念薇跟王山木到底有啥过节，王山木又为什么跟她那么折腾，等等。

听到此话，念薇只好从头到尾，把怎样认识的王山木，王山木如何找她合作，鼓动她开公司，又如何想占她便宜以及搬家去公司大闹的原因，学给了范以轩听。最后委屈地补充了一句试探性的话，说："我给您说这么多，是希望您不要误会我，更不能听王山木的挑拨。我做人的根本是善良。王山木嘴里一句实话都没有。如果您认为我跟王山木有啥关系，或认为我做人不行，那我就远离你们。"

念薇右手攥着一张纸巾。她十分委屈。说完，抬手沾了沾挂在眼角上的泪滴。范以轩始终闭着双目边听边思索，后来表情变得轻松许多。等念薇不再说话，他才睁开两眼，端起水杯抿了口茶，亲和地说："我了解王山木的为人，确实不敢跟他打交道。遇到他这种人，算你倒霉，远离他就对了。至于他会不会或者敢不敢在我面前挑拨咱俩和其他人的关系，我现在不敢说。但可以肯定的是，我会相信你，绝不会相信他。"

念薇听得两耳发热。范以轩的话，让她感到比任何时候都更踏实。范以轩继续安慰她，说，"没事没事，业务那块马上要组织招标了，你回去抓紧准备，不要受外界干扰。"

念薇说："谢谢您对我的信任。我一定把您交给我的事情做好，用实际行动报答您的恩情。"范以轩站起来，说："不用你报恩。好了，今晚该聊的，咱们都聊透了。你出来大半天了，快回去早点休息。"

念薇心中泛着波澜。她起身说："那好吧范总，什么时候我能再见到您？"范以轩说见面有什么难的。将念薇送到门口，范以轩拉开入户大门，一只手扶住门框等她出去。

等念薇进电梯下了楼，范以轩返回到客厅，重新展开那幅画看了又看。床对面是一面白墙，没有悬挂任何装饰物，正需要用一幅画或工艺品来填补空白。选好挂画的位置，范以轩回到客厅，收拾了茶几上的水杯，坐在沙发上点燃了一支烟。

从范以轩家里出来，念薇开车驶过几处红绿灯，拐弯上了北四环。夜已经很深了，可主路上还有那么多车在奔跑。这时，念薇想起了迎梦，得把见范以轩的好消息告诉她。发微信不方便，便左手握着方盘，右手直接拨通了迎梦的手机。迎梦在看电视连续剧，还没睡觉。李飞舟陪她逛完商场买完鞋，说已经买回招标文件，要回公司督促商务人员加班编制标书，把她一个人留在了仙界。她也在等念薇去见范以轩的消息。看到念薇的电话进来，迎梦一把抓过来点开接听，问："亲，见姓范的了吗？"念薇说："见了见了。这不正在回家的路上。这么晚打电话，是不是打扰你和李总了？"迎梦说："他回公司投标加班了，就我一人在。你在哪儿见的他？"念薇说："吃完饭在大厅见面谈的。"迎梦嘻嘻笑，问："姓范的怎么说？"念薇兴奋地说："范总信任我，不会相信王山木的鬼话。"

迎梦说："行，这么说，他不会相信王山木，我没说错吧？"

念薇给了迎梦一个肯定的回答，提醒她千万不要在群里说，免得遭到如霜、雪柳和曼香的嘲笑。迎梦答应不会在闺密群里谈起这件事儿，念薇这才踏实。

车辆一路飞快地跑着，念薇的心情更处于最佳状态。公司有了业务，也就有了发展的机遇，自己不用再为挣钱而发愁，不再过那种有老公却没人管的日子。这是何等的独立、自由和舒服啊。父亲弥留之际，曾把念薇拉到身边，语重心长地说，因家里成分不好，处处受村里人欺负，日子过得极为艰难，甚至有时快活不下去了。嘱咐她长大后，一定要加倍努力，为全家争口气。

父亲的两只手已经枯黄干瘪，手背上裸露着青筋，到现在她也忘不掉。虽然有了家，也算有了个安身之处，可念薇认为自己始终处在低端，她不指望这辈子能爬到塔顶，起码不能像父亲那一代人。

想着这些，念薇心里又怨恨起了高畅。她早就向婚姻低了头，当初嫁错了人，促成了这辈子最大的失误与失败，已经不可能挽回。值得庆幸的是，从此以后，自己完全能够自食其力。

想起高畅，自然想到了婷婷。于是，念薇拿起手机打给高畅，想问婷婷有没有睡觉。打了几遍，高畅手机占线。刚挂断，高畅用家里的座机打了过来了。

念薇问："你的手机为啥老占线？这么晚跟谁聊天呢？"

高畅声音急促，说："咱俩同时打，都打不通。你回来没有？"

念薇说马到家了。高畅说："你快回来吧，我和婷婷吵架，她一堵气跑了，我找遍小区也没找到她。"念薇听后立马跟他急了，问："孩子离家出走了？我不在家，你跟她吵什么呀？因为啥？"

高畅解释称，晚饭后他带婷婷去走步，天热口渴，在路边遇到个瓜摊，婷婷想买两个，回家吃一个，给念薇留一个回来吃。可高畅只买了一个，婷婷就不高兴了，嫌他这个爹小气。高畅听后不干了，俩人从公园吵到家。高畅骂婷婷，说："嫌我这个爹不好，让你妈到外面去给你找个有钱大方的男人呀。"

因为这句话，婷婷非常生气，将西瓜摔在客厅地板上，流了一地的红瓤水。然后，哭着甩门离家出走了。高畅去追没追上，围着小区找了好多遍，也没见到她的人影。

念薇快被气疯了，恼怒地骂道："高畅，你个混蛋玩意儿，你为啥要污辱我的人格？我找外面的男人给婷婷当爹，还要你这样的男人干什么？大晚上的，一个女孩子离家出走，假如今晚孩子有个三长两短，我跟你没完。"

念薇一路美好的心情，被高畅搅得消失殆尽。她把车停在小区楼下停车场，锁上车门，拎着包急匆匆上楼。气鼓鼓地进门，见高畅正抓耳挠腮地在屋里转圈打手机，弯腰抓起一只皮鞋朝他砸去，吼道："孩子没回来，你给我去找，快去找。"

高畅背对着门口打电话，扔过来的鞋刚好砸在他后背上。他阴沉着脸注视着念薇，说："你去找吧，我不去。她爱回来不回来。谁让她嫌我小气呢，我对她啥时候小气过？"

念薇把包放在客厅餐桌上，说："你是大人，她是孩子，是你的亲生骨肉。孩子说你一句，你就跟她吵啊？世上哪个男人像你这样当爹？"高畅说："我不允许任何人说我小气，是对我的轻蔑。"念薇又骂："看看你这个没用的东西，我晚上不在，你就把孩子气得出走了，除了吃、玩、锻炼身体，你还能干啥？"

高畅愤怒至极，面目突然变得狰狞起来，上前一把抓住念薇的胳膊将她推倒在沙发上。念薇怒目横眉，站起来，说："怎么，你还想家暴我吗？来，让你打，你打呀。"高畅紧握拳头，咬着牙在念薇面前挥了挥，停在了半空里，恶狠狠地说："孩子骂我，你也骂我。我没用，我干不了啥，我该死行了吧？那晚上你干什么去了？"念薇说："我去干什么不需要告诉你，因为你不为公司出半点力。你快去给我找孩子。"高畅"啪"地把手机拍在了餐桌上，说："我不去，不去。"

念薇心急如焚，顾不上换衣服，拿着手机下了楼，流着泪在小区里边转边喊婷婷，惊得小区楼上住户趴在窗户上往下瞧，身旁路过的人都驻足围观。念薇逢人便问："看到我家女儿了吗？我女儿叫婷婷，她晚上一个人从家里跑出来的。"

路人都摇头，没人作答。念薇急得蹲在地上放声大哭。迎梦用微信呼念薇，呼叫了几遍，念薇没回，就直接拨过来了语音。念薇摁开接听，迎梦这时听到了她的哭声，问："亲，刚才还好好的，你为啥哭了？快告诉我。"

念薇抽泣着不说话，迎梦再次催她，念薇泣不成声，说："婷婷跟她爸吵架离家出走，至今找不到她在哪儿，这可怎么办呢？"

迎梦大惊失色，断断续续地说："这，这到底咋回事啊？一个女孩子说啥也不能夜里离家出走啊。薇姐别着急，我马上赶过来，要不你快报警。"

念薇没有报警。她相信婷婷会等着妈妈回来。于是，她借着路灯的光影跑出小区，去周围附近的公园和小树林里边喊边找。骑着共享单车和在辅路上行走的人，都听到了她的呼喊声，禁不住驻足看向声音传过来的地方。

不一会儿，迎梦开车赶来了。雪柳、如霜、曼香也在闺密群里得知了此事。她们有的在群里给念薇发语音询问并安慰她，有的单独给她发微信，有的直接打电话问候，都替她担心和焦虑。

迎梦在小树林里找到了念薇。她像丢了魂似的，一个人毫无目标且漫无边际，嗓子已变得有些嘶哑。在小树林里没找到婷婷，念薇靠在一棵树上号啕大哭，大声骂高畅。那哭声和骂声夹带着愤怒、惊慌、委屈和怨恨。迎梦跟着焦急，打电话叫李飞舟从公司派几个人来一起帮着找。

李飞舟问："你那个薇姐，这是咋了嘛，怎么还把婷婷弄丢了。"

迎梦说："现在没空跟你扯，别废话了，快叫人来吧。"

迎梦挂了电话拉住念薇的手，劝她别哭，再去别的地方看看。念薇忽然想起了小区前面的那条小河。婷婷万一想不开跳了河，那就要了她的命。她疾首蹙额，从小树林里出来，加快脚步绕过小区，朝小河那边跑去。迎梦穿着高跟鞋，跟不上念薇。念薇速走的节奏也令她吃不消，俩人渐渐拉开了距离。迎梦跟在后面气喘吁吁，大声问："高畅呢？高畅为什么不出来找。"念薇伤心欲绝，仍旧那样快步小跑，头也不回，大声咒骂："不是他，婷婷还不会出走呢。这个该死的东西。找他这样的男人，还不如不找。"

迎梦追上念薇的时候，念薇已经沿着小河堤来到一座人行小铁桥上。为了方便百姓跨越小河，架设了这座跨河铁桥，北岸一个桥台，南岸一个桥台，把两岸连接起来。桥面狭窄只能走人，不能过车。桥两边安着齐胸的栏杆，防有人跳河。河堤上矗立着路灯，但路灯间距比市区干道的路灯要大得多，并且灯光还不太明亮。

两侧河岸呈倒八字形，用水泥块一层一层砌筑，行人若不小心跌倒，会顺着偏陡峭的斜坡迅速滑落到水中。河水的深度足有两米，既有自然生长的鱼虾，也有修行之人放生的老鳖，平常河长会派人巡察监督，从没见有人来河边垂钓。河水泛着昏暗而湿浊的清光，还比较湍急，随时会淹没掉进水里的物体。

迎梦在小铁桥北头追上了念薇。深夜了，仍有三三两两过往的行人在桥上走。念薇光看那几个稀疏的人影了，没发现桥中间的栏杆下蹲着一个人，是迎梦看见的。

迎梦指着那团黑影说："亲，你看那个是不是婷婷？"

念薇想都没想，直接朝桥上跑去。等到了那团黑影旁边，才看清蹲着的那人双手抱膝，把头埋在膝盖上。念薇熟悉婷婷身上穿着的衣服，蹲下身去喊："孩子，你怎么在这儿？妈妈来了。"

婷婷缓缓地抬起头。路灯的灯光映照着她的脸。念薇和迎梦看见婷婷两眼泛着泪光，颤抖着声音叫道："妈妈，你回来了。"

念薇"哇"的一声大哭，一把将婷婷楼在怀里紧紧地抱住她，说："孩子，你咋这么傻，为什么不给妈妈打电话？妈妈担心死了。你这是想跳河吗？"婷婷"哇"的一声放声大哭，说："我，我没带手机。你今晚如果不回来，我真跳下去了。"念薇心碎了，流泪说："我的傻孩子，妈妈怎么会不回来呢？为了你，妈妈必须回来。"

婷婷说："我不想在这个家里待了，我不想见到我爸爸了。"迎梦一阵心酸，也蹲下身与念薇和婷婷拥抱在一块，说："好婷婷，走，跟妈妈一起去阿姨家里住。"

李飞舟公司里的人还没到，迎梦和念薇、婷婷已经回到家里收拾东西。高畅一再向念薇和婷婷赔理认错，想挽留她们不要去迎梦家过夜，但念薇和迎梦都没答应。迎梦说："你让她们娘俩受这么大委屈，在家里住，能得什么好吗？是不是还想继续吵、继续闹？"

高畅被撑得无言以对。念薇不跟高畅做过多的解释，提着物品下楼，开车拉上婷婷，跟在迎梦的车后，一起去了仙界花园，只留下高畅一个人在那套蜗居的房子里单独地享受快乐。

安顿好念薇和婷婷，迎梦先在闺密群里留言，告诉大家婷婷找回来没事了，又给李飞舟发微信，说把念薇和婷婷接来了仙界，需要在这里住几天。

李飞舟在公司加完班，便回复迎梦，说刚好这几天要加班，让念薇和婷婷安心在仙界跟迎梦做伴。

那夜，折腾到凌晨3点多，人困马乏。念薇在另一间屋里搂着婷婷躺下，迎梦回到自己房间也倒床睡了。如霜、雪柳和曼香直到看见迎梦的微信留言，才放心地休息。

第二天早晨，如霜和雪柳、曼香各自去上班。肖坤没开早会，一个人在办公室，房门开着。如霜拿着资料推门进来，说专栏刚刚又派给她一个片子，要给投资公司范以轩做一期专访，由她来主导。

肖坤说："对呀对呀，老总与我商量的，只有你能顶得起来。"

如霜叹气说："我都快被你们压死了。栏目组活多人少，那我来牵头，分包给薇姐公司去做，你看可以吗？"

肖坤头晚在饭桌上主动提起此事，没想到说出的话这么灵验，活儿说来真来了。他问念薇公司的专业人才和专业水平靠不靠谱。如霜肯定地回答没问题，有文案人员，也有专业设备，做完还要编辑和审改，让念薇公司放心地去做吧。

肖坤稍加思索后，同意由如霜带着栏目组具体跟念薇谈，签好合同，条款不能开口。此事落停了，如霜却没有马上离开，把昨晚婷婷出走一事讲给了肖坤听。肖坤说："他那男的咋这样，跟自己老婆孩子较劲，有病吧？"如霜替念薇打抱不平，说："要不说嘛，小气巴拉的，连个西瓜都不舍得给老婆买，真没见过钱。把女儿气走不说，还差点儿对念薇实施家暴，太没劲了。"肖坤说："是啊是啊。好男人首先疼老婆，再疼孩子，把钱看得这么重干啥呀。"如霜说："你们男人，女人对他再好，也换不来男人的真心。"

肖坤凑近如霜，说："谁说的？"如霜摇头，说："你看看念薇和我另一闺密曼香，窝在婚姻里多难受。薇姐有孩子不愿意离婚，曼香又考虑太多，完全是被道德绑架了，只能忍着，这要忍多久啊。像我和雪柳走出来了，自由自在，别人管不着。"

肖坤一笑带过，说："哎，小心你前夫来找你。"如霜说："你说我前夫华皓啊。最近，他确实给我发过短信，说要来看孩子，还提出要跟我复婚，被我拒绝了。我怕他来，万一来了再拿刀要抹我脖子，我可受不了那样的惊吓。我一人带孩子过挺好。"

如霜一到单位，便把昨夜念薇家发生的矛盾说出去了，只是念薇没有亲耳听见而已。小小的波澜，同样也让雪柳和曼香对婚姻有了更深的感触。

雪柳上班后，对面的同事外出不在，一个人关上门憋在办公室里写稿。李冠霖手里拿着一个 U 盘来找她，让她挑选几张范以轩的照片同时登报。雪柳插在电脑上看了几遍，选好后，说婷婷差点走丢，念薇和迎梦找了大半个晚上，原因是高畅跟婷婷吵架引起的，高畅还要打念薇。李冠霖听着感到不可理喻，说："那哥们儿怎能这样啊？婷婷如果走丢，薇姐还不得跟他离婚？"

雪柳说："别说离婚，薇姐甚至会杀了他。"雪柳的话让李冠霖感到浑身惊悚，说："女人没那么狠心吧？"雪柳说："我是女人我知道。咱俩结婚后，如果你对诗云也像高畅对婷婷那样，把我气急了，我真敢拿刀子捅你，信不信？"

李冠霖瞅了瞅门口，说："我也不会那样对待诗云啊，她多乖巧。"雪柳说："婷婷也乖巧着呢，是高畅脾气不好，苦了薇姐。你会让我们娘俩受那样的气吗？"李冠霖说："你看我像给你们气受的人吗？不会，绝对不会的。"雪柳甜滋滋地笑着说："说实话，我都怕再结婚了。这是你死皮赖脸地追我，要不是互相了解，看你还不错，我说什么也不会同意。"李冠霖听着有些难为情，说："男人嘛，脸皮厚是优点。如果见了人连话都不敢说，那还干个狗屁的事业，更别说追女人了。"雪柳笑他，说："就你能。你昨晚在饭桌上当着那么多人说，我们女人是调料，我想了一个晚上。你不会把我也当你生活的调料吧？"李冠霖脸上挂不住了，赶忙解释，说："老婆，你别多心啊，那不是瞎聊天嘛，何必当真呢。"雪柳说："我也不当真，只是让我怀疑咱俩的婚姻能持续多久。"李冠霖安抚雪柳，说："哪有持续多久一说？结了婚就过一辈子呀，这还能开玩笑？"雪柳说："但愿吧。老公，婚姻曾经让我陷入痛苦，也让我看到了新的希望。我不想要薇姐和曼姐那种婚姻，你懂吗？"李冠霖说："懂啊老婆。你那位曼姐，她老公茗不是那方面有障碍，其实也挺幸福的。"

一位小姑娘站在门口敲门，雪柳催李冠霖，说："好了好了，你快走吧，我还有别的事呢。"

李冠霖见机行事，从雪柳手里接过U盘，故意提高嗓子门，说："柳姐，那我就用这两张了，我走了，你忙吧。"

此时的曼香正在刘立峰租住的办公室里商量开班的事情。

那夜，刘立峰开车跑到学校要接曼香去他家里住，曼香不肯，反而拉近了两人感情上的距离。

50个学员报了名，已经符合学校开班培训的人数要求。每名学员一年深造培训费18万，拿到的结业证可是名牌大学发的。这对民营老板来说是划算的。

曼香和刘立峰算了一笔账，光这一期至少盈利几百万。看来办高级培训班是优质板块。

曼香计划给学校培训部协商调整一下授课老师，开班第一堂课请范以轩来讲。刘立峰一切都听她的安排，请谁不请谁让曼香定，甚至财务也让曼香管，他只负责拉学员。

曼香对这一点是满意的，默默认可刘立峰的信任。刘立峰向曼香许诺，赚了钱让她拿多，自己拿少。曼香不要，说开个工资给点儿奖金补贴就可以。刘立峰说："那不行。我喜欢你老妹，算给你的补偿。"

曼香脸红到耳根，问："真是这样吗？我哪一点值得你喜欢？"刘立峰说："一是老乡；二是你温柔善良；三是你做事的认真态度；四是你善于成就别人，也成就自己的美好心愿。"曼香感到很甜蜜，说："婚姻我看透也熬够了，咱们只做朋友。"刘立峰说："好，做朋友。"曼香先是低着头不吭声，沉默良久，说："朋友可近可远啊。"

刘立峰侧脸转向曼香，吻了她的额头。曼香没有躲避，欣然接受了。等一切过去，曼香说："像我和另一闺密薇姐，哦，叫念薇，我们俩的婚姻实在是痛苦。她老公昨晚骂得女儿都离家出走了，还要打薇姐，要这样的婚姻又有什么用呢？"刘立峰听完直瞪眼睛，说："她男的是不是没文化？"曼香说："没文化？人家是理工大学毕业的高材生，谁能想到那么高的智商，能干出这种事来？"刘立峰说："可不，真让人难以理解。"

曼香下班后，坐刘立峰的车去了他的住处。

念薇和婷婷在仙界花园迎梦家住了整整一个礼拜。家里少了两个家庭成员，高畅反而觉得无拘无束很自在。结婚这么多年，三口人每次吵嘴打架和生气，念薇和婷婷跟他冷战静默几天，不用劝自然就过去了。这一次，高畅仍然这么认为。因此，高畅下班回到家，自己也不做饭，或者叫外卖，或去小区门外的小吃店里吃，然后去练气功、打太极，锻炼身体。隔壁邻居家主妇很年轻，男孩不听话，上门来求他过去帮忙教育说说孩子，他真跑过去给那男孩讲道理，甚至还耐心辅导那孩子的学习。可对念薇和婷婷漠不关心，觉得她俩是家里人，早晚会回来。鉴此，高畅只给念薇和婷婷打过几次电话，劝她们早点儿回家，既没见他着多大急，更没见他坐车去仙界接她们。

迎梦实在看不过去，在电话里埋汰高畅，说："你不缺女人，那叫薇姐和婷婷在我这里住着吧，我管得起吃住。"

高畅认为迎梦是在讥讽他，感到脸上没光，想了好久，晚上终于打车去仙界准备接念薇和婷婷回去。可到了仙界花园小区门口，又说不出迎梦住在几号楼、哪个单元和几层，打电话问，迎梦愣是不告诉他，保安阻止不让进，急得他在门外团团转。

念薇让迎梦说她和婷婷暂时不想回去，也让高畅尝尝家里没有女人的滋味。高畅失去耐心，最终还是一个人打车又回去了。

在这期间，李飞舟来过仙界两次。一次念薇去公司上班，婷婷去看电影、逛书店了，只有迎梦在家。李飞舟上去后，问念薇和婷婷啥时走，迎梦说："你最近忙，我让薇姐和婷婷住着呗，房间空着也是空着。"李飞舟说："最近投标是真忙，天天熬夜，身体都有些吃不消了。"

接下来的半个月，念薇和婷婷仍住在迎梦家里。就在同一个时间段，李飞舟与人合作，如期中标获得光伏安装项目。经过三次投标议价，念薇公司也拿到了业务。没过几天，如霜带栏目组人员也跑来公司，与念薇签了一部专题片的摄制合同。

念薇心情大悦。迎梦说："亲，不是我赶你，现在可以带着婷婷回家了吧？回去让你老公看看公司近期的业绩，看他改不改变自己。"

念薇痛快地说："行了，不跟他计较了，我跟婷婷回去。"

签完几份业务合同的这一天，念薇很高兴地拎着包，带着婷婷回家。下楼乘坐电梯时，她和迎梦再一次碰到了那位遛狗的贵妇人。妇人见到迎梦便打招呼，问："哟，可有些日子没碰见了。你送这位客人去哪儿啊？"迎梦也因念薇公司拿到业务而兴奋不已，一时竟忘记了上次遭妇人骂，弯腰逗着雪白的萨摩耶犬，说："我闺密来我家小住了几天，我送她回家。"

妇人看了看婷婷，最后把目光停在了念薇那张喜气洋洋的脸上，发出一声惊叹，说："呀，你们一个比一个漂亮，羡慕死老妇了。我要有你们这么年轻该多好。"念薇伸手摸了摸萨摩耶犬的毛，说："大姐，你这狗跟你一样高贵，它来到你家，可真有福。"

妇人假装生气瞪念薇，说："哎，哪有你这么说话的？我不说有多高贵，但也不是庶民一个，咋能拿我的'女儿'跟老妇做比较呢？话说错了，啊。"

念薇回味着刚才话，比方打得是不对，和迎梦抿嘴笑了起来。迎梦忽然想起了挨妇人骂的情景，心里钦佩念薇替自己出了口气。念薇笑着说："对不起！对不起！您老别在意。我是说你这么高贵的人，养的宠物也变得高贵起来，这不都沾了你的光吗？"

妇人脸上露笑，说："你说这话我爱听。两位美女近期是不是交了好运？你们两个个脸上都显贵气了呀。"迎梦说："我这位薇姐确实交好运了，我跟她沾点儿喜气。"

念薇指着迎梦，对妇女说："我是得贵人相助，她就是我的贵人。"

婷婷指着萨摩耶说："奶奶，这狗咬人吗？""不咬人，乖着呢。"妇人低头对那小狗说："'闺女'，给姑娘作个揖，快。"

萨摩耶吐着长长的粉红舌头，瞧瞧妇人，转身朝婷婷抬起两只前腿，连作了几个揖，然后前腿落地看着电梯门。

婷婷说："呀，他真听话。"妇人说："通人性，听话着呢。"

念薇带着婷婷心高气傲地回到家，没怎么理高畅，高畅反倒给她俩献殷勤，上赶着说话。念薇告诉他，公司搬完家马上就签了两三份业务大单，要扑下身子大干一番，把钱挣到手。

婷婷警告高畅说："从今往后，你不能再惹我和我妈生气了，不然把你开除出这个家。"

高畅乖乖地听着，忙前忙后地侍候着。念薇放下东西，无意间打开手机查看骚扰栏截，发现又有人用陌生号码给她发了一堆骂人短信。恢复到手机上仔细瞧，原来王山木仍在变着法子不断地骚扰她。

第十章

念薇的化羽飞天文化公司明显进入了新的发展阶段。接到两大块业务，她把原先的分组重新做了调整，两个组各减了一个人，把能做解说、文案和摄像的整合成另一个小组，做专题片，她对各组亲自把控。几天工夫，全公司的员工个个充满活力，全部忙碌地展开了行动。

迎梦几乎天天到念薇公司来。这期间，她也多次去过李飞舟的工程公司，名义上是看公司有啥需要她帮忙做的事情，实际上是盯着李飞舟，怕他跟映寒混到一起。李飞舟兑现了他对映寒许下的承诺，项目中标后不过一周，映寒就换了一辆宝马车。

迎梦下车后，拎着另一款包，手里掂着车钥匙，围着宝马转来转去打量，纳闷公司员工谁这么有钱。正要打电话问李飞舟这是谁的车，宝马突然"啾啾"两声叫，前后黄灯立即闪过即灭，把迎梦吓了一跳。一转身，看见映寒从楼里出来，目光冷峻，提着包走过来，朝迎梦点了点头，但脸上没有太多的表情。

迎梦问："宝马是你新买的？"映寒拽住车门把手，说："是呀，刚买的。我现在去上牌。"迎梦又问："看来你没少在公司挣啊？李总多给你发奖金了吧？"

映寒说："该给我多发呀。中这么大的标，公司有规定。"

迎梦说："那奖了你多少？"映寒冷冷地答道："奖多少都是我应该得的。我可是凭日夜加班，努力拼打，挣自己那份辛苦钱。"

映寒钻进车里打着火，落下车窗喊："你来找李总有事吗？"

迎梦转身朝楼上去，听到了映寒沉闷的喊声没有回头，也没回答她。

来到李飞舟办公室门前，"哐啷"一脚踹开门，板着脸走了进去。

迎梦进屋把包"叭"地蹾在办公桌上，一屁股坐在李飞舟对面，扭脸不理他，让李飞舟摸不着头脑。李飞舟转着脑子回忆近来所有的事情，怎么也想不出哪儿得罪了迎梦，就将手摁在迎梦肩上，问："咋了？宝贝。"

迎梦推开他的手，站起来躲到一边，转身面对着李飞舟，直视着他，说："你说怎么了？"李飞舟皱着眉头，说："我没怎么呀？哪儿惹到你了？"迎梦说："我要求你老老实实承认，给映寒买宝马，到底居心何在？"李飞舟忽然茅塞顿开，说："中个大标不容易，对所有编标人员该奖的奖。公司才有凝聚力，不然谁给我干活？"

迎梦冷静地听着，也觉得合情合理。李飞舟扳住她的肩膀，说："亲爱的，公司有奖励文件。不光奖了她，也奖了所有编标的人，要不我让人力资源部部长拿给你看看？"

迎梦怨气渐消，不再说话，重新坐回到椅子上，说："这回你公事公办，我不说啥。"李飞舟边笑边哄迎梦，道："放一百个心，我心里只有你一人。"

迎梦相信李飞舟不敢在她面前撒谎，更不敢跟别的女人来往。没再多与他纠缠，下楼开车去了化羽飞天公司。而念薇给员工分配完工作，带着专题片摄制组的姑娘小伙儿，去找如霜征求意见，让迎梦扑了个空。迎梦发微信问她问啥时回来，念薇回复说先去见如霜，再去看范总，算时间估计要到中午了，如果迎梦没啥事儿，可以在办公室里等她回来。迎梦"呀"了一声，说："李飞舟上午也要去看姓范的，没准儿你们会碰到一块。"

念薇说："那好那好。"迎梦说："我刚才去公司。那个小妖精换了辆宝马。"念薇惊讶道："我的天。"迎梦说："是呀，你说我能不吃醋吗？"念薇说："你别吃醋，将来我也给你发奖金。量他李飞舟没那个胆。"

迎梦让助理小李打开念薇办公室的门，进去坐在沙发上边喝茶边等。小李中午要给她订外卖吃，迎梦没有推辞，就一直在办公室里刷抖音，看网页，向闺密群里发微信，打发无聊的时光。

念薇带两个俊男靓女来找如霜，办公区的美女们目不转睛地直瞅她。真是天外天、楼外楼，让她们感到自愧不如。

两个年轻女孩怀里抱着书本和资料，从念薇三个人身边走过，扭过头来看她，悄悄地说："呀，哪个公司的？这么漂亮。"

念薇听到了，头也不回，面带微笑地径直去了如霜办公室。刚好肖坤在里边，念薇急忙打招呼。

肖坤问："来了？"念薇说："来了。谢谢你们支持我们公司。今天来征求霜姐和网站的意见，别写解说词、做文案把握不准主题思想，搞得驴唇不对马嘴。"

如霜拉过来几把凳子，说："哪会呢？坐吧坐吧。"

肖坤让如霜具体跟念薇聊片子，他要回办公室去。等交流完业务，带来的两个姑娘小伙儿提前下了楼。

"王山木那个王八蛋一直骚扰我，快把我的肺气炸了。"念薇说着，打开手机让如霜看短信，把她看得瞠目结舌，说："骂得太恶心了，上次挨打还不长记性，咋能这样啊？做人没有一点儿底线，真是太少见了。他再骚扰你，就去告他诬陷诽谤，我、雪柳、迎梦和曼香当证人。"念薇："他欺负我一个善良女人，还不是看我势单力薄。狗急了都要跳墙呢。哼！我也不是好惹的。他逼急了，我就跟他明着来，让他付出代价。" 如霜说："就是的。这社会谁比谁傻，谁怕谁呀。姐妹们支持你。"

俩人聊完，念薇说要去看范以轩，如霜正要做范以轩的访谈专题片，提出跟着一起去。念薇说："好呀好呀，现在出发。"

正要收拾东西离开，肖坤又派人来喊如霜。如霜无奈地说："坏了坏了，又有事了，我去不成了，你去吧。范总安排完采访时间通知我一下。"

念薇出来，打发两名员工回公司去。她给范以轩准备了一盒30年的老普洱茶。上了楼，秘书小王称范以轩屋里有人，让念薇在他房间稍等片刻，沏茶放在她面前的茶几上。

过了半小时，范以轩屋里人还不出来，念薇便给范以轩发了条微信，问他屋里的客人啥时走，她在隔壁秘书室等老半天了。范以轩正接待李飞舟，手机微信一响，拿起来看，发现是念薇发的，对李飞舟说："迎梦那个薇姐来了，在隔壁王秘书那里，我去把她叫过来。"

李飞舟说："呀，好巧，你别动，我去喊她吧。"

李飞舟开门出去，来到隔壁秘书室与念薇寒暄过后，领着她去了范以轩办公室。秘书小王端着泡好的茶跟在后面，放下后出去了。

范以轩站起来与念薇握手，说："呵，有几天没见了，薇总好啊。"

念薇将老普洱放在范以轩办公桌旁边，说："业务已经开始启动做了，我咋的也要来谢谢您范总。"范以轩说："自己人，别客气嘛。业务谁做都是做，又没给你搞特殊。有啥问题尽管说，我协调。"

李飞舟说："范总真好。话虽然这么说，但你若把项目给了别的公司做，我和薇姐也没辙，还不得去找别的出路啊。你救了我们两个的公司哩。"范以轩说："互相支持嘛，我们做不了和无法做的事情，只能由你们去做。"

念薇望着李飞舟，说："我不但感谢范总，也要感谢您李总和迎梦呢，没有你们，我也认识不了范总呀。"李飞舟摆手，说："认识范总是咱们有福气，不用谢我和迎梦，谢范总就行。"

念薇问范以轩接没接到通知，她和如霜要给他做一部专访专题片，顺便接洽一下。范以轩称接到通知了，一定是肖坤安排的。由如霜和念薇来专访，他太乐意了。念薇让范以轩确定采访时间，然后她和念薇好安排主持人和专栏组做准备。范以轩答应了念薇的要求，问李飞舟和念薇："哎，今儿个你们俩咋没让迎梦陪着来？"

李飞舟说："她早晨去公司里转了一圈就走了。"念薇说："她现在在我办公室等我呢。"范以轩对念薇说："噢！看来你和迎梦是形影不离呀。你公司搬家那天，王山木去闹，挨了你们几个女人一顿打，迎梦也参与了吧？"李飞舟说："当时她在场，那人也太浑蛋了，薇姐公司搬家，他去闹，不是故意砸场子吗？"念薇说："迎梦碰到王山木去公司闹好几次了，当然她要替我出气了，哪能看着我吃亏。"

李飞舟说："那人确实够烂的，再惹你们，我找人收拾他。"

正说着，门口有个人用手指轻轻敲门，是王山木。李飞舟不认识，而范以轩、念薇一眼便看见了他。王山木三步并两步进来，转着眼睛盯念薇，念薇起身要走，被王山木挡住了去路。

王山木指着念薇说："别走。咱们真是冤家路窄呀，上次我挨了你们几个臭女人打。今天，我不找你的事，有事来求范总。"

念薇拉下脸对范以轩说："有事你们聊吧，我走了。"

范以轩从桌后站起来，示意念薇和李飞舟说："没必要走，你们坐。老兄，你到底有啥事儿？说吧。"李飞舟给念薇递了个眼色，叫她坐下，说："范总叫你坐，你就坐嘛。"

屋里的气氛顿时变得紧张而凝滞。念薇和李飞舟走到门口看书柜里摆着的精美瓷器，令李飞舟惊讶万分，说："哎，范总，你这些瓷器，我在拍卖会上看到过，拍卖品跟你收藏的一模一样，太了不起了。"

范以轩应着，让他们随便看。王山木站在旁边说："哦，还是那个孩子的事。老弟，真不能帮一次忙吗？"范以轩掐灭手中的烟蒂，答道："老兄啊，我不是给你回短信了吗？没进人指标，别为难我了好不好？"王山木说："老弟呀，我可是舍上这张老脸来求你，那孩子是我没出五服的亲戚，我找过好多人，实在没路子了，只好来求你。咱们这么多年的交情，过去你帮我，现在能不能再帮我一次？"

范以轩已经知道王山木在不断地骚扰念薇，并对念薇骂了许多下流的话，念薇也提醒过自己。从现在起，与此人交往需要慎重。人都是会变的，没料到王山木如今会变得如此无耻。

范以轩说："老兄，这回只能请求你谅解了。我们进人，都要报批，并且需一本以上学历，还必须符合专业要求。你亲戚这个孩子，一是学历不够，二是专业不对口，你说叫我咋办吧？"

念薇和李飞舟不搭话，看完瓷器坐在沙发上静静地听着。范以轩的一席话，更让念薇和李飞舟佩服得五体投地。这就是艺术。王山木盯着范以轩直眨巴眼睛，念薇觉得他非常可笑。

王山木无奈地拍了拍桌面，摇头说："好了兄弟，既然你不给这个面子，那我就把这张老脸收起来，让孩子在家待业吧。从今以后有事也永不再相求，咱们兄弟多年的友情，到此画个句号。不过，我相信两位客人来拜访你，肯定在业务上对他们有所帮助吧？"

范以轩指着念薇，说："他们做的是其他行业，人家能做我什么业务？"李飞舟接过话，机警地回答："我们是做食品加工和配送的，业务不对口，从来没做过范总这里的业务，没得可做。"然后，故意指着念薇说，"这位是我表妹，她现在不做文化，改行到我食品公司来当副总了，你别乱猜。"

王山木脸色刷白，疑惑地问念薇："你改行了？我咋那么不信呢。"

念薇扭过脸去没理他。王山木说："好，算我说错了。对不起，你们聊吧，再次感谢范老弟，我撤了。"出门时，王山木狠狠地瞪了念薇一眼，并吼了一句："等着吧，臭娘们儿，好戏在后头呢。"

李飞舟随机应变和机智的回答，让范以轩、念薇惊叹不已。念薇尤其感到，不但范以轩是高人，李飞舟也是个高人。

念薇对范以轩说："范总，你是高人，跟你打交道的更不是等闲之辈。看看李总你们俩，那叫个精彩。"范以轩说："要不说呢，你们跟的都是有本事的男人。哈……"

念薇说："范总，你别把我算在里边，我只有我家老公。你是老总，很容易被女人看上，连我都要仰视你。"范以轩说："是吗？甚感荣幸。不是有句话嘛，叫什么来着？哦，想起来了，说当你凝视深渊时，深渊也在凝视你。我也仰视你这个老总呀。"

王山木阴阳怪气，令范以轩很反感，尤其临出门时骂念薇的那句话，让他和李飞舟确认王山木是个十足的小人，气得范以轩抓起一本杂志"啪"地甩在桌子上，随口骂道："什么东西。"念薇一副委曲、尴尬的模样，说："你们看到也听到了吧？这么个烂人天天跟我搅和，我咋做公司？"范以轩恨得咬牙切齿，说："甭理他。你们做你们的。咱们不做亏心事，不怕鬼敲门。"

离开的时候，范以轩送念薇和李飞舟到电梯口。念薇拎着包去上了厕所。转身刚走，下行电梯停了。李飞舟说先下了，让范以轩等念薇。秘书小王站在五米以外瞧着楼道，范以轩让他回办公室，他在电梯间里踱来踱去。

手机忽然震动，并发出一声"叮铃"响。范以轩打开瞧，是王山木发给他的一条短信："古话说听人劝，吃饱饭。为了你好，大哥特发此短信奉劝老弟，千万不要跟那个叫念薇的女人来往。否则，她会给你带来麻烦，切记。"范以轩看着头皮一阵发木，没弄清王山木意欲何为，鄙视地笑了笑没去理会。念薇上完厕所出来，拎着包拐进了电梯间。范以轩说都错过好几拨电梯了，问她咋上这么长时间。

念薇说来例假了。问："李总下去了？"

范以轩说："他先走了，我送你下去。"

俩人站在电梯口等电梯下来。聊着一些不疼不痒的话题。范以轩不想扫念薇的兴，始终没提王山木发给他的那条短信。

送走念薇，范以轩站在楼下给如霜拨通了微信语音，告诉她刚把李飞舟和念薇送走，当晚没有安排应酬，问她晚上若有空去喝茶，顺便聊聊专题片的事儿。如霜在职场上什么样的男人都见过，于是说："如果你欢迎的话，我去您府上拜访。"范以轩说："好好好，那我泡好茶等你。念薇送了我一幅仕女画轴，你来给指导指导，看我挂得合不合适。"

时间就这样敲定了。

念薇开车回到公司已是中午。助理小李帮迎梦点了两份素包子、两碗小米粥和两个小菜。迎梦吃完饭站在玻璃窗前，远眺着弯曲碧绿的河水，伸懒腰锻炼。念薇拎包进来，连说两声"对不起"，让她等了整整一上午。迎梦转过身，说："快把我等死了，你出去咋那么磨叽啊。"

念薇笑道："还不是你家李飞舟，在范总那里碰到聊起来没完了。又在范总办公室遇见了那个该死的人渣，所以才回来晚了。"

迎梦惊问："老李去我知道，王山木去姓范的办公室干什么？"

念薇说："求范总办一个孩子调动。我要走，你老公和范总拉着我不让回来，光听王山木跟范总瞎叨叨了。我没理他。"

迎梦又问："李飞舟理他了？"念薇说："也没理他。那人渣临走的时候，李总只跟他说了一句话，看人家那反应速度，咱真学不了。所以，我才明白你为什么嫁他了。""嘿，老李说啥了？让你这么叹为观止。"念薇说："王山木试探范总是不是把工程和业务，交给了我和老李的公司做了，李飞舟几句话就给撇清了。他说是做食品的，笑死我了。"

念薇坐在沙发上正边吃边跟迎梦聊上午的事儿，迎梦的微信语音突然响了，点开免提接听，原来是李飞舟拨过来的，问她在哪儿，吃午饭了没有。迎梦告诉他在念薇公司里，中午吃了点餐，念薇正在夸他呢。李飞舟哈哈大笑，问夸他什么，迎梦说夸他机灵，几句话同时解了三个人的围。

李飞舟说："我见到那个人了。真他妈不是东西，不但旁敲侧击骂人，还用威胁的口吻敲打念薇，我当时真想上去给他两巴掌，叫你薇姐赶快拉黑他，千万别跟他联系。"念薇端着饭盒吸溜吸溜喝着粥，说："早把他拉黑了。"迎梦问李飞舟："你没事吧？"李飞舟说："没事，关心关心你嘛。"迎梦说："关心我可以，别去关心那个小妖精。她上牌回来没有？"李飞舟说："我哪知道啊，她上不上牌跟我没关系。"

如霜扎在制片组，整个下午没闲着。下班后，把小鸿泽托付给父亲照看。趁晚高峰路上堵车的时间，跑到楼下小餐馆点了份炒饼吃，吃完返回办公室去化了妆。

傍晚下班后，范以轩乘电梯下到地下一层，在单位食堂简单吃了点饭，喊司机小张把他送回了住处。

如霜躲过晚高峰，赶到范以轩住处，还差十分钟不到 8 点。她先把车停在小区外面的路边，拉下头顶上方镶在遮阳板上的小镜子，看了看自己面部的容妆，然后凝神思考。她不太了解范以轩的背景，只知道他单身。

如霜是个单身女人，一个经历过婚姻失败的单身女人。

刚进门洞要上电梯，手机铃声响了，是范以轩打来的，急切地问她走到哪儿了。如霜说上来了，叫他开门。

范以轩换了一身短袖睡衣，脚上穿着拖鞋，已不像在饭桌上那样一本正经，显得有些拘束。如霜正要敲门，门却自动开了，范以轩手把着扶手站在门口。一股沁人心脾的香水味扑鼻而来。范以轩微笑着邀她进去。如霜身穿一件淡粉色的连衣裙，肩膀上挎着包，踏进门槛后，身后传出关门声。

如霜换了一双摆在门口的女拖鞋，然后才进屋。她纳闷，这套房范以轩一个住，家里咋会有女人穿的拖鞋，问道："这套房子就你一个人住吗？"范以轩说："对呀，我一个人住。"

如霜问："你这里经常有女人来？"范以轩被问得一愣，说："没有呀。你怀疑什么？"如霜说："没有女人来为什么会有女拖鞋？"

范以轩恍然大悟，笑着说："噢，你问这个呀。我夫人有时来开会或来办事、休假，住我这儿，给她准备的。"

如霜消除了疑虑，没再多问。范以轩早煮好了普洱茶，摆在茶几上。如霜没给他带任何东西，把包放在了茶几上。茶几上摆着一个十分精致的方形锦盒。她没去想锦盒里装的是啥东西。

范以轩问她吃晚饭没有。如霜走近博古架边看瓷器边说吃了。范以轩喊她品老普洱茶，如霜仍站在博古架前看来看去，还用双手捧起一只盘子欣赏。

那是一只"清三代"的盘子，肩部是胭脂红的，白足底，圆圈六字正楷款，盘内是宫廷画家郎世宁画的马，属于官窑御用器。如霜翻过来看一两遍，翻过去又看了两遍，爱不释手，说："太美了，您有不少好东西啊。"

范以轩走近茶几，拿起锦盒打开盖，从里边捏出一只翡翠手镯递到如霜眼前，说："缅甸的，送给你。"如霜放下瓷盘，看着手镯说："呀，我可不敢要。"

范以轩硬塞给她，说："我业余搞收藏嘛。你能来是给我面子，不能让你空手而归呀。拿着。"如霜接过手镯，说："那我真收下了。"

范以轩说："今晚是咱们认识后第一次约见，机会很难得。收下留着做个纪念。"

如霜高兴地将那只手镯往手上试着戴了戴，戴上又摘下来重新放回锦盒，装进了肩包里。但她没坐到沙发上来，问那只郎世宁画的盘子从哪儿收的。范以轩说是跟朋友交换的，都是真品，可以去香港嘉士德或苏富比拍卖，起码能拍出两百万的价钱。

说着，范以轩走到如霜身后，滔滔不绝地给她讲解郎世宁画马的风格与特点。郎世宁是清代最有权威的画家，画的是中西合璧的马。

念如霜转脸说："我知道郎世宁，他是意大利人。我特别喜欢他的作品，尤其他把马画在瓷器上烧出来，更加栩栩如生。"

范以轩夸如霜跟念薇一样，确实懂得很多，直叹女人可畏。接着解释道，郎世宁于清康熙帝五十四年来到中国，随即成为宫廷画家，在清宫里从事绘画达 50 多年，是他带来了西洋绘画技法，向皇帝和其他宫廷画家展示了欧洲明暗画法的魅力，所以才受到康熙、雍正和乾隆帝的重用。

如霜坐到沙发上，说："是呀，郎世宁是个全面手，人物、肖像、走兽、花鸟、山水无所不精，是雍正、乾隆时期宫廷绘画的代表人物。"

范以轩拍手鼓掌，惊讶地说："哟，你真是个才女。郎世宁擅长以中国传统绘画技法，加入西洋光影透视法和西画的颜料，用来显示中西趣味兼容并蓄的画面。尤其是他画的马，应用了光的原理，含有中国传统手法，即使是马匹及树干上的阴影表现，亦是以中国传统的渲染方法来完成，创造了一种'中西合璧'的绘画风格……"

如霜抿了一口茶，看上去像是听得入了神，心里却想着另外的事情，就打断范以轩，说："范总，您的知识太渊博了。今晚叫我来就想给我讲郎世宁吗？"

范以轩讲这么多专业知识，是显摆学问。如霜这么一问，他立刻收住，说："当然不是。我是业余爱好。你想知道我把念薇送我的画挂在哪里了吗？"如霜清楚现在开始进入了正题，点点头问："挂在哪儿了？"范以轩不回答，起身往主卧里走，让如霜跟他来。如霜不能不去，虽然惶恐不安，还是跟在他身后走了进去。

那幅画被悬挂在了床的对面墙上中间位置。靠在床头上，正好可以看见画中仕女冲着他微笑。

二人出来，范以轩看了看茶几上的手机，顺手抓过来翻看短信，越看脸色变得越严肃，说："你们跟王山木什么关系？"如霜说："我跟他没关系，就和我那几个闺密一块打过他。薇姐以前跟他有过合作，但薇姐从没让他靠近过。"范以轩说："那他为啥老是骚扰别人？还说念薇跟他上过床。"如霜说："你听他胡说八道呢，就知道诬蔑人，能信他的鬼话吗？"

范以轩打开短信，递给如霜看，说："你瞧吧，这是他发给我的。"

如霜接过手机一条条地看，有两条是警告范以轩远离念薇的，刚发的两条则是咬定念薇跟王山木上过床，还骂如霜与念薇和范以轩是一丘之貉。

如霜看完咯咯地笑，说："薇姐能看上他才怪呢。这种人太无耻了。你若信他的话，那我和念薇就不理你了。按王山木说的，薇姐离了他还不活了？这世界离了谁地球不是照样转嘛。"范以轩说："是啊。咱们都帮扶着她，就做给王山木瞧瞧，看离了他行不行。"

如霜十分了解念薇的人品。把善良、真诚和情谊看得比啥都重要。范以轩在她面前说了念薇一大堆好，谈论如何帮她，也正是如霜心里所想的，所以，她并不排斥。

离开范以轩的住处，如霜带着那只喜欢的翡翠手镯回到了家。小鸿泽在姥爷的陪伴下，早已入睡。

迎梦天天来念薇公司。说是不坐班，实际上是每天必到，帮念薇打理公司的一些事情。

第二天下午，迎梦得空问念薇晚上有没有空去逛街。念薇"噢"了一声，说晚上有个其他事，还真抽不开身。迎梦问是不是晚上要去会范以轩。念薇辩称上午刚跟李飞舟一起见过范以轩，晚上去会他干什么，要陪婷婷去看电影。迎梦不相信。

念薇抓起喝完粥的纸饭盒，做了个砸迎梦的动作，走到墙根下扔进了纸篓。她告诉迎梦，下午要组织研究专题片的摄制方案和解说词，不能让如霜在肖坤面前丢脸。回头问迎梦，预付款到账后，需不需要先把那10万块钱现金提出来还给她。

　　迎梦摆手说："不还了不还了，到年底给我分红吧。"念薇说："我让财务记好账，算你入股。从今以后化羽飞天公司就是咱俩的，以后你也要出去帮我拉业务噢。"迎梦自信地说："我去拉业务？好啊。光凭咱，什么样的业务拉不到手？你给我动力，我给你出力。"

　　迎梦又在念薇公司坐了两个多钟头，快5点了才离开。念薇心急火燎地开会研究完方案，之后打电话给婷婷和高畅，等她回去给他们做饭吃。

第十一章

念薇清楚自己有几斤几两，缺人脉、少资源，资金不足，感慨生存太不容易。所以，几乎每天都与范以轩联系。而范以轩自从认可了念薇以后，和她正常地交往着。

后来，偶尔的一天晚上，念薇又收到了王山木的骚扰短信，短信里说他知道念薇靠上了范以轩，警告念薇若不跟他继续合作，再跟范以轩来往，他非把姓范的整死不可。念薇担心王山木把这条短信发给范以轩，引起他的反感和担忧，赶紧打电话联系，可怎么也打不通范以轩的电话，只有晚上开车去住处堵他。

其实，范以轩就在屋里。他正在生气，想切断与念薇的联系。

念薇"咚咚咚"敲门，连敲了三遍。范以轩听到了敲门声，从客厅里走到门后，透过猫眼往外看，瞧见念薇在门外缩成一个小小的人影。范以轩想关掉屋里的灯，不让她发现自己在家。过了大约五分钟，念薇见范以轩仍不开门，一时气恼，握起拳头使劲"嘭嘭嘭"地砸，范以轩不得不赶紧开门让她进来。

念薇板着脸从范以轩侧面走进去，把肩包往茶几上一蹾，坐在沙发上不吭声。范以轩说："你还来干什么？"念薇问："你为什么不接我电话，不回我微信和短信？"范以轩说："没心情。"念薇又问："我犯什么错了？"

范以轩把手机扔给她，让她自己看王山木的谩骂攻击短信。念薇边看边骂王山木。范以轩发怒，质问道："我们那个圈子里的人都不愿跟王山木打交道。你为什么要去接触他这样的烂人？以前为什么要跟他合作？现在他反目成仇恨上我了。"

念薇心中既充满了怒火，又气又恨，更觉得委屈，也控制不住自己，带着怨愤说："以前我不认识你。你要认为我不值得帮，咱俩现在就分手。"范以轩怒吼道："因为你，他在对我进行谩骂、攻击、污辱、诬陷和加害，你知道吗？"

面对范以轩的怒斥，念薇伤心地低着头，流下了难以言表的眼泪。她跟着怒吼起来："王山木也在攻击谩骂我。我还想有个人能开导安慰我呢。可你因为他发短信对我这样，让我怎么理解？"

范以轩愤激地指着门口，说："那你给我滚，不需要你来找我。"

念薇哭了，拎起包"噔噔噔"冲到门口，又突然停住脚，说："我现在可以走，不想看到你这个样子。"

范以轩发泄完心里的怨气，觉得对念薇有点儿过分了，说："唉！请你原谅，怪我脾气不好。回来吧，咱们共同面对。"

念薇眼里涌满了泪，被范以轩拉到客厅沙发上坐下，念薇抽出一张纸巾，轻轻拭去眼角的泪水。范以轩的心被深深地刺疼了。他知道女人只有到了绝望的地步，才会这样。霎时，范以轩觉得念薇是个可怜的女人，背后一定有太多不可言说的苦楚和艰难。他说："放心吧。我会勇敢地面对一切。"

自那以后，念薇的命运算是得到了改变。在范以轩、如霜和迎梦的鼎力相助下，公司业务一项接着一项，订单滚滚而来，客户范围扩大到别的单位。事业像插上了翅膀的鹏鸟迅速腾飞。

念薇把范以轩视为生命中的贵人。范以轩也把念薇当作好友，从不取一分一毫。受到的唯一困扰，是念薇结识王山木后，跟他不慎结怨，令人担忧。他摸不透过去念薇与王山木到底有过哪些恩与仇。

出于这种忧虑，范以轩琢磨念薇会不会再遇到第二个王山木，因为这些鸡毛蒜皮的小事，范以轩和念薇会时常生气拌嘴。经常互删微信，屏蔽手机，拉黑对方。但几天不说话，又都互相牵挂。不知道哪一天，是念薇先找范以轩和解，还是范以轩先找念薇和解。总之，一次次来来回回，反反复复。

不断受到王山木的短信骚扰和攻击后，范以轩让念薇一定要重建自己的圈子。念薇很听话，全面进行清理。打那以后，念薇的朋友圈干净了许多。然而，再怎么清理，他俩也没能挡住王山木的短信和电话。

公司业务一多，念薇自然比以往更忙碌。她几乎每天晚上都12点才回到家里。回来时，高畅早在主卧大床酣声大作，婷婷每晚都看书等她，俩人便挤在小床上睡。高畅已经习惯了念薇早出晚归，不但毫无怨气，反而为她感到高兴。在他眼里，钱比人重要，越忙碌越说明公司发展好，也才能挣到钱，从没想过念薇会在外面怎么样。

婷婷开学后，高畅知道念薇每日会起早送她到学校，再回家补个觉或洗个澡。趁这个空当，他会黏着念薇释放一次。起初，念薇是接受和允许的。可随着事业的繁忙，想起高畅对待自己像对待外人，就对高畅变得越来越冷。每当他碰到自己的身体时，念薇总觉得很别扭，甚至浑身起鸡皮疙瘩，条件反射使她不再接受这个男人。

念薇常想公司遇到困难时，高畅从来不帮自己，凭什么高畅需要女人时，她就得无私奉献呢？这对她来说太不公平。

随着时间的流逝，念薇越来越对过夫妻生活不感兴趣，睡觉时从不脱内裤，主要是不想让高畅碰自己。

高畅为此很生气，问道："你为啥不跟我过夫妻生活？"

念薇说："你不知道我累啊，性冷淡了。"

有一段时间，高畅曾经身体有恙，勃起困难，半年都没向念薇提过要过一次夫妻生活，念薇理解他，把全部精力投入了工作中。现在她说性冷淡，高畅反倒十分内疚，认为是自己的原因造成了念薇的性冷淡，便不再强求她，穿好衣服，收拾完去赶地铁上班了。

发现念薇跟以前有所变化和不同的是迎梦。迎梦经常一个人在仙界待着，无所事事，就天天去念薇公司。她入了10万块钱的股，念薇让她当副总，还专门让负责人力资源的部长给她下了个任职命令。

迎梦对念薇说："哎，你下令归下令，我一个人在家闲得无聊，就是来陪你玩。你要跟员工们说清楚，我只挂名不领薪水，不是真正的副总。"念薇说："让你当你就当呗，不给你工资，玩得就是开心嘛。"

有几次，迎梦在念薇公司里协助做方案，下班后拉着念薇要去逛SKP，念薇一直找理由推脱，不是加班，就是家里有事，或者来了什么人，总之不愿陪迎梦去。

爱逛商场是女人的天性。不论买不买东西，哪怕去商场瞎溜达一圈消磨消磨时光，也是值得和开心的，一天不逛身上就好像少了点儿啥。过去，只要念薇晚上不急着回家陪婷婷，迎梦一喊拎包就走。现在，念薇对逛商场突然一下子兴趣全无，变得极为反常。

迎梦说："好吧，你不陪我去，我自己可去了。"

第四天，如霜到公司上班，戴上了那只碧绿的翡翠手镯，被肖坤看到了，好奇地问："呀，以前咋从来没见你戴过？"如霜愣了愣神，说："我姥姥留给我妈的，我妈送给我了。好看吗？"肖坤说："好看好看。"

一个女人好看的样子，是面对琐碎的生活，依然有着最纯真的笑容。历经世事沧桑之后，仍然保持着那份初心。不浮夸，也不做作。经历过很多重逢与离别，尝过痛苦的滋味，却依然能够保持一颗善良的心，宁可孤独也不违心，宁可遗憾也不将就。入我心者，我真诚以待。不入我心者，也不屑敷衍。现在的念薇便是这样一种心态。

两天以后，范以轩刚刚收到雪柳快递送来的一沓报纸。雪柳和李冠霖采访他的内容，被雪柳妙笔生花加工出来，刊登在了二版头条显著位置，还给他配了两张神采奕奕的照片，吩咐秘书发给各部门学习。

范以轩坐在办公室里，一手端茶一手举着报纸看得正入神，刘立峰开车拉着曼香来到了他的办公室。两人联合办班正式开班，果真来请范以轩去讲第一堂课。

曼香走进来，说："呀，范总，祝贺您。雪柳采访您的文章我们都看到了。我找她要了60张报纸，已经发到每个学员手上了，他们正在学习呢。明天您更得给我们学员去讲一课喽。"

范以轩起身与曼香和刘立峰握了握手，邀他们坐到沙发上，高兴地说："哎呀，是雪柳你们几个偏爱我罢了，做了点事儿，但没写的那么好。"

讲课费装在一个信袋里。曼香从包里掏出信袋递给范以轩，说："做得已经非常好了，您还这么谦虚。请老师们讲课一定要付讲课费的。您别嫌少。"范以轩将信袋推给曼香，说："讲课费不要。跟学员们交流是可以的，把办企业的经验传授给他们，也是一种义务嘛。"刘立峰说："讲课费您一定收下。不然别人有，你没有，那哪行呢？"

范以轩光瞧曼香了。曼香好像略胖了一点儿，脸上还有一丝浮肿，问道："多日不见，你胖了还是瘦了？"

曼香正在经历一场意想不到的痛苦，但仍用灿若辰星、顾盼神飞的双眸望着范以轩，说："是吗？我没胖没瘦呀。""我看你胖了点儿。"

这时，曼香"哇"地一声想呕吐，赶紧一只手捂住嘴，一只手捂住小腹往外跑。范以轩奇怪地望着曼香，问她咋了，刘立峰边往外追边说她昨晚吃坏了肠胃。

几分钟后，曼香和刘立峰回来了。她吐得脸色煞白，不停用纸巾擦嘴，对范以轩连说几声对不起，问要不要来车接他。范以轩说不用，司机会按时把他送到讲课地点。

到了楼下停车场，曼香被刘立峰扶上车。她一直不停地呕吐。但曼香仍不忘加大开班的宣传，把范以轩去讲第一课的消息发到了闺密群里，群里即刻沸腾了。如霜、迎梦、念薇和雪柳像一群百灵鸟，发出一阵脆若银铃的欢叫声，都嚷着要去听范以轩的课，叫曼香给她们留好座位。

曼香的痛苦不在于能不能安排听范以轩讲课，而是来自那天一时的冲动。仅一次，曼香就奇妙地怀孕了。

每天回到家里，曼香不是干呕就是"哇哇"地吐。吴思亮察觉到不对劲儿，问她咋回事儿，她总是找理由说肠胃受寒引起的。吴思亮提出陪她去医院检查，曼香说小病不让陪。

回到刘立峰办公室，曼香强忍难受，心急火燎地哭，边哭边喊怎么办。刘立峰头上直冒汗，就劝曼香去做掉，可曼香不同意。吴思亮无法给她个儿子或女儿，既然怀上了，哪怕与吴思亮离婚也要生下来。

争吵了半天，刘立峰不得不妥协让步，如果生下来，他就把房子过户到她的名下。曼香说考虑考虑。

范以轩去讲课的头天晚上，她再也顾不了脸面，通过闺密群把如霜、雪柳、迎梦和念薇召集到学校附近一家茶馆的大包间商量对策，刘立峰也去了。如霜和雪柳几个闺密，从没听曼香说起过刘立峰。突然出现这么一个男人，让念薇、雪柳和迎梦、如霜个个目瞪口呆，诧异得不得了。她们发现刘立峰一表人才，高个，皮肤偏白，脸膛有棱有角，称得上是帅男。曼香毫不回避，说："你们别笑话我，我怀孕了，是他的。"

念薇、迎梦和如霜、雪柳都不相信自己的耳朵。沏好的茗茶也没人端起来喝，只看看刘立峰，再瞧瞧曼香。

雪柳问刘立峰："请问您是做啥的？"

刘立峰面红耳赤，低头坐在几个女人的侧面，拿着一张纸捻搓来捻搓去，用来掩饰内心的不安。听到雪柳问，他先报了自己的姓名，然后才说："我原来在老家东北做房地产，现在与曼香合办培训班。"

屋里一片寂静，谁也不先表态。争论来争论去，结果分成了两派，雪柳和如霜劝曼香打掉，迎梦和念薇同意保住。如霜和雪柳的观点是做掉不要。迎梦和念薇持另一种意见。她俩认为，曼香这么大年龄好不容易怀孕，如果打掉，会给她身体带来危害，并且众人所知，吴思亮没有生育能力。何不生下来养着。

曼香左右为难，不知该听谁的，急得直掉泪。刘立峰低下了头，半天才说，他想了很久，别去做了，生下来不论是儿子是闺女，他养。

曼香不表态。如霜抚着她的肩膀，对刘立峰说："刘立峰，你说得轻巧，曼香怎么办？"念薇对曼香说："事到如今，我看还是不要瞒着吴思亮。曼姐回家必须跟他把话挑明，如果他想要这个孩子，当亲生的养，你就生下来。如果他不想要，也不提离婚，能够原谅你，那干脆把孩子打掉。假如他要离婚，你就离了算啦，反正你也包容他这么多年了。刘立峰娶曼姐，负责曼姐和孩子一辈子。"

曼香愁容满面，前后思忖着，用手里的抽纸擦拭眼泪，说："我按薇姐说的试试，需要跟吴思亮好好谈谈。"

雪柳说："曼姐，我劝你还是别要了，做掉省心。"

几个人讨论了一晚上，也没商量出可供曼香采纳的定型方案。曼香不再流泪，说先应付完明天范以轩的讲课，然后她回家找吴思亮去谈。

念薇、迎梦、如霜和雪柳虽然各自回家了，但在微信群里仍你一言、我一语，继续商讨解决的办法。

企业家进修班开班第一堂课，安排在院校一间正规的教室里授课。教室设在教学楼的一层，出门便是停车场。翌日一早，曼香和刘立峰吃过饭，便和培训部主任及两名老师把所有学员召集到了教室。念薇和如霜、雪柳、迎梦都请假提前赶到，还拉来了李飞舟和李冠霖。他们站在教室外等范以轩来。这样，李飞舟与李冠霖、刘立峰才相互认识了，并明白了谁跟谁是一对。曼香怀孕，李飞舟和李冠霖是从迎梦和雪柳口中得知的。他俩瞧着刘立峰，但不敢说啥。

尽管曼香止不住呕吐，仍跟往常一样，和刘立峰亲力亲为地安排布置。培训部主任和老师都是女的。念薇和如霜发现，她们背着曼香在一边嘀咕，小声说话时总是瞅曼香。

雪柳站在教室门口朝里瞧，里边坐满了学员，没有空位置，老师就给前来旁听的人，在讲台右前方摆了一排椅子。学员有男有女，男的偏多，来自央国企和民营企业。年龄大的有50多岁，小的有二十八九岁，比较悬殊。他们规规矩矩地坐在座位上，看曼香配发的那张报纸，上面刊登着雪柳采访范以轩的文章。

雪柳伸了下舌头退出来，看了看表，8点半了，问曼香："范总咋还没到啊？学员怕要等急了。"

曼香"哦"的一声想吐，止住了，说："刚联系，范总已经到校门口了，两分钟。"

为讲好第一堂课，范以轩头天下班回到住处后，先熟悉了几遍讲稿，把每个问题的标题和内容都记在脑海里，准备了整整一个晚上。看完总觉得缺点什么，便叼着烟在客厅里边踱步边思考，忽然想起了企业家必须具备的几个能力，赶紧跑进书房拿笔写在讲稿边上。等把所有想讲的问题思考清楚，并在讲稿上标注完，已是凌晨1点半。

喝了夜茶，又过了睡觉的点，躺在床上仍想着讲课内容，怎么也睡不着。迷迷糊糊睡到6点半，就早早起来洗漱吃东西，发微信叫司机小张来接他。早高峰堵车，走了近一个小时才来到学校门口。

小车直接朝教室门口开。范以轩透过挡风玻璃朝前看，发现曼香和如霜、念薇、迎梦、雪柳、李飞舟、李冠霖都来了，把他激动得不行。车没停稳，他就抓起讲稿，笑嘻嘻地推开车门下去一一握手打招呼，说："呵呵，我的课你们各位还真来给捧场，是专门请假来的吧？"

如霜催他说："是呀，不请假哪敢走。就等你开讲了，快进去吧。"

曼香赶如霜、念薇她们，说："你们先进，我陪范总这就来。"

念薇、如霜、雪柳、迎梦等人和老师先进到教室坐在前面靠边的那排椅子上。之后，曼香、刘立峰才陪着范以轩进来。曼香微笑着拍着巴掌走上讲台，教室里顿时响起一阵热烈的掌声。讲台上放着一张讲桌，桌上立着麦克风，背后墙上是墨绿色的写字板，被落下来的一块方形白色幕布遮挡了三分之二，是用来进行 PPT 投影的。

范以轩的讲课内容没有做成 PPT，手拿纸版讲稿站在讲台上频频向学员们鞠躬，然后坐到了讲桌前。掌声停止后，曼香用足足五分钟时间，把范以轩的特殊经历和阅历好好介绍了一番，还展开那张报纸和文章，赞赏他掌管投资公司后所取得的辉煌成就与业绩，夸得范以轩喜上眉梢。可曼香刚说完最后一句，突然觉得反胃，从喉咙里发出"嗷嗷"两声叫，知道要呕吐，赶紧用左手捂住嘴往门外跑，朝后挥动右手示意范以轩开讲。

刘立峰知道曼香又来了反应，随后跟了出去。如霜低头与念薇和雪柳、迎梦小声说了一句，让她们坐着听课不要动，手里抓着一瓶矿泉水起身走出了教室。

第十二章

矿泉水是曼香叫培训部专门配发给念薇、如霜、雪柳、如霜几个人喝的,现在派上了用场。曼香跑进楼里的女厕所,两只手支在坐便器上,弓着身子"嗷嗷"地干呕,脸都吐红了。

多日来,曼香一直没有食欲,嗅觉不好,嘴里没味,更吃不下东西,有时吃多少就吐多少。这一刻吐出来的已经不是食物,而是黄胆汁。她在心里问自己,是不是每个母亲都会这样,为什么怀个孩子会起这么大反应。世间儿女有两种:一种是来还债的,另一种是来讨债的。不会是上一世欠了肚子里这个孩子的债,这一世讨债来了吧,不然咋会让自己这么难受呢。

刘立峰站在女厕所门口不敢进,朝里大声问:"你怎么样?需要用水漱口吗?"

曼香听到了他的喊声,却无暇顾及。食道和嗓子吐得几乎快痉挛了。如霜正好赶来,瞪了一眼刘立峰,说:"学员都在上课,里边没女的上厕所,你干吗不进去扶曼香啊?"

刘立峰焦虑地说:"我进去不太好,麻烦你进去看看她,让她用水漱漱口,我在这儿等着。"如霜说:"那你回去听课吧,我进去。看你,把她搞得多难受。"

曼香吐了一阵子,吐不出来,就捂着肚子蹲在厕所里不停地流泪。如霜拿着矿泉水进来让她漱口,要伸手去扶她,曼香不肯,只顾低头"呜呜"地哭,说怀孕太难受,她不想要这个孩子了。说完,曼香起身用小肚子猛地往厕所门框上顶。

如霜吓坏了,急忙拉住她说:"曼姐曼姐,你这是干什么,不想要命啦？刚怀孕，孩子在子宫里还没扎根呢，很容易流产的。走，快跟我出去。"曼香抽泣着说："肯定是个女孩，不然不会让我这么难受，更让我这么为难。"

如霜拉着曼香从厕里出来，刘立峰还站在那里东瞅瞅西望望，生怕有人闯进厕所里碰见，就劝曼香和如霜别去听范以轩讲课了，到旁边一间教职员工屋里休息会儿，里边没人。

如霜陪着曼香进去。曼香坐在一张椅子上捂着嘴喘息，刘立峰去帮她倒了杯热水，端到她面前。

如霜对曼香说："刚才你太傻了，真不该把肚子往门框上撞，这要出了事，全校师生可都知道了。"

刘立峰吃了一惊，皱起眉头，慌里慌张地说："使不得呀。不想要可以去医院做人流，万一流产，可真会要命的。"

曼香又在干呕，抹掉嘴上的黏液，说："如果这个孩子命大缘分深，我就生下来。假如跟咱没缘分，那看天意吧。我晚上会跟吴思亮谈。"

在屋里坐了一个多小时，念薇、雪柳、迎梦见如霜和曼香迟迟没回到教室，趁课间休息跑出来找，在楼道里碰见了她俩和刘立峰，便围着曼香安慰她。念薇看曼香那么难受，为了不让学员知道，劝她回办公室，后半堂课别去听了。雪柳和迎梦也这样说。

从教室里走出来一群男女学员，有几个男学员跑到外面去抽烟。有几个女学员发现曼香她们站在楼道里，冲这边围过来。曼香佯装无事，强打精神面对她们。范以轩和李飞舟、李冠霖也走了过来。

范以轩满面春风，问念薇和雪柳及迎梦："刚才我在台上讲，你们听着还行吗？"念薇说："好着呢，就得给大家讲讲企业战略。"

范以轩说："是呀。有的企业家只知道闷头干，没有明确的目标和战略布局，干到哪算哪，一猛子往前闯，好比盖房子，首先要明白盖一座什么样的房子，是楼房还是别墅或是四合院，确定后设计出来，这叫战略。至于怎么盖、啥时盖、用什么材料和哪个队伍盖，这是战术。搞企业有的不能光讲战术，不讲战略。那盖出来的房子，一定不是歪了斜了，就是方向偏了，也一定五花八门。你们说对不对？"

李飞舟、李冠霖、雪柳、迎梦、念薇及几个女学员，对范以轩的观点大加赞赏，频频点头称道。如霜后悔刚才跟曼香出来了，没能亲耳听到他讲。范以轩说后面还有一个多小时，再讲讲如何带团队和企业家所具备的能力，就差不多了，叫曼香和如霜进去听。

有老师站在门口喊上课了，学员们再次拥进教室。后半堂课又要开始了，曼香仍没进去听。念薇、迎梦和雪柳也留在楼道里陪她。曼香赶她们进去，雪柳说和李冠霖采访范以轩时，他已讲过这些，并且一些观点都体现在了文章里，不进去了。曼香又赶如霜、迎梦、念薇和李飞舟进去继续听，他们便回到了课堂上。

雪柳旁边站着李冠霖、曼香旁边站着刘立峰。曼香仍不时那样呕吐，雪柳要扶曼香去卫生间，被刘立峰代替了。等曼香和刘立峰离开后，李冠霖说："如果你怀了我的种，咱们可以奉子成婚，我把你娶回家。"雪柳嗔怪地说："结婚前，我可不想怀孕。结了婚，我也不想再受二茬罪，你别整天想着要孩子。"

李冠霖说："行呢。我没别的要求，人生目标是快乐，只要你让我快乐，要不要孩子无所谓，没啥。"

曼香又折腾了一个上午。12点前，临近下课的时候，她催雪柳和李冠霖、刘立峰再去听会儿。四个人悄悄进去，坐在前面那排椅子上，听见范以轩在讲企业家的几种能力，也许学员们受到了启发，个个凝神聚力十分专注地低头作起了笔记。

曼香对范以轩讲课的内容很满意，庆幸请对了人，讲课费没白花。中午，她在食堂包间安排了午餐，把念薇、如霜、雪柳、迎梦和李飞舟、李冠霖留下一起陪范以轩吃午饭。

如霜和念薇分别坐在范以轩左右。还没正式开始，曼香又不断地呕吐，跑了出去。范以轩问曼香胃肠感冒还没好吗？桌上的人面面相觑，没人回答。念薇在桌下伸手拉拉他的衣角，示意他不要说这个话题。如霜则附在范以轩耳边，悄声说："曼香不是胃肠感冒，是怀孕了。守着这么多人，你别哪壶不开提哪壶呀。"

范以轩愕然，小声道："她怎么能怀孕呢？多大岁数了。"

晚上，刘立峰找了一家专做煲汤的粤菜馆，陪曼香去喝老鸭人参汤，但曼香吃不下，只看着他喝。刘立峰对曼香突然怀孕感到压力山大，问她回家怎么跟老公谈，曼香说瞒也瞒不住，直截了当，如果吴思亮提出离婚，她就净身出户，大不了不要学校这份工作了。刘立峰让她回家先谈，根据谈的结果再做后面的打算。

吴思亮不是一个称职的男人，没当过爹，搞不清女人怀孕的早期反应跟肠胃感冒有啥区别，只当曼香在外吃坏了肚子。他还是每晚回到家傻傻地等着曼香回来。刘立峰开车把曼香送到小区门口，让她一个人回去。门口停着一排送快递的三轮车，快递小哥们用板车推着一车大小快递件，穿过侧门往小区里拉。

曼香走侧门。那是专供行人走的小门，一刷门禁卡，小门会自动开启。她挎着包踽踽独行。同住一个楼的两位中年妇女，从小区里迎面走来，跟曼香打招呼。曼香突然"嗷"了一声。对面一个女的说："呀，你有喜了吗？"曼香佯装没事，面带微笑，摇头说："没有没有，肠胃不舒服。"另一个女人眼尖，望着曼香说："咦，我看你像怀孕的，脸都开始浮肿了，恭喜恭喜。"

曼香不再多言，匆匆走过去。她心乱如麻，不得停歇，思考着回家如何跟吴思亮谈。

来到楼上，曼香用钥匙打开了防盗门，吴思亮正提着一大桶桶装水给净水器换水，见曼香趿拉着拖鞋进门，问她有没有吃晚饭。曼香说吃过了，走进卧室换了睡衣，再出来却一次次地干呕。吴思亮问她这么多天了，肠胃咋还没好。

曼香跑进厕所又吐了两次，表情一次比一次痛苦，捂着嘴回到客厅，直视着吴思亮说："我不再瞒你了。我不是肠胃感冒，是怀孕了。"

吴思亮惊呆在了原地，眨着眼皮半晌没说话，就那么皱着眉头盯着曼香，头脑都木了，良久才说："什么？你怀孕了？再说一遍。"

曼香坐在沙发上，淡定地说："我怀孕了，听清了吗？要打要杀随你的便。"

吴思亮似哭非哭，也似笑非笑。他走到沙发前，一把揪住曼香的头发，举手要打，歇斯底里地说："我说你怎么天天回来这么晚。你这样做对得起我吗？"

吴思亮嘴里愤怒地骂着脏话，"啪"地甩了曼香一记耳光，然后咆哮如雷，骂道："没想到，太让人匪夷所思。你为什么背叛我？除了不能满足你以外，我哪一点做得不好？我做过对不起你的事吗？是我对你不够好吗？是我不给你花钱吗？是我精神上不照顾你吗？你总得给我理由吧。现在咱们毕竟还在一起，我尊重你的感受。"

曼香不哭也不闹，面对吴思亮的句句质问，冷静地说："你对我是不错，我承认。我没想过要背叛你，可作为一个正常女人，我需要男人，需要有个孩子。其他男人能给我的，你一辈子都无法给我。所以，我请求你原谅。假如你要想离婚，我接受，我带着肚子里的孩子净身出户；不离婚，我也同意，把孩子生下来当自己亲生的养，你选择吧。"

吴思亮气得六神无主，在屋里转圈，然后双手扶墙号啕大哭，说："老天爷呀，我上辈子作了什么孽呀，你让我这辈子如此受伤。"

哭完转身走到沙发跟前，抬腿踹了曼香小腹部一脚，继续骂道，"我爱你胜过爱我自己，可最后换来的是这种结果。你不让我好过，你也别想好过。我不要这个孩子，更不养野种。我要揭发你。你说，肚子里的孩子是谁的？"

曼香捂住肚子倒在沙发上"嗷嗷"地叫，泪水流了一脸。无论吴思亮再怎么质问和打她，曼香只觉得腹部疼痛，没有心思回应。忍了很久，曼香捂着肚子缓缓从沙发上站起来，走进卧室换上衣服，并从大衣柜里翻出了两本结婚证。

吴思亮气得发了疯，头嗡嗡响。他没顾得上看曼香，等曼香拿着结婚证从主卧出来拎起包要走，他才慌了神，赶忙跑到门口用身子挡住大门。曼香用手扒拉他，想让他走开，但扒拉不动，说："你不用揭发了，我嫌丢人会辞职的。你让我走吧，明天咱去办离婚手续。"

吴思亮心软了，也凉了，爱恨交加，流着泪"扑通"跪在了曼香面前，哀求说："曼香，求求你别离开我。我若失去你，就再也不会有女人跟我了。你一千个错一万个错，都是我的错，我尽量原谅你的过失。你把孩子生下来，咱们一起养可以吗？"

曼香悲哀无比，低头看着吴思亮。一颗泪珠吧嗒掉在了他的脸颊上，像条蚯蚓顺着鼻翼往下爬。

曼香说："我知道咱俩会有今天。算我对不起你，我不想一辈子死在这种无性婚姻里。你好好想想，想好告诉我。"

说完，曼香从包里掏出车钥匙摔在了地上。小车是吴思亮花钱买的，现在曼香要还给他。之后，她拉开吴思亮，独自下了楼去。吴思亮穿着短裤和拖鞋追到小区门口，曼香已钻进出租车走了。

曼香坐在车里含泪给刘立峰发了几条微信，问他在哪儿。曼香要去找他，去他家里住，可刘立峰久久不回。曼香只好一遍遍给他打电话，而电话也关了机。曼香的心忽然沉到了深渊。她在车上一直默默地流泪，麻木地想东想西。找不到刘立峰，唯有迎梦家里房子大可以借宿，只好发微信求助她了。

迎梦的仙界对闺密们来说，恰是一个避风的港湾，谁家起了矛盾打冷战，都会到她这里来借住几日。迎梦收到曼香微信留言时，她和李飞舟还没睡觉。曼香又发来一条语音，迎梦才拿起手机看和听。曼香正在来她家的路上，晚上要住在这儿。迎梦把手机递到李飞舟面前，说："哎，曼姐今晚要住我这儿，我得下去接她。"

李飞舟慌张地说："这么晚她怎么来了？"迎梦说："准因出轨怀孕跟吴思亮吵架了呗。曼姐来了让她住客房，薇姐和婷婷以前住过的那间。"李飞舟说："我走。你一人陪她吧。"

迎梦身穿宽松的睡衣，和李飞舟一起坐电梯下楼。电梯在一层停住，迎梦从里出来，李飞舟直接来到地下二层车库开车，去了哪儿，迎梦不清楚。

迎梦站在小区岗亭旁边等曼香。晚上仍有一些散步和回家的人进进出出。迎梦给曼香发微信，问她走到哪儿了。曼香坐在车上回复迎梦说快到了。用在路上的时间长了些，因为上车后，司机问曼香去哪儿，曼香先让出租车司机往刘立峰办公室开，停了一站，曼香上去找人，办公室门关着，屋里没人。曼香就让司机往刘立峰家里开，又停了一站。上楼去敲门，家里没人，窗户里也没有光亮，明知今晚跟吴思亮谈，刘立峰却不见人了，恨得曼香牙根痒痒。不得已下楼，曼香才催出租车司机往仙界花园开。

迎梦终于在小区门口接到了曼香。曼香拎着包一下车，一只手捂着肚子抽泣，嘴里还骂着刘立峰。

迎梦问："你跟老公摊牌了？"曼香说："嗯，我承认了。"迎梦惊叫：

"你干吗让他知道啊？不要这个孩子偷偷去做掉不就完了吗？咋这么傻呢。"曼香说："不想瞒他了。我不忍心去做掉。""你肚子疼？""吴思亮踹了我肚子一脚。"

迎梦又问曼香为啥一个人来，刘立峰呢？曼香哭诉说不知道他跑哪儿去了，手机关机，联系不上。迎梦劝她别多想，先住下再说，保重身体重要。

迎梦搀扶着曼香上了楼，把手机调成静音，坐在沙发上掉泪。迎梦给她冲了杯蜂蜜水，劝她缓缓神平静一下心情，曼香渐渐地好了许多。迎梦把曼香来仙界的消息发到了闺密群里，念薇和雪柳、如霜马上回复，问要不要她们过来陪曼香。

迎梦发语音说："你们都过来家里住不下，还是别了，我一个人陪她吧。"

曼香一直在等刘立峰的电话和微信，直到很晚也没见他回复。其实，刘立峰知道曼香晚上要跟吴思亮谈判，心里极为不安，可学校一位老师非拉他去喝茶。到了茶艺馆，忽然发现手机没电关机了。曼香打电话、发微信那会儿，刚给手机充上电，打也打不开。过了半个小时，电量才充了一点点，还是不能用。

一个小时后，手机终于可以打开了。刘立峰马上给曼香发了一条微信，问她谈得怎么样。曼香看到刘立峰的微信就哭了。迎梦夺过曼香的手机，直接拨语音给刘立峰。一接通，迎梦怒问："刘立峰，你可真够意思，躲哪儿去了？你知道曼姐受了多大委屈吗？"

刘立峰急切地问："迎梦，怎么是你？她呢她呢？"迎梦说："曼姐在我这儿呢，她到处找你找不到，你快来仙界吧。"

刘立峰按迎梦发的位置信息，开车急速来了仙界。迎梦把他迎进屋，曼香见到刘立峰"呜呜呜"地哭个没完。刘立峰问她啥结果，曼香说没结果，等着办离婚手续，但知道吴思亮死活不会同意。曼香哭着握起拳头对他连捶带打，问他怎么办。刘立峰支支吾吾，向迎梦保证会管曼香和孩子的。原来他对于再婚也在犹豫。迎梦讨厌地往外撵他，说："走走走，别在我这儿待，你回去想好了再来找曼姐。反正不能让曼姐白怀你的孩子。看看我们女人受的这苦和委屈，你无动于衷，还是人吗？"

刘立峰被赶出了仙界花园。下楼时，他要带曼香走，迎梦说啥不干，曼香也不想半夜再折腾，就在迎梦那里留宿了一晚。

曼香离家出走后，吴思亮满肚子愤懑和怨气无法消除，又怕真的失去曼香，便匆匆上楼去拿车钥匙，开车直接去了学校办公室。他以为曼香肯定会去学校睡沙发，可曼香办公室黑着灯，说明她没来学校。

值班老师从走廊里过来，问他为啥夜里来找人，难道自己的女人会跑到外面去住吗？吴思亮吞吞吐吐，没敢把曼香怀孕和俩人吵架的事儿说出去，转头下楼离开了。

吴思亮觉得自己的家庭生活一团糟，悔恨不该踹曼香那一脚，现在曼香离家出走了，找不到人，他不知道以后的日子该怎么过。开车回到小区里，吴思亮十分沮丧，无精打采地坐在长廊凳子上，望着星空流泪，企盼曼香出现和归来。他一遍遍地给曼香发微信、打电话，但曼香既不回，也不接。弯曲的小路上，低矮的路灯泛着橘黄色彩，映照在他脸上，格外地暗淡无光。

刘立峰回到家怎么也睡不着，从抽屉里找出一张银行卡，里边存着钱，准备交给曼香。他把密码写在了那张卡的背后，写完不停地给曼香发微信。

迎梦和曼香仍在客厅里没睡。曼香回复刘立峰，说没想着要他多少钱，让他保管好。迎梦埋怨曼香，说："你都被折磨成这样了，还不要钱，千万别干傻事，把卡拿过来。"曼香说："我暂时不要钱，要人要孩子，有了人就会有钱。他只要对我好，我心甘情愿。"

迎梦说："要钱不耽误要人呀，人财两得才叫完美。"

俩人聊到 2 点，迎梦不停地安慰曼香，等她的情绪稳定下来，俩人这才回房睡觉。睡下不到两个小时，曼香感到小腹部阵阵作疼，下面坠胀得很难受，好像有什么东西要流出来，赶快跳下床往卫生间里跑。刚蹲在坐便器上，下身"哗"地涌出一个血团，"扑通"落了在马桶里。她低下头看，好像流产了，吓得她瞬间惊恐万状，冲屋里喊："迎梦，我流产了，大出血。"

迎梦刚入梦，被曼香的急喊声惊醒，嘴里嚷着"咋啦咋啦"，胸罩顾不上戴，只穿着内裤跳下床冲进卫生间，发现曼香惶恐地站在里边，脸色蜡黄，下身早被鲜血染红了。曼香哭着说自己大出血，让迎梦快叫救护车去医院。

迎梦惊慌失措，跑回屋里抓起手机先打了120，后把曼香扶到客厅坐在椅子上，拿来一只塑料脸盆搁在下面。随后，她在闺密群里发消息说曼香流产大出血了，得马上送医院，她一个人照顾不过来，看谁能过来帮忙，并打电话叫李飞舟赶过来。

雪柳和如霜要来，但一早要送孩子上学，被迎梦劝住了。不一会儿，念薇和李飞舟开车过来了，救护车也闪着顶灯开进了小区。李飞舟没敢进屋，站在门口等着。迎梦和念薇帮曼香穿好衣服，才喊李飞舟进去。三个人扶曼香坐电梯下楼，配合医护人员将曼香抬上担架塞进了救护车。

曼香住进了离小区最近的一家妇产医院，当夜进行了诊断和临床处理，终于止住了血崩。迎梦和念薇、李飞舟在手术室外等候了一个多小时，曼香终于躺在手术车上被推了出来。

一名中年女主治大夫头戴绿色的手术帽，身穿绿色大长褂，说："幸亏接来得及时，不然就没命了。"

曼香住进了病房，迎梦、念薇和李飞跟着折腾了一夜。第二天早上，学校里的老师、学员和刘立峰没见曼香来上班，刘立峰以为她心情不好，准备打电话问曼香。迎梦让李飞舟回去了，她和念薇留下来照顾曼香。念薇问通知刘立峰和吴思亮没有，迎梦称没有加他们的微信，也没留他俩的手机号，只能用曼香的手机给他们打。

念薇走进病房，拿来曼香的手机，先拨给了刘立峰，告诉他昨夜曼香流产大出血，差点儿丢掉性命，让他现在来妇产医院。接着，念薇又从手机里翻出吴思亮的号码，打过去说："吴思亮，我和迎梦在妇产医院照顾曼香呢。她昨晚流产大出血住院了，你真不该踹她那一脚，快来吧。"

刘立峰和吴思亮接到电话，心急如焚，分别开车往妇产医院赶。来到病房，曼香刚刚入睡，满脸苍白，毫无血色。病房里人多，空间小，护士让迎梦、念薇和李飞舟去外面等。她们刚退到了楼道里，吴思亮和刘立峰同时赶来了。顷刻间，吴思亮满眼仇恨，敌视着刘立峰恶狠狠地问："是你吗？"刘立峰挺直胸脯，说："是。我对不起她。"

吴思亮怒不可遏，一拳打在刘立峰的脸上，骂道："你他妈不是人，我要揍死你个王八蛋。"

吴思亮又要挥拳，被刘立峰伸手抓住，瞪着他发怒道："我爱上她了，你跟她离婚，我和她过。你要想打，咱俩出去较量。"

吴思亮不由分说，冲上前掐住了刘立峰的脖子，刘立峰使劲挣脱开用力一甩，将吴思亮抱摔在地，两人滚作一团。几个住院的女病人从病房里出来，惊讶地看着他俩互撕，迎梦和念薇冲上前把两人分开，各踢了一脚。念薇说："曼姐还在病床上躺着，你们俩就打起来了，是人干的事吗？不嫌丢人，都给我滚。"

迎梦厌恶地赶那几名看热闹的女病人，叫她们别看了，快回屋里去，这事太丢人了。

自此，曼香与吴思亮的感情难以回到从前。刘立峰虽然将那张银行卡给了曼香，曼香却时时刻刻忘不掉流产的那个孩子。

曼香确信自己的一生也许只能怀孕这一次。所以，她内心情绪逐步令人捉摸不透。她开始有些抑郁了。

后来，曼香身体恢复后去上班，仍与刘立峰从事着培训，在不断地赚钱。吴思亮愤怒过后重新接受了她，也没张扬。曼香心有所属，已经无法再回头。

迎梦、念薇和雪柳、如霜从曼香怀孕流产这起事中吸取教训。曼香住院那几天，提着水果、营养品去看望过她几次。她们是不会指责曼香的，只会记恨吴思亮和刘立峰。迎梦是不会怀孕的。念薇有了婷婷，也不想再要孩子。雪柳与李冠霖已许终身，唯有如霜处在婚姻以外的恍惚之间。消息传开后，反应最大的是高畅。

有一天，念薇傍晚下班回到家聊起曼香，高畅在念薇面前嘲笑地说："曼香这种女人太不可理喻，可以休了她。"

念薇正在厨房里做饭，婷婷养的小猫爬上灶台，转着眼睛看盛在盘里的鱼肉。高畅话里有话，念薇觉得像在故意敲打自己，用刀背用力一推，将小猫扒拉下了灶台，说："你知道什么原因吗？"

高畅咬定不管什么原因。念薇说曼香老公那方面没有功能，一辈子守活寡，哪个女的也受不了。高畅与念薇抬扛，说过去的女人嫁鸡随鸡，嫁狗随狗。当年有很多男人，娶了媳妇没几天就上战场，最后死在了战场上，女人在家为丈夫守一辈子贞洁，不也过来了吗？

念薇堵气让他回到以前的年代去，抢白他现在都是啥年代了，认清现实才是最重要的。吴思亮给不了曼香想要的，那曼香干吗非要死守着他过一辈子。高畅听了念薇的话更来气，说："按你这观点，假如我给不了你想要的，你是不是也会离开我？"

念薇说："我目前没有这个想法，得看你的表现。如果你给不了我想要的，再给我气受，等婷婷长大，我有可能也会离开你。"高畅说："我想给你，但你不要啊。"念薇说："你需要我时就找我，不需要时就不理我，求你做件事还不如求外人痛快。你已经搞得我没兴趣了。我当然不会要。"

因为这个话题，念薇与高畅又大吵一顿，做好的饭没吃，高畅又跑到楼下去锻炼身体了。

范以轩知道曼香怀孕、流产和大出血，也是从如霜嘴里听说的。能够为开班学员讲第一堂课，效果和反应尚佳，他心里十分得意。

第三天下午，范以轩坐在办公室里，正想与如霜打电话征询一下对讲课的意见，不料，如霜先来电话跟他约专访时间。范以轩问她一个人来还是带着别人，如霜说有念薇公司专业人员和主持人员。范以轩"呵呵"两声。如霜摸不清他是欢迎还是不欢迎，问道："啥意思？范总。"范以轩说："我想你一个人来最好。"如霜说："还是多几个人去好，我和薇姐一起对您进行专访，回头还要做成片子播出呢。"

最后，场地只能选在会议室，而灯光、布景、音响都成问题，摄制效果很难达标，范以轩与如霜便约定去摄影棚录制，第五天晚上 7 点半开始。

聊完正事，如霜随口说到了曼香，范以轩只知道她怀孕了，不清楚发生了流产和大出血，惊讶道："流产大出血会死人的，她咋这么不注意呢？啥时方便我去看看她。"

如霜说曼香很消沉，甚至有些抑郁，过一段时间再说，先替范以轩传达到。范以轩没有再勉强说去，在电话里对如霜说："怎么搞的嘛，刘立峰这是不负责任。"如霜说："你们男人什么负不负责，自个儿痛快就行。"

一整天，没有通知去开会，范以轩相对轻松许多。挂了如霜的电话，他给念薇发微信，问她在干什么。念薇带迎梦刚去见了一位朋友，看到范以轩的微信，念薇第一时间进行了回复，说她和迎梦已经回到公司，欢迎他来公司指导工作。范以轩当即答应马上过去坐坐。

范以轩要来公司，把念薇和迎梦高兴坏了，上楼一迈进公司的门，顾不上回办公室喝口水，便叫助理小李通知员工们里里外外打扫卫生，以迎候范以轩的光临。

员工们很听话，撂下手中的活儿，把桌子、椅子、地板和每一个角落先擦后拖，半个小时就把办公区打扫了一遍。

范以轩的车开到楼下门口时，正好赶上迎梦和念薇下来接。司机小张停好车，转到右侧拉开了后车门。

范以轩身穿短袖白衬衣、藏蓝色的裤子，扎根真皮腰带，腰带扣金光闪闪。从车上下来后，眼睛瞅着迎梦，先与念薇握完手才与迎梦握。之后走到车前，仰脸望了望办公楼，环顾了一下周围的环境，夸奖称搬到文化产业园来不错。

在念薇和迎梦陪同下，范以轩围着办公区转了一圈，然后进到念薇办公室，望着楼前那条小河，伸出了大拇指。

念薇说："这里风水好，搬过来就接到了您给的业务，都是托您的福。"范以轩谦让地说："哪里，是你们两个自带福气嘛，我只不过动动嘴而已。"

范以轩转身坐在了中间的大沙发上，念薇和迎梦分别坐在了左右两侧摆成马蹄形的单人沙发上。助理小李端来一杯热茶搁在了他面前的茶几上。

范以轩先问那两块业务做到了什么程度，念薇说基本做完了，正拿给公司最后审定，他听后很满意地点了点头。范以轩又问专访节目录制，是不是迎梦和念薇都要去。迎梦说她不去，念薇带着专业人员去配合如霜。范以轩说还要去摄影棚录制，好麻烦的。念薇称不麻烦，让他想好怎样与主持人对话，她和如霜会盯着工作人员摄取镜头。

不知谁的手机发出了短信提示音，三个人拿起自己的手机看。迎梦和范以轩瞄一眼放下来了，念薇却看得很认真，表情也变得严肃起来，但她还是把手机搁在沙发扶手上，冲着范以轩微笑。

范以轩问："王山木后来又骚扰你们了吗？"

迎梦说王山木不知道她的电话，骚扰不到她。而念薇告诉他，王山木有时还骚扰，并反问范以轩有没有受到攻击。范以轩摇了摇头，称后来没有收到王山木的短信和电话，不清楚他这段时间在背后搞什么鬼。迎梦叫念薇和范以轩不要理会他。

范以轩点燃了一支烟，听念薇要汇报事情，转头望着她，说："说吧，什么事，我可以帮你们参谋参谋。"

念薇说她和迎梦商量了，想成立一家工程咨询公司，从事招标代理，注册地点、人员、证件都能找齐。除了文化板块，我们想再发展一块工程咨询和招标代理业务，与李飞舟的公司紧密结合。"

范以轩想了想，说很不错，好好干。

成立工程咨询公司的事，就在那天下午定了下来，取名也叫化羽飞天工程咨询有限公司。

那天下午，范以轩没有留在念薇公司吃饭，聊完事情当时就坐车回去了。范以轩在回去的路上发微信问念薇，是不是下午又收到了王山木的短信。念薇说收到了，即刻把短信截屏发给了他。王山木在短信里骂道："臭婊子，我好心提醒你不要跟姓范的来往，你不听，那就别怪我无情。我也一定能找到你的公司，不会让你安宁的。"

范以轩看完冷笑了一下，给念薇回复，让她少理这种无耻之徒。念薇说像这样的辱骂骚扰短信，王山木发了不下几百条，她要打印出来去报案，告王山木诽谤污辱罪。

范以轩以为念薇说着玩，可下班后，念薇果真拿着打印好的短信内容，去了当地派出所报案。接待她的民警看过那些短信后，把打印件还给她，说："短信又没给你造成实质上的伤害，达不到立案条件。如果他对你进行肢体上的攻击，我们会抓他，回去吧。"

念薇愕然，说："这还立不了案？那他老骚扰我怎么办？"民警说："我们可以提醒警告他，最多是这样。"念薇很生气，说："哦，这么说法律还拿他没办法了？你们不管，那我自己想办法，总不能让这种恶人为所欲为吧。"

到了晚上，因为家中有事，念薇在微信里说她去过派出所了，民警称立不了案，把打印材料给退回来了。范以轩劝她不要操之过急，更没必要搞得你死我活。念薇不再提王木山发短信辱骂骚扰的事。

第十三章

去摄影棚里录制节目，如霜没有给范以轩单独相处的机会。离开时，两人握了握手。范以轩邀请如霜有空去喝茶。

一周后的某一天，念薇一个人躲在办公室里偷偷地掉泪，被闯进来的迎梦撞见了，奇怪地问："你咋哭了？为啥呀？"

念薇从桌子上抽出一张纸巾擦泪，摇头说没事。念薇告诉迎梦，她和范以轩一个星期没有联系过。念薇说："我和他吵了一顿，互相拉黑了。再联系还会因为那个人争吵。"迎梦埋怨念薇，说："他拉黑你，你也不能拉黑他呀。你把他解了，我找他。"

念薇听了迎梦的劝诫，当即恢复了范以轩的微信和电话，等了好一阵子，也没见有范以轩的短信和微信进来。迎梦坐到沙发上，直接给范以轩拨通语音。范以轩正在去外地出差的高铁上，手机信号断断续续，说："我在高铁上，信号不好。"

没说一句完整的话，手机便挂断了。迎梦把手机扔到一边，说："他出差去外地了，在高铁上。"

晚上，公司员工都下班走了，迎梦跟念薇打了个招呼，去赶李飞舟安排的一场饭局，整个办公区只有念薇一个人留在公司。她坐在办公室里，先看完样品，在上面签了字，这样就可以赶印出来交货了。随后，她先试着发微信给范以轩，问他在哪儿。没想到范以轩解除了对她手机和微信的屏蔽，立马回复了，称他在外地出差。念薇又问他何时有空再来公司指导，范以轩说他不愿去化羽飞天公司。

念薇直接拨通他的语音，说："我就是较着劲，气气你。"

此时，范以轩吃完饭已经回到宾馆，说："你想法太多，我不想因为这种事跟你吵来吵去。我认识的人太多太多了，啥事都办不了。最终还是要靠自己。"念薇仍然不服气，说："我也没有非得去求人呀。"范以轩说："你要认为他能给你办事，你就去找他。我看不上。"

念薇急了，堵气说："除了你，我都求谁了？"

范以轩说："我不过是个打工的。我不说自己有多好，起码没坑害企业和职工。看人是不是一个好人，就要看他心里想没想着大家，为大家真正办了多少好事。我现在给你亮明了态度。"念薇说："我要是想私下联系，早就联系了。"范以轩说："那你去联系吧。我不想再说了。"念薇看范以轩如此强硬，态度变软了，说："我也没说非要联系他。"

俩人用微信语音一直这么聊着。王山木给范以轩心理多少留下了重重阴影。社会极其复杂，他不得不提醒念薇哪些人能交往，哪些人不能交往。

范以轩强调，有些事不以人的意志为转移，事情不一定会出在念薇身上，但不敢保证不出现在对方身上。范以轩说他不是凭白无故地阻止念薇去联系什么人，一般他不会反对，除了念薇过去结识的那帮狐朋狗友和人渣及个别感觉不好的人外，才提醒她哪些人可以联系，哪些人不可以联系。范以轩说自从把念薇认作朋友后，他早已自觉地约束了自己。如果他说过的话念薇不听，结果就是远离。念薇不服，反问范以轩："我说不听你的话了吗？你不让联系，我就不联系。我也没有主动联系那个人啊。"范以轩口气也软了下来，说："倒没有，我是说这个道理。所有事情要靠自己去努力。他们才不会因为你一个毫不相干的人，给自己找麻烦。否则你在那些人眼里算哪根葱啊？所以，不要去攀这种人，一点用都没有。"

范以轩一再提醒念薇，千万别相信他们，哪怕你提拔了他，多数人也不会感恩你。一个民营小微企业，在夹缝中生存，很多都死掉了，化羽飞天公司还能接项目有所发展，实在太不容易了。

念薇认可范以轩的观点和说法。范以轩不断提醒念薇，不然念薇会遇到麻烦。范以轩将话点到为止。只要不是原来那帮人渣，范以轩同意念薇可以联系其他人。聊到最后，俩人互相说对方不理解自己，而两个互相不理解的人在一起做事有什么意思呢？正是因为念薇漠视他的意见，其他人比他的提醒都重要，所以，范以轩的情绪才是波动的。念薇承认对范以轩的漠视，说："你关心的问题都问过了，我也回复了，还反复说有什么意思？"

范以轩说念薇，她要有更多的路走，她心里怎么想、想什么，范以轩一清二楚。念薇是在他的警告下，才答应不跟那个人联系的，并不是她自己主动提出不联系。答应不联系并不是念薇内心真实的想法。可惜一些女人看不到这一点。

范以轩一直坚信自己的判断。念薇做不做公司，挣不挣钱，对范以轩来说没有意义。他需要的是自己认可、能让人内心安定的合作伙伴。他感到自己在念薇眼里分文不值，并且越来越廉价，这使他不想再做这种掉价的事情。所有的固执、任性都要付出代价。帮助一个艰难的女人，在每个男人身上表现都不同。念薇希望的那种包容一切，在男子骨子里是不存在的。念薇没有真正领悟到这一点。

在微信里争执半天，念薇怕再惹范以轩生气，开始以平和的语气跟他说话。范以轩说俩人思维不在一个维度上，双方对所谓关心的问题理解不一样。他称自己是现实主义者，念薇是柏拉图式的精神法。他关心她不是虚的，所以才有批评。可念薇是要范以轩处处让着自己，那玩意儿虚无缥缈、不能当饭吃，更改变不了念薇的命运轨迹。两人之间的距离就卡在这个点上。

范以轩觉得念薇的一些想法太不可思议，拿他当傻子，她的内心想法太多。自从认识后，范以轩一心一意地想着念薇公司的发展，想法帮她做业务、搞事业。而念薇是一个内心有想法就敢干的人，只是她现在还没赚到大钱，不具备条件。等她手头有钱了，她一定会做出一些惊人之举。他对念薇的这种看法，或许是偏见，主要是一天晚上两人的闲话引发的。

有一次，念薇很晚提着水果，有水蜜桃、新疆杏等，去看范以轩，忽然谈起想做试管要个孩子。范以轩心里"咯噔"一下，问她这么大年龄了怎么能生。念薇称她喜欢孩子，光有婷婷不够，可以借精生子，花钱去医院精子库里挑那种智商高、基因好的。这是念薇真实的内心。她确实想这么做，只是怕怀孕了，公司没人管事。

范以轩说："你去生啊，让迎梦帮你管。"念薇说："迎梦管不了，你帮我管还差不多。"范以轩不高兴，说："我放着这里不管，去帮你管公司？开玩笑吧。你不跟高畅生，去借精生子，想借谁的？"

念薇说："我不想跟他生了，生下来长大也像他这么自私，害了孩子，也害了别人。所以，要生就借别人的生。"

易变是女人的天性。范以轩认为念薇也是易变的。在这个纷杂的社会里，念薇想接触也会碰到各种各样的男人，肯定免不了遭遇多重诱惑。等公司做大后，范以轩感到一切努力都将付之东流，加之念薇跟王山木等人的过往，在范以轩心中留下了抹不去的阴影，导致范以轩感到郁闷。这也是他为什么在念薇面前，时常会情绪反复的根本诱因。

念薇和范以轩在微信里沟通了一个多小时。后来，范以轩忽然想开了。在心里暗暗地说，只是跟念薇私下里称知己，责问自己对念薇是不是管得多了点儿。于是，范以轩释怀了，在微信里打了个哈哈，念薇也说了几句好听的软话，把他哄得挺高兴。这样，俩人总算消除了误解，把这场不该发生的置气回避过去，重新将关系恢复到了从前。

夏天过完，迎来枯黄的秋天，又熬走了漫天飘雪的白色冬季，转眼到了来年四月。大都市的公园里、街道上和小区内，一排排的柳树、杨树、梧桐和各种不同的树都绿了，粉艳的桃花、杏花、梨花和月季花也开了，到处姹紫嫣红。喜鹊站在枝头上摇曳生姿"嘎嘎嘎"地直叫，轻盈的燕子飞落到窗户上开始筑巢。世界充满了生机和活力。女人们又开始重新换上夏装，穿着长裙和短裙上街溜达。

就在头年的那个冬天，化羽飞天公司圆满完成了大型会议的宣传片拍摄制作，并承接了几个厂家产品营销的策划宣传和广告业务。新成立的工程咨询公司，念薇高薪聘用了一批持有证书的专业人员和年轻的副总经理，去办理了登记，顺利拿下了第一个水电项目的招标代理。

范以轩的专题片，也是这个时期完成的。片子初剪出来后，经过审改和指导，成功播出。如霜拉着念薇要去见肖坤。肖坤对念薇的公司大加赞赏，告诉如霜："与你薇姐公司签合作协议，把她们作为长期配合单位，能做的片子都交给她。"

公司猛然间发展壮大，进入了快车道。年终盘点，效益颇丰，那种捉襟见肘、拮据窘迫的局面一去不复返。迎梦当初借给念薇的那 10 万块钱，红分时全部拿回去了，念薇还多分给她 10 万，等于翻了一倍。如霜也同样得到了她的那一份。看着到手的钞票，念薇、迎梦和如霜皆大欢喜。

正当念薇信心满满、风头正劲的时候，高畅却经常不断地给她惹出一些麻烦。因为婷婷报班上课，他在课外班微信群里，竟质疑辅导班老师收费太高，把念薇弄得十分尴尬和狼狈，婷婷不得不从辅导班里退学。由于小区停车位问题，高畅又跑去跟保安吵架，说小区物业不负责任。更让念薇伤心的是，隔壁那个时常叫高畅去管教孩子的年轻女邻居，总瞅准念薇不在家的机会，带着孩子来家中找高畅。婷婷虽不懂，看着也别扭，几次往外轰那个女邻居，说："我妈不在家，你以后别来找我爸。"女邻居对高畅说："哎，你闺女还挺爱管闲事。"

过了些天，高畅再次向念薇提出同房，念薇婉拒了他。此后，高畅开始天天晚上出去。念薇问他出去干啥，他说不是去锻炼身体，就是去公司加班或参加同学聚会。实际上，高畅多数是去按摩店找小姐按摩，或去跟女邻居幽会了。念薇清楚，他肯定在外面有女人了。

其实，高畅在背后是时刻盯着念薇的，但凡她露出任何的蛛丝马迹，他都不会饶过念薇。而念薇除了去公司和外出应酬就是回家，即便与范以轩成为知己，也不曾有过任何特殊关系。念薇跟他说起过范以轩，高畅知道是范以轩一直在帮她，相信他们之间确实没有出格的行为与表现。学会感恩是一种美德。他不反对念薇与范以轩来往和进行业务上的合作。越是这样，念薇越让他把自己了解得更明了、更透彻一些。当高畅夜里再次靠近她，向她提出过夫妻生活时，念薇知道他爱财，在躲避的同时对他说："我每年给你 20 万，你让我回来好好休息行吗？"高畅见钱眼开，说："你外面是不是有男人了？"

念薇答道："没有。公司一大堆事情，我天天累得要死，没有精力跟你干那事儿。"高畅说："行吧，我尽量照顾你的感受，那你每年给我 20 万。"

第二天，念薇便将 20 万块钱打到了他的卡里。自那以后，高畅还真没再向念薇提过夫妻生活的事儿。

曼香经历过怀孕、流产和大出血后，身心一度受到打击，抑郁了好一阵子。吴思亮宽恕了她，不再去抨击她的痛处，体贴入微地陪她去医院开过不少药，这让曼香心里反而更难受。

情绪好的时候，曼香曾问过吴思亮："难道你不恨我？"吴思亮阴郁地摇头，说："我只恨我自己。"

培训班办了几期，赚了不少钱。刘立峰多次拉曼香去看过老中医，也曾经那样问过她，说："你是不是很恨我？"曼香阴郁地摇头，说："我恨不起来，只想跟你在一起。"

调理了一段时间，曼香的身体、精神和情绪终于好了许多。吴思亮深知自己在生理上一辈子都无法满足曼香，无法给她带来快乐，为了维持一个完整家庭的体面，他对曼香说："你只要不离开我，我永远不会嫌弃你。"曼香知道吴思亮是爱她的，可现实毕竟是现实，是永远都回避不了的。她不想看着守了多年的家支离破碎，就按吴思亮说的，不论多晚都天天回来，给他一丝安慰，只不过早已同床异梦了。心里异常痛苦和煎熬。

春季培训班开课以后，曼香有了少许的时间，想找一个晚上，召集念薇、如霜、雪柳和迎梦聚聚。虽然曼香能天天在微信群里收到闺密们的问候，她们有时也顺便拐到学校来看她，但自从流产大出血住院以后，曼香情绪不稳定，几个人还没有真正聚过。念薇、迎梦、如霜和雪柳在群里收到邀请，马上往一块凑时间，确定在周末的晚上几个人相聚。曼香问叫不叫上范以轩，雪柳、迎梦回复说不叫了，因为男的来了不方便说话。迎梦说不行也把李飞舟叫上，如霜说，叫这个不叫那个都不好。曼香说算了算了，男的都不让他们来了，可以带上婷婷、小鸿泽和诗云来，但刘立峰要来，是让他来买单的。

念薇在群里看到了，却没回复。她心里想让范以轩来，甚至想掏钱请客，感谢范以轩和如霜的支持，也在闺密面前显摆一下事业的成功。看大家都发表了意见，嘴被堵上了，就回复说孩子也别带了，就几个好姐妹儿聚在一块好好聊聊。雪柳神秘兮兮地说周末聚会，她要给大家一个惊喜。至于什么惊喜，念薇、如霜、迎梦和曼香追问，雪柳不再透露丝毫信息，把她们都憋闷坏了。

事情定下来以后，周四的晚上，曼香回到家问吴思亮去不去，吴思亮沉思半天，想到了让他愤怒的刘立峰，拒绝说不去。

曼香说："没别人，就我几个闺密，都是女的，你跟我去吧。"

吴思亮说："我不能去，不想让咱俩在你闺密面前颜面扫地。"

周五的上午，刘立峰到学校来找曼香。曼香说晚上闺密聚会，让他订餐厅去买单。刘立峰挠头，说："为了你，我做啥都乐意。去买单没问题，但我能不能不露面儿？"

曼香说："你不愿意露面，那让我一个人应付她们呀？"刘立峰说："我去了不好跟你闺密见面啊。"曼香说："我为你都怀孕、流产和大出血了，见了她们该咋样还是咋样。这件事她们既然都清楚，你露面又能如何？大不了讽刺咱俩一顿。去。"

刘立峰乖乖地听了曼香的话，当即打电话订好了饭店，曼香把聚会地点发到了闺密群里，在中心地段，照顾了每个人的路程。下班后，念薇、如霜、迎梦和雪柳果真来了，高畅、范以轩、李冠霖和三个孩子都没来。只有刘立峰进进出出地张罗着。进包间还没坐下，如霜和迎梦就追着问雪柳带来了什么惊喜，雪柳从包里掏出几袋巧克力糖果分给她们。念薇问撒糖是啥意思，要结婚了吗？雪柳红着脸说："是的，我五一结婚，给你们报个喜，请你们去喝喜酒。"

念薇、如霜、迎梦和曼香都愣在了那里。如霜说："天哪，你真要结婚了？那你啥时找的男朋友？"雪柳说："早找了呀。"

"谁啊？"迎梦问，"咋不让我们见见，还怕被抢了啊？"念薇早猜出雪柳的男友一定是李冠霖，说："我知道了，是不是那个小男友？"雪柳说："是的，就是我那个男同事李冠霖。"

如霜睁大眼睛，说："怪不得呢，你走到哪儿，他跟到哪儿。你真行哎，老牛吃嫩草。"

曼香说看上去李冠霖比雪柳小不少，问差几岁，雪柳说两人相差六岁。迎梦说："差六岁是六冲断头婚，现在大家祝贺你，将来可别再让我们去安慰你。"雪柳说："他不会再去找别的女人，我能镇住他。"念薇说："他是不会还是不敢？你太自信了。"雪柳说："他追的我。"念薇说："哪个男的不追女的？柳姐，不瞒你说，我不看好。我宁可找大叔也不会找小鲜肉。"如霜说："好了好了，都别说了。柳姐怎么选择是她的自由。咱们祝贺她吧。"

曼香喊："立峰，你快开红酒啊。"

刘立峰跑去传菜间，催服务生拿来醒好的红酒，给念薇她们每人倒了一大杯，他自己坐在曼香对面买单的位置上，倒了一杯白酒。在如霜提议下，大家先端杯祝贺曼香康复，吃了口菜，又端杯恭喜雪柳二婚找了个小帅哥。屋里气氛一下子活跃起来。

　　念薇不再言语，低头给范以轩和高畅发微信，说雪柳找了那位小同事，马上要结婚了。如霜也分别给范以轩和肖坤发去微信，说了同一件事。迎梦没有发微信，盯着刘立峰，口无遮拦地说："哎，刘总，这一阵子，曼姐可被你和吴思亮折磨得够呛，你准备像柳姐那样跟曼姐结婚吗？"刘立峰被问得愣在座位上，半天才说："哦哦，我们在商量。"曼香脸色凝重，右手晃着高脚杯，看了看迎梦和刘立峰。里边的红酒荡来荡去。她抿了一小口，帮刘立峰解围，说："哼！他想跟我结婚，我还不干呢。立峰，还不快敬这位姑奶奶。"

　　刘立峰端起酒杯敬了迎梦。念薇关注着手机微信，没太在意迎梦说什么，如霜倒是听到了，说迎梦刚开始喝酒，咋就醉了呢？迎梦不承认，说她没醉。如霜说今晚聊天，谁都不许再提柳姐和曼姐的事。迎梦立刻明白了她的意思，端起酒杯来敬曼香、雪柳和刘立峰。

　　念薇是低着头端起的红酒杯，在嘴边上沾了沾没喝。她的眼睛一直盯着台面下的微信。叮铃"一声响，高畅回了几个字："女人说不清。"范以轩始终没回。她心里忽然产生了一种不好的预感，对坐在身边的如霜说，咋不见范以轩回微信。如霜说刚才给他发微信，也没见他回，平常都是秒回的。拿起手机打范以轩电话，通了也没人接。

　　如霜说："这人怪了，还不接电话，你也试着给他打打。"

　　念薇给范以轩拨过去，结果一样，心里越发变得急躁了。趁迎梦和雪柳、曼香跟刘立峰连连碰杯之机，她和如霜拿着手机去外面的卫生间上厕所，听到男厕里有人在大声嚷叫。那声音很熟悉。俩人扭头朝男厕所看，是王山木。他喝醉了，被一个中年男人扶着从男厕里出来，恰与念薇两人的目光撞在一起。

　　如霜心中一阵惊悸说："咋与这烂人碰到一块了。"

　　王山木看见是念薇和如霜，提着裤腰带，瞪着两只牛眼猥琐地瞪着她俩，挡在女厕所门口吼叫："臭娘们儿，老子正想找你们呢，没想到在这儿碰上了。来呀，老子上一次放过你们了。"

　　如霜愤怒地骂道："老东西，你骂人。"说话间抬手一巴掌甩了过去，打得王山木晕头转向，接着骂道，"你他妈的是不是人？敢污辱调戏我俩，欠揍啊。"

陪王山木上厕所的中年男人惊慌地说："你们谁啊？敢打王总。"

念薇质问道："你没看见他在调戏我们吗？"王山木清醒过来，捂住脸指着念薇，又骂："你他妈的不是跟范以轩好吗？行，让他进局里吃窝窝头去吧。你欠我的，总要把账给你算清吧。"

念薇抬脚朝王山木的下裆踢去，不偏不斜正踢中他的命根，疼得他捂着下身在地上打滚，鬼哭狼嚎地"嗷嗷"直叫。

念薇骂道："王山木，你个浑蛋，再骚扰我，我去告你。"

大厅里就餐的客人，听到厕所里有人打架，搁下筷子围过来看热闹，把厕所门口堵得水泄不通。迎梦、曼香、雪柳和刘立峰也听到了厕所那边有人吵架，好奇地放下酒杯跑出包间，站在人群外朝厕所里看，这才发现吵架的是念薇和如霜，倒在地上的是王山木。

念薇和如霜拨开人群从里边出来，脸色气得铁青。倒在地上的王山木边吼叫边骂："臭婊子等着，看老子要不要你们的命。你那个相好，被弄进去别想再出来了。"

念薇、如霜、迎梦、雪柳和曼香都听到了王山木那一句话，知会地对视一眼。念薇拨开人群走到他跟前，问道："王八蛋，刚才你说什么？你去举报姓范的了？"王山木恶狠狠地说："我就举报。你们不仁，就别怪我不义。"

念薇眼里喷着怒火，咬牙发疯似的对王山木又踢又打，骂道："让你他妈的害人。我哪方面对不起你了？既然你这么做，我也绝不客气了，我要去举报你。"

王山木的无耻行为，遭到了众多围观者的纷纷斥责。那些人朝他吐了口唾沫，转身离开回到餐厅去了。念薇被如霜、雪柳、迎梦和曼香从厕所门口拉出来，才没再继续踢打王山木。而王山木捂着裆部歪歪倒倒地站起来，满脸红涨，嘴里喷着酒气，面目狰狞地想冲向念薇，被刘立峰只身挡住，指着他的鼻子骂道："老畜生，小心你的狗命。"

周末聚会被王山木搅得毫无心情，大家又待了一会儿便散了。雪柳跟曼香、刘立峰先离开，念薇和迎梦、如霜走在后面。念薇问如霜，范以轩有没有给她回微信，如霜点开微信看说没回。念薇看了看自己的微信，仍没收到范以轩的回复，顿时发慌了，说："范总没准儿真被那个老王八蛋给害进去了，这可咋办？"

迎梦叫念薇不要着急，称范以轩这会儿肯定是有事儿，不忙了他会回复的。如霜质疑地问何以见得？迎梦说："他王山木去举报人家范总，那也得有事实啊。他想举报谁就举报谁啊？"

如霜说："是啊，等着吧。只要他回微信，就说明没啥事儿。"

回到家，如霜把遇见王山木发生冲突的事情，在微信上说给肖坤听，肖坤马上打电话找一名兄弟，从内部摸了摸到底是什么情况。那人告诉他，信访室接到王山木的实名举报，下午找范以轩进行了约谈，没啥事儿，已经让他回去了。一块石头终于落地。如霜赶紧把这个消息转告给了念薇。念薇没回家，跟迎梦直接去了公司。听到这个消息，她泪光盈盈地立即打电话给范以轩，这次果真接听了，但听起来语气不太对。念薇问："范总，你还好吗？"

范以轩说："还好。我被约谈了，你们暂时别跟我联系。"

念薇听完哽咽了，说："我们几个闺密今晚聚餐，又在饭店碰到那个王八蛋了，我和如霜在厕所门口跟他打了一架。他亲口承认举报了你。真对不起……"范以轩发火道："别再跟他起冲突了，你们跟他打架，他更加恨我，还会再诬陷我。"念薇说："我早想好了，我也要连夜整理他的材料，实名举报他，一定要为你出这口气。"

迎梦站在念薇旁边，问："你举报他有证据吗？不能乱写呀。"念薇说："他拿钱的凭证，我都复印好了，只差一份材料，我亲自来写。"范以轩说："算了吧。"念薇强硬地说："那他为什么要害你？绝不能放过这类坏人。"

迎梦接过电话说："范总，你是好人。这事你别管了，薇姐怎么做是她个人的事情。总之，不能让王山木的阴谋得逞，更不能让他再欺负咱们，得叫他尝尝苦头。"范以轩说："转告你薇姐，以后别再跟我联系了，我真不愿意再见到你们。"迎梦说："别呀范总。您又没拿薇姐公司一分钱，那个坏人明明是诬告嘛，我们都惦记着您呢。"

实际上，范以轩被叫去一个下午，不是真正意义上的约谈，而是关爱与提醒。那封信告了范以轩三点：一是诬陷他与念薇有男女关系，两人经常到某个饭店去见面和吃饭，至于是哪个饭店又没写明白，更没有真凭实据。二是诬告范以轩对外乱投资，具体投的哪个项目也没写清楚。三是告他任人唯亲，不用有真才实学的专业人才，光用那些会拍马溜须的人。

针对这三条，审理室专门调取了范以轩三年来的测评，范以轩每年都排第一，用人方面根本没有任何负面反应，反而说他搞五湖四海，善于用能。后来，把范以轩任职以来所有对外投资项目的原始材料呈报上去，逐一审阅，结果没有决策失误过一个项目，投资回报和收益率均超过下达的指标。至于诬告他与念薇有男女关系那一条，缺乏证据，直接遭到了否定。

范以轩如实陈述了任职以来的工作情况，真诚坦言说明了与念薇的关系，根本不会与其他女性，有任何不正当的来往。

范以轩回来，后悔认识念薇。念薇跟王山木如果不发生矛盾，没有结怨，也不会将火引到他身上来。所以，他下决心不再与念薇保持更多的联系，在电话里把念薇狠狠说了一顿。可回到住处，范以轩冷静下来一想，念薇没有犯什么毛病，给他造成伤害的是王山木。作为民营小微企业的法人，念薇不过是想在市场竞争中谋求生存而已。王山木真是个把好话说尽、坏事做绝的小人。

当晚，范以轩坐在住处沙发上郁闷得不行。他以为如霜不知道，打开微信给她拨去了语音，说没有及时回微信，是因为有别的事情。如霜问："找你了解情况没说什么吧？"

范以轩感到很吃惊，问："啊？！你从哪听说的？"如霜说："别管我从哪听说的，有没有这回事吧？"范以轩说："是，下午找我了。王山木实名举报我三条，都被否定了。你那个薇姐咋与王山木这种人有交集啊？"如霜说："当初还不是被那老浑蛋骗的。他举报你，原因不在于念薇呀，是那个人有病，脑子被驴踢了。"范以轩说："我都不敢见你们了，尤其是念薇。"如霜不爱听，说："那个人举报你，与我们几个有啥关系？你别你们你们的好不好？你怕啥呀。"

范以轩说想起就烦。如霜又说："你不敢见我们，我还不敢见你呢。"范以轩说："哎呀，你说我能有啥事儿？放一万个心。"

如霜的话让范以轩很硌硬。按断语音，他在屋里来回踱步，最后停在窗户前，低头看看楼下，又抬眼望望对面。楼下刚停好一辆车，看不清是谁，只见前后车灯闪了一下。对面楼上，透过窗户能看到屋里的人在走动。

有几秒钟的时间，范以轩脑子里忽然一片空白，过了一会儿才想起要给李飞舟打个电话。

念薇一个人留在公司整理举报王山木的材料。迎梦没陪她，开车回了仙界花园，李飞舟正等着她一起吃晚饭。两人刚在附近餐馆坐下点完菜，范以轩的电话就进来了，叫他现在、马上、立刻赶过去。李飞舟听迎梦说他被叫去约谈，心想这么急促地催他赶过去，必定有事要商量。于是，李飞舟让迎梦一个人吃，迎梦叫他赶紧去，向范以轩做个解释，生怕他以后真不跟她们来往了。

李飞舟开车去了范以轩居住的小区，把车停在路边匆匆上楼。听到脚步声，范以轩沉着脸走到门口，拉开门让他进去。客厅博古架上摆着琳琅满目的瓷器，李飞舟没顾得上看一眼。尚未坐下，范以轩便怒不可遏地冲他大发雷霆，气呼呼地说："老李，你说我倒不倒霉？跟着你认识了念薇，没想到她给我带来这么大的麻烦。她跟王山木有矛盾，那家伙却举报我，我惹谁了？"

李飞舟赔着笑脸给他递了支烟，点着后说："范老板，你先消消气。我看这事不能怪念薇，她还感到窝囊呢。姓王的就是坏，迎梦和念薇、如霜打了他两次了也不改，念薇现在正整理他的材料呢。"

范以轩坐到沙发上叹了口气。沉默片刻，让李飞舟转告念薇，在这个节骨眼上，暂时别去招惹王山木，等过了这阵子再说。

第十四章

范以轩遭王山木实名举报被约谈，雪柳和曼香是第二天上午听说的。她们俩知道，自然瞒不过李冠霖和刘立峰。坊间有传起因是念薇背叛王山木，投靠了范以轩，因三个人的感情纠葛引起王山木憎恨，所以才举报的范以轩。

事情的真相根本不是这回事。迎梦、雪柳、如霜和曼香不相信这种谣言，不清楚这个小道消息是从哪个渠道传出来的。刘立峰亲眼目睹了王山木的丑陋与卑鄙，跟曼香说遇到这类人躲都来不及，念薇确实不该与他产生联系。曼香告诉他这是很久以前的事了，念薇早已不再跟他进行业务合作，现在姓王的找念薇的后账，实在太过分了。

迎梦最了解念薇，经常为她打抱不平。李飞舟从范以轩的住处出来，夜已经很深了，他就没回仙界。

他在微信语音里跟迎梦说，范以轩真有点儿生念薇的气，说不定会断绝与念薇的来往，切断麻烦的根源。迎梦辩称麻烦制造者不是念薇，而是王山木，范以轩要断绝与念薇的联系，也太不讲道理了。

中午，雪柳、如霜和曼香在微信里约好，下午4点在念薇公司里见，商量如何帮念薇渡过这一关。李飞舟因受范以轩之托，和迎梦提前赶到念薇公司。雪柳、如霜和曼香到达时，俩人已经坐在念薇的办公室里了。来的客人多，房间小坐不下，助理小李建议去会议室。念薇手里拿着一沓打印好的材料走在前面，如霜和雪柳几个人手里各拎各的包，各端各的茶跟在后头。

几个人围着会议桌坐成一圈。李飞舟转达了范以轩的意思，让念薇暂缓整王山木的举报材料。念薇的确被王山木惹急了，抖落着材料让大家看，已经整理好并亲笔签了名，证据确凿，正要寄。

如霜说："既然范总让缓缓，那暂时别寄了呗。"迎梦说："干吗要缓，这种恶人不整他，会像疯狗一样天天出来咬人。"

雪柳坐在念薇旁边，伸手抓过那沓材料一页页地翻看，当看到好几张银行转账凭证后，惊讶地说："哟，薇姐，他从你这里拿走八九十万呢，这个人咋贪得无厌啊，也不怕把自己折腾进去。给我复印一份，再闹想法爆他的光。"念薇点头对雪柳说："嗯，我回头给你复印。他闹的目的是想挑拨范总和我的关系，不让范总帮我，看公司的笑话。现在，我已经联系不上范总了，他不接我的电话和微信，王山木野心实现了。"

曼香好像自言自语，又好像对大家说话，范以轩不会那么胆小，也不应该被王山木吓倒，他怎么能不接念薇电话和微信呢？李飞舟说范以轩不但生念薇的气，也生他的气。如霜埋怨范以轩，哪来这么大气性，咋还生李飞舟的气啊。李飞舟说迎梦生日那天，是他邀请范以轩来参加聚会才认识了她们，不认识念薇，也不会被王山木举报，就没有这次的麻烦了。迎梦听着来气，说这是范以轩的不对了，李飞舟邀请，他可以不来呀，再说也没打算请他来。既然想来凑热闹，遇到小人又嫌认识了念薇，咋里外都是他的理儿啊。

念薇坐在椅子上不说话，委屈得两眼发红。曼香提议看谁给范以轩打个电话，试试他到底接不接。迎梦和如霜都抢着要拨，雪柳说她来拨，打开免提大家听着。于是，雪柳找出范以轩的微信，直接拨通了语音。

范以轩下午组织开了个投资项目论证会。刚结束回到办公室，本子还没放下，微信语音便接连响了。他急忙打开微信看，如果是念薇的，他会当即按断不接，但发现是雪柳拨过来的，才不假思索地点开了。微信里传来雪柳的声音，问他在干吗？范以轩说刚开完会，正准备出去一趟。从他的语气里，听不出与以往有何不同。雪柳问他去哪儿，有没有空见见她。范以轩说见面没问题，但不要带念薇。

雪柳追问："带薇姐怎么了，你不想见她吗？"范以轩说："她身上是非多，最好不联系。"

如霜表情严肃，瞪大眼睛望着念薇。念薇低着头用纸巾擦泪。因为开着免提，如霜、迎梦和曼香不便大声说话，只能互相打手势或者低语，雪柳也不知道该如何往下跟范以轩对话，一时愣在了那里。

如霜夺过手机说："哎，我是如霜。我们都在薇姐会议室呢。你刚才的话大家都听到了，有事你不去怪王山木，为啥对薇姐存有这么大的偏见啊？"

微信语音猛然间挂断了。如霜气愤地说："看这人，还给我挂了。"

大家束手无策，呆坐在位置上互相瞧着。念薇痛恨王山木到了极点，谢过雪柳、如霜、迎梦和曼香后，说自己想办法慢慢与范以轩沟通。迎梦替念薇难过，让李飞舟从公司里找几个壮汉，叫念薇把王山木约出来，给他点颜色看看。李飞舟满口答应，问念薇能不能约到姓王的。念薇想了想，说能约到，由她一人出面，让雪柳她们和李飞舟都不要参与。李飞舟对念薇说："你找个饭店，把姓王的约到包间，我安排人去堵他，不来硬的，但会撞得他满地打滚。"

念薇说："行。他不是还想再找我要钱吗？那我就带上 30 万给他，到那天我摆在桌面上，跟他谈话会录音。你们看谁帮我去偷偷拍个照，要整就一巴掌拍死他。"迎梦举手说："那我跟你去吧，薇姐。到时我躲在门外，你一发微信，我就闯进去把现场照片拍下来当证据。"李飞舟说："先不带钱，只找他谈。你带了钱去，反而证明你该他的，反倒说不清楚了。他如果仍搅和，再拿钱去说事。"

如霜、雪柳、曼香和迎梦都同意李飞舟的说法。念薇琢磨了一会儿，也认为他说得不无道理，决定先不带着钱去约王山木见面。

事情就这样定下来了。雪柳、如霜、迎梦和曼香都想等这一天快点儿到来。吃完晚饭，雪柳、如霜和曼香才回去。迎梦是随在李飞舟后面离开的。念薇回到公司给雪柳复印了一份材料，然后她要开车去找范以轩。

起初，凭着多年不近不远的交往，范以轩本来想花钱请王山木喝顿酒，找他好好聊聊，再去歌厅物色个小姐陪他唱唱歌，化解掉两人以及王山木与念薇之间的矛盾，可王山木背后玩起了阴的，果真实名举报，再也没有缓和的余地了。范以轩心中每天装的就是这件事。稍微一想，脑袋里好像飞进只苍蝇似的嗡嗡响。每当这时，他会对王山木恨得咬牙切齿，埋怨念薇给他带来了麻烦，悔恨自己太感情用事，交友不慎，拿谁都当好人。

念薇心里承受着莫大委屈，一方面暗骂王山木德性缺失，阴险狡诈，心狠手辣，无信无义；另一方面对范以轩满肚子牢骚，为什么说过不会相信王山木，只相信自己，现在对她产生怀疑不说，还要断绝来往，这等于把全部责任推到了她身上。念薇越想越生气，驾车去了范以轩居住的小区。

范以轩想到念薇可能会上门来讨说法，但没想到她会这么快就找来了。等听到有人"咚咚咚"敲门，想把念薇拒之门外为时已晚。他披着件长衫走到门口，透过门上的猫眼朝外瞄了瞄，发现是念薇，只好开门让她进来。念薇耷拉着脸不理范以轩，拖鞋也不换，径直走到沙发边上坐下，将车钥匙"哗"地扔在茶几上闷头不语。

范以轩看见她，心里的气也往头顶上冲，说："我说不再联系了，你咋又来啦？"念薇两眼闪着泪光不说话，再次抓起车钥匙摆弄几下，又"哗"地扔在茶几上，说："你为什么不接我电话和微信？为什么不想与我联系？就因为那个老浑蛋吗？"

范以轩站在沙发后面，想回答念薇的提问，又没说上来。想了好久才说："王山木举报，你知道对我的影响有多大吗？"念薇说："他举报，你怎么来怨我？"范以轩说："因为王山木以前跟你合作，现在你甩开他来找我，所以他才恨上我。"念薇想哭，质问道："你跟他不是多年的老友吗？不光我认识他，你认识他比我更早，你怎么能怪我呢？"范以轩被念薇堵得无力反驳，带着怒气说："假如当初我不认识你，他哪会举报我？"念薇伤心了，说："这么说，你后悔认识我了呗？可我把你当友人，你把我当敌人，世上有这样的吗？"

范以轩惭愧地低着头，不好接她的话。念薇又从茶几上抓起车钥匙，站起来愤然地说："既然你不想让我联系你，从今以后，我再也不会给你发一个微信，打一个电话，添半点儿麻烦。你走你的阳关道，我过我的独木桥，咱们井水不犯河水。这回你该满意了吧？"说着，念薇打开手机通讯录，先删除了范以轩的电话，接着又删除了微信。"你把我的微信和电话也删了吧，把送你的那幅画也摘下来还给我。"

范以轩从没见过念薇发这么大火，心里瞬间有些发怵，缓和了一下说："看你咋跟小孩子一样，说翻脸就翻脸。我说暂时不联系，没说让你删了我的电话和微信。你删吧，以后你想再联系我，联系不上怎么办。""你要切断与我的联系，我留着你的号码和微信，光叫我伤心难过呀？"念薇说完，从茶几上拿起范以轩的手机想删除自己的微信和号码，可惜手机屏保设置了密码打不开。

范以轩说："你打开呀。""快告诉我密码，我要删了我的号码，不想让你再保存了。"

念薇又气又恨的表情和动作，让范以轩觉得好笑，脸上便有了一丝滑稽的笑容，走到她面前伸手把手机夺过去，说："行，我自己删，你别费心了。"

念薇重新坐回到沙发上，说："今天咱俩要谈清楚，你到底怕什么？你一没拿我的钱，二没跟我有其他关系，三没给我输送过任何利益。那浑蛋告你，他能告出啥来？"

范以轩转了转僵硬的脖子，说："幸亏当初咱俩干净，王山木凭他瞎猜乱告，庆幸啊。"念薇说："你说咱们只当知己，所以我才崇拜你。现在，老浑蛋写了一封举报信，看把你吓的。你是为他活着，还是为了你自己活着？"

范以轩的情绪逐渐稳定，敞开心扉对念薇倾诉了他的忧虑。他说不是怕王山木，而是王山木造了他的谣，影响很坏，让人窝心。但又不能跟王木山去对质和理论，这个气不对念薇撒对谁撒？念薇说有气可以对她撒，她愿意替范以轩承担一些压力，可不能以不再联系来要挟，她会难受死的。到最后，俩人都不再说什么。

念薇发誓要替范以轩出这口恶气，从包里掏出准备好的那沓材料让范以轩看，转账及提款凭证复印件一应俱全，王山木索取现金的时间、地点和经办人也都写了证明，整理得非常翔实，很具有说服力，王山木想推翻都推翻不掉。

范以轩看完把材料推给念薇，说："君子报仇十年不晚。在这个多事之秋，还是放一放吧，别把他一棒子打死，给他留条活路。"

念薇说："人不犯我，我不犯人；人若犯我，我必犯人。谁让他先惹事攻击你，骚扰我，诬陷咱俩的？公司刚开始好一点儿，我也算有了份事业，他这么恶毒捣乱，我都有杀他的心。"

范以轩劝住了念薇，暂时不去招惹王山木，拿他当条狗，答应以后继续联系，从王山木的困扰中走出来。

经过一晚上的直接沟通，范以轩和念薇的心情，恢复到了先前的状态。临近 12 点，念薇才踏踏实实地开车回到家，婷婷仍在做作业，高畅也还没睡觉，问她咋回来这么晚。念薇扔下包进屋换了一身睡衣，边检查婷婷的作业，说去处理王山木举报范以轩的事了。高畅又问王山木为什么要举报姓范的，念薇说纯粹是挑拨关系，想把她的公司搞垮，所以，她要整一整王山木。

高畅历来胆小怕事。念薇说已经整理了举报王山木的材料，想让高畅帮自己出头，顿时把高畅吓坏了。高畅唯唯诺诺地说："你一个女人，瞎折腾啥呀？开你的公司，挣你的钱得了呗，跟王山木较什么劲哪？王山木也没做对不起我的事，我帮你出不了头，算了吧。"

念薇听得直上火。她不相信这话是从高畅嘴里说出来的，这可是自己的老公啊，还不如迎梦、如霜、雪柳和曼香几个闺密给力呢。于是，念薇一脸怒容，"啪"地将婷婷的作业甩在了高畅脸上，说："哼！你也算个男人。邻居家的孩子不听话，那女人来喊你，你跑得比兔子都快。自己老婆孩子在外面受了欺负，你连个屁都不敢放，还有点男人的血性吗？"

高畅没料到念薇脾气上来，爆发出如此大的怒火，把婷婷吓得直愣愣地瞧着念薇。高畅劈头盖脸挨了一顿呵斥，感到很无辜，顿时恼羞成怒，指着念薇嚷叫："我说啥了？你让我跟王山木去打架吗？我不干。你赚了钱，瞧不起我了是不是？那你看着谁好去找谁呀。"

念薇被这番话彻底激怒，抓起婷婷的水杯朝高畅砸去，说："你跟人渣一样浑蛋，你去外面找女人不嫌丢人，我还嫌丢人呢。在这个家里，你就是个无用的废人。"高畅满脸涨得通红，竟咬着牙握起了拳头。念薇一头撞向高畅，愤激地说："你打我，我让你打，来呀。"

俩人半夜吵得很凶，楼上"哐哐哐"地踹地板，楼道里传来了敲门声，显然是跑来劝架的邻居。婷婷用身子挡在高畅和念薇之间，怒吼道："你们别打了好不好？我不想听到你们吵架。"

高畅放下拳头，双手叉腰转身站到客厅里。念薇换了衣服，含泪对婷婷说："孩子，明早 6 点半，妈妈在楼下等你，送你去学校。作业别做了，睡觉吧，我今夜不在家住了。"

念薇拎上肩包，"哐"地带上屋门，抽泣着走向电梯间，下到一楼开车去了公司。她心里感到无比的难过和憋屈，没有洗澡，也没有脱衣服，囫囵着身子蜷缩在办公室沙发上迷糊了几个小时，脸上一直留着泪痕。

天微亮的时候，念薇忽然醒了，再也无法入睡。屋里有些闷热。她折身起来打开灯，推开窗户，初夏凉爽的晨风立刻扑面而来。楼前那条河的两岸上，路灯还在继续发亮。有人已经在晨练，沿着河岸快速行走，影影绰绰。念微看了看时间，还不到凌晨4点半，送婷婷上学还早，便回到沙发上坐下。她愣了一会儿，拿起手机往闺密群里发了个"早安"问候语，然后走到窗前，对着前面的小河拍了几张外景照，也发到了群里，"叮铃"一声震醒了如霜和雪柳。这么早起来拍外景，说明念薇没回家，是在办公室里过的夜。于是，两人先后问念薇为啥住在公司里，念薇说跟高畅打架了，吵得一塌糊涂，一生气就从家里出来了。再问为什么吵闹，念薇把满肚子伤心事吐了出来。群里随之出现了曼香和迎梦的留言，净是埋怨念薇和高畅的话。

迎梦说念薇："看你嫁的这男的，窝囊的，不为你遮风挡雨，反倒成了累赘。要我早离了，一个人过也比找这么个男的强。"

曼香说："薇姐呀，咱俩一样的伤，一样的痛，何必呢？"如霜说："嗨嗨嗨，你们感叹什么呀，当初还不是你俩自己选择的？咱这帮姐妹的命，咋都这么苦呀。"雪柳说："重新再来，总能碰上好男人。"念薇回复说："假如不是为了孩子，我也会像你们一样一个人过。找个不成器的男人真没用，不够跟着操心的。"

如霜发文字说："你们继续侃，我还得睡会儿，困。"

群里像刮风似的热热闹闹吵了一阵子，忽然戛然而止，再也没有了声音，唯独念薇看着手机苦苦地沉思。她蓦然想起了范以轩，顺手把那几张外景照转发到了他的微信上。

范以轩早起已经成了一种习惯。那一夜，他睡得并不踏实，斜躺在床上，思索如何与王山木进行一次对话沟通，让他知道回头是岸，把误解化解掉。听到微信铃声，范以轩在手机上看到了那好几张外景照，以为念薇凌晨就去公司上班了，问她咋成工作狂了。念薇对他说，昨夜睡在公司里。范以轩说还是床上睡得舒服，家里没有她的位置吗？念薇说舒不舒服得看跟谁睡。范以轩说，不管跟老公睡得舒不舒服，都不能去外面乱来，人生最危险的一件事是上错了床。念薇说在外面工作烦，回到家也烦。范以轩这才悟出来，念薇肯定与高畅吵架了，说："你们吵架不是因为我吧？"念薇说："跟你没关系，是因为王山木。"范以轩说为王山木吵架不值得，这两天会抽个时间找他聊聊，看王山木能不能悬崖勒马。念薇说王山木算个啥玩意儿，让范以轩不要低三下四地去求他，由她想办法来对付王山木。

范以轩没有听念薇的劝告。第三天中午，通过退下来的一位老朋友，把王山木约到了东二环附近的一家餐厅。那餐厅名字叫盛林府台湾菜馆，门脸不大，装修得古香古色，是一位台湾人开的。里边只有一大一小两个包间，要踩着木梯上到二楼。由于台湾菜很有特点，去吃饭的人大多是老顾客。

范以轩和那位老友先到，加上王山木就三个人，所以订了小包间。老友听说范以轩被举报，问王山木到底为啥这么恨他，非要搞到这个地步，由过去的老友变成了仇敌。范以轩只好把前后过程说了。说："我也后悔，当初他找我调那孩子，我答应他就没这些事了，但上面卡着，确实没法办。""嗯，当年是我把王山木安排到这个单位的。他心胸太狭窄，爱记仇，谁不给他面子，尤其得罪了他，他就告谁的状，非常糟糕。"

叫范以轩见到王山木后少说话，不要留下把柄，其他话他来说，王山木总要给他个面子。正说着，服务员领着王山木来到了包间门口。老友稳如泰山，喊王山木坐在他的右边，那是主宾的位置，而范以轩坐在左边，这充分显示了对王山木的尊重。

老友说："山木，以轩请你让我来坐陪，这回给足你面子了吧？"

范以轩喊服务员上菜，并亲自倒酒，说："山木兄，咱们好久不见，早该请你喝两杯。今日得空，小范围聚聚，也跟你兄长沟通沟通。"王山木问候了二人，冲范以轩说："呵呵，但愿你摆的不是鸿门宴。"

几道菜一会儿便被端了上来。老友瞅着王山木，说："哎，哪能这么说话呢？我没记错的话，你们俩认识，还是我在中间牵的线。那时，山木你想叫他帮办个事，对吧？"王山木被敲打得羞愧难当，脸上红一阵白一阵，说："是的。一路走来，范老弟春风得意，那时求他办事痛快得很。人嘛都是这样，此一时彼一时。现在，范总跟过去不一样了，说明我混得越来越差呗。"

范以轩起初光听着，等话说完后，举杯提议干了前三杯。于是，三个人先同时喝下了第一杯。范以轩抓起酒瓶，又倒上第二杯，说："刚才山木兄说得差矣。我从来没有春风得意。"王山木奸笑着说："是呀，我也听说了。想必范兄最近的日子不太好过吧？"范以轩不卑不亢，说："没有呀，我很坦然。有的人心里不舒服就想着搞别人，也不看看自己干不干净，有辫子被别人抓在手里，还不老老实实地待着。我看这种人早晚要进去。王兄呀，咱们可别干这种缺德的事儿。"

王山木听出范以轩是在故意点自己，气得脸色蜡黄，说："范老弟，你看咱是干那种事的人吗？不过，我是有仇必报，除非你什么地方得罪了我。"

老友端着酒杯跟王山木碰，说："山木，以轩跟我说了，他没帮你办成一个孩子调动的事儿，是有苦衷的，你不能记他的仇啊。这也是以轩今天为什么要请你的原因。"王山木端起酒杯轻轻地碰了碰，说："办不办那个孩子的调动，我都不会记仇。可惜，范老弟一直在背后帮那个叫念薇的臭女人，这是我最不能容忍的。她欠我的钱不给，可把我坑苦了。所以，谁帮她，我就恨谁，不管是朋友还是敌人。"

范以轩矢口否认，说："我没帮她呀，只是认识而已。王兄认识她，不是比我更早吗？如果按你刚才说的这个逻辑，写举报信的人不会是你王兄吧？那可叫我没法理解了。"

王山木仰头喝下手中的酒，说："好吧，既然范兄说到此事，那我明人不做暗事，是我又能怎么样？"老友听着生气，"啪"地将酒杯蹾在桌子上，说："山木，我很不高兴你跟以轩这样说话，你这是打我的脸哪。再说，举报以轩有真凭实据吗？"范以轩镇定地说："欲加之罪何患无辞？劝王兄尽早收手，事情过去也就算了，我不计较，咱们过去是朋友，将来还是朋友。"王山木说："呵呵，你我早不是朋友了。只要与那个女人来往，就是我永远的敌人。她和几个臭婊子打过我两次，我是不会轻易放过她们的。"

刚喝几杯，王山木就借着酒劲儿跟范以轩叫起板来，饭局不欢而散。老友万万没想到王山木卑鄙丑陋到如此地步，认定他是拉不回来的。调停无效，脸面尽失，老友一声叹息，劝范以轩以后离王山木越远越好，不要再跟心理变态、人格扭曲的人来往。

"以轩哪，喝酒能看出一个人的人品。自古以来都是小人谋身，君子谋国，大丈夫谋天下。王山木的格局摆在那儿，但愿他能好自为之。"

回到办公室，范以轩仍愤恨难平。他请王山木的目的是想息事宁人，大事化小，小事化了，可对方软硬不吃，把他往死角里逼，令他不得不重新考虑策略。被动防守只能等死，主动进攻才有活路。既然王山木较真，那干脆下决心陪他玩真的，以牙还牙，否则他会把善良当软弱，将仁慈当无能。自己不贪不占，不怕王山木无事生非。于是，处理完手头的事务，范以轩发微信告诉念薇和如霜，中午与王山木的对话彻底失败，后面的事想怎么做就怎么做吧。如霜发狠说："不能宽恕这种人，薇姐整理好了材料，干脆捅出去得了。"

念薇说举报信可以马上寄出去，但仍要约王山木，先整他一次再说，看他还嚣不嚣张。范以轩说王山木一直污辱念薇，最好让高畅出面把他搞臭，男人冲在前面，女人有话才好说。如霜说念薇老公指望不上，还得念薇亲自出马。范以轩"哦哦"两声，说真想不到念薇嫁了这么个老公，提醒念薇，无论事情闹得多大都是她的个人行为，绝不能与他联系到一块。念薇做出保证，不会牵连到范以轩，叫他把心放在肚子里。

一周之后的一个上午，念薇把李飞舟和迎梦叫到公司商量，想利用晚饭的时间，把王山木约到城北一家饭店，让李飞舟多派几个男的过去。李飞舟当即从公司叫来四个年轻壮劳力与念薇见面，并翻出王山木的照片给那四个人看，让他们记住此人的长相，还专门交代了去堵王山木的注意事项，一切行动听从念薇指挥，只围堵，不动手，可用身体从高台上把王山木撞下去，让他自已跌倒，伤人但不留任何痕迹。年轻人个个身强力壮，机灵过人，当即领会了李飞舟的意图。

李飞舟叫那四个人先回公司等候召唤。他们一走，迎梦问念薇准备何时约王山木，念薇当场拿起手机，从黑名单里解除了王山木的手机号，直接拨过去，王山木果然接听了，吊着嗓门骂道："你个臭婊子，打电话找我干什么？"念薇强忍着怒气，说："你别骂人好不好？我嫌脏。以前我哪做得不好，请求你原谅。我想请你吃顿饭当面赔罪，你赏个光吧。"王山木在办公室里接电话，旁边坐着两个经常一起喝酒打麻将的牌友。听到念薇认错，王山木自然高兴，可担心念薇给他下套，试探说："你是真心请我，给我赔理道歉，还是故意设陷阱想算计我？老子不信你了。"念薇说："我把话说到了，你不来可不能怪我了。"王山木不听念薇解释，摁断了手机，耳机里发出一阵"嘟嘟嘟"的响声。念薇说："他老奸巨猾，给我挂了。"

迎梦说："再给他打，必须找到他。"念薇重新打过去，王山木依然接了，在电话里吼道："老子不信你，把钱给老子拿来算你真心。"

念薇捂住手机话筒，直瞅李飞舟和迎梦。迎梦用手比画，说："就说带上钱去见他。"李飞舟也频频点头。念薇说："好吧，我再带 30 万给你。若想要，明晚就去城北凯悦饭馆一号包厢。"

电话里又传来王山木歇斯底里的怒吼："30 万不够，我要 50 万，带不够别来见我。""好，我给你。"

王山木狮子大张口，把念薇和迎梦的嘴都气歪了。李飞舟帮念薇出主意，书的重量跟人民币差不多，找一个带密码锁的旅行箱，往里边装一箱子书，锁好，到时不能让王山木打开看。迎梦"啧啧"地不停咂嘴，夸赞李飞舟姜还是老的辣，不愧是老江湖，经验多。

第二天傍晚，念薇照李飞舟说的做了。迎梦给她提来了一个小型黑色手提箱，上面有密码锁，完全能装下 50 万现金。念薇用书填满了箱子，然后调乱了密码锁，让公司小伙帮着提下楼，扔在了车的后备箱里。

两辆车一前一后，驶上了去城北餐馆的主路。四个年轻人坐了一辆丰田，跟在念薇车后头。来到凯悦饭馆停车场，念薇自个儿提着重重的手提箱往里走。那四个人没下车，坐在车里观察着室外的环境。这家餐馆是座两层小楼，有围墙，前面开大门，侧面还有个小门，不走车只走人，整个布局很像一座四合院。王山木以前经常叫念薇拉他来这里吃饭。四个人透过窗玻璃发现，饭店门口比地平面高出两尺多，设有三级台阶。假如有顾客不慎从台阶上摔下来，会滚落摔个半死。

念薇进到包间，把手提箱搁在门口靠墙的位置，比较显眼，从外面进来就能看见。她放下包，喊来服务员，点完四个凉菜就没再点热菜。服务员为念薇沏了壶茶，然后出去了。她边喝边等王山木，因为来的目的不是吃饭，是惩治恶人的。外面那四个人什么时候进来堵王山木，念薇让他们等微信通知。

　　一个人坏事做得越多，越处处防着别人，生怕有人害他。王山木不傻，叫了一位中年牌友开车拉他过来一起参加，担心遭到念薇的陷害。两人把车停好，站在车旁先仔细观察了一阵停车场上的车辆，有几个稀稀拉拉的客人，在停车场上说笑着。没发现异常，王山木和那位牌友才放心地往饭馆里走，刚好从丰田前面过，四个年轻人一眼便认出了他。其中一个人给念薇发微信，告诉她那个人到了。念薇浑身一紧，站起来做好迎接的准备，可第一个进来的不是王山木，而是那名牌友。那人打量着念薇，最后目光落在了门口靠近墙的手提箱上，嘴里说着这是谁的手提箱，不错呀。提起手提箱掂了掂，很沉，又放回原处，问念薇一个人来的吗？念薇清楚他是王山木带来的人，故意问："你走错包厢了吧？"

　　那人毫不客气地坐在了念薇坐过的椅子上，说："不是一号包厢吗？没走错呀，我是这个包厢的客人。"念薇又问："是王山木叫你来的？那他人呢？"

　　那人不理念薇，把手机递到嘴边发语音，喊王山木进来，还说货带了，只念薇一个人。王山木终于出现在了包厢门口。念薇扭头怒视瞪着他。他一脸凶相，猥琐无比，趁念薇没有任何防备，一把揪住她的头发往下摁，咬着牙骂道："臭女人，该我的钱不给，还和你闺密一起打我，今天老子让你尝尝苦头。"

　　念薇低着头，用双手死死地抓住发根，以免被扯掉头皮，强忍着疼痛，说："我来给你道歉，你却这样对待我，那箱子里的 50 万块钱，你也别想拿走。"

　　那名牌友见王山木收拾念薇，悄悄带上门躲了出去。外面的四个年轻人一直坐在车里等念薇的微信，可迟迟不见她发，便下车走进饭馆，向服务员打听一号包厢，恰恰被从包间出来的那名牌友听见，吓得他面如土色，慌慌张张转身跑回包厢，"咚"地推开门，喊道："大哥，你快从后门走，外面有四个男的来包厢找你，快呀。"

　　王山木浑身一颤，松开了念薇，惊慌失措地往外边跑边骂："臭婊子，你敢算计我，我非得整死你，去死吧你。"

　　四个年轻人冲进了包间，但王山木得到消息已经从后门溜走，包间里只有念薇和那个牌友。四人将那人团团围住，问姓王的人跑哪去了。那人摇头，称他是来吃饭的，不知道谁姓王。念薇走到那人面前，抬手扇了他一记耳光，怒骂道："狗娘养的，你为虎作伥，帮王山木来欺负我。"那人惊呆了，捂着脸不敢动弹，说："是王山木叫我陪他来吃饭的，你们的事与我有半毛钱的关系吗？"

念薇说："那你干吗给他报信？"

四个年轻人中，其中一个从餐桌上抽出台布，往空中一抖，盖住了那人的头和脸，其他人上去"噼里啪啦"一顿乱拳，打得那人"哎哟哎哟"地叫唤。等揭开台布再看，四个人已不见踪影，念薇提着手提箱也走出了包间。

王山木因那名牌友报信而侥幸逃脱。他从后门溜出来后，一刻也不敢停留，朝着人多的地方狂奔，在路边截了一辆出租车钻进去，火速离开了，坐在车里还毛发竖立。

司机从反光镜里瞧见王山木那副狼狈不堪、魂飞魄散的模样，撇嘴笑了，讥讽说："人呀，岁数大了最好别惹事。"

念薇离开饭馆前，坐在车里给王山木发了条短信，说："这次算你幸运，下次别再让我碰到你。如果你继续诽谤、攻击、诬蔑和骚扰别人，我会跟你拼到底。50万块钱不少你一分，想要就抽时间自己来我公司取。"

王山木在出租车上看了短信，当着出租车司机的面大吼大叫，一路都在嘟囔着骂念薇和范以轩，并回短信把念薇从天上骂到地下。如果他不溜出来被那四个人堵住，念薇是不会轻饶他的，其结果可想而知。想起这一幕，王山木不由得心惊肉跳。在这之后，那名牌友与王山木彻底断绝了来往。他也沉寂了一段时间，可死不悔改，仍然记着要复仇。

念薇带人去教训王山木，虽然没能堵住他，但也算出了口小小的恶气。范以轩得知念薇和李飞舟安排人去找王山木讨说法，心里说不上高兴，也说不上不高兴。他给念薇发语音说："震慑是需要的，但不能闹得太过，适可而止吧。"念薇说："世上怎么会有这种作恶多端的人？当初，我真是瞎了眼，太过于相信他了。"

范以轩说："我现在已经想开了，人不但有几个面孔，还会披几件外衣。跟人置气伤害的是自己，不如静等风暴过去。"

从整治王山木这件事上，迎梦看出念薇很勇敢，对她更多了几分了解：

念薇表面看上去柔弱善良，内心却非常强大，是个敢担当，天不怕、地不怕，极其坚强的女人。谁对她好，她会用命去回报。这种性格连迎梦都做不到，使得她对念薇佩服有加。

为此，迎梦专门请客，把如霜、雪柳、曼香、范以轩、李冠霖和刘立峰，外加婷婷、小鸿泽、诗云叫到一起聚会，给念薇压惊。一大群人中，唯独没叫的一个人是高畅。高畅根本不知道念薇哪来的这么大勇气，敢跟王山木叫板。念薇是不会告诉他的。

这次聚会，同样选择在周六的晚上。迎梦没有去外面的饭店，而是把大家叫到了李飞舟公司一楼的内部食堂，里边有个能坐十五六个人的大包间，是用来接待业主的。专门聘请的厨师，会做徽、鲁、粤等各种美味佳肴。

晚 7 点前，大家陆续赶来了。迎梦站在门前迎宾，越看映寒搁在门前的那辆宝马，心里越别扭，一直暗暗思忖，李飞舟咋会舍得给映寒发这么多奖金。

下班后，李飞舟让映寒专门留下来陪客人，映寒不乐意，问为啥不能去外面招待。李飞舟说迎梦偏要安排到公司食堂，他不能阻止不让他们来呀。

映寒见到迎梦，脸上显露出不悦，却不说出口，陪着大家参观了一遍公司的内外环境。所有人都被李飞舟雄厚的实力折服。

念薇和如霜走在范以轩的左右，婷婷和小鸿泽跟在她们身后。刘立峰则陪着曼香，李冠霖陪着雪柳和诗云。走进会议室和会客厅，念薇按了按装有传声筒的会议桌和乳白色的沙发，对范以轩说，公司以后也要想法买办公楼，不能到处租房办公，钱花了资产还不是自己的，不划算。范以轩说多拿项目多挣钱，挣够钱可以买。

曼香、雪柳和刘立峰、李冠霖边看边夸李飞舟，迎梦感到无限光彩，把笑容全都展现在脸上。等转了一圈进到包间坐下来，大家才开始拿雪柳和李冠霖开玩笑。如霜说雪柳和李冠霖隐藏够深的，如果隐婚能瞒大家一辈子。曼香附和说是呀是呀，俩人马上结婚了才正式登场亮相，上次范以轩去学校讲课，李冠霖来了也不透露半句，还以为真是来拍照片的呢。

念薇让不要当着孩子的面儿说这些乱七八糟的话。

李冠霖挨着刘立峰坐，红着脸说："我长得显老相，看上去跟刘总差不了几岁，走在大街上，别人还以为雪柳是我妹妹呢。"

曼香瞧着刘立峰，说李冠霖："你也太谦虚了，刘总要有你这么年轻就好了，他儿子都已经出国留学，你和柳姐要了孩子，还得再等十几年才能到他这岁数。"雪柳说："要什么孩子，有一个够了。我跟冠霖不管谁大与谁小，过些天不耽误你们喝喜酒就行了呗。"

他们边喝茶边嗑着瓜子、云里雾里地聊着。李飞舟又像以前那样让映寒去催菜，可映寒坐在婷婷旁边的位置上，白了一眼李飞舟，对迎梦说："哎，今天你是召集人。"

迎梦和念薇、如霜、曼香、雪柳和桌上的男人，一时都没反应过来，全尴尬地愣住了。范以轩说："映寒，这里你最小，又是公司的员工，叫迎梦去催菜，李总的脸往哪儿搁？"

迎梦反感地瞄了瞄映寒，站起来说："好，我去催，今天是我请闺密聚会，没有邀请你参加，你可以走了。"

映寒仍坐着不动，说："我凭啥走？李总让我留下来的，这顿饭我还吃定了。"

迎梦和映寒立时剑拔弩张，大家互相瞧着，没人再开玩笑，也没人再聊天。只望着李飞舟。迎梦把台布往凳子上一甩，气冲冲地走出了包间，李飞舟跟着追了出去。念薇和如霜、雪柳、曼香都听到迎梦的质问声："她算老几？为何叫她留下来？我说让她参加了吗？"

李飞舟说："好好好，你们别吵。你回屋里坐，我亲自去催菜。"

念薇侧身悄声问范以轩咋办，这饭还吃不吃。范以轩小声说，如果大家这时候走，李飞舟可难以收场了，留下来帮他解解围吧。等迎梦和李飞舟各端着两盘菜进来，映寒忽然站起来走出了包间。

第十五章

　　迎梦召集大家去李飞舟公司聚会，他留下映寒，没想到把戏演砸了。这顿饭吃得别别扭扭。除了三个孩子在桌子上逗闷子玩耍，调节着气氛，谁也没提为念薇堵王山木庆功的事。

　　婷婷和小鸿泽、诗云跑到楼下去玩，如霜、念薇、曼香、雪柳和范以轩、李冠霖、刘立峰还留在包间里喝茶。李飞舟一进去，发现大家都在用冰冷的眼光瞪他，尤其是迎梦粉白的脸也被映寒气红了。李飞舟坐在对面椅子上，一支接一支地抽烟，脸颊本来不白，瞬间变得又黑又红。念薇沉着脸说："哎，李总，映寒做得确实有点儿不合适。"

　　如霜、曼香、雪柳和范以轩及李冠霖、刘立峰，都七嘴八舌地应和着念薇的话，催他快说，解释清楚早点儿回去。

　　李飞舟说："她无非不想被咱们当使唤丫头。你过生日那天晚上，她不也这样闹脾气吗？自尊心太强。"

　　迎梦思考着李飞舟说的话，想起了生日那晚映寒的表现，觉得他讲得有些在理儿，说："知道她这样，你还把她留下？"

　　李飞舟说："她再好，也比不上你好呀。范总，还有你们几位姐妹兄弟，你们说我讲得对吗？"雪柳说："李总，你要是敢背着迎梦跟映寒发展关系，我们都得劝她离开你。薇姐、霜姐还有曼姐，你们说呢？"念薇说："当然喽。"如霜支支吾吾地说："就是就是。"

　　范以轩批评地说："老李，今天可是个不小的教训，以后长记性吧。她们几个闺密有一个算一个，都不是好惹的。冠霖、立峰，你俩也一样，绝不能朝三暮四。男人要学大雁，一生坚守爱情，伴侣死了，另一半不能独自生活，要么就自杀，要么郁闷而死。"

　　如霜嘻嘻笑，问道："现代社会，不论男的女的，有几个能做到像大雁那样？"气氛被如霜猛然间调动起来，念薇、雪柳、曼香点赞如霜，迎梦脸上有了少许的笑意，也朝如霜伸了伸大拇指。

　　范以轩给念薇递眼色，说："好了，李总把事情说清楚了。迎梦别再跟他计较了，错都算在他头上。"念薇拽拽迎梦，说："这次算了，以观后效吧。李总，迎梦跟了你，倘若你敢胡来，我们几个先把你放在锅里煮煮吃了。"李飞舟连连作揖说："不敢，绝对不敢。"

　　在众人的搓合与调解下，迎梦相信了李飞舟的解释，心里不再生气。送走如霜、雪柳、曼香、念薇和范以轩、刘立峰、李冠霖，迎梦喊李飞舟回去。

　　念薇拉着婷婷回到家，高畅刚从外面回来，问她们晚上出去干吗了。念薇说和闺密去李飞舟公司聚会，高畅问去了哪些人，婷婷说还去了几个叔叔伯伯。高畅说为什么不喊上他，难道他带不出门吗？

　　念薇说；"我带人堵王山木去讨说法，你跟着去了吗？"

　　高畅被撑得哑口无言。憋了许久，他吃惊地问真去堵王山木了？念薇说当然去了，不能老受王山木的窝囊气，可惜让他跑了。高畅说跟王山木闹什么呀，遇事能让则让算了。

　　念薇听高畅那样说话就生气，说："你没遭受他的污辱，当然可以让步。我忍受他很久，做了多少让步，他把我逼进了死胡同，我无法再让他了。"

　　念薇换完衣服，正要督促婷婷抓紧做作业，不料，如霜的微信语音拨了过来，手机连连作响。等念薇接通，如霜问她到家了吗？念薇说到家了。如霜说她也到家了。如霜说但愿李飞舟不会背叛。

　　念薇说："相守是责任，背叛是选择。不要相信哪个男的会守你一辈子。"高畅坐在客厅里听她们的聊天，觉得念薇的话句句刺耳，站起来说："你指桑骂槐，我背叛你了吗？"

　　念薇左手拿手机贴在耳根上，右手用手指指手机，说："没听见我跟如霜在通语音啊？我哪说你了？"

　　如霜在手机里问："你们咋又吵架啊？不聊了，我挂了。"念薇挂断了电话。

　　"五一"节的前一周，雪柳在闺密群里正式发出了邀请，让念薇和如霜、迎梦和曼香带上老公孩子一起来参加婚宴。地点选在一家高档饭店，请客范围不大，一共订了不到十桌饭，多半是李冠霖家的亲戚和朋友。念薇她们当即回复一定参加，问除了这些人还有谁？雪柳说还有李冠霖他爸过去的部下及好友。

　　念薇赶制两部纪录片。为了往前赶时间，如霜和迎梦跑到念薇公司来帮着梳理业务，从台词开始，亲自一句句地把关进行修改与调整。片子拍得很成功。迎梦坐在如霜和念薇旁边，也动脑筋帮着琢磨，看不出她有啥烦恼。

　　念薇跟她俩商量，参加雪柳婚宴随多少礼，如霜说少了拿不出手，更显示不出姐妹们多年来的感情深厚。

　　迎梦感叹说："李飞舟如果哪天不幸离世抛下我一个人，我就单身过。等到七老八十，咱们几个搭伙去养老。"

　　念薇说："若年轻人都像你这样，那咱们这个国家和民族将面临灭顶之灾，到时还真危险了。你有点忧患意识好不好？"

　　如霜说："用得着咱们忧患吗？"

　　念薇看话题扯远了，马上打断说："快休息一会儿，我跟你们商量个事儿。"

　　三个人撂下写满台词的稿子，跑出机房去了咨询公司办公区。六七个男的趴在电脑前，在专心致致地制作几个代理招标项目的投标文件。念薇问他们有没有困难。一个年轻男孩说，第三医院有个办公楼建设项目，招标机构尚未确定。他们从业务的角度去接触过业主和招标办，想拿下这个项目的咨询代理有难度，需要念薇亲自出马。念薇让他们联系确定好时间，她要亲自带着他们去拜访。

　　转了一圈回到念薇办公室。如霜说："咨询公司生意倒是很兴隆，一年接的工程项目比文化项目多，可以挣不少钱。"念薇说："是的。我要跟你们商量的也是这件事儿，学李飞舟自个儿花钱买办公楼，不想再租了，你们觉得咋样？"迎梦说："我的天哪，你要买办公楼？公司挣了这么多钱吗？"念薇说："有项目就有现金流。既然买，肯定不会去银行贷款增加公司负债，买楼的钱不愁，你俩就说是买还是继续租吧。"如霜瞪大眼睛望着念薇，说:"我的乖乖,买楼下不来上千万。真有这些钱,还含糊个啥劲啊?"

念薇说:"新买了办公楼,我给你们俩每人安排一间办公室。迎梦已经是公司股东,也给你霜姐算一份股权。哪天待不下去,你直接来公司上班。"如霜欣喜若狂,说:"那敢情好。反正我签的是长期聘任合同,人家一句话就能把我给辞了。假如哪天真混不下去没饭吃了,肯定要来公司找你讨饭吃,不过现在没必要,买了楼办公室给我留着吧。"

自拿到一些项目后,念薇公司的账面流动资金加正在做的项目,回款后买楼不成问题。这个数目对念薇来说,从来没想过,也不敢想。当初被逼无奈,她只想开公司挣点小钱能养活自己和女儿,花钱不用每次向高畅伸手要。可如今,连她自己都惊讶竟有这么好的财运。

第二天,念薇和迎梦联系了几家房屋中介公司,开车拉着如霜到处去转悠。几家负债上万亿的房地产公司,相继爆雷陷入绝境。房价跌落见底,正是购置办公楼的最佳时机。

念薇和迎梦带如霜看的楼盘,大部分品质不错、地段也好、价格适中,只是有的布局设计不太好,公摊面积太大,还得花钱重新装修。看了几家公司刚退租的现房,里边干净的可以拎包入住,不干净的则垃圾遍地。最后,打通了另一家中介机构的电话,转到了市内一处公园旁边的园区。

听说有人要买办公楼,中介公司跑来了三个外地小伙。他们内穿白衬衣,外穿不同色调的夹克衫,青一色穿条蓝裤子,脖子上套着中介公司的工作牌,个个巧舌如簧。念薇和迎梦提出要看现房,那三人腿脚很快,殷勤地跑在前面带路,坐电梯先看高层,再看低层,有两处还要步行爬楼。每看一套,念薇、迎梦和如霜都举着手机拍照录视频。这样,两个小时内上上下下跑了几趟,累得如霜直喘粗气,下了楼扶住墙说:"不行不行,可把我累死了,不能再跟着你们像兔子似的跑了,要看你俩去,想买啥样的楼你们定,将来有我办公的地方即可,我不嫌面积大小,楼层高低。"

三个小伙咧嘴笑,讥讽她说:"这位姐一看就是搞艺术的,这么不经累,我们天天要跑几十趟,咋也不累呢?"

如霜说:"你们挣钱能喊累吗?我们是来花钱的。"

一个小伙给念薇报了价,说:"同样花钱,姐何不买我们介绍的?房价绝对不比别的楼盘高,成交后还可以给你们返点。"

念薇说："哎，我们要买就买六层七百平方米的那套，不要你们返点，把返点的钱打成折，将每平方米房价压下来，咱们抽时间再谈。"

另一个小伙答应回去向房主请示。迎梦一个人跑里跑外来回转悠着看，瞧瞧楼前，瞅瞅楼后。楼盘位于小区偏后的位置，围墙外是一个有湖有土山的公园，中间的绿化带非常宽，离马路有段距离，听不到来往车辆的嘈杂声，但她却说这栋楼和六层那套风水不好，需要改造，要求三个小伙给降价。

三个小伙被说得直发愣。其中一个高个说："姐呀，这楼盘还风水不好，到哪儿找去？"念薇故意把迎梦吹成是风水大师，说："没错，我也觉得这栋楼和六层那一套风水有点问题，门外是厕所，那是藏污纳垢的地方，影响财运。"另一个小伙说："姐呀，你说风水不好，退租的那家公司生意做得可好了，挣了很多钱。"如霜应和道："鬼才信呢。如果风水好，那他们为什么退租？退租后怎么到现在既租不出去，也卖不掉啊？"

三个小伙被念薇和迎梦、如霜忽悠得半天答不上来。他们十分可笑地想，这回真碰到懂的业主了。不得已，高个小伙说："三位美女大姐呀，没想到你们懂风水。我们真心想卖给你们六层那套七百平方米的。这样行不行，我们回去汇报，单价给你们压到最低。如果觉得合适就买，不合适也没办法。"

念薇与三个小伙互加了微信，留下了电话号码，要求他们当天必须回话，第二天具体谈判。开车离开那个楼盘，念薇、如霜和迎梦坐在车里哈哈大笑。念薇驾驶着小车，对迎梦说："你太机灵了，没想到你还有这么一手，把三个小伙子说得找不着北了。"迎梦哈哈大笑，说："还不是为了给公司多省钱，谁让他们碰到咱们呢。"

如霜问："那栋楼和六层那套房，风水真不好吗？"

念薇说："听她胡说呢，我看区位、楼座和六层那套风水特别好。站在办公室里，一眼能看到公园的湖面和绿地，心情都舒畅。"

迎梦说："买楼不是买个西瓜啊枣啊什么的，花那么多钱，还不兴唬唬他们给降降价呀。"

三个人在车里又是一阵狂笑。回到公司，念薇给汜以轩发微信语音，并把录下的七百平方米办公楼视频和照片发给他看，让他有空也帮着去瞧瞧。范以轩正在从外地回来的汽车上。他坐在右后座上，端着手机看完一张张照片，又点开视频看了一遍，知道那个园区优美的地理环境，给念薇回复问多少钱一平方米，需不需要重新装修，等等，念薇一一回答了他。范以轩告诉她下决心买，等房地产回暖后马上会增值，等于买到手就赚了。念薇的想法是，买了以后还可以把七百平方米抵押给某个银行，用贷款再去买更大更高档的办公楼，甚至通过抵押的方式，把现金套出来。

范以轩很佩服念薇的经济头脑和长远的眼光，在微信上把她夸了一顿，鼓励她在防御风险的前提下，积极稳妥地做好每一件。等办公楼买到手后，他会抽空去看看，到隔壁的公园里散散步，顺便观赏那里的美景，并嘱咐念薇布置一间茶室，空闲的时候可以随时过去喝茶聊天。得到范以轩的肯定，念薇暗下决心置办这份家业。

聊完办公楼，念薇问范以轩熟不熟悉第三医院的人，那里有个大项目正在选择招标代理，她要亲自去跟业主商谈。范以轩想了想，打开通讯录，看见了第三医院方主任的手机号，回念薇说跟方主任是哥们儿，他打个电话，让念薇具体跟方主任约见面时间。

下班以后，念薇还在办公室拟订工作计划，房屋中介那名高个小伙果然打来了电话，说按照她和迎梦的要求，给房主和老板进行了反映，把返点折成单价，降到了她们要求的价位，现在已经开始拟定合同，约她第二天上午见面具体谈。

高个小伙说："姐呀，这套房卖给你们的几乎是成本价，我们是真没赚到钱，只图了个业绩。你们买了以后，能不能给我们几个小兄弟买包烟抽抽？"

念薇又忙活了一整天，跑到外面小摊上随便吃了一口饭，晚上9点才开车回到家。她是一手接电话，一手推开的房门。婷婷已被公司司机接回来，正在做作业。高畅斜靠在沙发上看电视，两只脚搭在茶几上。念薇看见了却没理他，把肩包放在餐桌上，笑嘻嘻地回答高个小伙，说："那有啥问题，不就几条烟吗？保你们有抽的。"

念薇按高个小伙说的时间约定上午10点见面具体详谈。她盘算了一下公司的资金，项目款项还没完全结算回来，现有资金全部拿去买房，总额还差两百多万，只能暂时去银行借贷，等资金回笼后再还本付息，周期最

187

多不超过三个月。但公司没有可抵押的资产，只有这套住宅和小车尚可抵给银行，把款贷出来。

念薇对高畅说："跟你商量个事儿，公司每年租房办公要花近百万，我和迎梦、如霜看了一处七百平方米的办公楼，准备买过来。公司现有资金不够，还差两百万，我想用这套房做抵押，去银行贷款，你看行吗？"

高畅两眼一直盯着看电视，两只脚还在茶几上晃动，听到念薇要用房产去做抵押，瞬间像触了电似的，"嗖"地从茶几上把双脚抽回来，紧绷着脸说："你说用这套房去银行抵押贷款？我不同意。万一公司资金链断了，就要把房子搭进去，那我们住哪儿？"

念薇的心猛然沉下来，说："最多用三个月，项目资金回来完全可以还得上，把抵押解除了，又没风险。"高畅说："这套房是咱俩的共同财产，抵押出去相当于把房子给了银行。你说没风险，可我没有参与你公司的管理，不清楚财务状况是好是差，谁知道公司外面欠了多少外债？假如资金出了问题，我不是公司股东，没拿过一分分红，最后还要我替你背上一身债，我不干。"

念薇的心彻底凉了，急赤白脸地说："如果公司真还不起贷款负了债，由我来还，你不用担心。大不了，我再把新买的办公楼甩给银行，同样把贷款还掉，这套住宅还归我们。"

高畅走到餐桌前端起一杯凉白开，"咕咚咕咚"喝了两口后，将水杯猛地一蹾，说："你当我傻啊，超前消费不负债才怪呢。我没有义务替你承担这种风险。租地方办公不是很好吗？"

念薇恼了，说："租地方钱花了，到最后啥也没落下，净给房地产商打工了。我也是为了这个家，你就不能支持我一回？"

高畅不屑一顾，说："我个人的钱都投到股市去了，现在抽不出来，你个人想办法吧。总之一条，这套房不能去抵押。"

念薇不再吭声，对高畅恨入骨髓，说："哼！你自己就守着钱过吧，永远发不了大财。"高畅说："我攒钱是为了养老和婷婷上学。"

念薇说："婷婷上学不用你管，我供得起，你留着个人花吧。以后，你没钱了也别找我借。"

念薇那夜又睡在了婷婷屋里。她想起高畅就感到难过和伤心，更厌恶了他的身体，从此不再与他同床共枕。渐渐地，性冷淡变得越来越严重。

　　资金不够，但办公楼必须买。这是念薇多少年来的一个愿望。尽管高畅不同意拿房子去抵押，依然无法阻挡她去实现自己的梦想。她躺在床上想，找谁能帮助解决短缺的这一部分资金呢？首先想到派人去项目催结款，可不会那么快能全部结回来。去找范以轩、如霜、曼香和雪柳借钱又不现实。唯一有资金实力和能帮助她的是李飞舟和迎梦，然而她却难以张口。在愁眉锁眼中，念薇迷迷糊糊睡到了天亮。

　　第二天上午，念薇给迎梦和如霜发微信，叫她俩陪着去谈那套办公楼。如霜说开会去不了，迎梦很痛快地答应10点到那个园区去会合。

　　吃过早饭，念薇到公司后，让会计准备一张现金支票，买了六条大中华，跟她一起去谈判。10点，她和迎梦及那三个年轻小伙准时到达了园区，很快按事先约定的单价、交房和入住时间、改造需要中介公司配合提供的服务等全部谈完，当场签订了购房合同。条款约定先交百分三十的定金，等办理完过户手续后，七日内全部付清。念薇叫会计在现金支票上填上数额交给了他们。

　　高个小伙说："姐呀，你买这套房可占大便宜了，别忘了给我们三个烟抽噢。"念薇让会计跑去提来那六条烟，说："烟不错吧，后面服务你们必须跟上，下次有更好更大的，我还要买。"

　　三个小伙听她这么说，一时激动了，满口应承有事给他们随时吩咐。等办完手续三个人离开后，迎梦问："亲，这一套不够用啊，咋还要买更好更大的？那得多少钱。"

　　念薇说这是谈判技巧，不这么说，哪个中介公司给你提供公司进驻后的服务。迎梦认为念薇想得对，买房只是第一步，后面的事情多着呢，又问交房时付全款有没有困难。

　　念薇愁眉不展，说："有啊，昨晚还跟高畅吵了一架呢。"

　　迎梦惊讶地问："你们俩咋拿吵架当饭吃啊，因为钱吗？"

　　念薇说："是的呀。项目上的钱回不来，账面上的现有资金差两百万，我要用住的那套房去银行抵押贷款，他说啥都不同意，怕让他背上一身债。就这么个玩意儿，你说我怎么办？这不，我正愁找谁去借呢。"迎梦思索了一会儿，说："他不同意，那别去求他了，李飞舟给我存了两百万，我先借公司用，实在不行再增大我的股权。"

念薇激动得两眼想掉泪，竟转身抱住了迎梦，说这是上一辈子结下的缘分，迎梦、如霜和范以轩是来这一世拯救她的。迎梦说反正存在银行里挣不了几个利息，投到公司里，总比投进股市强。股市长期以来只有熊市，她才不做那种赔本买卖呢。

念薇这一刻感到迎梦跟范以轩一样，是真心在帮她。念薇拿着购房合同，晚上高高兴兴地回到家，将合同甩给高畅看，说："两百万解决了，你不用再担心了。"

高畅很震惊，瞅了一眼合同，说："找哪个男人借的？"

念薇说："你太恶心了，那两百万是迎梦投进来的。"

高畅抬手抹一把脸上的水珠，羞愧地说："噢！她不怕你亏得连裤衩都穿着不上，那她投好了，反正我没钱。"

婷婷正在屋里学习。听到高畅说出这种话，心里极其反感，走到卧室门口，很不高兴地望着他，说："爸爸，你以后不要这样说妈妈好不好？隔壁邻居那女的，经常来家里喊你出去，我都没跟妈妈说过。你跟她出去干什么呀？"念薇怀疑地瞪着高畅。高畅显得很慌神，说："我出去没干别的呀，是她家有困难，让我去帮帮忙。"婷婷说："哼！别人家有困难，你都知道去帮。妈妈有困难，你咋不帮呢？我瞧不起你这个爸爸。"高畅最烦别人瞧不起自己，听到婷婷讥讽他，怒形于色，指着婷婷说："你瞧不起我，白养你了。滚！"

餐桌上凉着一杯凉白开。念薇再也忍不下去，抓起那杯水泼到高畅脸上，说："你凭什么说孩子？该滚出这个家的是你，难道你没有自知之明吗？"

高畅没敢反驳。念薇在这种家庭环境中忍受着痛苦。她把婷婷叫进卧室，鼓励她好好学习，将来考个好大学。到那时，婷婷上大学走了，念薇会考虑自己该如何往前走。

第十六章

在迎梦鼎力支持下，化羽飞天公司终于有了自己的落脚之地。办公楼手续办利索以后，迎梦拿着存折来到公司，念薇让财务部直接把钱存入公司账户，并给迎梦开具了扩股增资证明，俩人签订了股权协议。为此，迎梦获得了念薇公司百分之二十的股份，正式成为公司副总经理，有了一份自己向往的事业。

雪柳的婚宴确定在5月2日中午。因离五一假期还有两天时间放假，念薇问咨询公司经理有没有联系上三院业主负责人。经理说没能找到合适的，念薇让他们不用再联系了，她亲自打电话。念薇给方主任打去电话。方主任跟范以轩是一个地方的老乡，心脏医学博士生导师，还带了不少临床研究生。电话一接通，他马上答应说，明天下午3点，对接一下。

念薇欣喜若狂，当即答应去对接，就把迎梦和咨询公司经理叫到办公室，让经理做好汇报准备，同时叫迎梦明天下午陪她一块去。

第二天下午3点，念薇和迎梦精心打扮一番，开车带着咨询公司经理和另一名女孩去了第三医院。

经理和那名女孩被当场留下，去了筹建小组办公室。

迎梦和念薇回到办公室，如释重负地将坤包扔在沙发上。下班以后，念薇拉着迎梦去看范以轩。迎梦说："我去吗？"调皮地冲念薇笑，"哼哼！亲，快走吧，路上好塞车的。"

念薇见迎梦真有事儿，就一个人开车去了。她把车停在小区外，找一家小饭馆吃了碗面条，又走进旁边的水果店买了几种水果，然后才开车进了小区。范以轩知道念薇晚上要来，推掉了一场应酬，在单位食堂里匆忙吃了口饭，喊司机小张把他早早地送回来，提前烧水沏茶等念薇。

天没有全黑。念薇兴致冲冲地进去，将水果和肩包放在客厅餐桌上。范以轩嫌她每次来都要买东西，不是水果就是营养品，劝念薇不要老花钱，他什么也不缺。念薇说范以轩平常没人照顾生活起居，她无论如何也要尽尽义务。

说这些话时，念薇站起来在屋里转来转去，搜寻着每一个房间和角落，将凌乱堆放的物品，比如鞋子、袜子、衣服和书房里的书、笔墨纸张以及收藏的艺术品，重新归拢得整整齐齐。最后，念薇又帮范以轩撤换掉了床铺上的被褥，扔进搁在卫生间的洗衣机里，放完洗衣粉和水，拧开开关转动滚筒后，她找出一块干净的擦布，再次去擦玻璃。范以轩叫她别忙活了，声称这些事他自己会做。

念薇边擦边说："这些是我唯一能帮你的。"范以轩有点儿感动。拉住念薇让她停下。说："我很珍视咱们这种纯真的友情，没有利益，没有其他关系，你呢？"念薇说："我更珍惜。我非常感谢你。"

他们回到客厅坐下说话。念薇问他雪柳有没有给他发参加婚宴的邀请，范以轩回答说发了，他决定去参加。念薇说她和如霜、迎梦、曼香都会去，也准备带上高畅。

念薇嘱咐范以轩去参加婚宴穿着要帅气一些，说："我给你买双新皮鞋穿着去吧。"范以轩脚上穿着拖鞋，指着门口的鞋柜说："我好几双呢，不用买。"

偏偏在两个人聊得高兴时，念薇和范以轩的手机突然响起短信提示音。俩人分别拿起自己的手机看，念薇脸色马上变了，将手机递给范以轩，说："你看，又是那个老浑蛋。"

范以轩将自己的手机递给念薇看。他也收到了王山木的短信。范以轩从念薇手机里看到的是："你个臭女人，我承认闹不过你，怕你和你那帮姐妹行了吧？别的不说了，以前骂你算我不对。我现在手头吃紧，看你什么时候有空，你把那50万给我送来或者我去取，我需要那些钱。"

而念薇从范以轩手里看到的是："范老弟，奉劝你一句，别去帮念薇那个女人。不要因为女人毁了自己的前程，你知道我是个报复心很强的人。跟那个女人的事，我不会就此罢休的，不搞死她，我誓不为人。"

看完短信，俩人归还了各自的手机。念薇满脸怒容，说："看给你发的，王山木要整死我，那就让他来吧。我已经将举报他的材料寄出去了，看谁整死谁。"

范以轩看完短信变得极其严肃，问念薇材料寄出去后，有没有接到电话或通知。念薇摇头称没有。范以轩说："这个人脑子真是有病。满口胡言嘛。他整不到你的，最好别理他。"

念薇高兴而来，扫兴而归。满腔心事回到家中，高畅和婷婷还没睡觉。在高畅面前，她再也不提王山木又发短信骚扰，只问他5月2日能不能跟着去参加雪柳的婚宴。高畅想了想说听念薇安排，如果她觉得合适就去，不合适就不去。念薇心里不愿意带他参加，因为他在场面上老出洋相，但又想曼香、迎梦和如霜万一都有男的陪着，而自己只带婷婷一个人去，会让大家感到她家庭不和睦。为此，念薇让高畅和婷婷跟着一块去，特意叮咛他到了酒桌上，尽量少说话或不说话，别让人看出他是个缺乏情商的人。高畅"嗯嗯"两声应了念薇。

迎梦没陪念薇去看范以轩，念薇走后，她开车去公司找李飞舟。迎梦说："柳姐5月2日办婚宴，你要陪着我去。曼姐和薇姐老公都会去参加。"李飞舟"哎呀"了一声，伸手去翻桌面上的记事本，说："5月2日真不行呢，我要去外地项目看工地，开工后有好多事需要我去现场解决，可能没法陪你了。"

迎梦朝前探着身子看记事本，上面果真记着李飞舟那一天的行程安排，说："你去工地，我不拦你，那我一个人去参加吧。"

李飞舟走到门口喊来会计，让会计包了个一万块钱的红包塞给迎梦，让她带上。迎梦接过后问："你是一个人去还是带公司其他人去？"

李飞舟说带好几个呢。

自从雪柳在群里发出邀请后，如霜先发微信给范以轩，问他去不去参加，范以轩当时便答应一定到场。如霜发微信问肖坤那一天有没有时间。肖坤说他没有接到雪柳的邀请，过去没有太深的交往，自己主动去不合适。如霜说："好吧好吧。我租个男朋友陪我去，也不能让参加婚宴的人知道我是个单亲母亲。"

肖坤"呵呵"一笑，说："学会租男友了，这么开放了吗？"

如霜说："你别管我了，我不信找不到个 CP。"

肖坤称争取调整一下时间陪她去参加。

曼香回到家，问吴思亮可不可以陪她去参加雪柳的婚宴，吴思亮前思后想，对雪柳说："我出面脸往哪儿搁？"曼香冰冷地说："你不愿去就说不愿去，干吗往我伤口上撒盐啊？"吴思亮说："我不是哪壶不开提哪壶，我讲的是事实。"曼香说："我的脸早丢光了，你还要什么脸？"吴思亮不再吭声，说："只要你那几个闺密不笑话我，我就陪你去。"曼香说："参加婚宴是喜庆的事儿。她们不会笑话你。"

吴思亮不想因为这件事再生气，只好隐忍着自己，答应陪曼香去参加。

雪柳婚宴这天终于到了。婚宴设在三楼中式餐厅。上午 11 点刚过，酒店就陆续来了少量的宾客。有一对年轻的恋人，两对年迈的夫妇，还有一对中年夫妻带着女孩进来。他们不是李冠霖和雪柳最要好的同事，就是李冠霖父亲过去的下属。

念薇出门前专门选了一套女装。上身着一件女式西服，下身穿条裤子，脚上穿一双半高跟鞋，显得高挑、利索与职业。她给婷婷找出了一套新校服，同时也为高畅挑了一件夹克衫和新裤子。三口走在一起，看上去郎才女貌，幸福美满。

迎梦一个人睡到 10 点，才起来开始选衣服化妆，抹完最后一道唇线，足足用了 50 分钟。而如霜早早起床给小鸿泽煮了鸡蛋，熬了奶，又跑到楼下去买来油条，待小鸿泽懒洋洋地起床吃完早餐，已是 9 点多，收拾完屋里，才边化妆边催小鸿泽做出门准备。吴思亮起床后，腿脚麻利地去门口超市给曼香买来了豆浆和三明治，然后泡了杯茶，坐在沙发上等曼香召唤。曼香自己试完衣服，拿出一套西服让他换上，吴思亮不换，说穿身上这套便装完全可以。曼香不干，说跟她出去应付场合，必须穿正规点儿，不能让其他宾客看着邋遢。吴思亮说："行，我换上。那咱们才真正是光鲜的外表下，隐藏着千疮百孔的灵魂。"

几个女人正要出门的时候，念薇在闺密群里发来了语音，说她和高畅已经快到酒店了。这条语音同时发给了范以轩。如霜、曼香、迎梦和范以轩回复念薇，都说在开车往那赶。念薇要在酒店门口等他们到来，高畅却闹着要进去，忽然看见酒店门前拥进一拨人来，其中一对白皮肤、黄头发的高个老外和两个 10 多岁的孩子。

大堂门口两侧，笔挺地站着两个身穿工作服的小男服务生。念薇和高畅站在门外，婷婷从敞开的酒店大门进去，又从侧门转出来，恰与两个外国小男孩撞在了一起。那俩孩子长着满头黄毛。其中一个男孩用英语问："Miss，are you here for the wedding reception？"（小姐姐，你是来参加婚宴的吗？）

婷婷仔细分辨着那男孩的英语，明显是美式语法，就用英语回答道："Yes. Are you here for Aunt XueLiu wedding，too？"（是的，你们也是来参加雪柳阿姨的婚宴吗？）

男孩摇头说："No. We are here for Uncle Li Guanlin's wedding banquet."（不是。我们是来参加李冠霖叔叔婚宴的。）

婷婷"咯咯"笑起来，喊念薇："妈，你过来，这孩子真逗。"

念薇从门前走过来，问咋了。婷婷说："我问他是不是来参加雪柳阿姨的婚宴，他说不是，是来参加李叔叔婚宴的，他们是一家啊。"

念薇说："你跟他说啊，雪柳和李叔叔是夫妻。"

婷婷转头笑着对那名外国男孩说："You said uncle Li told me aunt XueLiu was a couple. Today is their wedding reception."（你说的李叔叔跟我说的雪柳阿姨是一对夫妻。今天就是他们的婚宴。）

这时，外国男孩的父母走了过来。父亲用汉语对婷婷说："你好！你说得很对，我们一家是来参加李冠霖先生和雪柳女士婚宴的。你们也是来参加婚宴的吗？"

婷婷不好意思地往念薇身后躲。念薇客气地说："是的，我们一家也是来参加雪柳婚宴的，真有幸认识你们外国朋友。"

念薇介绍完高畅和婷婷，那名男孩的母亲拉住两个孩子，用英语问道："Are you friends of Mr. Li Guanlin？"（你们是李冠霖先生的朋友吗？）

念薇也用英语回答："Yes，we are the best friends of Li Guanlin and XueLiu.Are You American or British？"（是的，我们是李冠霖和雪柳夫妻最好的朋友。你们是美国人还是英国人？）

"We're Americans. My husband's name is James，I'm Anna."（我们是美国人。我丈夫叫詹姆斯，我叫安娜。）母亲接着介绍两个男孩子，"His name is Jonnes. His name is Stephen. Your doughter are welcome to study in America in the future."（他叫琼斯，他叫斯蒂文。欢迎你们的孩子将来能去美国留学。）

念薇与那位美国母亲和两个男孩握了握手，说："Nice to meet you both on the same occasion.Do you also use wechat？ Can we add one？ Maybe my daughter will study in America in the future."（真高兴能在同一场合认识你们。你们也使用微信吗？咱们能加一个吗？将来我女儿没准真有可能去美国留学呢。）

安娜说："We use wechat.Let's add.We can be good friends."（我们使用微信。咱们加上，以后可以成为好朋友。）

这样一个偶然的机会，念薇邂逅了詹姆斯夫妇和他们的两个孩子，还互加了微信，留下了电话号码。不大一会儿，婷婷就跟琼斯和斯蒂文混得很熟了。正要往酒店里走，如霜、曼香、迎梦、范以轩、肖坤和吴思亮、小鸿泽从停车场走了过来。念薇挥手与他们打招呼，说在门口等他们的时候，结识了詹姆斯一家，都是美国人，也是来参加雪柳婚宴的，当场把詹姆斯一家介绍给了他们。

趁着大家往里走，如霜凑近念薇，说："认识这一家美国人不错哎。你说将来我有没有可能嫁个美国人？"迎梦听到了，说："你别一个人嫁呀。要嫁带上我，咱们一块嫁到美国去。"

在一阵欢声笑语中，念薇、范以轩等人和詹姆斯一家终于来到了三层婚宴大厅门口。念薇她们发现，雪柳穿着薄薄的婚纱，浓妆艳抹，娇艳妩媚。李冠霖剃去了下巴上的胡须，身着西装，领带打着蝴蝶结，精神抖擞地伫立在门口迎接客人，雪柳挽着他的胳膊，而诗云穿着漂亮的衣服，像童话里的小公主紧紧依偎在雪柳身旁。

念薇和进来的人，掏出随礼的红包塞给雪柳，分别与她和李冠霖亲切地贴面或握手。詹姆斯一家紧随其后，分别用中文和英语说着祝福的话。婷婷和小鸿泽拉着诗云往大厅里跑去。

迎梦拥抱着雪柳，说："柳姐真漂亮，你当新娘，我和霜姐可羡慕死你了。"雪柳说："那你们俩赶紧结婚呀，也好让我喝你们的喜酒。"如霜说："你结就行了，我不结了。"

念薇和曼香跟着起哄，催迎梦和如霜也早点儿穿婚纱。李冠霖见范以轩和肖坤、高畅和吴思亮站在念薇她们身后，说："哟，两位和你们都来了，请到里边坐。"肖坤捭一下李冠霖，说："哎，你老弟可不够意思啊，上次范总请客，你和雪柳都去了，还跟我们保密，今天当新郎要多罚你几杯。"

李冠霖嘻嘻笑，说："等会儿我去给你们敬酒。"

范以轩问李冠霖："哎，这对老外是你请的？"雪柳抢着说："他哪有外国朋友。是他家老爷子的朋友，外文专家，他爸请的。"

婚宴大厅是个专办婚宴的中型餐厅，最多能摆十几桌。地下铺着厚厚的羊毛地毯，颜色是红的。前方有个小型舞台，上方布满了彩灯和射灯。每张餐桌一律铺着红台布、黄餐巾，转盘上各摆着两瓶茅台酒、两瓶红酒、饮料和糖果，小酒杯、高脚杯一应俱全，但不让摆烟。

念薇他们一共来了九个人，十人一桌刚好坐下，被安排在主桌后面的第二排。这次是一家人挨着坐，比如念薇和高畅坐在两侧，婷婷坐在中间。迎梦一个人来的，她坐在了念薇旁边。曼香和吴思亮没孩子，两人紧挨着。范以轩坐在主位上，肖坤挨着他坐。而如霜把小鸿泽塞在了她和肖坤中间。

吴思亮和高畅的到来，是其他人没想到的。念薇、如霜和迎梦知道曼香、吴思亮与刘立峰之间发生的事情，不去戳她俩的痛处，反而对吴思亮极为客气。她们也清楚高畅是个怎样的小气鬼，不爱去搭理他，而他端坐在位置上，望着众人傻傻地笑。

服务员端上菜来，婚宴主持人还没宣布开席，高畅第一个拿起筷子，就把菜夹到盘里低头吃。念薇瞅在眼里，觉得很丢脸，隔着婷婷从背后打了他一巴掌。他不知犯了什么忌，右手抓着筷子，扭头看念薇，嘴里还在嚼咽菜肴。念薇狠狠地瞪着他，从婷婷背后俯身凑近高畅，说："满桌子人都没吃呢，就你一个人吃，不能等等啊。"

高畅马上放下了筷子，又笔挺地坐在位置上冲大家傻笑。迎梦轻声对念薇说："亲，你咋带他来了？确实有点儿不懂人情世故，别说他了。"念薇"唉！"地叹了口气。这时，只见范以轩笑道："今天肖老弟能来，实属不易呀，等会儿要喝一杯酒噢。"

肖坤说："哎，我是来讨喜气的。"范以轩坦然地说："哦，肖老弟，如霜要好好培养噢。哎，迎梦，老李为啥没陪你来？"迎梦说："他去项目工地了，还让我代他向您问好呢。"范以轩问是不是去了他投资的光伏项目。迎梦说是。范以轩伸出大拇指，说："嗯嗯，老李是个好同志。"

迎梦当场给李飞舟发去微信，问他到工地没有，但没收到回音。此时，刚好听到婚宴主持人拿着话筒说了一段开场白后宣布开宴。曼香赶紧说："范总，你快主持让大家开宴吧，还真饿了呢。"

大厅里吵吵嚷嚷，喜庆连天。婚宴进行半个多小时后，雪柳和李冠霖端着红酒去给每一桌轮流敬酒。趁这个空当，詹姆斯一家端着酒先来了念薇这一桌。詹姆斯非常有礼貌地说："中国的婚庆习俗让我们大开眼界，显示了中国人的友善和亲情，让我们一起为李先生和他美丽的夫人干杯，祝福他们幸福，也祝福中国朋友安康。"

范以轩和肖坤、念薇、曼香、迎梦全端着杯站了起来，纷纷与詹姆斯一家碰杯。安娜特意走近小鸿泽和婷婷，与他俩碰杯，用英语说："Welcome to America when you grow up. We'll give you some help if you need it. Like it？"（欢迎你们长大后去美国读书。我们会给你们提供一些需要的帮助、喜欢吗？）

婷婷和小鸿泽先后用英语答道："Yes.If there is a chance in the future，we will experience the learning atmosphere in America."（喜欢。如果将来有机会，我们会去体验一下美国的学习氛围。）

安娜举杯"OK！OK！"地应着。詹姆斯夸婷婷和小鸿泽的英语很棒。念薇说婷婷如果真想去国外留学，肯定会选择美国或英国。如霜也这么说。高畅接话说："中国挺好的，去英国和美国干啥？"

詹姆斯"哈哈"大笑，说："这位先生，我们讲的是孩子的学习。"

念薇瞪高畅，对詹姆斯说："他只代表个人观点。"说完，又用英语对安娜重复了一遍："He speaks for himself."（他说的是他自己的观点。）

等詹姆斯与安娜端着酒杯离开了，曼香说："高畅，美国的教育与中国不同，应该向人家学习管理经验。"

范以轩说："高畅啊，你对美国有看法，也不该把话说到詹姆斯和安娜脸上，中国是礼仪之邦嘛。"高畅拧巴着说："我爱国，看到美国人就烦。当年，我就不去外国留学，中国的学校比国外强多了。"

念薇的脸都被气绿了，说："你爱国，吃你的饭行不行？"如霜说："孩子是要去外国看看，光在国内会成为傻子。可出国留学得有钱啊。"肖坤说："你做制片人，单位没少给你发奖金。"如霜说："就那点钱，不够。"吴思亮说："哎，各位如果有钱请投到我公司来做基金和证券，保证能翻几倍。"高畅又说："也可以投给我做股票嘛。"

迎梦说："得得得，钱还得放在自己口袋里。你们谁有兴趣，可以往薇姐公司里投，每年都有利润分红，保赚不赔。"

一桌人边喝边聊起了基金股票和投资。这时，雪柳和李冠霖端着酒从旁边一桌转过来。雪柳说在最后面那一桌，她见到王山木跟一个老年朋友坐在那里，不知道他怎么也来了。李冠霖说姓王的是跟着人来的。范以轩、念薇、迎梦、曼香、如霜和高畅、肖坤一起朝后看，果真看到王山木端着酒朝这边走来。

雪柳和李冠霖敬酒，说王山木在这种场合不敢闹事，让他们应付了事。等雪柳转去其他桌，王山木端着一杯白酒晃晃悠悠地过来了。念薇、曼香、如霜和迎梦坐着不动，高畅反而主动站起来，迎奉着王山木说："王总，你来了，我敬你。"

王山木说："我就知道你们会来喝喜酒，我来也是为了会会你们。"

念薇非常生气，转身一脚踹在高畅膝弯上，高畅一个趔趄差点儿摔倒，酒洒在了西装上。念薇指着高畅骂道："你给我滚开。"

一桌人都愣了，旁边的客人也朝这边看过来。王山木厚颜无耻地"哈哈"大笑，说："范总，你瞧瞧，我来敬酒你们不欢迎是不是？她让自己老公滚开可以，不应该也让我滚吧。"

高畅突然明白了念薇为什么朝他发火，稳了稳脚躲到一边。迎梦第一个站出来撑王山木，说："今天是柳姐的婚宴，有话就说，有屁就放，不许你在这里胡闹。"王山木说："哎，你算老几啊？你们几个臭娘们儿就知道合起来打我，我可没还过手。范总，你说对不对？"

吴思亮和如霜站了起来，肖坤接着也站了起来。范以轩端起壶里的酒，说："王兄，咱俩喝，有事出去说，不要破坏了人家的喜事。"

王山木端起念薇面前的一壶酒，说："喝呀，大壶干。不过，她也得把这壶干了，她还欠我钱呢。"

念薇怒不可遏，夺过酒壶泼了王山木一脸，骂道："喝你妈 × 呀喝。想要钱去找我拿，别在这儿扫大家的兴。"

王山木死皮赖脸地抹掉脸上的酒，说："你们都瞧见了，我可没爆粗口，是她在骂人。行，今天我忍了。范总，我先干了。"

范以轩说："王兄，你不应该跟女同志较劲，有话冲我说。"

王山木一口干掉杯中酒，范以轩喝下了那一大壶。王山木言称就敬一杯，他喝完了，转身要走，却冷笑着冲念薇说："行啊，那咱就后面等着看好戏吧。"

王山木突然出现在婚宴上，让大家很扫兴，情绪立马变得沉闷了许多。等婚宴结束客人们散去，雪柳跑来问王山木有没有朝她们撒酒疯，念薇让她不要管，去应付其他客人。雪柳匆匆折身返回门口。肖坤问姓王的为啥敢在婚宴上找茬儿，如霜说王山木就是个下流货，吴思亮和肖坤越听越糊涂。曼香让念薇小心点儿，事后王山木没准还会纠缠不休。念薇拉起婷婷，催大家都走。范以轩起身喊散了吧，别让雪柳知道，免得她闹心。

到了酒店门外临分开时，念薇开车拉着婷婷走了，把高畅甩了下来，迎梦让高畅坐她的车回去。上了车，迎梦说："你脑子是不是缺根弦啊？姓王的一直欺负薇姐，你还主动敬他酒，薇姐能高兴吗？"

高畅支支吾吾，说："他俩是工作上的矛盾，关我屁事。"

迎梦说："你是不是薇姐的老公？她有事你就不能帮一把吗？"

高畅说："她是她，我是我。我们俩向来互不干涉。"

迎梦听着烦了，踩了一脚刹车，将车停到路边，指着车外说："行了行了，你下去吧，别坐我的车。"

迎梦把高畅扔在路边，也开车走了。她发微信给念薇，告诉她半路把高畅撵了下去，念薇说就不该拉他个傻子，怎么回家让他自己想办法，不回来才省心呢。

迎梦说："是啊，我算知道你的难处了。你说哪有婷婷爸这么傻的男人，换个女的一天都跟他过不下去，你也太能忍了。"

对婚宴上发生的一幕，如霜和曼香、肖坤、范以轩、吴思亮各有不同的理解。回去的路上，如霜对肖坤说："你看看薇姐老公，假如轮到你头上，你生气不？"

肖坤说："是啊，往那一坐人模人样的，看不出来胳膊肘会往外拐，不向着老婆也便罢了，可不应该去讨好薇姐的仇人啊。"

如霜说："要找个薇姐老公那样的，结婚有啥劲啊。雪柳找个老公，谁知道将来会怎样，反正我是不想再结婚了。"

吴思亮开车拉曼香回家，问高畅到底咋回事，明知王山木跟自己老婆有过节，还要去巴结他，换他也会上去揍那姓王的老家伙。

曼香感叹说："薇姐这一辈子，累就累在没找个好老公。你对我不错，可惜那方面又不行。你说叫我们这些女人咋活？"

吴思亮沉默了一会儿，说："别提我好不好？我除了不能满足你，其他方面可都没亏待过你。"曼香说："其他方面再亏我，我早跑了。"

范以轩回到住处，思考王山木离开时那句好戏在后头，那又会是怎样的一出戏呢？不料，刚泡上茶端起来要喝，如霜的微信语音拨了进来。范以轩说："你说念薇老公干吗去敬王山木的酒啊？太不可思议了。"如霜说："要不说薇姐聪明一世，糊涂一时呢，谁知道她嫁了个傻子，怪她眼拙呗。"

聊了一会儿，如霜说有件事想求范以轩帮个忙。范以轩问她啥事儿，如霜说既然认识了詹姆斯和安娜，她想把小鸿泽送到国际学校去读高中，三年后把他送到美国去读大学，现在已经开始办理招生入学手续，需要30万块钱。范以轩静静地听着，半天没反应过来，连续"哦"了好几声。如霜问行不行，算是借他的。范以轩说："哦，那给我点时间，让我考虑一下怎样帮你处理。"

高畅打出租回到家，念薇还在生气，俩人一见面又大吵一顿。高畅认为带他去参加婚宴，是为了让闺密嘲弄羞辱自己，连迎梦都把他甩在了路边。念薇骂道："你不检讨自己的行为，连那个王八蛋你都巴结着，让桌上的朋友怎么看我？"

高畅说："王山木跟我没过节，我凭啥不能敬他酒？"念薇说："他攻击谩骂我和范总，一边搞我的事，一边找我要50万，你却眼睁睁地看着不管，你能不能也帮我做一次事情？"

王山木从骨子里暴露出了人性。刚认识时，他希望念薇穷，穷了就会依赖他，但又不希望她永远穷下去，那样外人会说他没本事把她带起来。同时又怕念薇富，富了怕留不住她。所以，曾经因为念薇没钱而瞧不起她，也因为现在念薇公司做起来有了钱，而看不惯她。

高畅还是那句话，称自己帮不了念薇，遇事各扫门前雪，谁家的孩子谁抱走。念薇再也不想理他，"哐"地关上婷婷房间的门，一头倒在床上，拉起被子蒙上了悲伤的脸。

第十七章

不知谁说过这样一句话：是非之下见法理，危难之下见关系。世上有两样东西不可直视，一样是太阳，另一样是人心。前者伤眼，后者伤心。

范以轩琢磨不透如霜的心思。他答应帮筹措 30 万块钱，起初想到了念薇，如果向她张口，念薇会毫不犹豫地将钱拿过来，但他不能跟念薇提这件事儿，避免引起猜疑，想了一个晚上，便想到了李飞舟。

第二天一早起床，范以轩拿起电话打给了李飞舟，问他去看工地怎么样，现在在哪个位置。李飞舟如实汇报了工地的进展情况，说看完工地出来转转。李飞舟说："范总，您有啥事儿尽管吩咐。"

范以轩提出让李飞舟准备 30 万元急用，是借，不白用，到时连利息一起还，他会写借据让公司入账。李飞舟不让他写，钱都是通过干项目挣的，不能留凭证，30 万是小钱拿去用好了，他马上安排会计或司机送过去。

资金有了着落，范以轩打算等几天再告诉如霜，不能说这么容易就把钱凑齐了，否则，如霜以后万一再借钱，那到哪儿去借。

放下手机，范以轩给念薇当即拨去微信语音。

念薇神情淡定，让她有了一个女人最好看的样子，面对琐碎繁杂的生活，依然有着最纯真的笑容。经历过世事沧桑、尝过痛苦的滋味后，她学会了如何坚守那份初心，不浮夸，也不做作，依然保持一颗善良的心，宁可孤独，也不违心；宁可遗憾，也不将就。迎梦虽然是女性，但她和范以轩一样，是入了念薇心的那个人。

吃过午饭，念薇在微信里问迎梦下午有没有别的安排，想让她陪着一起去逛商场。迎梦对逛商场又有特殊的癖好。念薇约她出去，她很爽快地答应了。

商场是女人的天堂。只要进去，不花钱买件衣服、化妆品或奢侈品，总觉得对不住自己，哪怕买回来穿不着、用不上，堆在家里看着心里也满足。

放假期间，逛商场的人特别多，尤其像SKP之类的高档商场，更是人满为患。大多是带孩子的女人和一对对的情侣，也有不少女人是由自家男人陪着来的。

念薇和迎梦开车下到负一层，停车位已经被其他车辆占满了，车道两侧竖着三角墩，绿色的指示灯一直闪烁，引导车辆往负二层开。俩人只好把车停到下一层。

去商场要坐直梯才能到一层，念薇和迎梦把车停进车位，锁好车门拎着包不紧不慢地往电梯间走，忽然听到前面传来一阵吵闹声，抬头望去，只见一个年轻女人和一位中年妇女，将一个男人和一位姑娘堵在角落里，身边还有个小女孩在大声哭叫。

年轻女人暴跳如雷，发疯似的对男人发泄愤怒，边骂那个年轻男人没良心，边举手连扇了他三个耳光，而男人却不敢对年轻女人还口和动手。

中年妇女是年轻女人的母亲。她用两只手拽住姑娘的头发，将整个身体都压在对方身上。年轻女人骂完打完自己的丈夫，又转身与中年妇女一起，死死攥住那个姑娘的长发，把她摁在地上拳打脚踢，嘴里骂着"骚货、不要脸、勾引男人的狐狸精"之类的脏话。那位姑娘低头"呜呜"地哭泣，用两手紧紧地捂住前胸。

念薇和迎梦刚巧走到这儿，看见了姑娘狼狈地蜷缩在地上，而那个男人站在外围不敢靠前。念薇和迎梦挤到前面看了一眼退出来。

迎梦指责那年轻女人，"这人没劲，干吗打人家姑娘，有本事管住自己的男人呀。"

两个保安上前去劝，想拉开那个年轻女人和中年妇女，但她们不松手，仍对姑娘又打又骂。念薇说这种事劝不了，喊迎梦上楼。迎梦跟着念薇钻进了电梯间。上行电梯里只有她们俩。

念薇说："你打电话叫你家李飞舟回来。"迎梦说："他说工地上的事没处理完，可能上班后才能回来。他在外面有啥事吗？"

迎梦掏出手机直接给李飞舟拨去微信视频。而此时，李飞舟正在寺庙里礼佛。

李飞舟掏出手机，发现是迎梦拨过来的视频，不敢接，生怕迎梦看到大殿里的景象。于是，将手机调成静音塞进裤袋里不去管它，任凭手机长时间震动。

逛了几个小时，俩人分别买了衣服和鞋子后，觉得有些累乏，便走进商场内的一家咖啡馆。刚找好位置坐罢，手机铃声突然响了，是李飞舟拨过来的语音。迎梦气呼呼地问他为什么不敢接视频，李飞舟说在工地研究施工方案，把手机落在车里了。迎梦说啥也不信，非让他重新拨视频。李飞舟"哎呀哎呀"嚷叫着，直称信号不好，那样太麻烦了，不如把工地照片发给她看。

语音没挂，他跟公司现场人员看工地的几张照片就传了过来。迎梦拿给念薇看，念薇瞅着照片说是在工地，别逼他了，让他快回来。

迎梦催促李飞舟："你抓紧回来。"

念薇提醒她，这世道变了，一定要多个心眼看住自己的后院。迎梦说跟李飞舟还是有感情的。

正说着，坐在旁边的两个小青年，20岁出头的样子，把头发染得黄一撮，白一撮，红一撮，边斜眼瞅着她俩边小声嘀咕。迎梦用胳膊碰了碰念薇，悄声说："亲，那俩帅哥瞅你呢。"

念薇侧目朝旁边看，两个青年果真冲她和迎梦贱笑，笑得令人十分难受。念薇说："他们不是瞅我，是瞅你，你吸引他们了。"

也许两个小青年觉出念薇俩人似乎有意搭讪，顺手拉把椅子往念薇和迎梦跟前靠拢，其中一个帅哥笑嘻嘻地说："姐，你怎么害我们呢？"

念薇惊讶地问："哎，你怎么诬赖好人，谁害你们了？"

另一个青年指着迎梦说："二位姐呀。"

迎梦蹙着眉问："胡说什么呀，我俩哪害你们了？"

头一个青年说："就害我们了。害得我俩喜欢二位姐了。"

念薇和迎梦一怔捂嘴笑了。迎梦说："想撩我俩啊，胆够肥的呀。"

另一个青年伸过来手机，说："姐，能加个微信吗？"念薇说："不加，小屁孩学会撩骚了，我孩子都跟你俩一样高了。"

头一个青年朝念薇和迎梦挤眉弄眼，说："那有什么呀。我们喜欢跟年龄大的姐姐交往，可以少奋斗几年。"迎梦严肃地说："你们不好好工作，整天想着吃软饭。可惜我俩都不是，你们找错人了。"

另一个青年说："二位姐长得这么漂亮，又有气质，加个微信吧，以后好联系。"迎梦烦了，鄙视地扬手说："谁跟你们加微信，去找那些站街的加去。"念薇问："哎，我问你，咱们国家哪年成立的？"

两青年一愣，问："什么哪年成立的？"

念薇又重复了一遍，说："咱们国家是哪年成立的？没听懂吗？"

两青年相互看了看，摸着后脑勺。头一个青年说："好像是……1919年成立的吧。"另一个青年说："应该是1997年成立的。"

迎梦问："农民种地一年能挣多少钱？"另一个青年说："能挣几百万吧。"念薇问："大米多少钱一斤？"两个青年商量一下，说："40块钱一斤吧。哎，你问这个，我们哪知道啊。问奶茶多少钱一杯，BOSS男装多少钱一件，这个我们知道。"念薇怒号："不学无术，胸无点墨，都给我滚！"两个小伙很无趣地拉着椅子退回到了原来的位置。迎梦对念薇说："这俩恶心死了，还想占咱俩的便宜，眼神有毛病。"念薇说："有什么办法。"

"五一"长假，几个女人因雪柳结婚没能外出。她们也不想利用假期出去旅游，人太多，路上的车也太多，不论到哪个风景区都人山人海，想找个寺庙烧香拜佛都得挤破头。往往是出来前满怀兴致，到了景点就后悔得要命，恨不得马上返程回家。所以，她们除了在家睡觉看电视，就是逛商场或带孩子去公园、博物馆之类的场所转转，打发无聊的时光。

参加完雪柳的婚宴，吴思亮陪曼香去看了一场电影，剩下几天，曼香去学校安排假期后的日程。如霜带小鸿泽去参观了国际学校校区环境，等待着范以轩和肖坤给她的答复。

雪柳办完婚宴后，没有跟李冠霖父母一块住，退了租的房子，带着诗云搬进了单独的一套三居室去住。诗云改口喊李冠霖的父母为爷爷奶奶，却没改口叫李冠霖"爸爸"，只称呼他为叔叔，李冠霖并不计较。他和雪柳从邻桌来宾嘴里，听说了王山木与念薇在婚宴上发生的争执，李冠霖回家把老爷子抱怨了一顿，称应该事先让他看看邀请的来宾名单，王山木突然闯到婚宴现场来，把喜庆的气氛搅和得乌烟瘴气，惹得雪柳一桌的朋友都不高兴。

老爷子说能来参加婚宴的都是客，人多乱哄哄的，哪还管得了谁和谁呀。李冠霖叫老爷子以后不要再跟王山木来往，因为王山木曾与雪柳发生过冲突。老爷子惊问为了何事，李冠霖解释称王山木欺负雪柳的闺密，被她碰上了。老爷子"噢"了一声，答应以后永不再见王山木。接着，催李冠霖抓紧给他和老太太生孙子。李冠霖"嗯嗯"地应承着就是不表态，转身出了家门，把老爷子气得火冒三丈。

念薇除了和迎梦去逛商场，剩下的几天时间，一直和婷婷在公司里。婷婷在旁边学习，她就做节后的工作安排，与中介公司联系办理新购办公楼的过户手续，想一年租期届满退租搬进去。

这时，如霜拨来语音，把秋季送小鸿泽去国际学校读高中的想法说给念薇听，劝她也把婷婷送到国际学校去读书。可念薇的想法是让婷婷在国内读完大学，再去国外读研究生。

如霜问念薇能否约一下詹姆斯和安娜出来吃个饭，念薇说抽空约约他们，可以提前跟詹姆斯和安娜建立联系，但去国际学校高中部读书，钱要比上普通高中花得多，反问如霜就一个孩子还送到国外，离得这么远舍得吗？如霜说有啥不舍得的，她希望小鸿泽读完大学留在国外呢，将来不用再办移民了。

念薇说："我可不希望婷婷离得那么远，等老了，婷婷在国外谁来照顾我。"如霜说："咱不是说了嘛，搭伙养老呀，怕什么。"念薇说："算啦，等婷婷在国内读完大学再说吧。"

摁断微信，念薇告诉婷婷，小鸿泽秋后要去国际学校读书，问她想不想去，婷婷说不想，起码也得读完大学再考虑去国外读研究生的事儿，基本与念薇的想法一致。

念薇说三年高中必须加倍努力，否则就考不上985、211之类的好大学，上不了好大学，不如干脆出国去读高中。

婷婷问："你对我难道没有一点儿自信吗？"念薇说："相信你能行。妈妈多给你攒钱，但你将来读研，不论走多远毕业都得回来，不能舍下妈妈一个人。"婷婷问："让我回来是给你和爸爸养老，还是回来继承财产？"念薇说："这两个方面的原因都有，若不是为了你，我一个女人家这么拼干啥？"婷婷又问："你就不能跟我爸过更好的日子吗？"念薇说："你没长大，不懂。反正将来你找对象，首先要过妈妈这一关，不能再步妈妈的后尘。"

如霜之所以敢跟念薇提送小鸿泽去国际学校读书，是因为她下了决心把孩子送出去，并相信能借到一笔钱。她心里想，但凡有钱的人家都让孩子出国留学了，说明国外的教育环境必然有它优越的一面。

如霜骨子里是爱国的，也会教育小鸿泽爱国，她有能力送鸿泽去国外读书，但没能力跟儿子一起办移民。她望子成龙，希望儿子将来能成为一个对国家有用的人才，不想让他混得跟自己一样，只能当一名合同工。

雪柳举行完婚宴的第二天，范以轩悄无声息地坐高铁回了老家，和家人小聚了几日。为了不耽误第二天上班，范以轩又悄悄地坐高铁回来了。刚上楼进入屋内，如霜和念薇的微信同时响了起来。她们俩想跟他说的是两件不同的事情。如霜自然要问他那笔钱何时能筹到，而念薇想告诉他与王山木发生了新的冲突。

范以轩在微信里告诉如霜筹足了 30 万，问她啥时去取。如霜内心很激动，连说几声"谢谢"，约定吃过晚饭后，她带着写好的借据，去范以轩住处找他。而范以轩对念薇在这么短的时间内，又与王山木发生了新的冲突，甚感愕然，问她什么原因。念薇说王山木索要那 50 万块钱，狠狠地整了他一次。

就在当天，念薇早上刚刚起床，就收到了王山木发来的短信。他这次在短信里没敢骂念薇，反倒变得卑躬屈膝，很客气地要跟念薇约个地方，叫她把 50 万块钱提过去。

每每看到短信，念薇立马会想起王山木带给她的屈辱。从来不欠他什么，根本也不会给他那些钱。开始本来不想搭理他，可王山木给了念薇一个复仇的机会。

考虑很久，念薇先给迎梦打去电话，说王山木又来要钱，究竟见不见他。迎梦说不欠他钱见面何用。念薇说想借机整整他，将他拿钱的证据进一步做实，只要掌握了证据，看王山木日后怎样使坏，但钱不能是真钱，还得用那只带密码的手提箱，往里边装一箱子书，让迎梦再把那只箱子提到公司里。迎梦同意她跟王山木约见面时间和地点，她会带上那只密码箱去公司等念薇。

念薇不想王山木知道公司搬到了哪里，就在短信里跟他约了上午 11 点去东三环附近一家茶馆见面。王山木答应准时赶到，嘱咐念薇必须一个人来，同时警告她不要耍花招，一定把钱带够，否则会让她很难堪。

迎梦带上那只密码箱，开车先到公司与念薇会面。往箱子里装完书，迎梦问怎样才能抓住王山木的把柄，念薇说到时把箱子放在他面前的桌子上，她负责用手机录音，让迎梦负责用手机录像，把王山木拿钱的全过程录下来，要的就是这种实体证据。迎梦说她干这个是行家里手，保证不会遗露每一个细节。

一切准备就绪后，念薇坐迎梦的车去了那家茶馆。没想到王山木提前赶到已坐在包间里等。见念薇提着原来那只密码箱进来，两眼直愣愣地盯着她，发现迎梦跟在后头进来时，立刻恼了，问："说好的你一个人来，为何叫她跟着来？"

念薇从进包间的那一刻起，已经提前打开了手机录音器。她将箱子搁在王山木面前的茶几上，板着脸坐在了他的对面，并把手机搁在了面前的沙发上。

迎梦跟进来坐在念薇侧面，说："薇姐提这么多钱，怕被坏人抢了，所以我陪她一起来，这不为过吧？"

王山木看了看迎梦没说话，起身要收念薇和迎梦的手机。迎梦把手机藏在身后不给，质问道："你有什么权利收我的手机？这是我个人的私有财产。"

念薇也不给，从沙发上抓起手机，说："你是不是做贼心虚了？既然敢要钱，还怕我们带手机吗？"

王山木说："你们要敢给老子录音录像，老子就整死你们。"迎梦说："你又不是帅哥，录你的像有啥用，我们才不像你那样卑鄙呢。"

王山木将信将疑，问念薇带够钱没有。念薇说 50 万一分不少，让他自己掂掂。王山木又问还有谁知道，账是怎么处理的。念薇说账上没有记录，走的是账外资金。

王山木直起身来掂了掂够沉，提着箱子要往外走。念薇起身一把拉住他，说："你拿了我的钱就这样走了吗？你必须给我写收据，没有收据我怕你说我没给你。"

迎梦早已坐在沙发上悄悄地录像。

王山木说:"欠我钱写什么收据,想抓我把柄啊?"

念薇说:"你讲不讲良心?该你得的钱,早给够你了。这些钱是你找我索要的,看在过去合作的分儿上,我才答应多给你一些。你不写收据怎么行啊。"王山木说:"我还忘了呢,你先告诉我箱子的密码是多少?"念薇说:"三个零一个八,你回去自己打开看吧。"

王山木说:"我拿钱从来不写收据,也从不让人转账,不留痕迹是老子一贯的做事风格,别想抓我把柄。"念薇说:"别忘了,以前你在公司里拿的钱,可都是转账给你的,财务那里都有底儿。"

王山木眨巴着眼睛瞪念薇,想了片刻,说:"那些钱我能说明白。"

迎梦一直用手机镜头对准王山木和念薇录着,是原声录像。念薇手里也拿着手机对着王山木,把他的一言一行全录了下来,王山木却没能察觉到。他坚持不写收据,直到与念薇发生了争执,他才忽然发觉迎梦在举着手机拍照。于是,他恼羞成怒,搁下箱子指着迎梦大骂:"臭婊子,你敢录像,去死吧你。"

王山木冲到迎梦跟前要夺手机,念薇立即用身子挡在了俩人的中间。愤怒之下,王山木使劲将念薇推到一边,与迎梦展开了撕打。

迎梦机警地边躲边冲包间外面喊:"快来人呀,有人耍流氓。"

茶馆服务员听到包间里的喊声,三个女生急匆匆推门冲进来,连拉带拽地将王山木与迎梦分开,说:"你干什么呀,出去出去。"

王山木指着迎梦大嚷:"她拍我的录像。"

念薇趁机伸手狠狠地朝他脸上挠去,只见王山木捂着脸"哎哟哎哟"地叫唤着退到门口,再也顾不了许多,提起那只密码箱抱头鼠窜。

念薇拿到了王山木要钱的有力证据。看到王山木那副狼狈相,她和迎梦不免有些开心。中午俩人没回公司,而是去了仙界花园。刚上电梯,再次碰到了那位牵着狗上楼的贵妇人。

妇人下身穿一条乳白色的裤子,上身披了一件黑色镂空的轻纱外套。她看着她俩,惊喜地说:"哟,两位美女,好久不见,放假没出去转转呀?"念薇朝妇人点了点头。迎梦说:"您不也没出去玩嘛。"

"我这小宝贝，除了我谁也不跟，出去玩把它舍到家里我不甘心呀，就像你们俩谁也离不开谁。"妇人弯腰抱起萨摩耶说，"我'女儿'带出去经常遇到坏人。"萨摩耶伸着粉红的舌头，两只玻璃球般明亮的眼睛，直勾勾地盯着念薇和迎梦。

念薇说："大姐，有的男人还不如您这只狗。"妇人说："哟，谁让你们长这么漂亮呢。坏男人可恶得很，遇到他们甭客气，该打的打，该告的告，不要让他们占了便宜。"

到了楼层，念薇和迎梦与妇人打了招呼走出电梯。进了屋。迎梦嚷着中午别出去了，点两份外卖吃。念薇没有心情，说有啥吃啥，没有就不吃了，反正早上吃得晚。

迎梦还是在手机上点了两份外卖，15分钟便送到了门口。迎梦换上睡衣，坐在沙发上弓着身子，往嘴里扒拉着饭，说："哼！那老流氓还想跟我动手，他敢动我一根指头试试，我讹死他。"

念薇没有胃口，让迎梦打开手机屏保密码找出那段录像，转发到自己的微信上，回去会把录像拷贝到U盘里作为证据。等两人吃完饭弄完录像，一个多小时过去了。念薇说王山木到家发现箱子里是书不是钱，肯定会发短信。正说着，念薇手机短信铃声忽然响了，急忙点开看，果真是王山木的短信。

念薇说："快看快看，来了来了。"迎梦凑到念薇跟前瞧手机，只见短信内容污秽不堪：臭婊子，你妈个 × 敢骗老子，我没拿你一分钱，你们录像老子也不怕……

王山木再次对念薇发起挑衅。念薇心里充满了愤怒。她的怒火引燃着屋里的空气，出奇地安静。

念薇咬着牙，用两只纤细的手指，在手机键盘上快速打字。她回复道："人在做，天在看。既然你不知道什么叫廉耻，成为出了圈的无耻下流，那本尊愿意奉陪到底。我手里有足够的证据，你敢鱼死，我就敢网破。作为女人我啥都不怕。劝你做好思想准备。"

短信发出去很久，如泥牛入海，再也杳无音讯。念薇清楚王山木不仅心虚了，他更怕了。聪明的男人，一般不会去得罪一个善良的女人，那样在人生道路上就犯了大忌。女人一旦被逼到发疯的地步是极其危险的，男

211

人随时会被推下无底的深渊。王山木未来面临的处境自然可想而知。

范以轩听完冲突的整个过程和事情的原委，头皮一阵发紧，但很快放松下来。他在微信里对念薇说："哦，原来这样啊。你们做的没有错，对坏人就应该针锋相对，不能退缩。"

念薇问："你会不会因为这件事又对我产生误解？"范以轩说："嗯嗯，不会了。我明白是怎么回事儿了，会站在正义的一边。"

对于一个遭受了冤屈的女人来说，最大的慰藉莫过于得到亲朋好友的理解、同情、肯定与信任。范以轩明确了自己的态度，使念薇和迎梦心灵得到了少许的慰藉。他最憎恨王山木这类忘恩负义的小人。小人必须受到应有的惩罚，才会还社会公平与公正。

晚饭后，范以轩在屋里来回踱步，注意力一直在念薇和王山木无休止的纠缠上，思索她将如何消除王山木带来的威胁。后来，他看了看手表，已经接近 8 点，才想起如霜可能很快会到。

于是，范以轩从餐桌上抓起一只水杯，对准热水器的喷嘴，"哗啦哗啦"接了半杯开水烫了烫，然后沏好茶摆在茶几上等如霜来。忽然间，他想起了如霜第一次来家中发生的情景。

如霜获悉范以轩帮她筹到了钱，心存无限感激。其实，她只是想让范以轩帮个忙。出发前先写好借据装在了坤包里。

如霜开车来到范以轩居住的小区，将车泊在楼前的停车位里，然后锁上车门，提着坤包不紧不慢地走进了单元门洞。

没过五分钟，门口传来"咚咚咚"的敲门声，范以轩穿着拖鞋走到门庭拉开大门相迎，如霜站在门外望着他抿嘴笑，说："屋里没其他人吧？"范以轩说："哪有其他人，就我一个啊。"

如霜走进去，范以轩顺手关上门。如霜进到客厅将包放在茶几上，掏出那张借据握在手中，等范以轩来到面前，她将借据递了过去，说："给你，收好，还完钱再撕掉。"

范以轩接过来瞄了一眼，两手一扯"哗"地撕了个粉碎。如霜问干吗撕掉呀，借就是借。范以轩示意她到沙发上坐，折身走到书房提出一个纸提袋递给如霜，说："30 万，你看看。"

如霜站在那里不动，见范以轩提来钱袋，的确有点儿感动，接过纸袋搁在茶几上，说："你真心帮我，我相信你。"范以轩说："谁都有遇到困难的时候，何况为了孩子上学？该帮的我会帮。"

此时的如霜不知是感恩还是愧疚，两眼竟有些湿润，说："这钱是你自己的，还是找人借的？"范以轩说："钱不是我自己的，但我可以找朋友借到，这辈子不还，朋友也不会追着我要。"

在假期行将结束的同一天，刘立峰下午2点回到大都市家中，第一个电话当然要打给曼香。他从老家专门带来了曼香爱吃的东北大拉皮，密封在一只硕大的塑料袋内，塞进车内的冰箱一路冷藏，晚上想叫曼香过去吃饭，亲手给她拌拉皮吃，虽然不值钱，土得掉渣，但算得上一道美味佳肴。

曼香有些激动。吴思亮出去跟朋友聚会谈事了，她答应马上过去。

刘立峰知道曼香超不过半个小时就会赶来，不顾劳顿，跑进厨房从塑料袋里取出一大盘拉皮，剩下的让曼香带走。冰箱里没有贮藏的食材，便跑到楼下菜市场买来黄瓜、香菜、辣椒和大蒜，切好后与拉皮混在一起，浇上由香油、醋、盐和味精做成的调料搅拌均匀，端到餐桌上等曼香来。

曼香下楼开车直奔了刘立峰的住处。

"这一盘下肚，晚上不用吃饭了。"曼香说着，坐在沙发上。

曼香把秋季再开一个班的计划详细讲给刘立峰听。

第十八章

　　李飞舟在假期最后一天回到了大都市。给迎梦拨去语音，告诉她回来了。迎梦正跟念薇在公司里，喊念薇跟她去吃饭，念薇说："我可不想耽误你们的事儿。"

　　李飞舟开车拉迎梦去了一家餐厅，人少饭店不给包厢用，便在大厅里选了个靠边的散台，点了牛排、燕窝、红菜薹和百合等，两人边吃边聊。可李飞舟搁在餐厅上的手机微信，"叮铃叮铃"响个不停，迎梦问谁的微信这么烦人，吃饭都不让人肃静，催他关掉。李飞舟很听话地关掉了。

　　找不到李飞舟，映寒猜他一定在仙界花园。到了小区门口，映寒横下心，打通迎梦的电话，问："你跟他在一块吗？"

　　迎梦和李飞舟还在餐厅里坐着聊天，映寒的电话惊扰了俩人的世界。迎梦不愿意听到映寒的名字，更不愿意接到她的电话，一听是她的声音，顷刻间怒了，说："你谁啊打我电话，我在吃饭。"

　　映寒说："我找李飞舟，他手机关了，你叫他接电话。"迎梦两眼瞪着李飞舟，打开免提说："你找他干吗？""他答应晚上陪我吃饭，我要问他为什么不来。"

　　迎梦惊呆在座位上，说："他答应陪你吃饭了吗？我是他老婆，你有什么资格叫他陪你吃饭？"映寒说："我知道你们在一起，可我是他女人。我不想跟你抢，但他必须兑现给我的承诺。"

　　李飞舟坐在座位上仔细地听着，汗顺着额头往下流。迎梦再也听不下去，掐断手机，抓起餐布甩在李飞舟脸上，狠狠地骂道："李飞舟，你个人渣，没想到你真和那个小妖精……我恨你，永远别再找我。"

迎梦厉声责骂，引来了餐厅服务员和几桌客人的目光，那些人纷纷朝他俩瞧过来。李飞舟瘫软在座位上，不敢回应迎梦的责骂。迎梦骂完拎起包，头也不回地走出了餐厅。

姐妹们很快知道了迎梦的噩耗，炸开了。在群里纷纷提意见。念薇忙赶过来。一番哭诉，最后迎梦还是听从了念薇的劝告，找律师给李飞舟发函，进行财产公证，尽快处理这桩闹心的是非之争，因为这关乎到迎梦的未来和人生轨迹发生的重大变化。

正聊着，迎梦手机突然收到映寒发来的一条短信，称自己怀孕了，警告迎梦从此以后不要再跟李飞舟联系。

迎梦看完短信气得直骂，对念薇说："看这对狗男女，真他妈不是东西，必须跟他分手。"念薇说："真怀孕假怀孕咱不知道，别看那个女的比咱们小，她的套路和手腕，你我都比不了，放弃吧。"

迎梦想再跟如霜、雪柳和曼香商量一下，听听她们的意见。念薇说等上班后约大家的时间，尽快帮她处理这桩闹心的是非之争，因为这关乎到迎梦的未来和人生轨迹发生的重大变化。

上班第一天，念薇又遇到了两件事：喜的是化羽飞天公司一举拿下了三院基建项目的招标代理。悲的是念薇接到电话，让她下午带上身份证和王山木索贿的原始资料去谈话。她惶惑不安，急发微信问范以轩怎么办。范以轩告诫她去如实反映，既不要夸大，也不要缩小。

迎梦在茶馆里拍摄的那段录像早已刻制成 U 盘。念薇把 U 盘和复印好的一整套材料以及身份证合在一起，塞进了材料袋里，还把手机里王山木辱骂她的所有短信打印装订好，也作为证据。她一个人去有点胆怯，想叫迎梦下午陪着一块去，迎梦满口答应了，可她现在正在去李飞舟公司的路上。

念薇打电话问迎梦："你去他公司干啥呀？"迎梦说："我要找他见面谈，把他公司砸了。"念薇全力阻止她，说："绝对不可以。听姐的，越这个时候，你越要学会冷静。"

迎梦挂了念微的电话，把车停在楼前，怒气冲冲地上了楼，在公共办公区没找到映寒。她没来上班。

迎梦穿过办公区，直接闯进了李飞舟的办公室。李飞舟煎熬了一夜，正想再试打迎梦的手机，迎梦却突然出现在了眼前，急忙关上办公室的房门，双膝一弯"扑通"跪在了她面前，抹着泪说："我对不起你，请你原谅，再给我一次机会吧，我一定处理好……"

迎梦积压在脸中的愤怒瞬间爆发，伸手朝李飞舟脸上甩去一记响亮的耳光，骂道："畜生！你不想想当初死缠烂打怎么追的我。你却背叛我，咋不去死？"

李飞舟跪在地上自扇嘴巴，口口声声地忏悔。迎梦使足力气，掀翻了李飞舟的老板台，砸了屋里能砸的东西，连挂在墙上的一幅山水国画，也被迎梦摘下来扔在地上，用脚跺了个稀碎。

外面的员工们听到屋里"噼里啪啦"地响，个个惊呆了。迎梦扭身看见他们，指着李飞舟吼道："要看都进来看。你们老板不要脸，把映寒那个狐狸精搞怀孕了，作为公司员工，你们脸上感到光彩吗？"

员工们吐着舌头退出去，顺势带上了办公室的门。迎梦走到李飞舟面前，一把抓住他的领口说："别跪在这里丢人现眼，起来，我要跟你谈怎么办。"李飞舟哆哆嗦嗦地站起身，脸上挂着两行泪，说："我忏悔，向你道歉，请你不要离开我。"迎梦说："你现在忏悔道歉，晚了，我不接受。"李飞舟问："你真的要离开我吗？"

迎梦含泪道："你还有让我留恋的必要吗？我曾经那么坚定地跟着你，可你欺骗我，我接受不了，接受不了知道吗？"李飞舟上前去抓迎梦的手，被迎梦猛地甩开。他苦苦哀求道："迎梦，我心里真的很爱你，求求你不要舍下我。"迎梦说："你很爱我，为什么还要去跟那个女人胡搞？现在她怀孕了，难道你要抛弃她吗？"李飞舟说："我叫她去做掉。"迎梦说："去做掉？那是条鲜活的生命啊。你能忘记她吗？还想像以前那样，继续欺骗我？"

李飞舟被悲愤的迎梦撑得无地自容，良久才问迎梦想咋办。迎梦说要成全他和映寒，从此大路朝天、各走一边。李飞舟无奈至极，继续问她下一步如何办。迎梦提出离婚，让他写一份承诺书，对房、车和存在银行里的钱去进行公证，不然会把李飞舟告上法庭。

李飞舟忍疼割爱，不得不接受迎梦的提议。

迎梦发泄完怒火，转身离开李飞舟的公司，开车去找到念薇，将与李飞舟谈判的全过程讲给了念薇听，让她帮忙找个律师，给李飞舟发一份律师函。念薇劝她到此为止，不要再去吵闹砸东西，等着办理后续手续即可。

到了下午，迎梦坐念薇的车一同去谈话。那是一处独立且闭封的院子，坐落着一栋四层小楼，念薇将车停在路边，打通了事先联系过的座机电话。不一会儿，一个年轻小伙从里边走了出来，验过念薇的身份证后要带她进去。念薇回到车边，将手机交给迎梦，叫她坐在车里等，最后特意交代，万一不放她出来，叮咛迎梦去找范以轩和如霜。

迎梦安慰她，说道："你没违法乱纪，凭啥不放你出来？进去沉着冷静，不要惊慌，有啥说啥。"

念薇怀揣材料袋，跟在那名工作人员身后进去了。她被带进四层一个封闭的房间。里边摆着两张桌子和三把椅子，其中一张桌子和一把椅子是给被谈话人预备的，另一张桌子和两把椅子并排摆放，是给谈话人和记录人坐的。

念薇在屋里踱着碎步，思索着如何举证王山木的受贿行为。房门突然被推开，进来一老一少两个人，年轻的是个小伙，手里端着电脑，上面摆满了鼠标和接线；另一个已人到中年，手里拿着一摞厚厚的材料和笔，表情严肃得有点儿吓人。

中年人问："你叫念薇？"念薇点头："是的。"

"坐下吧，把你的身份证拿出来。"念薇小心翼翼地坐下，从材料袋里倒出身份证递过去。中年人看后交给年轻人去复印。利用这个空当，中年人向念薇介绍了谈话的基本原则，问她听清楚没有。

念微说："听清楚了。"出去复印的年轻人很快回来了，支起了电脑等待记录。中年人接着开始询问念薇的基本信息。之后，按照举报材料里写的，让念薇讲前后过程。

迎梦坐在车里等了两个多小时，见念薇迟迟不出来，便给范以轩和如霜分别发微信，问念薇会不会有问题。范以轩回答是肯定的，不会有任何问题，只不过要履行谈话程序而已，要她耐心等待。

整整一个下午，念薇的手机留在车里，有人不停地在呼叫她的微信，可屏保设置了密码，迎梦打不开，看不到是谁在给她发语音和留言，只知道闺密们在群里十分关心自己，想约时间见面，帮迎梦出出点子。

217

快到了下班时间，街道上已经开始堵车。迎梦两眼专注地凝望着院内，盼着念薇快点儿出来。猛一眨眼，只见刚到时出来接人的那个年轻小伙，带着念薇从院里朝门口走来了。迎梦拿着念薇的手机跳下车，走到门口去迎她。自动伸缩大门"哗"地闪开一道缝，念薇前脚迈出来，后脚又关闭了。那名年轻小伙对迎梦，说："哎，你领她来的，现在我交到你手上，她再有啥事不怪我了，你们可以回去了。"

念薇和迎梦谢过那名年轻人，转身朝车旁边走。迎梦迫不及待地问念薇进去有没有受欺负，里边的人对她客气不客气，等等。念薇说刚进去时很紧张，慢慢聊着聊着就放松了，只是核实事实，没有什么。

迎梦说："可急死我和如霜了，还是范总料事如神。他说你用不多久会出来，果真如此，出来就好。"念薇说："举报人渣的不光我，别人也在举报他，看来他蒙骗了不少人。"迎梦拉开车门，问："咋在里边待这么长时间？我一直看表，两个多小时。"念薇说："麻烦着呢。在里边先一件件地取证，对完才给做笔录，一遍遍地来，可不耽误时间嘛。"

迎梦将手机递给念薇，钻进驾驶室，说："你歇歇，我开吧，咱们是回公司还是去哪儿？"

念薇打开手机看微信，"呼啦啦"陡然涌出来几十条留言和语音。她先看闺密群里大家的留言和范以轩的回复，问如霜、雪柳和曼香咋定的见面时间。迎梦告诉念薇，大家都联系不上她，吃完晚饭过来看迎梦。所以，迎梦在一家酒吧订了个大包房，几个人痛痛快快地去喝一场，不醉不罢休。念薇告诫她不要借酒浇愁，她陪迎梦直接去酒吧吃点东西，就在那里等。迎梦问要不要把范以轩叫来，念薇直接给他发去微信，叫范以轩晚上也来酒吧一起喝酒，顺便给他通报一下谈话的情况。范以轩接到微信马上秒回，答应吃完饭赶过来。

那家酒吧在一条胡同里，门脸不大，但门前车水马龙。经常泡吧的有中国人，也有外国人。迎梦挽着念薇的胳膊走进去。大厅里灯光昏黄，已有少许坐在吧台边、边饮酒水边等客人的青年男女。在一名打扮时尚的女服务员引导下，她俩穿过大堂直接进了包房，但并不影响投射在她们身后的回头率。

俩人先叫了点心和果盘。刚端上来，念薇喊着饿死了，得先吃东西，伸手抓起食物往嘴里塞，迎梦说让她慢点吃，小心别噎着。

范以轩急着想见念薇。他第一个赶到。进来时，念薇和迎梦刚用点心果腹，填充了一下饥饿见底的肠胃。范以轩见两人很恭敬地起身让座，伸手按了按她们的肩膀，自己主动坐在了对面的沙发上。念薇喊来服务生，为他点了一杯柠檬水。

范以轩说："不用管我。你们快吃，不然等会如霜、雪柳和曼香到了，你俩更要饿肚子。"

念薇从面前的纸盒里抽出两张纸巾，擦了擦嘴巴和纤细白净的手指，喝了两口白开水，将身子往范以轩面前凑了凑，详细聊起了下午谈话的经过。迎梦坐在沙发上想着自己的心事。

第二个进来的是曼香。是刘立峰陪着她来的。被服务生带进包房的那一刻，曼香先给了迎梦一个轻轻的拥抱，拍打着她的后背，一口一个"宝贝宝贝"地喊着，等与迎梦分开后，她和刘立峰才分别与念薇和范以轩握手寒暄。

第三个进来的是雪柳和如霜。雪柳结婚后，父母回到老家去生活了，诗云便由李冠霖和雪柳两人带，有时李冠霖父母还伸把手帮个忙。这晚，雪柳将诗云交代给李冠霖照看，她打车来了酒吧，恰与如霜相遇在门外。如霜没有别人可以托付，只能将小鸿泽交代给父亲照料。

几个人聚齐后，念薇和范以轩将下午谈话的事情说得差不多了。范以轩提醒念薇，王山木一定会知道念薇被叫去谈话，甚至会了解更多的谈话细节和内容，因为不是铁板一块，要防止王山木做最后的挣扎与反扑。念薇说他若反扑，会叫他死得更惨，恶人不除，百姓不安。看大家都到齐了，俩人才缄口不再聊谈话的事情。

大堂里有雇来的音乐学院学生在演奏钢琴，是贝多芬的《命运交响曲》，整部音乐充满了生命搏动的气息。此时，刚好演奏开头的乐章，"咚咚咚，咚咚咚"给人的错觉仿佛是命运的敲门声，然后生命的序幕被徐徐拉开了。

站在门外的服务生是个小男孩，上身着件灰色的长衫，下身穿条黑色的裤子，是酒吧老板给员工统一定制的工作服。他手提两捆贝克啤酒推门进来，搁在了长条茶几上。迎梦从包里掏出两百块钱小费甩过去，小男生点头谢了她，转身走到门口，谦卑地说："美丽的女士们，有事请随时吩咐，我愿意为各位服务。"

这时，钢琴声扑面而来，像要刺破每个人的耳膜。迎梦接连打开其中一捆啤酒，推到大家面前，抓起酒瓶说："今晚我请客，我要谢谢各位亲们，喝。"话音未落，迎梦已将一整瓶啤酒灌进肚里，"哐啷"将酒瓶扔到了一边。念薇拉她，说："你别这么喝，不要命了。"

范以轩拉住迎梦手中的酒瓶，说："来，先听听外面贝多芬的《命运交响曲》。"

包房里顿时变得无比安静，钢琴声迅速传播进来。范以轩如痴如醉，闭着双眼，挥动着手臂说："听吧，第一乐章快节奏，第二乐章慢节奏，第三乐章、第四乐章融合奔放、快速、抒情的旋律。"突然睁开眼问，"你们谁能说说刚才的音乐在表现什么？"

念薇说："迎梦，你说。"迎梦说："我不说。"雪柳说："表现了人与命运的抗争。人是天地间最不会屈服的生物，作为生命的强者尤其如此。"范以轩拉着长音说："是了。人与命运始终在进行殊死搏斗，不管面对什么事情，往往有喜有忧，有坚决、有犹豫。《生命交响曲》的高低起伏，舒缓紧急好比是人的心历路程，音符流淌间是最真实的生命再现。迎梦，你要好好体会呀。"

曼香说："我在培训班上专门给学员讲过这首名曲。至今不敢说我懂得这首曲子的深刻内涵，所幸人的灵感是最宝贵的财富，我可以为所欲为地享受听这首曲子心头的感喟。"

念薇有感而发，说："钢琴真震撼，简直令人高山仰止。我记得贝多芬自己说过一句话，'我想扼住命运的喉咙，它决不能使我屈服'。听到了吗？它教咱们要学会对命运叫板。"

如霜说："网站、电台有时也播这首曲子。它是一个强者面临苦难所应承受的精神总汇。人在命运面前是微不足道的，我总觉得生命是一座坟墓，要想重生，必须有凤凰涅槃的勇气，有苍鹰啄羽的胆量。我们都不能屈服于命运，不能做命运的奴隶。"

范以轩说："人生于世，就好比草长一秋，风吹雨打、磕磕绊绊是在所难免的。要学会坚强，学会在苦难中成长。我们不能因为悲苦一味沉沦，不能因为灾难一味感伤。人是小草，风再大，我们依然昂首挺立在风中，没有什么能压倒我们，包括命运。相信我，这个世上没有什么过不去的坎儿，如果困难来临我们就向命运俯首屈膝，一个人做人的尊严在哪里？那实在太不值得，放下吧。"

第十九章

念薇将迎梦送回仙界花园，帮她凉好白开水搁在床头，嘱咐她渴了记着喝水解酒，确认迎梦夜里不用人陪，念薇才放心地开车回家。

婷婷已经做完作业睡下，高畅还在看电视等她回来。见念薇推门进来，问她一天天的都去哪儿了，再忙也不至于忙到见不着人影。他不知道念薇心里压着块沉甸甸的石头。王山木的攻击无时无刻不在缠绕着她，甩不掉，脱不开。高畅关心的是念薇整天早出晚归都在干啥。

念薇换了拖鞋，走到客厅搁下坤包，没有正眼瞧高畅，去推门看了看睡着的婷婷，然后说："我出去干什么，说了你也帮不上忙呀。"

高畅来了兴趣，追问到底有啥事瞒着他。念薇累极了，转到沙发前坐下，倒了杯水猛饮两口，说："找我谈话了，你能帮着去解释吗？"

高畅愕然地愣在那里，问："是不是你举报了王山木？"

念薇说："王山木一直在污辱、攻击、诬陷我和范总，我只能束手就擒坐在家里等死吗？"高畅站起来，脸色灰沉，说："你跟王山木闹什么呀？他曾经跟你合作过，还是不错的嘛。"念薇说："他帮我是为了自己挣钱。他攻击我，举报我和范总有这关系那关系，污辱我的人格，太卑鄙。在你眼里，咋成了我跟他闹了？你有没有脑子？"高畅说："你以为我真傻啊，我不是猪。举报别人无法证明自己是清白的。"念薇听后恼了，厌烦地说："这话你应该对王山木去说，我和范总是清白的。"高畅较真，问："咋证明你跟姓范的是清白的？拿证据出来让我瞧瞧啊。"念薇气得不行，骂道："浑蛋玩意儿。那你证明你爹是你爹。"高畅被掊得无法回答，就给自己找台阶下，说："以后你能不能没事早点儿回来？"念薇说："跟你说话真费劲儿。公司里没事，我也想早回来，但有事回不来咋办？你帮我去挣钱啊？"

高畅说："跟我说话费劲儿？那你跟谁说话不费劲跟谁说去吧。"

念薇生气不再理他，脱下外衣走进卫生间去洗澡，关着门冲外面喊："以后咱俩回到家里谁也别搭理谁，最好各做各的饭，各睡各的床。这十几年，每当我遇到事的时候，你不但不向着我说话，还不断讽刺我、怀疑我，真懒得理你。"高畅冲卫生间大声喊："行啊，以后我的事你也别问，我可以单独吃，你和婷婷你们俩吃。但你答应过每年给我20万，一分也不能少，至少公司得给我一定的股份。"

念薇每次回到家，总会因高畅的各色发生无休止的争执。她心累得受不了，在高畅身上看不到任何希望，对俩人婚姻也就变得更加心灰意冷。

一个月后，念薇购置的办公楼如期交房，三院项目代理费打来了一笔预付款。她找物业退了三个月的租金，将公司搬进了公园毗邻的那个小区，完成了人生中的第一次蜕变。助理小李让员工们送了些鲜花、花篮，搁在门口两侧和念薇的办公室里，搬完家还在饭店里订了几桌饭，组织所有员工小聚以示祝贺。迎梦和如霜自然过来帮忙，看着崭新的办公环境，她们觉得自己都获得了重生。

公司搬完家，念薇帮迎梦找的一家律师事务所指派了律师，给李飞舟发去了律师函，要求他去公证处进行财产公证。

一个小时后，迎梦拿着一沓资料从公证处出来。念薇问她办完了，迎梦只点了点头。

念薇启动车辆开离了公证处，说："心里不舍得了？"迎梦擦掉眼泪，说："我只是不甘心。"念薇说："她比你有心计、有手腕，不承认不行。"

当晚深夜，映寒来了例假。李飞舟睡得正香，映寒跑进厕所急慌慌地冲水，接着喊道："李飞舟，你快来，我流产了。"

李飞舟在睡梦中听到映寒的喊声，冲进厕所一瞧，只见马桶里一片血红，马桶上到处留着血迹。李飞舟急切地问："孩子呢，让我瞧一眼。"映寒双手掩面，从眼里挤出两颗泪珠，抽泣着说："就一个小肉团，我刚才冲下去了。"李飞舟似信非信，说："那也得叫我看看是啥呀，毕竟是咱们的亲骨肉嘛。"

映寒抹了抹脸上的泪，扯下一团纸往下身里塞，朝他甩脸子说："你不信我流产是不是？两个月都不来例假了，那你说我下面的血是从哪来的？”

李飞舟支支吾吾不再怀疑，扶映寒回到客厅，叮咛她别把身子弄坏了。映寒说真担心会大出血，李飞舟吓得催她去医院，却遭到了映寒的拒绝，说观察观察再看。

李飞舟从此被映寒牢牢地控制在手中。他个人每花一分钱，公司对外每拨一笔款，最终都得经过映寒同意和签字。李飞舟感到几十年来，从来没像现在这样活得如此窝囊。

时间飞逝，转眼又过了一个夏天。秋季到来的时候，如霜将小鸿泽送进了国际学校，婷婷考上了重点高中，诗云升入了重点小学。她们都长大了一岁。念薇答应约詹姆斯和安娜见面，由于孩子出国读书的时间尚早，每天早上一睁开眼，先在微信里给詹姆斯夫妇发个问候语，表示想着他们，以后约见时，也就不觉得那么唐突和功利了。

就在这个季节，先前的项目结算资金，如蚂蚁搬家排着队往里进。文化板块刚做完这单业务，那单又来了，客户扩展到了其他系统，陆续签回来不少合同订单，在文化广告圈里做出了名气，称得上风生水起。

看着当月的财务报表，念薇想到了两件事：一件是决定买一套大面积的住宅，换一个居住环境更好的小区，不能继续挤在那套两居室里，客人来都不敢往家里带。她奋斗的目的，除了贡献社会以外，就是最大限度地改善自己的生活条件，这辈子活得出个人样来。另一件是满足高畅提出的请求，让会计往他银行卡上转了20万。

晚上回家后，念薇说近期要新买一套房，不想再住这么憋屈的房子。高畅很惊讶，两居室已经住习惯了，不愿意换到别的地方去住。

念薇说：“谁家没有两套以上的房子？我跟着你只能一辈子住这样的房子吗？”

高畅不相信她开公司能挣出这么多钱，问她买房的钱从哪儿来。念薇太了解高畅了，明白说这话是怕花他的钱，而念薇不想告诉高畅到底有了多少积蓄，只说请他放心，买房不会让他掏一分钱，念薇自己去想办法。然后，念薇问高畅收到20万没有，高畅说银行短信提醒进账了。

念薇说：“这些钱，你怎么花我不管，只要以后别碰我就行。”高畅说：“钱解决不了我的生理需求，我总不能出去嫖娼吧？”念薇说：“隔壁那个女的不是拉扯你吗，找她去。"高畅脸刷地红了，说："她不如你好。你能不能去医院治治你的性冷淡，长期分居哪个男的受得了。"念薇说："我没空。你既要我的钱，又想要我的身子，可你给我做过什么贡献？你自己想办法。"

高畅拿到钱，不再强求念薇，乖乖地回到主卧一人去睡了。

不几日，念薇果真在公司附近的一个小区看上了一套新住宅。现在卖房的人多，拥有多套房子的人，把多余的房产卖掉，换成现金倒腾走。如此一来便有了足够多的房源可供挑选。这家房主出国了，期望值不高。念薇见价格适中，室内装修还算豪华，交完钱、过完户可以拎包入住。她二话不说，当场拍板定了下来。回头带着高畅和婷婷去看，把两人乐得心里直发痒。

解决完这件大事，念薇把全部精力一心扑在公司管理上，横下心要将公司做大做强。公司账上有了一定的积蓄，刺激了她的思维，使她产生了一个新的构想。于是，她把迎梦和如霜叫到公司，告诉她俩已组织人员对市场进行了调研，想成立一家投资公司，拿出一定资金参投乡村振兴开发项目，问她们是否可行。迎梦精神有些恍惚。如霜拍手叫好，说："行啊，看准好项目投进去，公司以后生存发展就不愁了。让范总帮着参谋参谋，他有经验。哎，迎梦，你说呢？"

迎梦回过神来，说："那问问范总呗。"念薇扭头瞧着她，说："你还在想过去那些事啊，这不是自寻烦恼吗？不许再想了。"迎梦说："唉！想又想不通，忘又忘不掉，我可咋办呀？"如霜说："想不通的事情多着呢。薇姐碰到王山木也想不通，她还不活了？"

有时候，说话聊天跟说书人似的，真是说曹操曹操就到。如霜不提王山木还好，念薇去谈话过了这么久，念薇和范以轩也没收到王山木的一条短信，以为他从此销声匿迹了，可如霜乌鸦嘴这边一说，念薇那边手机短信提示音，突然"叮铃"响了。点开一看是王山木发来的，对念薇大骂不止，那语气很猖狂：我知道你个臭婊子被叫去谈话了。我还知道你诬陷我索贿，但那些证据到死我都不会认。我何时向你索贿了？都是你巴结我送来的，我已经上交单位了。你个王八蛋甭想整死我。要死咱俩一起死，我死了也不会放过你，你他妈瞧好吧。

念薇当即拉下脸来，琢磨怎么回复他。如霜发现念薇的情绪不对劲儿，问谁又惹你生气了，念薇顺手将手机扔给她和迎梦看，迎梦说王山木是该死的人渣。

如霜看完直摇头，说："不可救药，甭理他。"

念薇咽不下这口气，编了一大段回击王山木的短信，本想发送出去，却突然收住，复制到微信上发给了范以轩。范以轩同样收到了王山木的一条短信，话里话外不忘对他进行恐吓。范以轩看完轻蔑地笑笑，权当疯狗咬人，视而不见，当场删除了。看到念薇发来的短信时，范以轩猜到王山木一定对她又在进行人身谩骂与攻击，回复劝念薇不要理王山木，必须让他摸不到头绪。

念薇听了范以轩的劝告，置之不理王山木的攻击与辱骂，随即把成立投资公司的想法讲给他听。恰逢有人正找范以轩咨询一个乡村振兴项目，想拉几家公司一起投资开发。他夸念薇很会抓时机，推荐她参与到这个项目中去。

机缘便是如此巧合。范以轩这么一讲，念薇和迎梦、如霜来了信心。三个人欣喜若狂。

迎梦清楚李飞舟处处仰仗范以轩。只有他能掌握李飞舟的一举一动。虽然自离婚分手后，迎梦删除了李飞舟的所有联系方式，两人不再见面，可多年的感情作祟，使她仍有些念旧，控制不住自己内心的藕断丝连。她并非想见李飞舟，而是记恨映寒的无耻，想知道李飞舟娶了她以后过得怎么样。加上范以轩确实有成熟男人的吸引力，学识渊博，地位显赫，大名鼎鼎。因此，她想着要单独去见见范以轩，打听一下李飞舟的情况。

如霜和念薇都反对迎梦去见范以轩。她俩都想把范以轩请到公司里来见面，顺便让他指导指导公司的业务。迎梦嘴上答应念薇和如霜不找范以轩，却下决心私下去拜会他。

迎梦去见范以轩是在这之后的一个晚上。她从念薇公司下班出来后，先给范以轩发了个微信，称有事儿想向他请教。范以轩晚上没有应酬，在单位食堂里吃完饭早早回家了。拗不过迎梦，只好把位置信息、小区名称、楼号、单元及门牌号一并发到她的微信上。迎梦将车停在路边，正在一家小吃店里吃炒饼，等着范以轩回复。接收到位置信息，打开百度导航一瞧，相距十多公里，开车半个多小时的路程。

小吃店旁边是一家水果店，门口摆着各种水果，里边也卖鲜花。几个男人和女人在里边来回转悠，有的买了水果，有的在观赏鲜艳的花束。迎梦撂下碗筷，从小吃店里出来转身进水果店，问完橘子、苹果、葡萄和大鸭梨的价格，买了橘子和大鸭梨两种，用塑料袋装好提上了车。

　　半个小时后，迎梦开车来到范以轩居住的那个小区。停好车，迎梦提着水果进了范以轩住的那个门洞。范以轩在楼上沏好了茶，提前拧开了门栓，但迟迟不见迎梦上来，正要拨迎梦的微信语音，迎梦却出现在了门口。

　　范以轩接过迎梦手中的水果，热情地说："来就来呗，还花钱买啥水果。"迎梦说："我不能第一次来空着手呀。"

　　范以轩请她进来，问吃了没有，迎梦边换拖鞋边告诉他吃了。走到里边也没坐，在屋里转来转去，把三个房间和厨房、厕所都看了一遍，说："南北通透，一个人住够了。"

　　等回到客厅，范以轩将茶水往她面前推了推，说："还在想着老李那些事啊，真是糟糕透顶。"迎梦端起茶杯抿了一口，眼里瞬间有了泪，委屈地说："本来不去想，可受不了那种折磨，他太浑蛋了。"范以轩说："是呀，成了大笑话。真让人想不通。"迎梦擦了眼角的泪，说："我本来想得到了属于我的东西，从此形同陌路，可我好几年的感情投入，被那个女人毁掉了，我也太失败了。"

　　范以轩笑了笑，不知道该怎样安慰她。俩人正聊着，范以轩的手机微信铃声突然响了，点开一看是李飞舟的，递到迎梦面前，说："瞧瞧，老李天天给我拨语音。"迎梦示意他接听李飞舟的语音，范以轩点开免提，说："哎，老李，是不是又受气了？"语音里传来李飞舟凄楚的声音，说："别提了，我是自找的，千好万好不如和迎梦好，我想她。"范以轩瞅着迎梦，说："后悔没用了，回不到以前了。"李飞舟说："没办法，也许我命该如此，犯桃花劫。你如果遇到迎梦替我带个话，我依然是爱她的。"

　　迎梦在旁边听着打手势，让范以轩不要接他的话。范以轩说："老李呀，你爱迎梦，可迎梦不一定爱你了，老老实实过日子吧。"

　　范以轩摁断了语音，对迎梦说："你都听到了，还想不想跟老李见面沟通一下？"

　　迎梦摇头说这一辈子不想再见他，不信将来找不到好男人。正说着，范以轩手机微信铃声再次响起，见是念薇拨进来的，抓紧起电话跑到阳台去接听。迎梦心情好了许多，不在意是谁打给范以轩的，自己在屋里转着观赏博古架上的瓷器和艺术品。

范以轩与念薇通话的声音很小。当范以轩摁断手机回到屋里时，迎梦才敏感地问他谁打电话讲这么长时间，范以轩说："还有谁，你们的薇姐。"

迎梦一愣，问念薇说啥了。范以轩说："跟我说项目的事儿，顺便问你有没有跟我联系，我说没有。你也不能跟她和如霜说，不能因为我影响你们闺密之间的感情。"

迎梦"噢"了一声，答应不跟她俩说。迎梦在范以轩住处待了三个小时。两人开始从她与李飞舟的情感聊起，最后聊到艺术收藏和婚恋、家庭与人生，聊得天昏地暗。迎梦发觉范以轩确实与众不同，不但具有亲和力，能够看透女人的心，还可以解开女人的心头之锁，给人以宽慰和安全感，竟把她聊得忘记了多日来的痛苦。

夜已渐深，范以轩坐得有些疲乏，很想催她走，又张不了口，试着问："你回家路上需要多长时间？"迎梦瞅着他，说："挺长呢。"

正说着，范以轩手机又响了，是如霜拨过来的语音。他抓起手机再次躲到了阳台上。如霜直截了当地问迎梦有没有来他这里，范以轩吞吞吐吐，只能像回答念薇那样说没有。

回到客厅跟迎梦嘟囔了一句，说帮如霜解决了小鸿泽上学的困难，从李飞舟公司里借了30万，让如霜把小鸿泽送到国际学校去读书了。

迎梦很惊讶，问："你咋会帮霜姐借钱呢？将来她还你吗？你不怕李飞舟现在那个女人知道了跟你翻腾啊？"

范以轩说："她说还了我，我再还给老李。"迎梦问范以轩啥时候借的，他说好几个月了。范以轩越这样说，迎梦越起疑虑。好几个闺密见了多少次面，如霜从未在她和念薇、曼香、雪柳面前提起过此事。迎梦头有点发蒙，搞不清事情的原委和真假了。

就在这当口，迎梦手机突然想了，范以轩见跟迎梦通话的人是念薇，念薇从公司里回家很晚，检查了一遍婷婷的作业，没有发现错误，催她赶紧睡觉。婷婷逐渐长大，懂事了放多，知道念薇忙，学会了自己照顾自己。念薇感到很欣慰，跟婷婷说迎梦阿姨遇到点问题，晚上可能要过去陪她住一夜，提醒高畅第二天记得送婷婷上学。婷婷说不用催，她自己会按时起床，上学不会迟到。

范以轩拎起包将迎梦送到楼下，眼瞧着她开车驶离了小区。待迎梦回到仙界，念薇已站在楼层门口等候。

迎梦打开门邀念薇进去，说："我不跳楼，你担心啥呀。"念薇说："那不行。你是公司股东，我得经常来陪你，等你情绪恢复到正常，我就不过来了。"

俩人进屋换了睡衣。迎梦一手端着水壶，一手拿着两只烫过的水杯从厨房里出来，问念薇知道如霜找范以轩借了钱吗？念薇猛一愣，摇了摇头说如霜从没提过，反问迎梦是如霜亲口说的，还是听范以轩说的。迎梦说不是他俩说的，去办财产公证时，听李飞舟叨咕了一句，忘了告诉念薇。

念薇又问："霜姐找他借钱干什么？"迎梦说："小鸿泽上国际学校需要花费，她就找范总借了。"念薇说："哎呀，找范总借啥钱，这不是为难他嘛。咱们公司也不是没有，干吗不找咱俩张口。"迎梦说："谁知道她咋想的。"

"那倒未必。"念薇说，"看范总好说话罢了，我得问问她。"迎梦阻止道："你别问霜姐和范总，不然多尴尬。霜姐如果实在没钱，公司替她还给范总都行，年底从我分红里出 30 万，让范总还给李飞舟。"

念薇说不从迎梦的股份里出，公司可以出，如霜需要钱，随时让财务去银行取。这算是俩人共同做出的一个小小决定。

迎梦睡在主卧室的大床上，念薇去了次卧，里边也安着一张大床。关上门，念薇心生疑惑，发微信给范以轩，问如霜找他借钱是咋回事儿。范以轩刚刚躺下，看到微信内容顿时一惊，猜到迎梦一定跟她说了，后悔当时没能收住嘴，问念薇是咋知道的。念薇说是李飞舟透露给迎梦的，消息来源不会出错。范以轩见瞒不过去，只好一五一十地把如霜借钱过程全盘端了出来。

念薇拨通了范以轩微信语音，问："为什么要瞒着我？一个与你不相干的女人找你借钱，你不觉得奇怪吗？"

范以轩说："她带个孩子挺难的，咱能帮就帮一把，没什么。"

念薇说："你除了工资奖金，自己没有多余的钱，却敢为她找李飞舟借，不怕她一旦还不上吗？"

微信里听不到范以轩的声音了，念薇"喂喂喂"连喊好几句，范以轩才说话："如霜说一定要还的。"

念薇带着气摁断了与范以轩的连线，接着拨通了如霜的语音。如霜睡得早，经常夜里将手机调成静音，响了半天也没听见。到了下半夜，念薇睡得正香，手机铃声突然作响，把她震醒了，抓过手机看是如霜打来的，迷迷糊糊地按开键接听，说："拨语音你不接，咋这时候打给我？"如霜举着手机说睡着了没听到，问念薇有啥事儿。念薇说："亲，你做错了一件事。"如霜说："啊，我做错事了？"念薇拧开床头灯的开关，坐起来靠在床头上，说："鸿泽上国际学校，你钱紧咋不跟我和迎梦说，找范总借啥钱啊。"如霜心里有些慌张，说："你咋知道的？"念薇说："那些钱是范总从李飞舟公司里借的，李飞舟不知道范总给你用，他透给了迎梦。"如霜浑身发紧，说："是的，等我有了就还范总。"念薇说："亲，鸿泽上国际学校确实比一般高中花钱多，咱再没钱，也不能耽误孩子前途。你手头紧应该跟我和迎梦说，公司里不是没钱，可你不该跟范总张口。他除了年薪没有额外的收入，只能去找李飞舟借，这不是给他出难题吗？"

如霜如梦初醒，这才明白为啥没过几天，范以轩就筹到了30万元，说："是吗？我真不知道他找了李飞舟，那我抓紧还他。"念薇问："你手头能凑够30万元吗？凑不够别闷着，来公司里拿。"

念薇困得不行，不愿再跟如霜继续聊，便叫她抽时间去公司拿钱还给范以轩，以消除在李飞舟那里留下的隐患。等两人结束微信通话再想睡觉，念薇却无法入眠了，只能辗转反侧熬到天亮。

第二十章

如霜对别人知道自己找范以轩借钱比较忌讳。躺在床上思前想后，天一亮就给范以轩发去微信，埋怨他手里没钱应该如实说，不该去找李飞舟借，现在传到了迎梦和念薇的耳朵里，让她在闺密面前实在太丢脸面了。范以轩将责任往李飞舟身上推，说："你看这个老李，嘴真不牢靠，怎能跟迎梦说这件事呢，回头我得批评批评他。"

借钱之事，雪柳和曼香最终还是知道了，是迎梦在她俩面前不小心说漏了嘴。念薇公司搬进新购的办公楼后，她们没来过，曼香开车让刘立峰陪着来看看。雪柳是一个人来的，李冠霖没陪她。念薇和迎梦接待了他们，在楼里转完，站在楼上看公园，景色宜人，令三人惊叹不已，从心里佩服和羡慕念薇的创举。

几个人坐在会议室里边喝茶嗑瓜子边聊天。念薇说又成立了一家投资公司，马上参投一个乡村振兴污水处埋项目，改变一下公司的业务板块结构，拓展资本渠道，不能从事单一的经营模式，扩大规模后想法与央国企进行混改。迎梦现在是公司的股东之一，想扩股增资再吸引几个股东进来，鼓励曼香和雪柳有钱可以进来参股，大家绑在一起，共同富裕。

这个提议首先激发了刘立峰。他毕竟是商人，有着比常人更加敏锐的眼光，在老家开发房地产，本身就是一种投资行为，知道投资回报和获取的利润有多高。一听念薇参投乡村振兴项目，他立马来了兴致，问念薇可不可以在投资公司入股。

念薇说："欢迎啊，朋友入股我放心，外人想入股我还要考虑考虑呢，不了解万一被坑了咋办？迎梦说："我也不同意外人参股，咱们几个一块玩多开心。"念薇问刘立峰："那你跟曼姐谁持股？"

刘立峰指着曼香。曼香没想到刘立峰不经商量会做出这个决定，说："他出钱让他持股吧，我不。"雪柳对曼香说："曼姐，你是不是傻？刘总出钱还不是为了你。"念薇说："是呀是呀，有啥好推的。刘总的股份是给你的，股东变更就写你了。柳姐，你和李冠霖是不是也入一股？"雪柳犹豫说："也让我入啊？霜姐入了吗？"迎梦说："小鸿泽上国际学校，霜姐还找范总借了30万呢，她恐怕没钱。"

雪柳和曼香愕然，几乎同时说："她找范总借了30万？"念薇用眼白迎梦，迎梦见说错了话赶紧堵漏，说："噢，我也不太清楚她找范总借没借，好像需要30万。"

曼香和雪柳反应很快，笑着埋怨迎梦为如霜和范以轩打掩护。她俩不相信如霜手里连30万都拿不出来。如霜只清楚念薇和迎梦知道此事，没想到传来传去，竟把这个消息传给了曼香和雪柳。这样一来，范以轩帮如霜借钱的事儿，在闺密圈里不再是什么秘密了。

曼香也成为念薇投资公司的股东。随后，曼香才问他为啥要出钱入股，刘立峰说他要对曼香负责，为她以后生活和创业打基础。

曼香听了之后很感动，眼里都快流泪了。

雪柳没有表态出资入股念薇的公司。结婚后，她与李冠霖离多居少。社里派他跟随记者团队天天出去采访拍照，她在家照顾着诗云和李冠霖父母。没有李冠霖家里的支持，她没那么大胆量，也没那么大实力，不敢擅自决定出钱去入股。她对念薇说很想写篇报道文章，在媒体上帮念薇公司做一下宣传，试从化羽飞天公司的发展现状，探索民营企业生存的出路与前景。

念薇听后很高兴，说："太好了。柳姐，要写你就突出公司，别突出我个人，我暂时不想出名。下一步，我如果做公益事业，公司出了钱再宣传我。"雪柳说："不宣传你，宣传公司，总可以吧？"念薇说："你先写吧亲，写完发给我看看，我需要媒体助力。"

雪柳和曼香离开念薇公司后，如霜开车来了。她对念薇和迎梦说找范以轩借钱，是为了不给念薇公司增加负担，更不想在闺密面前哭穷。念薇说自己也有过穷时候，如果朋友遇到困难不帮，那就不是闺密了。说着，念薇让迎梦安排会计去取钱，如霜坚持不要，拉住迎梦说能凑够钱还范以轩。然后，话锋一转，说婷婷和小鸿泽来年要上高二了，问念薇何时能约到詹姆斯和安娜。念薇说谈完污水处理项目合作，她出面把詹姆斯和安娜约出来。

两天后的一个上午，范以轩果真把项目方叫来，通知念薇过去对接。念薇叫迎梦开车陪着去，拿着公司画册和简介意气风发。

听了如霜关于借钱的解释，念薇没有真正怀疑她和范以轩，可心里仍旧很不舒服。她和迎梦走进会议室见到项目方和范以轩时，范以轩发觉，念薇的眼神跟平时见到他不一样，充满了冷漠与不睬，马上意识到，可能是因借钱给如霜惹得她不高兴，守着项目方不便进行私人交谈，直催项目方抓紧介绍项目情况。

污水处理是乡村振兴的一部分，要把乡镇的污水集中做净化处理再利用。此项目不大不小，目前正在招商引资，项目方已去谈过好几轮，谁投资谁受益，投资方将获得30年特许经营权，通过补贴加运营收回投资。

范以轩和念薇看了测算表，认为是个好项目，机会难得，当场表态说："行，这个项目我们主投，控股百分之五十一，你们可以跟投百分之四十九，马上启动。"

念薇也算了一笔账，悄悄地对迎梦说："公司里有钱，咱们投一千万，占百分之二十四的股份，行吗？"迎梦说："行，你定吧。"

项目方见范以轩表态提出了方案，拍手鼓掌同意他的建议，赞赏范以轩不愧是投资界的大佬，独具慧眼。念薇借机举手，说："我们化羽飞天投资公司出项目资本金一千万，跟投这个项目。"

范以轩敦促项目方说："如果都同意就这么定，你们两家具体商议，各占百分之二十五左右，咱们三方签完投资协议后，马上派人去现场考察，与地方签订投资合同，立即启动实施。"

第一次做项目投资，念薇就抓住了机遇，心里非常高兴。临别时，范以轩本想让她和迎梦多留一会儿，她却喊迎梦下楼开车走了。直到一周后，三方签订投资合同再次见面，她脸上才露出一丝笑容。

签完联合投资协议后，范以轩把念薇和迎梦留了下来，说："我要告诉你们一个好消息，去我办公室说吧。"

念薇和迎梦来到楼上范以轩的办公室，范以轩随手带上了办公室的门。迎梦问什么好消息，催他快说。范以轩坐到椅子上，说："王山木有问题，被留置了。"

天要让谁灭亡，必先让其疯狂。王山木在任期间，以安排工作为名，骗财骗色，引来好几个外地的姑娘和家长举报，包括他向念薇的公司索贿，一并被查实。他上午给员工们开会，还夸夸其谈，下午被带走再也没能回来，其结果一目了然，验证了"正义只会迟到，但不会缺席"这句话。

念薇一阵惊喜，拉了拉胸襟，说："真是善恶终有报，天道好轮回。不信抬头看，苍天饶过谁。这回好了，清净了。"

迎梦担心地问："哎，他会不会乱咬人啊？"范以轩嘲笑说："关在笼子里的狗只会狂吠乱叫，咬不到人，叫得越欢，死得越快，不怕。"迎梦说："那就好。他太人渣了。你们先聊，我去趟卫生间。"迎梦拉开门急匆匆走了出去。范以轩微笑着看念薇，问："你为啥不愿理我了？"念薇瞥他一眼，说："就不想理你。"范以轩说："我觉得她跟我张一次口不容易，所以一时冲动帮她找老李借了 30 万。"念薇又问："我要有困难，你也帮我吗？"范以轩说："这不一直在帮你嘛。"念薇顿时豁然开朗，冲他莞尔一笑，说："我当然感觉到了，就是不跟你说。哼！"范以轩说："得得得。我不说了。说得越多，你越认为我是在狡辩，让自己越描越黑。"

投资项目的成功签约，让念薇和迎梦心花怒放。在这一刻，念薇似乎感受到有一股巨大的动力在推着她前进。她为自己的成功倍感欣慰。回来的路上，她一直思索着，用灵魂拷问自己的前几年和这两年，问迎梦："你说我够自信吗？"

迎梦歪着头瞧她，说："你非常自信，我反而不自信了。"念薇说："我在想作为女人，我们怎样才能获得成功。当然，成功靠努力。"迎梦说："是啊，你的一个行动胜过无数徒言。"

念薇边开车边笑，说："自信才是最美的妆容。只有客观地看待自己的长处和不足，对任何事情都精益求精，才能始终保持进步。鼓励和相信自己，勇敢地面对失败与挫折，不轻言放弃，找就这性格。"

几周以后，念薇搬进了新家，坐在沙发上望着宽敞的客厅，透亮的阳台，体味着新家带来的温暖，暗自庆幸自己的努力没有白费。不知是高兴还是难过，她竟趴在柔软的沙发上，悲喜交集地大哭了一场。

到了晚上，念薇忽然兴起，在闺密群里提出一个话题，说她找到了人生的方向，正在一步步地实现自我价值，让每个人必须发表自己的看法和自身体验。

念薇按照自己的感悟，将文字留言发在群里，说船停在港湾是最安全的，但这不是造船的目的；人待在家里最舒服，但这不是做人的目的；只要不断自我挑战，自我突破，一定能实现人生的价值。每个人都需要勇气与毅力，因为那是实现自我的先决条件，也需要爱心与乐观，因为那是完成自我的前提，更需要坚持与执着，因为那是实现生命价值的前提。

看到念薇这一大段话，雪柳首先发上来语音，哀叹了一番生活的压力后，才顺着念薇的话题往下说，称她自己常常把工作当作自我价值的实现过程，倾心做好每一件事，珍惜每一次合作机会，通过工作品味成长中的点滴进步，从成功中获得满足和快感，分享团队的努力与成就。劝闺密们忘掉烦恼，把心事交给清风。

不等如霜和曼香回应，念薇又在群里说："因为我渴望成功，所以我遇到了王山木一次次攻击、谩骂与骚扰，可我不怕挫折，因为挫折是成功的前奏。不经历风雨怎能见彩虹？成功带来的喜悦驱散了挫折带来的创伤，遭遇挫折后反而变得更坚强了。人要想自我完善，就要在挫折面前不甘沉沦，顽强地拼搏。如果真正在挫折中学会了拼搏，那么离实现人生价值就为期不远了。各位亲们，你们和我一样，因为有了挫折，爱情才不会像白开水那样平淡，不会像人工培植的鲜花那样纤弱。"

如霜在群里开始有了反应。她发来语音说："是的。当咱们向命运低头，认为自己是环境的牺牲品，屈服于宿命论带来的厄运时，咱们就丢弃了希望与理想，习惯了听天由命，选择了停滞不前。在这个世界上，没有谁是微不足道的。从你呱呱坠地的那一刻起，就有无数人目送你走上了一条实现自我价值的路。这条路看似普通，却又那样特别，以至再也找不出一条与它相同甚至是相似的路。它只属于我们，只能由我们自己来装点。"

曼香发来一通感慨，说："现在的女人已经摆脱了三从四德的束缚，追求自我价值的实现。薇姐，我很羡慕你，你是我们当中最成功的女人。人生是一本书，内容复杂，分量沉重。而过程重于结果，看咱们如何把握，如何在纷杂喧嚣的红尘中，实现自我的人生价值，才能做到终生不悔，包括咱们爱的人和爱咱们的人。"

念薇给迎梦、曼香和雪柳、如霜送了朵鲜花，说："人生短短几十年，能实现自己的理想，体现自我价值，得到社会的认可，别人的尊重，当然令人欣喜。但是，没有实现自己的理想和走向成功，也不能认为就没有价值，没有幸福和快乐。因为蓝天下每一个梦想都是一朵花儿，一个鲜活的生命。我们需要做的，是用自己的行动去诠释花儿生命的存在，散发出怡人的清香。我的梦流淌在奔腾的血液里，自由且尽情地去绽放。"

雪柳又发上来文字，说："无论人还是动物，勇气在生命的旅途中都是不可获取的。只有像薇姐这样，不断鼓足勇气去感受人性、正视困难、突破自我，将勇气与智慧并行，才能更好地奉献社会，实现人生的真正价值。"

念薇接话说："是的。我认为，无论依赖心的力量还是从实际出发，一切的一切都是为了实现自我价值，为了使生命轨迹的延续更完善和更完美。员工们看到我没日没夜地工作，都觉得我活得累，说我看不开。他们没必要为我操心。当我看到自己生命价值之后的每一分钟，我感到连睡觉都变成了浪费。"

迎梦发上来语音，意味深长地说："是呀薇姐。所谓的享乐只是人类最低级的欲望，你早越过这个级别了。"

如霜在群里说："咱们工作到底是为了什么？钱，还是增长个人的能力？我是不想让别人觉得我不行。"

念薇说："咱俩想法差不多。现在发觉，我一生所追求的，其实是一种自信、自我认同、自我价值的实现。既然我们已经知道了这个方向。那就朝着这个方向去做吧，还有什么可犹豫和耽误的呢？"

雪柳说："当下企业家竞争已经从智商、情商逐步转到了灵商的竞争上了，就是核心竞争力已经从物质财富、自我价值实现到达绽放自己生命的层次与高度。"

念薇说："对呀。这正是我思考的问题。一个企业，所有员工都将要进入自己的轨道，以此绽放生命之光，同时获得劳动价值，不需要鼓励和夸奖，而是自我加压、享受工作乐趣，体验生命本质。一个企业家，必须要有自己的逆天思维，一旦成熟并建立起体系，那么咱们的公司就会展现出顽强的生命力。"

曼香说："人活着就是为了实现自我价值，同时我更希望活得像自己。"

这一夜，念薇的话题调动了五个女人的情绪。如霜、曼香、雪柳和迎梦，都感觉出她具有不可小觑的巨大能量，她们纷纷提出将来一定要投靠到她的公司里来。

如霜催念薇，说："薇姐，今晚我们都被你带到阴沟里了，快别谈人生和自我价值了，赶紧帮我约詹姆斯和安娜吧，都急死我了。"

"好好好，我约，约好告诉你。"念薇在群里喊，"亲们，到时候你们谁想参加提前微我。"

第二天傍晚，念薇果然约到了詹姆斯和安娜。迎梦、曼香没有孩子不参加。诗云上小学，雪柳也不参加。如霜要带小鸿泽去，念薇在学校门口接到婷婷，问她去不去。

婷婷问："是那两个美国小男孩和他们的父母吗？"念薇说："是的。琼斯、斯蒂文和他们的父母詹姆斯与安娜。鸿泽小哥哥后年要出国读大学，你将来读研也可以去美国，今晚还可以跟琼斯和斯蒂文练练英语。"婷婷问："我爸不去吗？""我跟他说了，他不去。""在哪儿？"念薇说："请他们一家去吃烤鸭。"婷婷说："那走吧。"

詹姆斯接到念薇的邀请很高兴，下班后驾驶别克车，拉着安娜和琼斯、斯蒂文去了城北的烤鸭店。念薇坐东订了包间，拉着婷婷提前赶到，点了套餐，包含六个凉菜，八道热菜，外加两只烤鸭和八份葱酱黄瓜条等，如霜则带了白酒和红酒，还分别给琼斯和斯蒂文准备了两份小礼物。

前来吃烤鸭的人很多，大多是一家家带着孩子和老人来的，熙熙攘攘，热闹非凡。小鸿泽和婷婷一见面，俩人就聊起了各自学校的管理与高中课程。婷婷问他去外国读大学好吗？

小鸿泽腼腆地说："国际学校都是出去读书的，到国外有同学挺好的。现在外国老师用英语讲课，语言环境跟国内学校不同。"

婷婷说："我不愿离开我妈，大学毕业我再去国外读研。"

小鸿泽说："那你得练好英语。"

聊了没多大会儿，詹姆斯一家到了。他把车停在了烤鸭店外面的马路边。琼斯和斯蒂文兴高采烈地指着楼顶的匾额，用英语喊："Oh，my God，is this the real roast duck？"（我的上帝，这是正宗的烤鸭吗？）安娜说："You and Stephen will see，no doubt."（你和斯蒂文吃了就知道了，不要怀疑。）

念薇和如霜见詹姆斯一家进来，先热情地招呼他们往里边坐，然后让小鸿泽和婷婷跟琼斯和斯蒂文交流。安娜坐下后用英语问："Boy，which one of you wants to go to school in my country？"（孩子，你们俩谁想到我的国家去读书？）婷婷指着小鸿泽，用英语回答："He goes，I don't."（他去，我不去。）

詹姆斯呵呵笑着用汉语问念薇："你的孩子没有读国际学校吗？"念薇说："詹姆斯先生，我的孩子将来会出国读研究生。我这位闺密的孩子后年要去美国读书，想向您和夫人请教怎样选择学校。"

安娜听懂了念薇的话，用英语说道："There are so many famous universities in America. If you get good grades，you get accepted from several universities at the same time."（美国名牌大学实在太多了。如果学习成绩好，会同时收到几所大学的录取通知书。）

如霜英语水平一般，只能讲汉语，说："我儿子学的是理科，想上麻省理工，有可能吗？"琼斯指着小鸿泽，用英语翻译给安娜："His dream was to go to MIT，my dream is to enter Tsinghua University in the future."（他的理想是上麻省理工学院，我的理想是将来考上清华大学。）小鸿泽用英语说："Yes，I want to be a scientist，so I want to go to MIT."（是的，我想当科学家，所以想考麻省理工学院。）念薇捂嘴笑了，说："霜姐你看看，现在的孩子上学咋像'围城'啊，里边的想出去，外面的想进来，真有意思。"

詹姆斯频频点头，嘴里说着中文："美丽的念薇女士，你说得很对。中国式的婚姻是这样，孩子上学也是这样，总觉得外国的月亮比本国的圆。"

念薇和如霜、詹姆斯三个人同时哈哈大笑。安娜好像没完全听懂他们说的是啥意思，婷婷又用英语给她重复了一遍詹姆斯刚才说的话。

安娜终于理解了，客气地用英语对如霜说："If your child really wants to go to MIT，I can write a letter to the headmaster，and on my own honor, the headmaster has been a good friend of mine for many years, she'll take it seriously. James, don't you agree?"（如果你的孩子真想去麻省理工学院读大学，我可以给校长写封推荐信，并以我个人的名誉担保，校长是我多年的好朋友，她会认真对待的。詹姆斯，你同意吗？）

詹姆斯彬彬有礼地朝安娜点头，用英语回答说："Of course, Ma'am, I respect your decision, and we can even be his guardians, this is a good thing for the exchange of students from the two countries."（当然妈妈，我尊重你的决定，咱们甚至可以当他的监护人，这对两国留学生交流是件好事。）

安娜讲一口流利的美式英语，如霜听着有点儿费劲，就让小鸿泽赶紧翻译。小鸿泽和婷婷同时将安娜的话用中文表达出来，喜悦立刻涌进如霜的心中，浑身像放下一副千斤重担般的轻快，激动地拉过小鸿泽给詹姆斯和安娜鞠了一躬，说："那太好了安娜女士，我会鼓励我儿子获得令你满意的学习成绩，从现在起开始做去美国读大学的各项准备。到时，麻烦您给校长写封亲笔信帮着推荐一下，不胜感激。"

安娜听完詹姆斯的翻译，说："Your son goes to America, our son has another Chinese friend. Jonnes, Stephen, give me a hug."（你的儿子去美国，我们的儿子又多了一个中国朋友。琼斯，斯蒂文，你们三个来一个拥抱吧。）

琼斯和斯蒂文贴近小鸿泽，三个人轻轻拥抱在一起。斯蒂文用中文说："妈咪，从今天以后，他就是我和琼斯的朋友了。"詹姆斯说："是的。你妈妈说得对极了，你们会成为好朋友的。"安娜对念薇说："Ms. NianWei, in the future, you can send your daughter to the United States for graduate studies, we'll also give her the help she needs."（念薇女士，将来你也可以把女儿送到美国去攻读研究生，我们同样会给她提供应有的帮助。）

念薇用英语说道："Thank you and your husband, Mr. James. When my daughter graduates from college, I will consider her going abroad to further her studies, the first choice, of course, is the school you and Mr. James provide."（非常感谢您和您的丈夫詹姆斯先生，等我女儿大学毕业后，我会考虑让她出国深造，首选当然是您和詹姆斯先生提供的学校。）

239

如霜说："安娜女士，我查过资料，网上是这样介绍麻省理工学院的，不论在高层次人才培养上，还是在前沿科学研究上，都在世界大学排行榜中名列榜首或前茅，享有极高的声誉。现在拥有上千名来自各领域前沿的学术精英，一万多名来自世界各地的青年学者。我儿子如果能去这所大学读书，将三生有幸，就拜托你们了。"

詹姆斯说："不要客气。我和我的夫人来中国，正是为了促进中美文化教育交流的。我们愿意帮助你儿子实现这个美好愿望。适当的时候，我夫人会提前与校长进行沟通推荐的。"

孩子去国外读书，虽然会遇到很多同学，但没有亲戚朋友照料，大人总是会担心。能有友人给提供一定的帮助，是一种莫大的安慰。见詹姆斯和安娜那样表态，念薇和婷婷心里也有所松动。

回家的路上，念薇跟婷婷商量，问她两年后能不能和小鸿泽一起去美国读大学，婷婷说不一定非得跟他一起走，自己可以通过考托福去美国，但必须获得詹姆斯和安娜的支持。

念薇说："行，早晚要出去，那你就考托福吧，让安娜给咱们推荐个好学校。"

自那以后，念薇和如霜一直与詹姆斯和安娜保持着紧密联系，经常向他们夫妇请教孩子出国读书遇到的各种问题，包括选择学校、报考专业、递交申请、办理手续、国外监护、学校住宿或租房等，安娜和詹姆斯会一一帮着解答，他们因此成为好朋友。

孩子上学有了明确的方向和出路，如霜心满意足，好好谢了一番念薇。念薇回到新家，坐在客厅里跟高畅说婷婷决定出国读大学，高畅听后特别反对，说："不是说好在国内读完大学，再出去读研究生吗？怎么突然变了呢？国内上大学的成本才多少，国外成本要高出好几倍。我一年的收入仅够国外一年的学费和花销，出去干什么。"

念薇说："詹姆斯和安娜给提供帮助，机会难得。再说可以跟小鸿泽做伴一起出去，尊重一回孩子的选择吧。"高畅说："如果在国内读大学，她所有费用我包了。她出去读大学和研究生，那学费和日常生活开支你出。"念薇明白他是怕婷婷出国花钱多而不同意，心里非常生气，说："好，我出，不用你一分钱，你别反对婷婷出去就行。"高畅仍然恼火，说："詹姆斯跟你

们说什么都信啊？把你们骗出去卖了，还帮着人家数钱，傻不傻啊。"念薇
呛他，说："你就知道天天锻炼，做自己那点儿事，社会上的事，你和傻子
差不多，懂什么？婷婷上学你操了多少心？你在国内读了研究生，自己又
有什么出息。"

高畅最不爱听别人贬低他的话，反驳说："我傻，我不懂你懂。哼！我
没出息，不会像你们那样听风就是雨，那你帮她办吧，将来婷婷出了事情，
你负责。"

婷婷从自己房间里出来，说："你们俩又吵又吵，有完没完？我开始想
在国内读大学，现在我改变主意出去读。小鸿泽都能出去，我为什么不能
出去？你们安静安静，让我好好学习行不行？"

念薇瞪了高畅一眼，推他说："去，别在这儿待着，回你屋里去。"

见面就吵已经成为高畅和念薇的一种常态。他梗着脖子起身回到自己
房间去了。没过几分钟，念薇转脸发现他穿上了来时的衣服，走到门口换
掉拖鞋，很生气地拉开门走了，"哐"地把门带上，震得客厅都在颤抖。

念薇起身追到门厅，拉开门喊："你去哪儿？"高畅还在等电梯，说话
非常冲，说："我回那边去住，你买的房子，你们俩住吧。"

从那以后，高畅一个人在原先那套房子里过起了独居生活，偶尔到这
边来看看婷婷。反正念薇性冷淡，两人早就分床睡，成为名义上的夫妻。
他觉得不如一个人生活自由自在，既没人跟他吵架，也用不着操心家里的
事。其实，真正的原因是他和念薇的思维不在一个频道上，主要是钱闹的。
高畅天天惦记着自己存了多少钱，能有多少可供支配的。这取决于他只拿
死工资，所以，他不能不把钱看住。而念薇一贯的做法是没钱想法去挣，
不论付出多少努力，也要改善三口之家的生活质量和环境，保证婷婷读一
所好大学，有个好的未来和前程。可两人想的偏偏不是一个方向，给念薇
带来太多不可言语的痛苦。

如霜那段时间一直处于兴奋之中。小鸿泽去美国读书得到詹姆斯和安
娜的保障后，她先发微信告诉了范以轩，想先把借的 30 万还给他，让他抓
紧还给李飞舟，不想因借钱给他造成麻烦，弄得范以轩很不好意思。范以
轩称李飞舟并没催他还钱，让如霜先用着，再说小鸿泽出国要花更多的钱，
到时还不是要去找别人借。

241

如霜说："以后再说以后的吧，我努力去挣。现在，我去了块心病，你得祝贺我呀。"范以轩说："祝贺祝贺！有空我请你们几个闺密一起吃饭。"

如霜上班一迈进办公室，肖坤让一个女生来喊她，说中秋节快到了，要商量晚会活动的事儿。她"嗯嗯"地应着，拿起本子和笔上楼去了。进到肖坤办公室一瞧，发现他一个人在，问："人呢人呢？"

肖坤笑着说："什么人呢？你想见谁。"如霜说："你不是叫人喊我来开会吗？其他人咋没来？"肖坤说："让你来，没说让其他人来啊。找你一人商量。"如霜捂嘴"咯咯咯"地笑了，说："我以为一帮人呢，结果就你和我呀。"

肖坤走到门口关上门，说："咱俩就够了，叫其他人来干什么？"

肖坤夸赞念薇公司做得还不错，问化羽飞天公司可不可以参与中秋晚会。如霜说："好啊，那给人家多少费用？"肖坤说："该给多少给多少，又不缺钱。"如霜说："拿出方案来，让薇姐组织舞台搭建和请一部分明星吧。"

肖坤同意了如霜的建议，催她抓紧做方案。如霜说念薇公司做得非常好，业务量不断，买了自己的办公楼，新成立的公司正在投资做一个乡村振兴项目。

肖坤说："我看到了宣传她们公司的报道文章，是雪柳执笔的，确实发展够快的。那个题目很给力，从化羽飞天公司的成长看民营企业的发展出路，够牛。"如霜说："呀，薇姐没提过雪柳帮她公司写文章，都发出来了？"

肖坤从案头上拿起报纸递交给如霜看，说："你看第二版，这不发出来了嘛。"

如霜一手翻看报纸，一手给雪柳拨微信，说："亲，你真能哪。咋不声不响帮薇姐做了个宣传？"雪柳的声音细腻如丝，说："我没让薇姐看。她看了这要删那要删，还怎么宣传她？"如霜看着报纸，说："你的文笔很好呀，内容翔实，又丰满了薇姐的羽毛，她的公司会如虎添翼。"

如霜跟雪柳那么聊着，肖坤坐在椅子上听。如霜说詹姆斯和安娜可以把小鸿泽推荐给麻省理工学院校长，毕业后直接出国，让诗云将来也要这么走。等雪柳挂了手机，肖坤问如霜："儿子出国定好了？"

如霜说："定好了，詹姆斯和安娜帮忙推荐学校。你那30万可能得缓一段再还你。"肖坤摆手说:"你用,我不着急。"如霜说:"我都想好了,如果公司再不给我解决临时工的问题,将来我可以去薇姐公司,跟迎梦和薇姐一起弄,我去帮她负责文化板块。"肖坤说:"别走啊,你走了我找谁去?"如霜说:"你还缺人吗?"肖坤说:"公司可没有像你这样能帮我顶大梁的,少了你天就塌了。"

如霜嗔怪地说:"拉倒吧。我这么重要,干好多年了,连个合同工都解决不了,我还留在这里干啥?"肖坤说:"我一直在争取,再等等嘛。"

说完,肖坤让如霜给念薇拨电话,如霜警惕地问干啥,肖坤说跟她聊几句,问问她公司的情况。

于是,如霜拨通了念薇的微信语音,并点开了免提。

念薇在语音里说:"亲,在哪儿呢?"

如霜说:"在公司啊。肖坤要跟你说话,我让他接。"

肖坤拿过如霜的手机,问:"你做得不错呀,我都在网上看到雪柳帮你公司写的宣传文章了。怎么样?想不想接中秋晚会的节目筹备?"念薇见又有业务,声音透亮地说:"哦,谢谢您。我巴不得参与晚会筹备呢,具体还跟霜姐对接吗?"

肖坤说:"找如霜,她拿方案,你们能做哪一块做哪一块。不过,我得提醒你,你不能随便挖我的人。"念薇说:"没挖呀。哦,你是怕霜姐来我公司对吧?"肖坤说:"是呀,她想着去你公司呢。但我离不开她,她是我这里的顶梁柱。"

念薇答应不挖如霜去公司,肖坤这才放心。摁断语音连线,他对如霜说:"好了,你哪儿也甭想去。"

念薇随范以轩和那家投资方,去项目所在地进行了考察,共同参与谈判,当场签订了合作建设合同,项目很快进入实施阶段。

念薇回到公司,在闺密群里发布了项目成本预算和效益回报的消息,把曼香和如霜、迎梦以及雪柳惊呆了。雪柳很羡慕曼香和迎梦提早入股,她心里活动了,问念薇她能不能少入点股,迎梦抢着回答:"可以呀,多少不限,咱们几个可以干出一番事业。"

中秋节晚会结束后不久,念薇公司从如霜公司获得了一笔劳务费。但是,在一天下午,忽然传出一个令人震惊的消息,肖坤被带走再也没有回来，所有人都陷入了极度的恐慌之中。

如霜坐在椅子上浑身哆嗦，半天不说话。接下来的几天，如霜没再去上班。实在排解不掉内心的压抑，如霜忐忑不安地开车去了念薇公司，走进办公室，一见到念薇和迎梦，如霜"哇"地哭出声来。念薇和迎梦纳闷地问她咋了，如霜开始不讲。经不住一再追问，她才说肖坤出事了。

念薇惊呆了，说："怎么会这样啊，为啥事？"

如霜摇头称不清楚。迎梦问肖坤出事，她为啥要哭。如霜抬起泪眼，实话实说，承认肖坤也借给了她30万。

念薇发愁说："哎呀，你真傻死了。做好准备吧，哭也没用。"

如霜说："万一不放我出来，我儿子可咋办啊。"念薇说："如果不放你出来，我和迎梦替你照顾小鸿泽。"

第二十一章

如霜真的等来了那一天。一大早，公司派车把她拉到了一处办案点。她一路心里都在发慌，一直默默地流泪。等办完相关手续，走进了一个房间，如霜坐在椅子上不敢动弹。核对完她的基本信息后，开始向她提问题，包括何时进公司工作的等等。如霜一五一十地加以陈述。直到傍晚才在笔录上按完手印签完字。

一天的谈话总算到了该结束的时候。如霜感到身心疲惫，回到家也没洗澡，含泪躺下就睡了。到了半夜，她突然被一个噩梦惊醒，"啊"地惊叫一声坐了起来，双手抱头"呜呜"地哭泣。

小鸿泽听到动静，摸黑爬起来，下床走到主卧室门口，将门推开一条缝，睁大俩眼睛往里瞧，说："妈妈，你做梦了吗？"

听到小鸿泽的话音，如霜马上抹了抹眼泪，从床上下来，拉着他回到次卧，说："你睡觉吧，妈妈刚才做了个梦。"

从此，如霜没有再去上班。无论雪柳和曼香在群里怎么呼她，如霜都不出声，两人纳闷她到底咋了。但是，念薇和迎梦明白她遇到了怎样的麻烦。

除她俩之外，最早听说肖坤出事的是范以轩，而他始终不知道如霜已经被叫去谈过话了。在这之后的一天晚上，他发微信给如霜，想了解一下肖坤的情况等，问如霜跟他有没有牵扯。如霜说："你是盼着我跟他有关系，还是想我与他没关系？"范以轩说："你应该跟肖坤没关系吧。"如霜说："你在哪儿？我现在去找你。"范以轩说："我在家。"

如霜想到自己有可能会受到肖坤事件的影响，或许还会遭解聘，一旦失去工作岗位，那谁来挣钱养活自己和儿子，詹姆斯和安娜推荐小鸿泽去美国读大学，必将事与愿违，所有的希望、蓝图和梦想，也会随之落空与破灭。这种压力足以让她失去对生活的信心。

范以轩仍像往常那样，想热情地款待如霜，沏好茶坐在沙发上等她。如霜安排完小鸿泽，开车去了范以轩那里，将车停在楼前，拎着包走进了单元门洞。范以轩听到门外有脚步声，急切地去开门，如霜双脚一踏进来，范以轩笑着推着她朝客厅里走。

如霜心情沉重，面部阴郁，脸上没有了往日的笑容。范以轩问："肖坤出事影响到你了吗？"

如霜唉声叹气，沮丧地一屁股坐在沙发上，端起茶杯连喝了两口水，说："他分管我们，咋不影响。"

范以轩坐在单人沙发上，说："嗯嗯，免不了，找你谈话了？"

如霜说："找我了，还找了很多人了解肖坤的情况。唉！我可能干不成了，也不想再干了。"范以轩问："你要辞职吗？"

如霜说："单位很复杂，一派一派的。他这一出事，我们专栏肯定会被重组，像我这样的外聘人员，恐怕都要解聘失业。"

说着说着，如霜抽泣起来，令范以轩不知如何是好，抽了一张纸巾递给她擦泪，说："有这种可能，别难过，反正重组也不是你一个人，到时再说呗。"

如霜说："我想换个单位，但不进你这里，你能帮我找找吗？"

范以轩说："能找到。不过，现在没说不用你，真到那一步，我再帮你联系，实在不行，我叫念薇公司给你保底。"如霜说："薇姐公司我自己跟她和迎梦说。"

如霜很感谢范以轩找李飞舟帮她借了30万，告诉他已经决定送小鸿泽去美国上大学。她提出要将那些钱还给范以轩，不要赊李飞舟的人情。范以轩摆手拒绝，叫她暂时不要考虑还钱，如果将来李飞舟追着要，到时再想办法。

范以轩看了看表，说："天晚了。"如霜叹了口气，说："我回去了。"

在巨大压力下，如霜艰难地度过了半个月。因为太煎熬，眼瞧着她明显瘦了许多。终于在后来的一天，如霜接到了解除聘用通知，她被打回原形，回到了人生的原点。

如霜失去工作，不敢跟父母、朋友和儿子说，更不在闺密群里说一句话，念薇和迎梦打她电话也不接，把自己封闭在家里哭了两天。她流着泪几次拿起手机想打给华皓，但思前想后最终还是放下了，生怕再被华皓黏上。

后来，如霜再一想，解除劳动合同未必不是好事，离开这个环境，从此销声匿迹，犹如到了晚上所有的人间繁华都被隐去，呈现给世界的只有漫漫长夜和天上的星空，让黑夜遮盖和湮没掉无比的丑陋，重生后甚至连自己都认不出自己，那将是十分幸运的事情。

是的，如霜不是神仙。与华皓离婚单独进入社会后，她跟每个人一样，面对形形色色的诱惑和生存环境，不得不给自己戴上面具。如霜没能逃过这样的宿命，因为她活得并不真实自我。她不能说自己多好，也谈不上自己多坏。寂寞的人总是会用心记住生命中出现过的每一个人。也许人生就是这样，说着说着就变了，听着听着就倦了，看着看着就厌了，跟着跟着就慢了，走着走着就散了，爱着爱着就淡了，想着想着就算了。还是那句话："人活过今天，不知道能不能看到明天的太阳。"

时间是消磨情感和记忆最好的粉碎机，倏忽间风物换了，眨眼间人也变了。每个人都有脆弱和痛苦的一面。现实重重地打了如霜一巴掌，同时也狠狠逼了她一把。现在，如霜渴望摘下面具做自己，渴望被理解、被呵护，因为她还没搞清自己会不会变得足够强大，也不知道自己有多优秀。

如霜在压抑中彷徨徘徊。不知道今后该往哪个方向走。于是，打发走小鸿泽上学，她一个人孤零零地开车去了后山。那座山不高，到处是悬崖峭壁，经常传出有人跳崖自尽，好在秋天有爬山锻炼的人，沿着山路上上下下。如霜攀登到半山腰，在一处僻静的地方寻得一块巨石，爬上去坐在上面。山风夹带着凉意扑面而来，吹得人睁不开眼睛，泪水禁不住地往下流，模糊的视线使她看不清山下的风景。

如霜手里攥着纸巾。起初，她只顾去擦拭扑簌簌掉落的眼泪。后来，从山上下来一对老夫妻，他们听到了一个女人的哭声，顺着哭声爬到巨石的后面，发现如霜坐在上面，双手抱膝，将头伏在膝盖上大哭不止。老妇很担心，伸手去拉了她一下，问："你咋一个人到这儿来了？危险，快下来。"

如霜抬起头，抹了抹眼泪，扭头看到那对老夫妻真诚而惶恐地盯着自己，凄然地说："谢谢你们，我没事。"

男的头发斑白而脸色红润，也伸手拽住如霜的衣角，说："我们知道你遇到了难事，快下来吧，咱们一起下山。"

如霜拗不过老夫妻，只好从巨石上跳下来，跟着他们下了山。

老妇说："看你难过的样子，是离婚了还是因为别的？再怎么样也不能想不开呀。有父母和孩子吧？"

如霜"嗯嗯"地点头。老人说："是啊，上有老下有小，千万不能这样，相信人有逆天之时，天无绝人之路，快回家吧。"

到了山脚下，如霜给那对热情的老夫妻鞠了个躬，谢过他们之后开车往回走，路上想着去找念薇和迎梦。

中午，念薇、迎梦、雪柳和曼香仍联系不上如霜，问范以轩知不知道她去了哪儿，范以轩说没有与如霜联系，只感到她情绪极差。这令她们个个心急如焚，担心如霜出了什么不好的事情，又一遍遍地发微信、打电话。迎梦要开车去家里找如霜，念薇说一起去。两人正要拎包出门，如霜却突然出现在了公司门口。念薇和迎梦"哎呀"惊叫了一声，说："这几天你去哪儿了？都联系不上你，我们俩正要去找你呢。"

如霜不语，两眼涌出了泪。念薇怕员工们看见，拉着她赶紧去了办公室。迎梦问："到底咋回事儿？"

如霜坐在沙发上，双手掩面"呜呜"地哭了，说："我被解聘没有工作了。"念薇和迎梦极其震惊，说："啊？怎么能这样呢？"

念薇和迎梦不想再去更多地埋怨如霜，两人互相对视着。迎梦问念薇怎么帮如霜，念薇毫不犹豫，说："行了，一切的磨难都过去了，重头再来。公司就是咱们的港湾，来公司上班吧。"

如霜抬起头，感激地望着念薇和迎梦，说："你们接收我？"

迎梦说："亲，你说啥呢？什么叫接收啊，是咱们几个一起干，别再犯傻了，明天就来。"

如霜起身紧紧地搂住念薇和迎梦，泪水再次喷涌而出。她现在明白了，念薇的公司将是自己唯一的归宿，在这里她会获得重生。

从那天起，如霜变得坚强起来。她最擅长策划、组织采访和制作专题片，很快捋出了一条思路，把自己工作期间积累的资源，很好地利用，为化羽飞天公司带来订单和效益。没过多久，如霜竟给文化公司签订了几百万的项目以及广告合同。

又过了些日子，如霜去找詹姆斯和安娜，向他们夫妇推广公司的业务，把文化教育作为重点。恰巧，詹姆斯正在寻求合作伙伴，想在中国的老少边穷地区开展文化教育资助项目。如霜抓住这个机会，向詹姆斯和安娜表态，化羽飞天公司可以承担资助项目的策划与实施，收取一定比例的服务费，保证提供最佳方案，派最好的人手去完成这项任务。

詹姆斯听后笑了，让她尽快拿方案，包括上报参加资助项目的相关人员。如霜当天就做出方案，与念薇商量后上报了几名员工的基本情况。詹姆斯看过后，很满意地答应与她们公司合作，不日签订了项目协议。

念薇和迎梦对如霜的业绩表现感到震惊，原来如霜竟有如此多的资源，过去只是完成任务，没能深挖整合利用。如霜也很自豪。她不负重望，很快展示出了自己的能力与水平，令念薇和迎梦刮目相看。她们都明白了一个道理，要想成为更出色的人，首先要做好真实的自己。

上班来到公司后，她的眼神变得有了光。念薇提出要给她提成奖励，如霜说啥也不要，因为已经有了一份不错的工作和收入，她应该对得起公司。

念薇说："公司是有奖励办法和规定的。按照合同额给你提成几十万。你现在不要，就给你记在账上，随用随取。"

如霜说："用不着，到时给我算作股份吧。"迎梦说："薇姐，就这么定。霜姐用钱给钱，不用钱作股。"

从此，文化公司轰轰烈烈地发展起来，如霜与念薇、迎梦一道开启了自己新的人生和事业。

半年后，范以轩、念薇、迎梦、如霜、雪柳和曼香以及所有人，在网上看到了法院对王山木和肖坤的判决，一个被判处有期徒刑七年，一个被判处有期徒刑十年零六个月。念薇和如霜她们被深深地震撼了。

两年以后，念薇与迎梦商量，将文化公司百分之十五的股权赠予如霜。迎梦转任工程咨询公司的副总经理，将文化公司副总经理一职交到了如霜肩上。而念薇注册成立了化羽飞天集团公司，百分之百控股了下面的三家子公司，她自然成为集团公司的法人和董事长。曼香成了投资公司的股东。现在，只差雪柳没有加入念薇的团队了。范以轩对念薇公司的这种架构和人员组成颇为满意，鼓励她们继续努力。

看着念薇公司蒸蒸日上，高畅动过心，曾经提出想当其中某个公司的股东或法人，但念薇早在心里与他切割了。她不想在将来的某一天，两人因财产分割而闹得不可开交，甚至吃上官司，婉言拒绝了他的要求。理由是迎梦和曼香都往公司注了资，如果他不注资却进入公司当股东，会落一身闲话，影响将来的正常运转和闺密们的交情。

高畅说："那我也入点股行不行？"念薇说："你能拿出多少钱入股？""几十万吧。""现在公司不需要。""我的钱都是在股市里呢。"高畅解释说。"你嫌少就多借给我一点儿，我投进股市里去，把以前亏的钱赚回来，变现后再入股怎么样？"念薇说："你别掺和了。公司的钱是公共财产，不能与个人的钱混用。你真没钱用，我可以给你，但别指望太多。"高畅发怒道："哼！你宁可给别人干股，也不让我赚钱，原来与我隔着心呢。"念薇说："你的心也从来没跟我在一起，怎么还反咬我一口，说我与你隔着心啊？讲不讲道理？"

高畅被撑得眨着两眼不说话。他生着闷气，从此再也不敢提注资入股和当股东了。

公司的一切经营都在有序进行。到了夏天，在詹姆斯和安娜帮助下，小鸿泽如愿考入了麻省理工学院，婷婷以优异成绩被杜克大学录取。一起办理了去美国读书的手续，并乘坐同一个国际航班飞往美国。

出国前，念薇和如霜带着婷婷、小鸿泽去见詹姆斯和安娜，对他们表示了深深的感谢。安娜高兴地说："Are you satisfied？ I have sent e-mails to both headmasters，they'll take you in gladly. Good luck."（还满意吗？我已分别给两位校长发去邮件，他们会愉快地接纳你们，祝你们好运。）

婷婷说："Very satisfied. Thank you and Mr. James，When Jonnes and Stephen return to the states，you must inform me and Hongze."（非常满意。感谢您和詹姆斯先生，等琼斯和斯蒂文回美国时，一定要通知我和鸿泽。）

詹姆斯说："好的，琼斯和斯蒂文会在中国想念你们的。"

念薇说："是呀，他们和我们都会在大洋彼岸互相思念着对方。"

临行前的那个晚上，婷婷把念薇和高畅叫到一块，三口人深谈了一次。念薇心里不舍得婷婷走那么远，可为了婷婷的学业和未来，放下所有的担忧让她出去。

婷婷说："我出去你们不用担心。我反而担心你们俩。"高畅说："我和你妈有什么好担心的，你出去只管好好学习。"婷婷说："我担心你们俩过不下去，我不想没有一个完整的家。"高畅冲念薇说："哎，你说会吗？"念薇眼圈发红，说："会不会你自己想。"高畅不屑一顾，说："呵呵，想什么想，你有钱了就不要我了吗？要是那样，宁可不过。"

念薇帮婷婷收拾着东西，说："我啥时说有了钱就不要你了？婷婷明天出国，咱们不争论这些。"婷婷说："不行妈，你们俩必须给我一个承诺，不能离婚。"念薇说："行行行，不离婚。"

等到夜里，念薇跟婷婷挤在一张床上一夜未眠。她把婷婷的头搂在怀里，像搂住当年的婴儿，难过得偷偷哭了。婷婷感受到了掉落在脸上的泪珠，知道念薇舍不得她走，她也不愿离开念薇，同样止不住地暗中流下了眼泪，问："妈妈，我走后你要保重自己，和爸爸好好过，我愿意你们生活得幸福。"

念薇抽泣着，说："你是妈的宝贝，妈懂。但是你想让妈妈一辈子生活在痛苦中吗？"婷婷说："当然不想。如果你跟爸爸离婚，他能找到比你好的女人吗？到时，他孤苦伶仃，我不忍心呀。"念薇擦掉眼角的泪，说："可怜之人必有可恨之处。你知道20多年来，他不思悔改，妈妈怎么过来的吗？"婷婷说："你不能再多原谅他几次吗？他基因里就是这样的人。"念薇说："我只能走着看，你别怨妈妈。跟你爸一块生活这么多年，实在太煎熬痛苦了。为了你，我委屈得有时一人在公司里哭，他只想着自己，从来没考虑过我的感受，这个你能理解吧？"婷婷流着泪说："我理解妈妈。"念薇说："越好的人，越不会被珍惜。所以，你就别再强求妈妈了，假若真能忍一天，我都不会跟他离婚。因为我掏心掏肺地去爱他和你，爱这个家，可妈妈到头来得到的是什么？没有爱，没有沟通和理解，也没有帮助，都是我自己一个人在外面拼，拼到吐血。所以，妈妈有时候想，我只能没心没肺地放弃掉。他给我的是冷漠，我只能给他最绝望的回应。"

婷婷听完哭了，紧紧抱住念薇，说："妈妈，我知道你一直在痛苦中挣扎。但我想你们能不分开，还是尽量不要分开，我回来看到爸爸和妈妈在一个锅里吃饭会很开心。"念薇叮咛说："嗯，这是后面的事。孩子，你放心去吧，妈妈盼着你学成归来。"

感情是相互的付出与关爱，任何一方自私到极点，都会给家庭和感情造成毁灭性的打击。没有稳定的感情，证明两个人相互之间无法走到心里，对双方来说都是一种无情的伤害。

小鸿泽临走前的那个晚上，如霜同样跟他聊了许多事情，可男孩子心粗，既不善于语言表达，也很难体会大人对他的牵挂。因此，在如霜面前，他仍显得很乐观，甚至嘻嘻哈哈，实际上是在掩饰内心的不安。如霜问："你到了国外会想家、想我吗？"

小鸿泽坐在桌前的电脑旁看着屏幕，说："想啊。在美国肯定吃不到这么多、这么好吃的中国菜，也没人帮我洗衣服了，我得学着做饭和洗衣服。"如霜收拾出两双棉袜往箱子里塞，眼里聚着泪水，沉闷了一会儿又问："你光想跟妈妈说这些吗？"小鸿泽扭头看见如霜在流泪，这才认真起来，说："妈，你咋哭了？要不我退学留下来陪你。"如霜走到他跟前拥抱住他，说："不，你必须出去，国内有姥姥和姥爷呢。"

小鸿泽感觉到如霜在抽泣，仰头望着她，说："妈，我出国后你再找一个叔叔吧。我不想你一个人这么孤单，不想看着你孑然一身渐渐变老。"如霜有些激动，亲吻一下小鸿泽的额头，含泪说："好儿子，不用管我。我会和薇姨、梦姨、曼姨和柳姨一起快乐地工作和生活，多挣钱供你上学。"小鸿泽两眼忽然湿润了，摇头说："妈，你不要那么累。我会抽空去打工挣钱，努力争取学校的奖学奖。只要你不孤独，不变老，我才高兴。"如霜哭了。小鸿泽摇晃着她，说："妈，你答应我，千万别跟我爸复婚，重新找一个对你好的叔叔做伴，好有人照顾你。"如霜频频点头，说："为了你，妈妈不想再找了，别逼我了儿子。"

第二天到了机场，婷婷和小鸿泽办理大件行李托运，打开箱子一瞧，念薇和如霜甚至连方便面、咸鸭蛋、小咸菜等吃的和鞋垫、洗发水、指甲刀等之类的用品，统统装在里边了。婷婷和小鸿泽嫌行李分量重、花钱多，非要拿出来让她们带回去，可念薇和如霜硬往箱子里塞，说到了国外花钱买也买不到。等俩孩子过了安检转身朝她们挥手告别时，两个人脸上都挂着情不自禁的泪珠。身边前来送机的几对家长瞅着她俩，或许情绪受到感染，也转脸抹起了眼泪。

孩子出国一走，念薇和如霜心里无比失落。刚走的头几天，俩人像丢了魂似的发愣，过了十多天才渐渐缓过来。这个阶段，污水处理项目已经竣工，马上要正式投产，工程造价果然降了百分之十几，这意味着减少了投资，效益回收会加快提前。

范以轩对决策这个项目极为得意。他听说婷婷和小鸿泽已经去了美国，觉得念薇和如霜必然难过，趁周五下午，约她俩和迎梦去家里喝茶。但迎梦说，李飞舟用一个陌生号码打进来电话，她以为是推销化妆品的就接了，不料被他缠上，非要去仙界花园见她不可。

范以轩说："你去见见老李吧，做不成朋友，情谊还在嘛。"

迎梦开车回了仙界，在楼层门口等到了李飞舟，问他："你来见我干什么？不怕你老婆找你麻烦啊？"

李飞舟面色涨红，翻着眼皮瞅迎梦，说："我来过好多次，都没能堵到你。她没有你好。"迎梦始终没有开门，站在门口说："我不想听你说这些，没事请你走吧。"

李飞舟问："你需要钱吗？我可以从工地倒出来。"

迎梦说："不需要。现在我是化羽飞天公司的股东，分红的钱够我花一辈子，不用你可怜我。"李飞舟说："现在我比你可怜。花钱都得找她要，只能从工程上偷偷倒一部分出来。"

电梯门"哗"地开了，那位抱着小狗的贵妇人探出头来，见迎梦和李飞舟站在门口说话，惊讶道："呀，好久没看见你俩了，咋不进屋说话站在楼道里？"迎梦朝妇人勉强地笑笑，说："嗯，我们说点事就出去。你遛狗回来了呀？"

妇人一手挡住电梯，一手抱着小狗，说："是呀，带'乖女儿'在小区里转了几圈，该回家了，不知道谁按了你们这层楼的电梯。上来吗？"迎梦说："不上，你走吧。"

电梯刚关上，接着又开了，妇人探出头说："哎姑娘，我看你们俩不对劲儿，别吵架呀。有不开心的事，出去吃个饭就解了。"

迎梦说:"您真热心,快上去吧。"

这次电梯"哗"地关上没再打开,数字显示直接到达了顶层。

李飞舟借着妇人的话说:"能跟我出去吃顿饭吗?算我求你。"

迎梦沉默不语,良久才说:"你不怕,我怕什么呀,被你老婆抓住可别赖我。"

李飞舟和迎梦隔了两年多才吃上这顿饭,也成了俩人最后的一顿晚餐。

念薇和如霜下午处理完公司的业务,随意打扮一下,应约去了范以轩的住处。念薇故意发微信给范以轩,叫他把位置导航发到手机上,范以轩自然明白,当即发来了位置信息。

如霜坐在车上,问:"你真没去过范总家里?"念薇说:"你单独去过?""我没有。""我也没有。""那幅画不是你送给范总的吗?""范总第一次来公司时,没有准备其他礼物,画搁在柜子里好几年了,我翻出来作为礼物让他带回去了。"如霜说:"哦,我以为你去他住处给他带过去的呢。"念薇说:"我有事都去他办公室里说。"如霜没再多问。

俩人来到范以轩住处时,范以轩已经沏好茶等着念薇和如霜。进了门,她俩都没有急着往沙发上坐,故意装作第一次来的样子,走进各屋和厨房、厕所里打量一番,念薇还从客厅博古架上拿下瓷器观赏一阵,看上去对这里的居住环境很陌生,范以轩跟在后头做着介绍。

演完了戏,三个人开始坐下来喝茶聊天。范以轩先从婷婷和小鸿泽出国聊起,聊得念薇俩人直想掉泪。

范以轩说:"你们俩不用难过。孩子大了放他们出去,他们会成为一只鲲鹏,在长空中经风雨,见世面,搏击翱翔。放在身边,他们会成为笼中的小鸟,只能在狭小的空间里扑闪翅膀有气无力地鸣叫。"

念薇和如霜听后,认为很有道理,担心两个孩子没人照顾。范以轩反问俩人上大学时谁来照顾过她们,年轻人都想挣脱束缚,还自己自由之身。

三个人边喝茶边聊天,聊着聊着天渐渐黑下来。范以轩喊她们到小区外面的饭馆去吃个便饭。刚找了个空位坐下来,念薇手机突然一遍遍地被呼叫,拿起一看是迎梦,便点开了接听键,手机里传来迎急促的声音:"薇姐,不好了不好了,李飞舟工地出大事了。"

念薇竖起了耳朵,问:"啊?!出啥大事了?"

范以轩手机也响了。他接到了项目经理打来的电话，顿时一脸凝重，将手机贴在耳朵上"嗯嗯"地听着，问："死了几个？""20个。""20个？我的妈呀。老李咋搞的嘛。"

如霜看见范以轩的手在发抖，额头上渗出了汗珠。念薇挂断迎梦的微信语音，阴沉地说："李飞舟工地出事了，死了20个人。他现在赶飞机去工地了。"

范以轩目光呆滞，从餐桌上抽出几张纸巾擦了擦脸上的汗，"啪"地将手机扔在桌子上，骂道："妈的，老李咋搞的嘛，惹这么大祸。我得去机场，你们俩吃完回去吧。"

李飞舟吃饭时，突然接到工地电话，说下班拉工人的大车赶上大雨，侧翻坠到了几十米深的山沟里，20名民工和司机全部死亡，他必须立即赶到现场去。

没过一小时，念薇、迎梦和如霜便在网上看到了事故现场照片，谁都没想到这么快就被媒体曝光了，接着被各大网站炒得沸沸扬扬。

李飞舟夜里赶到现场，发现来了大批救援人员等。李飞舟蹲在地上"哇"地放声大哭。

李飞舟去后没能回来。他作为公司法人，被带走了。两个月后，联合调查组经过调查取证，被定性为一起严重的重大责任事故，李飞舟被判处了两年有期徒刑。

范以轩去现场待了一周，协助处理善后事宜。事故与业主方项目公司没有直接关系，只负有部分管理责任，受到当地应急部门的处罚和责令整改，不得不将李飞舟的队伍清理掉，重新换劳务队上来。范以轩对李飞舟被刑拘也无能为力。李飞舟的公司光给死者善后补偿这一项，就搭进去几千万元，把家底赔了个精光。

映寒孤立无援，束手无策，心疼得她"呜呜"地直哭。得到李飞舟要坐两年牢的消息时，她难以接受这样的结局，公司实在撑不下去了，只好终止所有员工的劳动合同，遣散他们回家，将公司账户上仅剩的几百万块钱转移到自己名下，注销了公司，关门大吉了。

自从工地发生事故后，迎梦一直放心不下李飞舟。得知李飞舟被判刑后，她曾在公司里当着念薇和如霜的面儿哭过。

范以轩外出开会刚回到办公室，秘书小王"咚咚咚"来敲门，报告说有个女的来找他。范以轩低着头在批文件，不假思索地叫那女访客进来。等抬头朝门口看时，他蓦然愣住了，来人是映寒。

范以轩根本不清楚映寒所做的一切，起身从办公桌后面转出来，说："哦，映寒，你呀。老李发生这样的事真是不幸，有需要我帮助你的吗？"

映寒也不坐，装出一副可怜的样子，边抹泪边盯着范以轩，说："我真的走投无路了。我想……"范以轩说："别哭别哭。你想叫我干什么，请说。"映寒抛出实底，说："按说不该向你张口，实在没办法了。你借过我老公30万块钱，能不能还给我？我好去了了外面的欠账。"

范以轩脑袋"嗡"地大了，心脏"扑通扑通"跳得非常急促，有点儿让他喘不过气来。他冷静下来说："哦，我正准备还给他呢，许我两天时间可以吗？"映寒凄楚着说："你准备好我过来取，不烦你跑了。"

送走映寒，范以轩急得在屋里转圈圈。他没想到映寒会为30万块钱追上门来。欠债还钱理所应当，可当初既然说过不让如霜还，他想能不能找其他朋友借借，再周转应付一下。想来想去便想到了刘立峰。

范以轩说："刘总兄弟，真不好意思，遇到点儿困难，能不能借我30万应急用一下，会很快还你。"刘立峰这个面子是要给的，说："没问题，什么时候用？"范以轩说："越快越好。"

刘立峰当时毫不犹豫地答应了。去学校跟曼香商量，曼香忽然想到那30万必定是替如霜还的。她和刘立峰清楚李飞舟出了事，怀疑是不是映寒找范以轩逼债去了，就发微信给念薇，说："亲，范总要找刘立峰借30万块钱应急用，会不会是映寒去找了他呀？"

念薇正跟如霜和迎梦在公司里商谈业务，听到曼香的留言，立马警觉起来，说："嗯嗯，你别让刘总急着借，如霜准备了，她正要还给范总呢。"曼香说："我和立峰这边有，可以先借给他。"如霜从念薇手里夺过手机，说："曼姐，你们别借了，我这就给范总送过去。"

曼香说："行吧。那晚上我请你们聚聚，下了班都往我这边赶。撂下电话，念薇和迎梦、如霜分析，李飞舟在狱里，一定是映寒在逼这些钱。迎梦说："那个女人啥事都做得出来，别叫范总为难了。现在就叫会计去银行取，取完霜姐你给他送过去。"如霜说："那只能算我的提成。"念薇说："有没有提成都要帮你还范总，不能让那个女人抓范总的把柄，你和迎梦一块去送。"

傍晚，如霜和迎梦带着钱开车去了范以轩住处，将钱提给他。范以轩觉得很难看，说："本来想帮如霜，谁想到映寒来逼债，还了这些钱，老李在狱里也得不到，还不知道映寒拿去干什么用呢，实在不好意思。"如霜说："不好意思的是我，让你费这么大周折，赶紧叫她来取吧。记着，一定要让那个女人写收据。"迎梦说："是呀。她把李飞舟坑成那样，这样的女人很可怕，不能相信她的花言巧语。"

范以轩收下那些钱，转头打电话让映寒来取。不到半个小时，映寒带着收据开车过来，二话不说接过钱就走了，连屋都没进。

范以轩摇头感叹着回到屋里，一遍遍地念叨："这回老李惨喽，这回老李可惨喽。"如霜说："李飞舟不在，这个女的还不把他公司的财产啊钱啊全弄光呀。她能等李飞舟吗？"范以轩说："我看悬。老李最后的结局必然是人财两空。哪有迎梦好啊，像老李这样的男人傻死了。"迎梦说："人要自作自受，老天爷都无法拯救他。"

迎梦陪着如霜圆满解决了范以轩找李飞舟借的钱。范以轩本想留她们吃饭，迎梦说跟曼香约好了，她俩和念薇都要赶到学校那边去。

第二十二章

曼香和刘立峰在一起度过了五年多的美好时光。一批批的青年民营企业家从曼香手下结业，积攒了众多的社会资源，回去后将企业搞得红红火火，甚至产生了好几个亿万富翁和商界名人，可谓桃李满天下。他俩走到哪里，不论城市还是乡镇，都有学员出面接待陪同，风光无限。

那天晚上，念薇和如霜、迎梦赶到学校那边聚餐，曼香和刘立峰好好招待了她们一番。因为曼香也是公司的股东之一，念薇当然要把污水处理项目投产后的效益回收前景描绘给他们听，以增加两个人的投资信心，曼香和刘立峰喜不自胜。可她想跟她们三个人说的是，她和刘立峰将率部分学员进行一次完美的旅行，问她们想不想去。迎梦问去哪儿，刘立峰说去西藏和新疆，那里有迷人的风光和不一样的风土人情，都是最神圣、最令人遐想的地方。

念薇说马上又有新项目准备招标，还要去外地进行投资考察和调研，实在走不开，跟学员们也不太熟悉，推辞不去了。念薇不去，迎梦和如霜肯定也不能去。

曼香说："我们出去玩，你们别眼红，需要带什么跟我说，一大群学员跟着。"

然而，五天后，曼香率学员出去旅游发生了可怕的悲剧。

夏季旅游，曼香和刘立峰首站去西藏。那里是胜似天堂的"人间圣地"，风景太多且很漂亮，都想不出用怎样的词汇来形容。有蜿蜒起伏、气势雄浑的雪山，有穿越高山屏障的雅鲁藏布江，有神山，有湖泊，还有任何一个到西藏的旅行者都向往的布达拉宫。大昭寺常年香火鼎盛，谁都会去感受一下那里的气氛。再去南伊沟，可以感受最原生态的牧场和植被；去卡定沟，可以观看天佛瀑布、柏树王；去林芝，可以体会鲁朗林海的壮美和墨脱徒步的惊险与刺激，以及南迦巴瓦的神秘。

在大都市出发前，学员们选择了一条最佳的进藏线路，先去林芝再到拉萨。两天后，他们乘坐高铁去了拉萨，踏遍每一处景区，爬上了布达拉宫，在大昭寺和小昭寺前合影留念，每人佩戴了一串绿松石饰物。刘立峰还给曼香买了一颗法螺天珠戴在胸前。

第五天，曼香和刘立峰率队搭乘大巴，沿着雅鲁藏布江大峡谷去看贡布日神山时，峭壁上滚落的巨石挡住了前进的路，学员们面临一场生死考验。司机刹住车打开车门，让大家下去快往后面跑。

曼香和刘立峰组织学员们下车，退到了后面的安全地带，俩人才从车上跳下来。跑出没几步，一块皮球般大的石头突然掉下来，眼看着就要砸到曼香，刘立峰仰头一望迅速将她扑倒，用整个身体护住了她，石头不偏不斜砸中了他的后背，一口鲜血吐在了曼香的脖子上。

念薇和如霜、迎梦正在公司里研究发言材料。上面计划召开民营企业家座谈会，邀请念薇出席，还让她在会上代表民营企业发言谈体会。雪柳写的那篇报道文章，让化羽飞天公司大放异彩，引起重视，这意味着念薇将成为商界一颗耀眼的名星。

如霜文字功底深厚，念薇让她先写初稿，然后她再亲自看，亲自修改，三个人和助理小李讨论得十分热烈。不料，原本静悄悄的闺密群里，忽然传来了曼香哭叫声："微姐，我可咋办呀，我们在雅鲁藏布江大峡谷遭遇落石，刘立峰为了救我，被石头砸瘫了……"

无助的哭喊牵动了念薇、迎梦、如霜和雪柳的心。她们感到极其惊悚，一个接一个地在群里发声，询问曼香现在在哪儿，刘立峰什么状况，怎样才能去把他接下山。

曼香哭着说："他被拉到拉萨部队医院正在抢救，现在我们都在医院里。"

医院会诊结果是，落石巨大的冲击力，砸坏了刘立峰的脊椎神经，造成高位截瘫，从此不能再站起来了，有专机把刘立峰和曼香送回大都市。

曼香在群里发微信，让闺密们帮着联系住院，最好是治疗高位截瘫的专科医院。念薇想到了第三医院，建议曼香让刘立峰住到三院来。

念薇带了张支票，办理住院手续时作押金用，先替曼香垫付，然后喊迎梦一起去找方主任询问情况。方主任介绍说，高位截瘫多数在第二胸椎水平面以上损伤，会出现四肢运动功能和感觉功能障碍。诊断一般不会出错，极有可能是完全性损伤。如果真是那样的话，伤者就成了废人，将彻底失去自理能力，需要人永久照料。

迎梦问："有啥办法能让病人恢复好一些呢？"

方主任说："急性期需要骨科、神经内科综合治疗，稳定期后才能进行康复治疗，这得根据损伤程度，如运动、感觉，大小便功能障碍等制定相应措施。还得对病人实施心理疏导，改善抑郁和焦虑不安，不然有的患者想不开会自杀。"

念薇和迎梦惊得睁大了眼睛。念薇说："这么严重啊。"迎梦也随着说："会自杀吗？"方主任说："你们上网去查查，高位截瘫病人抑郁的、自杀的见怪不怪了。先住进来，根据病情再研究治疗方案。"

刘立峰住进了第三医院。一间病房住六个病人，有老的，也有年轻的，全是高位截瘫患者；每名患者都有一个陪护人员，挤在床与床之间狭窄的过道里。病房里空气污浊，弥漫着一股刺鼻的味道。每个医院的状况基本相差无几，还有比这差的。

曼香心怀内疚。自出事那天起，她两只眼睛里一直含着泪。看病房环境较差，向方主任提出花多少钱都要想办法给腾个单间。

方主任对念薇说："行，我看有没有空出的房间，有了马上调出一间来。"

刘立峰最终住了一人一间的病房，吃喝拉撒全靠人侍候，家里人接到通知还没赶到，唯有曼香陪护在身边。刘立峰有些不忍，眼里流着泪，说："辛苦你了。"

听到这话，曼香眼中的泪水夺眶而出，手拿热毛巾帮刘立峰擦着身子，说："今天躺在这里的应该是我。如果不是你救我，你们可能已经给我送葬了。"

刘立峰想翻身却怎么都动弹不了，气馁地咬破了嘴唇，挥动着双手发疯似地吼叫："我要起来。老天爷，你为什么不让我站起来？你叫我去死吧。"护士们听到喊声推门闯进来，安抚说："你别叫，这个病得慢慢治疗，然后再做康复。"

刘立峰渐渐平静下来，嘴边流着血。等护士出去后，曼香说："你会好的，你会好起来的。"

刘立峰两只眼角又滚下一串泪珠，脸上的肌肉在颤抖，把头扭到一边，说："培训班可能办不下去了，清完账撤了吧。薇姐公司以后入股分红的钱，我一分也不要，都归你。我现在成了废人，这辈子别再惦记我了。"曼香号啕大哭，动情地说："你不能这样想，我不想失去你，愿意心甘情愿侍候你一辈子。如果没有你这个人，我要钱干什么？"

刘立峰的家人开车拉着大包小包和生活用品，第二天赶到了医院。见刘立峰伤成那样，个个哽咽难言。他们与曼香办理了交接，知道她是刘立峰的合伙人，也知道刘立峰为救她而受伤毁了自己一辈子。

自那以后，曼香的人生走进了最低谷，再也没有快乐可言。她无心思工作，常常一个人在背后流泪，把两只眼睑都哭肿了。学校得知刘立峰发生了变故，问曼香："还继续办吗？"

曼香摇头，说："培训完这一批不办了，把账清了吧。"

这场旅行，给学员们外出组织活动敲响了警钟。他们结伴去医院探视看望刘立峰，有的还带去了慰问金，明白自己可能是最后一期学员，莫名的伤感涌上心头。没过几日，曼香在班上宣布，培训班到此结束，她与刘立峰的合作走到了尽头。

曼香白天往医院里跑，晚上回到家眼睛总是红红的。吴思亮从学员们口中听说了刘立峰高位截瘫的消息，起初有点儿幸灾乐祸。他手里捧着一本东晋葛洪写的《神仙传》，冷笑着对曼香说："你们得罪了山神吗？"

曼香不语，走进卧室去收拾东西。吴思亮又说："我在一本书中看到过，说得真好：善恶临终总有报，举头三尺有神明。神是公正无私的。"曼香听出，吴思亮是在发泄不满，仍然不搭理他，从屋里出来说："他救了我的命，现在我爱他胜过爱我自己。你想离婚咱们就离，我过够了。"

吴思亮将书本摔在茶几上，站起来冷静地说："我也在反思这个问题。咱俩过得有意思吗？既然你把我当成废人，我无须再要那副脸面了。我满足不了你，那就放弃你。"曼香紧绷着双唇，说："行，想好了咱去办离婚手续。我宁可一个人孤独地活着，也不需要一具僵尸陪着。"

从那天起，曼香很少再回家。她除了去学校，就是去医院陪护刘立峰。刘立峰对家人说，欠曼香不少钱，想把大都市那套房子过户给她抵账，家人同意了。实际上，刘立峰根本不欠曼香什么，只是认为自己快走到生命的终点站。曼香拿到房本才清楚，这是刘立峰最终做出的安排与决定。

经过几个月的治疗，刘立峰的病情稍微稳定，但仍不见好转，胸部以下没有任何知觉，大小便都要靠护工护理照料。曼香不甘心，花钱将他转到了西山一家康复医院，一心想让他重新站起来。

又过了一年，运动治疗花了近百万，而刘立峰无望康复。他不想再让家里和曼香花钱了，叫全家人拉他回老家养着。

冬天的一个早上，寒风凛冽。医生护士们用担架把刘立峰抬上了租借的救护车。临关车门的那一刻，曼香哭得跟泪人似的，紧紧地握住刘立峰的手，说："你要好好地活着，我会去看你。"

刘立峰强忍着泪，说："我愿意你幸福。等我死后，你能去我坟上烧一卷纸，我就心满意足了。"

曼香看着救护车闪着顶灯远去。她站在那里一动不动，北风吹在脸上刀割似的疼，过往的行人看见她双手捂面，在风中呼啸呜咽。

刘立峰走了，也带走了曼香的心。她的所有希望就这样在瞬间破灭了。她没去找念薇、迎梦、雪柳和如霜，而是一个人背着包孤独地去了郊外的一座寺庙。在大雄宝殿前烧完三炷香，踏着台阶进到殿内，趴在黄色的垫子上长跪不起，眼泪扑簌簌地往下掉。

之后，曼香想皈依当居士，在家带发修行。

周末曼香经常来往于大都市和东北之间。一般周五下午出发，周日晚上回来。每次去看望刘立峰，她的情绪总会波动好几天。半年以后，她住进了刘立峰过户给她的那套房子里，决定和吴思亮办理离婚。吴思亮同意了。他认为离婚是解脱。

从民政局出来，曼香开车去了念薇公司。这时的念薇已在全市有了很大的名气。自那次参加民营企业家座谈会，在会上作了发言，各大媒体的采访接踵而至，把化羽飞天集团作为民营企业的典型大肆宣传，视频网还给念薇做了专访节目，后来念薇被授予"优秀民营企业家"称号。

集团三大板块业务量急增。污水处理项目每年都能分得巨额红利，新的投资项目又在启动；招标代理项目一个接着一个；文化业务从单一的宣传、推广、组织活动和资助实施，扩大到了文化系列产品的生产与销售。集团的资本积累随之迅速增长。

曼香进来的时候，念薇和如霜、迎梦响应号召，正在商量向西部贫穷落后省份捐款。念薇三个人看她很阴郁，知道她沉浸在痛苦之中，就热情地招呼她坐下。曼香掏出离婚证展示给她们看。

迎梦惊讶地问："你咋真离了？"曼香说："过不下去，离了。"如霜说："当初我跟你一样，我理解。"念薇说："我也理解。离吧，离了总比自己欺骗自己，在婚姻里苦苦挣扎好。"

曼香还有个想法，告诉念薇和如霜、迎梦，看到学员她就会想起刘立峰，一想刘立峰就伤心难过好几天，所以不想再干这一行了，想出来跟她们一起做，三个人都为她鼓掌。

念薇说："出来吧，咱们几个携手往前闯。如果雪柳想来，也让她进来，咱们五姐妹组成一个团队，肯定能闯出一片天地。"

不到一个月，曼香向学校提出辞职，很快办理了离职手续，去了念薇的化羽飞天集团。念薇给了她一个新职位，让她当集团董事会秘书兼投资公司副董事长，曼香欣然接受，从此开启了新的生命旅程。

曼香放弃学校和吴思亮，是对婚姻和感情彻底绝望的宣泄，不想在今后的日子里，继续重复那些痛苦的记忆，所以，她毅然抛却过去的一切，从那个禁锢着自己的壳里出来，飞向自由的天空，也许连空气都会变得不一样，这深深地刺激着雪柳。

当雪柳和范以轩听说曼香离婚和转行到念薇公司来以后，范以轩的第一反应是，曼香受伤了、绝望了。渴望变成了行动，她在解救自己。于是，在微信里啥也没说，只祝贺她在念薇公司里任职。

雪柳听说发生在曼香身上的一系列变化，暗自为她高兴，庆幸她终于回归了属于自己的领地。因为雪柳也在遭遇一场严重的婚姻危机。

自从上次聚会，雪柳没带李冠霖去，念薇和如霜、迎梦隐隐约约感到他俩的婚姻是不是有了裂痕，但俩人结婚不到五年，李冠霖不应该嫌弃雪柳，就没再往深里去想，可偏偏事与愿违。

老妻少夫的感情，脆弱得不如山西阳泉的玉米面饼，稍微一碰"嘎嘣"就断了，曾经的美好与幸福，眨眼工夫便消失得无影无踪。原因是李冠霖父母催他俩要孩子，雪柳坚持不要，李冠霖开始还反感，可经不住父母唠叨和埋怨，再催他们时他学会了沉默。后来，他从反对到沉默，再转变到跟父母站在同一立场上，最终变成了屈服。这是对当初承诺的背叛，雪柳很难接受。

结婚后有一段时间，雪柳对俩人的婚姻突然缺乏了信心。她担心将来出现变故，所以不敢要二胎。李冠霖不想当不孝之子，有一天夜里对她说："咱们生个孩子吧，免得老爷子和老太太絮絮叨叨。"

雪柳警告说："这一个都带得够够的，我不生。要生你找别的女人去生吧。"

因为这件事，两人不断生气，过夫妻生活也都没了兴趣。有时去外出采访，李冠霖心里窝着气不声不响地离开，一走就是好几天，谁也不理谁，感情渐渐变得疏远和越来越淡。雪柳受不了冷落，等他从外出采访回来，抽一个礼拜天，带诗云陪着他去跟老爷子和老太太谈。

雪柳说："结婚前我跟他说过不想再生了，你们作为父母不应该逼他和我，要个孩子有那么好吗？"

老爷子作为公公，不好跟雪柳斗嘴，气得差点背过气去。老太太十分生气，说："不生孩子，男人娶媳妇啥用？我们家到了李冠霖这一代，不能……不能断子绝孙吧？"

雪柳说："这么说，你们还是没把我女儿当亲孙女。如果生了老二，老大更不受待见，那我更不能生了。我不想让诗云跟我来到你们老李家受气。"

老太太讲不过雪柳，就往外轰她，说："走走走，我们家没你这样的媳妇。李冠霖，反正我和你爸临死前要抱上孙子，你不生外人会说你身体有病，丢不起人，以后别进这个家。"

李冠霖当着父母的面儿开始对雪柳发脾气，说："哼！你不生你不生，人家都生了。不孝有三，无后为大。你不能叫我当逆子啊。"

雪柳拉起诗云往外走，质问道："婚前你咋说的？啊，现在又想叫我生了，我的肚子已经剖腹挨过一刀，你还想让我再挨一刀吗？"

自这以后,婆媳之间和家庭关系都闹僵了。逢年过节,雪柳也不带诗云去看李冠霖父母,只买点东西让他提过去,老爷子和老太太坐在家里干生闷气,埋怨李冠霖挑来挑去最后找了个黄脸婆。如果这是起因,那还不算最严重的问题,导致俩人感情破裂的,是后来发生的两件事。

一件是在一天中午,雪柳外出采访,李冠霖带着诗云去附近逛商场,诗云在儿童商店看上一双好看的旅游鞋,缠着他买。李冠霖一瞧价格三百多块钱,拉着她就走,说:"你有鞋穿呀,要买让你妈回来给你买。"诗云打着坠儿,身体倒在地上,说:"不嘛叔叔,你就给我买了吧,我同学都有好几双不同的旅游鞋换着穿。"

李冠霖很生气,撒开她的手往前走,诗云蹲在地上"哇哇"大哭。旁边的服务员看不下去,拉起诗云追上李冠霖,说:"你这个当爸爸的可真小气,给孩子买双鞋的钱都舍不得花,三百块也不多,干吗惹孩子哭啊。"

李冠霖抹不开面子,红着脸回到儿童商店,很不情愿地刷了微信将那双旅游鞋买了下来,可他心里憋着一口气,等服务员装进塑料袋递过来,李冠霖随手把鞋盒往诗云怀里塞,猛一用力将她推倒在地,屁股蹾得生疼,大声呵斥道:"拿着,快走。"

诗云眼里含着泪起来,抱着鞋跟在李冠霖身后回了家。晚上,雪柳回来了,诗云哭着一学舌,她被气得火冒三丈,当场跟李冠霖翻了脸,边怒吼边把鞋从窗户扔到了楼下。然后,打开微信往李冠霖手机上转了三百块钱,说:"来,我把钱还给你。以后不许你再带我女儿出去,她不是你亲生的,但是我生的。"

李冠霖明知理亏,躲躲闪闪,说:"我是不小心用过力了。"

雪柳余怒未消,说:"她是孩子,你多大个人,买双鞋至于这样对待我女儿吗?看着我们娘俩不顺眼,你别跟我过。"

另一件是在后来的一段时间,李冠霖从雪柳手中要走了自己的工资卡,从此再也没给雪柳交过钱。再后来,李冠霖经常以外出采访等名义夜不归宿。回到家,也把手机立即调成静音或震动,生怕雪柳看到里边的短信、微信和电话。但在一天夜里,李冠霖将手机调成震动,高枕无忧地睡着了。到了半夜,雪柳起来上厕所,放在床头柜上的手机震动不止。她一手拿着自己的手机,一手抓起李冠霖的手机跑进了卫生间,发现来电显示叫"小宝贝"，马上把号码记下来，先打开自己微信语音按住按键，然后偷偷接听李冠霖的电话，结果手机里传来一个娇滴滴的声音："亲爱的，我睡不着，你能过来陪我吗？"

雪柳瞬间炸了，问："你是谁？"那个声音反问："哎，我找李冠霖。你是谁？"雪柳怒问："我是他老婆。你跟他是什么关系？"手机里说："你是他老婆？笑话。我跟他同居好几个月了，打哪儿冒出来个老婆？骗人的吧。"

这些话都被雪柳录在了微信语音里。挂了电话，雪柳怒气冲冲地走到床跟前，拿起扫床的扫帚猛打李冠霖，叫道："李冠霖，你给我起来，给我起来。"李冠霖在梦中被打醒，坐起来闪到一边，怔怔地望着雪柳，说："你打我干吗？让不让人睡觉了？"雪柳依然对他发泄着怒火，说："你如实说，手机里的小宝贝是谁？深更半夜为什么叫你过去陪她？你们同居几个月了？"

李冠霖如梦如醒，支支吾吾不承认，雪柳打开自己的微信，将那段录好的对话放给他听，李冠霖这才说："你若真想知道她是谁，那我就告诉你，她是我新找的女友，这回满意了吧？"

雪柳愤怒到极点，俩人在主卧打来打去，把床头灯也摔了个粉碎。打完吵完，雪柳蹲在床前伤心地放声大哭。小诗云听到吵闹声，穿着小裤衩跑进来，边哭边哆嗦着拉雪柳起来，并帮她擦去眼泪，说："妈妈，我害怕。"雪柳将小诗云搂在怀里，骂道："李冠霖，你好没人性，我恨你。"李冠霖穿上衣服走到客厅里，说："你不要吵，也不要闹，我爱上别人了。"雪柳追到客厅，骂道："你个畜生，当初你追我，现在你爱上别的女人了，天理何在？"

李冠霖走到门口拉开门，说："她小你十几岁，还可以给我生孩子，咱们办离婚吧。""哐"的一声大门被带上了。雪柳哭着追到门口，冲楼道里大喊："李冠霖，你抛弃我和孩子，你不是人，早晚遭天打雷劈。"

李冠霖再也没有回到这个家。像李冠霖这种男人，当初敢怎样追求你，以后就敢怎样甩掉你。在他们眼里，女人和爱情就是个逗你玩的成人游戏。李冠霖在背后找了个比自己小八岁的女友，致使雪柳的第二次婚姻又遭到失败，俩人闹离婚传言四起，沸沸扬扬。

其实，雪柳一直担心自己与李冠霖年龄悬殊过大，说不定哪一天会突然变心。无根的婚姻果真被现实击垮了。她后悔当初的感性与冲动，甚至骂自己过于轻浮，但已经无药可救。

事发后的许多天，雪柳每天送诗云到学校后，一个人使出狠劲儿去李冠霖父母家闹过，也去要过人，而李家父母未置可否，言称管不了他俩的事儿。唯一的办法是离婚，其他路径别无选择。

雪柳悲愤到顶点，也绝望到了低谷。她不敢对远在老家的父母提及此事，更不想让念薇、迎梦、如霜和曼香知道得更多，以免丢尽脸面。在上天无路、入地无门的窘境下，她不得不接受眼前的事实，同意与李冠霖办理离婚手续，提出的条件是婚后居住的这套房子要过户给她，否则就不离婚，拖也拖死李冠霖。

背叛家庭和感情总是要付出代价的。李冠霖被雪柳逼到墙角，他家另外还有一套房，是在城边上新买的一套复式。李老爷子替李冠霖这个不争气儿子发愁，让他吃一堑、长一智，把房子过户给雪柳，尽快了断这段孽缘。又拖了半年，小女友催他去领结婚证，年底准备结婚。不得已，李冠霖这才勉强同意过户，让雪柳写下保证书后，去民政局办理了离婚手续。

这一离婚，雪柳在报社无法再待下去了。自己的根基原本在老家，一个人单枪匹马闯大都市，尤其感到无助与孤单。看着手中的离婚证，她迷惘、她悲伤、她痛悔，她无人诉说。那种来自心底的压抑，令她痛不欲生，夜晚一个人带着诗云，在户外花园里漫无边际地溜达，思索自己将来该何去何从。

借着灯光的昏暗，从花园松树丛里蹿出一条小狗，"汪汪"两声吠，吓得诗云"啊"地惊叫着紧紧抱住雪柳。雪柳将她搂在怀里，用脚去踢小狗，身后跟过来一个中年男人，朝小狗"嘿嘿"两声，将它唤回到身边。

雪柳怨道："晚上遛狗也得拴好啊，吓着孩子咋办？"中年男人朝后扭头，说："对不起，该回家了。"诗云吓出一身冷汗，说："妈妈，天黑了，咱回去吧。"雪柳说："嗯！回。你想姥姥姥爷吗？"诗云哽咽道："我想他们。"雪柳问："妈妈带你回老家上学好不好？回去再也不来了。"诗云摇头，说："不，我要在这边上学。"

等诗云回家睡下，雪柳心里抱屈，关上门以泪洗面，偷偷哭了大半个晚上。她连续想了几天几夜，终于决定舍下脸去找念薇。

念薇与迎梦、如霜、曼香正在公司里商量捐款的事儿，决定分别以集团公司和三个子公司的名义，给西部某贫困省份山区农村捐一百万元。范以轩对她们慷慨解囊很赞赏，认为念薇从来不是一个小气的女人。财富来自社会，最终回馈社会，帮助不如自己的人是一种美德。这符合念薇的性格和心愿。

念薇发微信问："范总，我捐一百万会不会少？"范以轩说："天道酬勤，你成功了，一百万可以的。别忘了，你要亲自去捐啊。"如霜说："捐了钱就行了呗，干吗还要薇姐亲自去？"范以轩"嘿嘿"笑，说："这你就傻了吧？我不是想叫你们成为功利主义者，但念薇现在是有头有脸的人物，捐了钱也得要名，不然谁知道是你们化羽飞天公司捐的。"曼香说："我们和薇姐都不在乎钱。天生我才必有用，千金散尽还复来嘛。一切都是薇姐的因缘，因为她有一颗感恩的心，所以种了善因，自然有善果，天随人愿。"

范以轩说："是呀是呀。你们几个都有一颗善心，还那么仁慈和真诚。上天眷顾，老天爷非常爱惜你们，似他的儿孙一样看待。"

念薇怀揣支票，带着助理小李亲自去了捐款现场。台下拥挤着一群从远处村里赶来的老人和孩子，个个蓬头垢面，衣衫褴褛。老人脚上的鞋子打着补丁，满脸布满了皱纹，模糊得不成样子。一些孩子穿着破旧而单薄的衣裳，脸上叠加着一层灰蒙的泥渍，好像永远洗不干净，流着鼻涕羞涩地互相挤来挤去。看着他们寒酸的样子，念薇眼里泛起了泪光。

雪柳开车赶到公司时，念薇和小李从捐款现场回来刚下飞机。如霜拿着水壶去接水，最先看见她进来，问："亲，你来了？"

雪柳点头说："嗯，来了，想你们啦。"

如霜陪着雪柳往里走，喊道："迎梦、曼姐，柳姐来了，你们快来。"

迎梦和曼香从办公室里跑出来，拉着雪柳进了会议室。雪柳问念薇去哪儿了，迎梦说正在回来的路上，马上到。雪柳沉着脸不说话。如霜问李冠霖咋又没陪着来，雪柳听后随即就哭了，一时让迎梦、如霜和曼香感到莫名其妙。

曼香敏感地说："你不会也离了吧？"雪柳用纸巾擦着鼻涕点点头，说："离了。""啊？！"如霜和迎梦、曼香惊叫道。"你俩这是咋回事啊？还不到五年就离了，太搞笑了吧？"

雪柳说："他找了个比他还小八岁的女人，看我老了。"雪柳说着又哭起来。这时，念薇回来撂下包来到了会议室，发现雪柳低着头在哭，迎梦、如霜和曼香用异样的眼光瞅着雪柳，她敲了三下门进去，从背后伸开双臂抱住她，问："亲咋啦咋啦？干吗哭啊？"

迎梦说："柳姐也离了，她伤心。"念薇惊讶地说："啊？！不会是真的吧？那李冠霖也太不像话了。"雪柳停止了哭泣，说："是真的，办完手续了。"念薇坐在雪柳旁边，安慰道："不怕不怕。除了我，你们四个不是离了就是散了，不稀奇。让你们承受失去的东西，也许会感到痛苦，那也要去承受，别人代替不了，这证明咱们长大成熟了。失去时，咱们可以哭，可以发泄，可以互相倾诉，过后世界会充满阳光的。柳姐，放下一切振作起来吧。"如霜说："薇姐，就剩你一个了，你可别再离喽。"念薇苦苦一笑，问："我？你们盼着我离还是不离？""过不来就离啊。""最好不离。""离不离你自己看着办吧。"念薇问："柳姐，以后你想怎么办？"雪柳说："我在报社待不下去了。"迎梦说："待不下去辞职来公司啊，你来后咱五个凑齐了，一起干。薇姐，你说呢？"念薇说："你不来都想挖你呢，学曼姐过来吧。这个世界上没有什么事情做不到，只看咱们想不想做。"曼香说："是呀，我也和自己斗争了好多天。有时候，我们需要一种斩断自己退路的勇气和不撞南墙不回头的决心。"念薇对雪柳说："是的。人生的道路很漫长。如果咱们只会一味地感伤失去，那将一无所有。来吧，等着你。"

雪柳和如霜、曼香一样，都是在最低落的时期，念薇接纳了她们。她心怀感激，递交了辞职报告，很快得到批准。念薇让雪柳担任集团公司宣传策划总监，负责打造企业品牌，将来也给她一定的股份。从此，她加入了念薇的团队，生活稳定下来。

念薇的善举赢得了闺密们的尊重。但她成为最后一个步曼香和雪柳后尘的人。就在雪柳来公司报到的那天晚上，恰逢高畅股市失利赔掉了所有的投资，一听公司对外捐了一百万块钱，气得跑到新房子找到念薇，对她说："我的股票赔光了，现在成了穷光蛋，你给我两百万块钱，我去想法捞回来。"

念薇当初提醒过高畅不要去投资股票，可高畅不听，现在赔光又来找她了。

269

念薇说："钱是股东的，不是我一个人的，我没钱给你去玩股票。"高畅说："你是我老婆，舍得给外面捐上百万，就不能拿钱让我去挽救一下股票？"念薇说："我捐给贫困山区，知道钱花到哪儿去了，给你再多的钱去炒股，赔光都搞不清钱装进了谁的口袋里，我不能答应你。"高畅急了，一脚踹倒了落地灯，指着念薇叫嚷："你想看着我死是不是？反正咱俩早就分居了，你既然这样对我，那别怪我无情无义。"念薇说："那你说怎么办吧？我听你的。"

高畅双手叉腰在屋里转来转去，说："婷婷也出国了，咱们离婚吧，我不想这么过下去了。"念薇站起来说："这是你说的，离就离，我也早不想跟你过了。"

婷婷出国后，念薇本想跟高畅能维持就继续维持，没想到他自己竟先提出要离婚，竟来得这么突然。念薇早已厌倦了这种无滋无味的婚姻，看高畅态度那样坚定，只好坐下来跟他谈判。

高畅提出这套新房是念薇自己挣钱买的，没用他花一分钱，他也不要，只要原来那套老的，但要求念薇必须给他三百万。

念薇说："凭啥给你三百万？"高畅说："我缺三百万。你开那么大公司，我过去起码对家庭有付出、有贡献，我要求三百万过分吗？"

念薇想起了许多往事，一件件一幕幕浮现在眼前，心里虽然恨高畅，可毕竟一起生活了20多年，还有一个可爱的女儿，多少有些伤感和惋惜。她掉泪了，没有再跟他争执，说："我给你三百万，咱们明天去办离婚手续吧。"

第五天，念薇和高畅在离婚协议书上签了字，明确了共同财产的分割，拿着结婚证，果然去民政局办理了离婚手续，但她没告诉迎梦、如霜、曼香和雪柳。

从民政局出来，高畅都没看念薇一眼，转身朝马路上走去。念薇站在台阶上，望着高畅的背影默默地抽泣。等她下了台阶，高畅忽然回来了，伫立在她面前，说："各自珍重吧，祝你以后幸福。婷婷是咱俩的女儿，不管我生活得好坏，都会尽做父亲的义务。"

念薇泣不成声，用两只泪眼望着他，说："高畅，这么多年，你为什么不能改一改呢？若改了，我会与跟你一起走下去。可现在你让我怎么办？"

高畅眼圈红了，将头扭到一边，说："也许咱们从相爱到组成家庭，本来就是一场意外，不是一路人，怎么抄近路都没用。人互相理解并不容易，观念差异大就更难了。你我思想不同、观念不同、生活方式不同，好比两条相交线，最后背道而驰渐行渐远，还是算了吧。"

念薇流泪说："我曾无数次都想放弃，可终究还是舍不得。找不到可以依靠的肩膀，只有让自己变得更坚强。我恨过你，可现在真要分手走的时候，想到你会心痛舍不得，更舍不得当着你的面流泪。"

高畅拉了拉念薇的手，仰望着天空说："天空蓝得再怎么看也看不清楚了，也许咱们的缘分到了尽头。"念薇说："不是因为我，是你总让我在希望中绝望。"

那一天，迎梦、如霜、雪柳和曼香没看到念薇来公司上班，谁都打不通她电话，微信也不回，找也找不到。念薇与高畅分开后，一个人闷在家里，宽敞的屋里本来满满当当，她心里却空空如也，望着屋顶悬挂的梅花吊灯，止不住地流泪。

后来，念薇独自开车去了郊外的水库，一个人迎风坐在水库边山坡上，看着水面泛起的涟漪发呆。她一动不动静静地坐在那里，没有人打扰，满脑子都是婷婷和高畅的声音与影子，一种莫名的孤单袭上心头。直到一位老人赶着一群羊从身边路过，她才站起来。

老人微笑着说："哎闺女，别在这儿坐着了，水面风冲容易着凉。"

放羊老人的话，让念薇感到很温暖。她点点头谢了那位老人，走到车前拉开了车门钻进了车里。

迎梦、如霜、雪柳和曼香临下班前见到了念薇。她两眼泛红，匆匆走进办公室。迎梦她们闯进来，问她去哪儿了，念薇低着头说去办事了，而哭红的眼睛骗不过闺密。

雪柳问："咋了，你哭过？"念薇眼里仍含着泪，低头不语。如霜追问道："我们都在，有啥事你说嘛，到底咋了？"念薇说："我跟高畅离了。"曼香问："啥时候的事啊？昨天还好好的。"念薇说："从昨晚到今天，办利索了。"迎梦神经兮兮地说："这是咋了嘛，办公楼风水挺好的呀，干吗都闹离婚玩？"如霜说："你不跟李飞舟也闹离婚吗？有啥奇怪的。"

念薇忧闷地说："让人撕心裂肺的并不是分离，也不是身体承受多大的痛楚，而是内心无声的哭泣。我悔恨自己当初优柔寡断，悔恨自己的无能为力。到头来，倾心付出换来的却是分手，你拿生活是没有办法的。"

迎梦在如霜、念薇、雪柳和曼香身上，看到太多的不幸，这让她不得不反思自己。如果说过去看透了人生，在生活中玩世不恭，那现在又过了两年，她学会让自己沉淀了。

再一天中午，念薇和雪柳、如霜在公司里，迎梦回到了仙界花园。她从包里掏出钥匙正要开门，忽然发现一个白发老人佝偻着身子站在楼道窗户前抽烟。她警觉地打量了那人两眼，没太在意，却听那老人开口喊："迎梦……你回来了？"

迎梦听着那声音耳熟，只见那老人已经来到自己身后，是刑满出狱的李飞舟。迎梦惊愕地说："你啥时出来的？"李飞舟一副可怜相，流泪说："前两天。"迎梦说："你不去找你老婆，来找我干什么呀？"李飞舟说："她把我的公司注销了，所有的钱都被她卷走了，隔壁小区那套房子也卖给了别人，听说她出国定居了。"迎梦说："她跟你没办离婚手续，跑到哪个国家，你们也是夫妻呀，你找人追她回来呀。"李飞舟说："随她去吧，我悔恨终生呀。你能不能接济我一下？"

迎梦立即在闺密群里发了条微信，把念薇、如霜、雪柳和曼香吓了一跳，劝她躲李飞舟远一点。穷困潦倒的处境下，他什么样的事情都有可能干出来。念薇和曼香在群里说她俩正在往仙界花园赶，让她不用惊慌，要沉着冷静。迎梦心里嘀咕，从锁眼里拔出钥匙转身下楼，说："走吧，我请你去小区外面吃个便饭。"

李飞舟跟在迎梦身后坐电梯下了楼，来到小区外的一家餐馆，找了一个六人的台位，点了几道肉菜和鱼虾之类的海鲜，还给他要了一瓶白酒。念薇和曼香赶到时，俩人已在边吃边聊。李飞舟忽见她们来了，惭愧地低下了头。

念薇问："你回家了吗？"李飞舟端起酒杯一饮而尽，摇晃着脑袋。迎梦说："我已经结婚了，你还是走吧。"念薇心领神会，接话说："是的，迎梦结婚了，找了个警察，你最好别打扰他们的生活。"李飞舟说："我只来见见她，不会打扰他们。"

曼香要开车送李飞舟。

没过几天，在征得念薇、如霜、曼香和雪柳的认可后，迎梦从自己银行卡里，取出一百万元现金送给李飞舟，让他重新开始做些赚钱的事情，他对迎梦感激涕零。

离开时，李飞舟将迎梦送到门外。迎梦让他回去，说："不提以前的事了。从今以后，但愿你能好好地过，我有自己的生活了，最好互不打扰。"

这群人就这样落下了生活的帷幕，定格了自己的人生。

聚了，散了；合了，分了；清醒了，迷茫了；爱过了，恨过了。喜悲在不时地进行转换、交替与循环。命格无双。每个人既有满身的伤痛、泣血的泪痕，更有重生的喜悦、梦想的憧憬。最后，化羽飞天集团成了这群女人唯一的依靠。

念薇、曼香、如霜、迎梦和雪柳虽然孑然一身，可五个人充满了生气，团结在一起自由快乐地工作与生活着。范以轩看着她们日渐成长与成熟，给公司送去五朵玫瑰花。

又一个国庆节到来了。念薇五个人决定出去玩几天。她们准备了行装，自驾来到远郊区的山上。在山涧里跋涉，在山巅上赏景，蓦然有了一种"焰里寒冰结，杨花九月飞"的感觉。

曼香眺望着山下，问："亲们，你们还会不会想念以前那个人？"

如霜说："既然不回头，何必不相忘呢。"

曼香感慨地说："很想念一个人的时候，我会抬头看空中偶尔掠过的飞机，会觉得某些人，迟早要在自己生命里消失。我想让自己走很长很长的路，但一闪即逝的风景，只为湮没那些过往。"

雪柳说："我不去想过去那些苍凉的岁月，以及曾经出现的灿烂江湖，更不去想那些曾经爱过恨过的人。"

迎梦说："唉！人呀，一句对不起，让你刻骨铭心地心痛。总有一段情住在心里，却告别在生活里。忘不掉的是回忆，继续着的是生活。错过的，就当是路过吧。"

如霜问："你们说，咱们是真的厌倦了婚姻吗？"

念薇说："其实，女人并不是厌倦了婚姻，而是失望，在反复的失望中发现了自己的能力和价值，并且不断实现自我圆满，看起来可能是厌倦，那主要是为了显示出高姿态。其实，在这个世界上，更多的人还是期待着被人温暖，包括男人和女人，都需要港湾，只不过很难找到罢了。"

雪柳说："不管你们厌不厌倦，我厌倦了。"

念薇说："碌碌一生，我们都在寻找自我。从一开始，我们是女儿、是孙女，到我们是学生、是女朋友、是妻子，后来变成了妈妈，但不论岁月如何变化，我们一直在经历岁月的锤问，什么是我们自己呢？"

突然，从半山腰涌来一片云雾。

念薇和她的闺密们被包裹在了迷蒙的雾气中。但转眼，一束炽热的阳光刺破云雾，直射到她们每个人的脸上。

念薇和她的四个闺密仰脸望着温暖的太阳，幸福地笑了……